高平飞雪

大宋帝国 1

葛红兵 著

图书在版编目（CIP）数据

大宋帝国 . 1, 高平飞雪 / 葛红兵著 . -- 上海：上海大学出版社, 2024. 11. -- ISBN 978-7-5671-5114-7

Ⅰ . I247.5

中国国家版本馆 CIP 数据核字第 202467M8G3 号

责任编辑　徐雁华
助理编辑　陈　荣
封面设计　倪天辰
技术编辑　金　鑫　钱宇坤

大宋帝国 1：高平飞雪

葛红兵　著

上海大学出版社出版发行
（上海市上大路 99 号　邮政编码 200444）
（https://www.shupress.cn　发行热线 021-66135112）
出版人　余　洋
*
南京展望文化发展有限公司排版
江阴市机关印刷服务有限公司印刷　各地新华书店经销
开本 710mm×1000mm　1/16　印张 21　字数 235 千字
2025 年 1 月第 1 版　2025 年 1 月第 1 次印刷
ISBN 978-7-5671-5114-7/I·722　定价　88.00 元

版权所有　侵权必究
如发现本书有印装质量问题请与印刷厂质量科联系
联系电话：0510-86688678

目 录

引子 001

一、遍地狼烟 004

1. 血战巴公原 004
2. 大捷无归 043
3. 征西 072
4. 见真章 090

二、多事之秋 108

1. 陈抟老祖授计 108
2. 孩儿山 124
3. 灭李氏 129
4. 山河血性 149

三、突袭风云 161

1. 遭弹劾 161
2. 面圣 165

3. 战淮南 188

4. 突袭清流关 207

四、望尽南唐 230

1. 滁州夜 230

2. 真州成名 237

3. 南唐尽割江淮 254

4. 王朴与赵普 263

五、争斗升级 297

1. 战与和 297

2. 大婚 303

3. 宫斗 308

4. 出兵契丹 319

引 子

后汉乾祐三年(950)十二月二十九日,隐帝刘承祐被郭威诛杀后三十八天,刘氏宗室、徐州相公刘赟的帝王梦做了才不到三十二天,赵匡胤就拿着李太后的诰书出现在了宋州。多年以后赵匡胤成了大宋的开国皇帝,这个"宋"字,就这样和赵匡胤联系在了一起,当然,这个时候,赵匡胤还不知道这些。

诰书上写的是降刘赟为湘阴公,赵匡胤要做的却不仅仅是宣读诰书。

赵匡胤希望给刘赟一个"结果"。

赵匡胤让随行的军士等在外面,只带了两位指挥使罗彦环、王彦升,进入刘赟的寝宫。这两位指挥使都是勇武过人的猛将,在后晋时期就已扬名立万,然而后汉国祚不昌,不能重用能人,此时,他们的"指挥使"都只是虚衔,并没有实质兵权。说穿了,他们的真实地位和跑龙套的军士并无差别。

眼前的刘赟苍白瘦削,轻飘得像一张白纸,刘赟腰里绑着一根粗铁链,链子的一头拴在柱子上,铁链被钉死了。想来给他拷上铁链的人,就没有想过刘赟会活着离开。屋里臭气熏天,屎尿就积攒

第一卷　高平飞雪

在刘赟的脚边,已经冻成了一堆冰坨,然而,臭气还是让赵匡胤不由自主地皱起了眉。

"来者何人?"刘赟坐在一张春凳上,神情凛然,然而声音里充满了期待。

"枢密使帐下军校赵匡胤!"赵匡胤拱手行礼,应道。

刘赟叹口气,声音黯淡下来:"郭威帐下的人?"

赵匡胤递上李太后诰书,刘赟接过,却不看。他盯着赵匡胤,赵匡胤也盯着他,一动不动。好一会儿,刘赟终于沉不住气:"你送来的诰书,你不宣读,我又何须看!太后受尔等威逼,下诏废我!我知道了,你可以走了。"

赵匡胤掀开战袍,跪了下来:"臣还想送湘阴公一程!"

刘赟阴笑起来,声音"咯咯"地传遍了整个大厅:"郭威要你杀了我?"

赵匡胤道:"是末将自作主张,要送湘阴公一程!"

刘赟道:"你为了郭威,还是为了柴荣?"

赵匡胤不答。

刘赟,如果重新给他一片天下,想来他一定也是一位枭雄。但是现在不行,他看错了局势,就只有死路一条,谁叫他姓刘呢?

"赵匡胤,你以为我死了,郭威自立,就能成为一位天子吗?不要说我的父亲河东节度使刘崇,就是许州节度使刘信、开封府尹刘承勋,这些刘家人,会放过郭威吗?"

"刘信已经自杀!湘阴公,你就不用惦记了。"

"呵!赵匡胤,我不会自杀,我要让天下人知道,我是被郭威所杀。"刘赟语调坚定,然而话音未落,他却又叹了口气,闭上了眼睛,仿佛是突然认命了。

引　子

"不，我错了。是你，而不是郭威想让我死。你想杀了我，让郭威没有退路，只能自立为王？赵匡胤，你乃我汉室公敌！"刘赟睁开了眼睛，死死地盯着赵匡胤和他身后的罗彦环、王彦升，"赵匡胤，你今天为了郭威，背叛我汉室，总有一天，你会为了自己背叛郭威！哈哈，哈哈，想不到我会死在你的手里，一个卑下的军校手里。"刘赟咬着牙，一字一句地说着。

赵匡胤心里一抖！

王彦升"噌"的一声，迅疾地抽出长剑，剑尖抵在刘赟的咽下，剑柄抬起，剑头避开锁骨和肋骨，沿着刘赟食管刺入胸腔和腹腔，然后原角度撤剑、收剑。

王彦升号称"王剑儿"，乃当今天下第一的剑手，其动作快如风雷，所有人还没有明白过来的时候，他这一系列动作就已经完成。再看时，剑已入鞘，而刘赟依然端坐着，身外不见血迹，似乎并无任何变故，只是倏忽间睡着了一样。

王彦升的剑，太快了，已经出神入化。

赵匡胤看看王彦升，王彦升并不看赵匡胤："大哥仁义，不忍杀人，杀人的事，就让小弟代劳吧！另外，刘赟最后两句话，我没听见，我想罗彦环也没听见。"

罗彦环拱手对着赵匡胤道："大哥，我们只听见您说话，听不见其他人说话。"

一、遍地狼烟

1. 血战巴公原

公元951年二月十二日,郭威在弑杀后汉隐帝、密杀徐州相公刘赟之后,废后汉称帝,国号大周,定都汴京,改元广顺,是为大周太祖。因拥立郭威父子称帝有功,赵匡胤被提升为东西班行首,拜滑州副指挥使后又任开封府马直军使,辅佐时任开封府尹的郭荣。郭荣是郭威的养子,广顺三年(953)封晋王。开封府尹这个职务向来被看作是王储才能担任的,而晋王的封号,多数也和王储相连,赵匡胤跟着郭荣,可以说是跟对人了,按常理,郭荣将来是要做皇上的。然而,事情也就出在这个常理上,有几个皇上是按常理出牌的呢?关键是,郭荣是郭威的养子,这就让常理可能不那么起作用了。

广顺三年(953)年底,十二月是大周子民欢天喜地迎新年的时间。大周开国近三年,每年这个时候,郭威都要难得奢侈一下,摆宴邀群臣共饮同贺。

郭威虽是武将出身,却酷爱戴花。逢年过节不仅给自己戴花,

一、遍地狼烟

满头簪花缤纷,还要给大臣赐赠鲜花,更每每要特别颁旨,让各地官府开花市、办郊庆,令民众也簪花同乐。

人们把硕大的花朵插在帽檐上,颤颤悠悠,红红火火,把节日装点得喜气洋洋,春光满眼。

往年此时,这些大大小小的官员下得朝来,个个头戴的乌纱帽插有大花,在京城大街上款款而行,那景象真是非常壮丽。京都百姓远远向他们望去,真如一片锦云在缓缓游动。

往年此时,花市上,卖花买花的人流摩肩接踵,熙熙攘攘,欢声笑语,灌满长街。

往年此时,朝廷行孟冬礼,皇上就要赐花给群臣,除了采摘皇家花室的鲜花,还要去郊区的花棚、花市采购鲜花,而地方官员也要向朝廷进贡大量的鲜花。一筐筐姹紫嫣红,一车车云流霞涌,从郊区到京都,宛如一条条川流不息、五彩缤纷的河流。

然而,今年朝廷却不见动静,百姓都议论纷纷,觉得朝中出事了。

除夕未时,汴梁城南,太阳已经有些偏西,太庙终于迎来了郭威。

郭威在殿前都指挥使张永德和养子郭荣的搀扶下,沿着太庙的台阶一步步走到祭台前。

赵匡胤跟在他们身后,他看见郭威侧着脑袋,整个身体扭曲着,郭威的左脚和右手,完全不能自主。街面上的传说是真的了,郭威得了风痹症,看样子病得不轻。

郭威停下来,艰难地转身,望着身后的各位大臣。他缩着身体,像是要把自己从张永德和郭荣的搀扶中解救出来,可是他做不

第一卷　高平飞雪

到,他看看身边的两个人,然后把眼神转向众人。

他眼神里的犀利寒光呢?

英雄迟暮啊。

眼前是当今世上最有权势的三个男人,而赵匡胤,离他们近在咫尺,却又遥不可及。

神奇的权力和权威,看不见摸不着,却又分明就在身边。

他希望郭荣继位,然而此时此刻,郭威的心思却难以预料。

往年郭威祭祀都在巳时,而今年选择未时,未时旺子孙,说明郭威可能是在考虑继承人的问题。而今天的安排,郭荣和张永德同时搀扶郭威登太庙祭祖,郭威显然还在犹豫。要说军功和资历,张永德远在郭荣之上,更重要的是,此时张永德手握禁军兵权,而郭荣所能凭借的不过是养子的身份,以及一个开封府尹的象征地位。开封府尹常常象征储君之位,谁能得到它,当然在继位概率上占有优势,然而,郭荣的开封府尹,却并没有加内外兵马事、天下兵马元帅等衔。

郭威艰难地举起了左手,张永德只好放开,身体稍稍侧一下,这样看起来,他和郭威的距离,就稍稍远了一点,与紧紧扶着郭威的郭荣比,他似乎有了点儿局外人的感觉。机会来了,郭威示意祭礼开始,赵匡胤希望郭荣就这样紧紧地搀着郭威不放,让人感觉郭威最终选择了郭荣。

突然,郭威重重地咳嗽起来,人瘫软了下去,郭荣几乎扶不住他了。赵匡胤想起昨晚郭荣的吩咐:"我会走在父王右侧搀扶父王,你要始终跟在我后面,父王一旦支撑不住,就立即上前,从我一侧接手扶住父王!"

赵匡胤猛地向前跨出一步,从郭荣一侧扶住了郭威,又把郭威

一、遍地狼烟

往张永德那边推了一下,张永德几乎是本能地伸出了手,架起了郭威。现在是赵匡胤和张永德,一左一右,架住了郭威,而郭威那只能动的手,又恰恰紧紧地勾住了张永德。

郭威看看郭荣,面无表情。

郭荣继续祭礼,赵匡胤把郭威朝着张永德的方向推,张永德只好和赵匡胤一起,架着郭威走下祭台。

"这,正是郭荣要的效果?"赵匡胤心里一动,难道这一幕早已在昨晚王朴的预见和谋划之中?王朴啊,此人为什么如此聪明,可以把所有人和事都计算其中,他竟然可以把什么都管起来,甚至上天之事,天子传位,他也能管。文人太重要了,武将在这方面永远比不上文人。

观礼民众议论纷纷:"皇上,没有皇上,我们怎么过啊?"人心动摇,有人哭了起来。

郭威躺在由四轮的象车改装而成的御辇中,车停在祭台下。郭威是个军人,他一生戎马,坐不得松软的皇家车,他喜欢战车,战车中又最喜欢四轮象车。

然而如今,驰骋疆场的日子已经离他远去,他已经疲倦得连车也坐不动了,就像一架快要散架的机器,车一动,仿佛就会摇成碎片。内外大臣,静静地伫立着,谁都不说话。谁都明白,郭威的生命之灯已经到了最后时刻,但是,谁也不敢先说出。大家都在等着皇上的命令,可是皇上像是睡着了,车静静地停着不动。太阳已经西斜,残阳照着祭台上的幡旗。

宰相冯道老成持重,乃数朝元老,人称"不倒翁"。大家都在慌乱,他此时已然成竹在胸,皇上将崩,继承者无非郭荣、张永德两者

第一卷 高平飞雪

取其一而已,有什么难的呢?辅佐郭荣,郭荣已经拥有养子位,不会特别感激;而与张永德暗通款曲,偷偷修好,却能占得先机,当然,这要以不得罪郭荣为前提。"皇上身体要紧,此时,应该立即回宫将养,着太医会诊。"

冯道的想法是,张永德现为殿前都指挥使,负责皇宫宿卫,如果皇上回宫,驾崩于内宫,可由张永德控制局面,那时,谁承继大统,由谁在皇上身边照顾说了算。

端明殿学士王溥却不同意。王溥为后汉乾祐元年(948)甲科进士第一名,时任秘书郎。郭威为后汉枢密使时,他为幕僚,河中平叛,两人一起经历了最艰难的战争岁月,他一直是郭威的股肱重臣。而此时,他虽然只是一个端明殿学士,但地位却很重要,乃至于敢顶撞冯道。

他出列,高声道:"依照皇上的情况,此时如果回宫,必然病情加重,而且会引起百姓恐慌,各国使臣都看在眼里,看见皇上不支,未能毕礼,如果因此而让邻国觊觎,国家恐临危难!"

他未等众人有所反应,就转身对郭荣深深一礼道:"麻烦开封府尹安排皇上就近歇息,明日正旦,臣请把朝礼改在露天举行,请皇上亲临以安抚民众和各位邻国使臣!"

郭荣也是深深一礼,回应道:"陈南斋宫已经准备妥当,露天朝礼可在圜丘举行,也好布置,请容我禀告皇上,再商议定夺!"

正说着,一太监来宣,郭荣立即迎上,跪地接旨。然而,那太监却并不看郭荣,而是对着枢密使魏仁浦道:"宣枢密使魏大人近前说话!"这边,魏仁浦接旨,那边,郭荣弄了个大红脸。

枢密使魏仁浦进到车内,他跪坐在郭威身边,俯身道:"皇上,

一、遍地狼烟

臣侍驾来迟！"

车缓缓前行，郭威抓住魏仁浦手臂，道："扶朕起来。"说着，他艰难地起身，然而他已经起不了身了，挣扎许久，也只是箕坐而已，郭威叹道，"魏大人，失礼了！"

魏仁浦扶住郭威道："皇上，请躺着歇息吧。"

郭威闭着眼睛沉吟道："你们在商议行程？都指挥使张永德要朕回宫？而皇儿郭荣，却要朕留在陈南斋宫歇息，是否？"

魏仁浦道："皇上天人，奉天承运，自然料事如神。回宫乃冯道之意，宫中宿卫由都指挥使张永德负责，在宫中，他们可照顾多些；暂住陈南斋宫，乃王溥之意，陈南斋宫由开封府尹郭荣负责，在那里，郭荣可以照顾多些。"

"那么，你说，朕该留在哪里？"

"臣居中持正，没有偏向，但凭皇上决断。"

"这个时候了，你还跟朕耍滑头？"郭威抓住魏仁浦的手说，"我们君臣就要分别了！你就实话实说吧。人终有一死，我们一生的情谊，也有终竟的时候，希望我们来生还是朋友！"

魏仁浦已经泪流满面，匍匐在地道："皇上这样说，叫臣怎敢担当？"

"他们已经站队，而你持正中和。朕要把临终大事托付给你！谁都会死，朕也不例外，该是考虑后事的时候了。就请你来安排朕的后事吧。"

魏仁浦又叩首，道："皇上，那就请留在斋宫！明日正旦，皇上正可巡游圜丘，接受百姓朝贺。另请即刻加封晋王郭荣兼侍中、判内外兵马事。"

"这是你的看法吗？郭荣没有军功，我大周以武立国，恐难

第一卷　高平飞雪

服众！"

"论勇武、仁厚,张永德、郭荣皆具备,而郭荣独多精进。不仅能守住基业,更能成就霸业！当今之势,北有契丹、北汉,西有党项、吐谷浑,南有南唐、吴越、后蜀,我大周需要天人眷念,而郭荣就是这样的人啊。"魏仁浦进言道。

"刘崇小儿,恨我大周入骨,郭荣没有军功,如何镇得住北汉？防他刘崇发兵来攻？"

"刘崇,鲁莽匹夫,他日若来,必败,无所惧！"

郭威突然睁开眼,看着魏仁浦道:"你说,朕去后,他会不会要恢复柴姓,去我大周国号？"

魏仁浦摇头:"皇上,郭荣乃皇子,皇上当信任之！皇上不信任,天下人又如何信任？"

郭威沉默了好一会儿,挥挥手道:"你先去吧。"

魏仁浦不再说话,起身准备退出。到车门口,郭威道:"今晚,在斋宫歇息。"

魏仁浦答应,正要退出,就听郭威又道:"明年,改年号显德。"

魏仁浦下车,各位大臣围拢过来,魏仁浦道:"留宿斋宫,明年改年号显德。"

各位大臣一听,心情都沉重了。显德,那是说皇上希望他在位时的政德能庇佑大周继位者！皇上不久于世了。

北方的夜来得早,太阳刚刚落山,天就黑了,郭荣稍稍安顿就密召王朴和赵匡胤两人进入斋宫。

郭荣要谈皇上歇宿及来日朝贺典礼事宜,赵匡胤来到郭荣屋里时,王朴已经在了。

一、遍地狼烟

王朴对着赵匡胤道:"请赵将军为宿卫,保卫斋宫,非晋王准许,任何人不得入内私见皇上。我担心有好事小人搅扰皇上,搅乱皇上清净不说,如果巧言令色,令皇上神思恍惚……"

王朴未说完,郭荣就接茬道:"有理!赵将军守护外围,我当衣不解带,时刻侍奉在内殿,不离父王左右!只是,我和赵将军都要侍奉皇上,外面的事,不知先生有何安排?"

"皇上已是弥留,当请皇上命晋王为兼侍中、判内外兵马事,除此,不能回宫!"

郭荣哀叹道:"父皇身负沉疴,我又怎忍心在这个时候逼迫父皇!"

王朴不慌不忙道:"我已经有所准备,只待一人到来。"

赵匡胤问:"何人?"

王朴不慌不忙地说道:"皇上因何宠爱晋王?除了晋王拥有才干和气魄,还因为晋王是柴皇后的侄子,由柴皇后一手带大,皇后在世时视若己出。皇上深爱柴皇后,柴皇后过世后,皇上至今未另娶!"

赵匡胤突然明白了,王朴是找了一个非常像柴皇后的女人,来劝说弥留之际的皇上。赵匡胤对王朴的这个点子不敢苟同。当年,柴皇后为后唐庄宗嫔御,庄宗殁后,明宗赐其归家,随身携带皇家御赐珍宝钱财无数。柴家乃名门望族,柴皇后又貌美如花,嫁个封疆大吏、节度使一类的官员,是没有问题的。但是,柴皇后一行行至孟津渡口,那夜天赐良缘,柴皇后遇见了来客栈躲雨的军校郭威,她没有被落魄军校的外表迷惑,一夜的倾谈,让她坚信这穷苦军校胸怀大志,将来必成大器。在所有人都反对的情况下,她把随身携带的资财一半分给家人带走,一半留下,与郭威折返洛阳,用

第一卷　高平飞雪

自己的资财为郭威买了一处宅院,构建了一个幽静的读书环境。两人每日一起品茗共读,遇到郭威犯难的地方,柴皇后就解释给他听,柴皇后不仅能解释书中的道理,还能联系当时的国家政事与天下大势,这让郭威处处受益。此后,郭威谈吐举止迥异往昔,性情也大变,戒掉了赌博、饮酒、滥杀的嗜好,在勇毅的基础上增加了仁义和智慧。郭威又大力亲近文人,幕府中网罗了范质、魏仁浦、王溥等一大批精英,这才有了后来的成就。

这王朴就是要利用皇上对皇后的一片真情?赵匡胤暗忖。

这时,一名军士带进一个女人来,郭荣、赵匡胤猛一看,都大惊,她简直是柴皇后再世。郭荣倒头便拜道:"姑姑,你回来了,侄儿想你啊!"拜着,郭荣就哭了起来。

赵匡胤一阵晕眩,他心里说,郭荣啊郭荣,你这么配合王朴演戏啊!但见这"柴皇后"弯腰扶住郭荣道:"侄儿,我来是助你登基,你父皇就要随我去了,希望你登基后,勿忘我和你父皇对你的恩情,延续大周国祚!"这女子语音、动作、体貌都酷似当年柴皇后,显然,王朴对这位"柴皇后"进行了精心训练,这个王朴心计好深啊。

赵匡胤这次被深深折服了,这女子太像柴皇后了,他也跪了下来。

这时,郭荣已经泣不成声,断断续续道:"姑姑,你放心,我一定让我们柴家登峰造极,让大周千秋万代,源源不绝!"

王朴轻轻咳了一声:"皇后从仙山而来,必是眷念皇上,有很多话要跟皇上叙谈,请皇后入内殿,皇上也一定很思念皇后啊!"

赵匡胤心里对郭荣的话一个咯噔,郭荣说的是"让柴家登峰造极",可是,他继承的是郭威的郭家王朝,是大周啊!唉!

一、遍地狼烟

显德初年(954)正月初五,郭威加郭荣晋王兼侍中、判内外兵马事。十一日,又诏令,除军国大事,其余皆由郭荣处置。此乃昭告天下,郭荣为事实上的储君。

殿前都指挥使张永德、侍卫马军都指挥使樊爱能、步军都指挥使何徽,手握兵权,均为骁勇悍将,地位高,平日看不上郭荣。更重要的是,张永德是太祖郭威的女婿,又有些人缘,他与冯道等文臣关系不错。

如何处置这些人,郭荣还没有想出好的办法,王朴建议,先保留这些人,提升一些戍边大将来平衡他们的权力即可。于是,郭荣升保义军节度观察留后韩通、朔方军节度观察留后冯继业、义武军节度观察留后孙行友等为节度使;在文臣方面,郭荣则提升学士王溥为宰相。他最想提升的人当然是王朴和赵匡胤,但恰恰是这两个人,他没有提升,因为在王朴看来,时机还没有到。

人事调整还没有结束,太原方向的细作来报,北汉主刘崇听说郭威病重,正从各地催发兵马,准备来袭。刘崇和郭威有杀子之仇,不共戴天,只要能报仇,他什么都愿意干,甚至愿意投靠契丹。他上表祈求辽穆宗的承认,自称侄皇帝。这次如果发兵,一定是得到了契丹的支持,如果他们双方联军南下,大周就危险了。

时局紧迫,郭荣已经没有时间了。

郭威的身体越来越虚弱,常常神志不清。十七日,郭威稍稍和缓,郭荣便把当前的局势向郭威禀告,郭威听后,沉吟了一会儿,侧身道:"召魏仁浦、张永德来见。"

滋德殿,黄昏,豆油灯全部点亮了,郭威依然感觉周遭昏暗不明,这个世界对他来说,太冷太暗了!

第一卷 高平飞雪

郭威道:"魏大人,这天为什么昏暗如许?"

魏仁浦道:"天有不测风云!"

"是啊。朕已经见到皇后啦,她已经来接朕了。我想把皇位交给郭荣,这也是柴皇后的意思!"

"皇上放心,臣一定尽力辅佐晋王,晋王仁义贤良,必能让大周国运长久。"

"张永德如何?"

魏仁浦听了一惊,难道皇上还有其他想法?他立即进言道:"请皇上为他们定君臣之分,张永德定然会竭力辅佐晋王。"

郭威点点头:"召张永德进殿。"

张永德从殿外匆匆进来,他匍匐在地上:"皇上,微臣来看你了。"

郭威招招手:"近前来!朕知道你对朕忠心耿耿,不知道你可愿尽忠报国?"

张永德匍匐向前:"皇上,微臣为了您,什么都可以,不惜一死!"

"那么,你就陪我去吧!朕在那边也需要你护卫!"郭威对身边甲士道:"给他剑!"

魏仁浦一下子懵了,他大惊道:"皇上!"

张永德接过甲士的剑,拔出剑来,横在了脖子上正色道:"皇上,微臣甘愿同皇上一起去,到阴间为皇上做护卫!"

这时,郭荣冲了进来,抓住张永德的手:"父皇,使不得啊!大周危在旦夕,刘崇和契丹勾结,发兵五万,已经向我潞州挺进!请皇上留下都指挥使,保卫国家!"

张永德并不停手,而是使劲儿抽出手来,又要挥剑:"晋王,你

一、遍地狼烟

不要拦着朕!"郭威轻轻摆手:"张永德,你可以不跟朕这个行将就木的人走。"郭威的声音非常轻,却又非常严肃,让张永德和郭荣都静了下来。

张永德大声道:"皇上,让我陪您去吧!"

郭威指着郭荣道:"以后的皇上,是他,你要陪的是他!他要你活,你就活,他要你死,你就死!你认他做皇上否?"

张永德放声痛哭道:"皇上,你不要我了?"

郭威道:"给他磕头吧!我要你发誓,从此,他为君,你为臣,永不得以臣犯上!"

张永德转身给郭荣磕头,郭荣扶起张永德,两人相对痛哭。郭荣道:"今日在父皇面前起誓,你我君臣,今生今世,永不相负!"

郭威道:"不要哭了!男人哭像个什么样子?我还没死,还有话说!"

两人收了悲声,同时俯身来听郭威吩咐。"我死后,你们一定要为我薄葬,不要强征民工,也不要宫人为我长年守陵,陵寝不用石柱,枉费人力,用砖瓦代替就行,用瓦棺纸衣下葬。不要石人石兽,只需立一块碑,刻上这些字:'大周天子临晏驾时和要继位的皇帝有约,只因平生喜欢俭朴,所以只让用瓦棺纸衣下葬。'如果违背此言,阴灵也不相助。每年的寒食节不忙时派人到陵上祭奠一下就行了,如果忙了,没有人手,遥祭即可。"

两人点头应允,郭威又说了句:"千万千万,莫忘朕言。"

一代枭雄将星,就此陨落,终年五十一岁。

郭威被后汉隐帝满门灭族,其亲生子嗣均为隐帝所杀,死后没有血嗣,继位者郭荣乃其养子。

此时,郭荣已经哭昏过去。魏仁浦抱住郭荣道:"晋王,这时人

第一卷　高平飞雪

人均可大放悲声,而你却不可以啊。内有不服之臣觊觎,外有北汉刘崇相逼,你当自强啊!"

显德元年(954)一月二十一日,郭荣登基。称帝以后,郭荣恢复了本姓柴,但为了安定人心,他改变新天子即位后更改年号的习惯做法,仍然沿用周太祖所定的显德年号。

天下不是那么好安抚的,且不说内部有人不服,外部北汉主刘崇,得知郭威病死,竟然即刻发兵,一点儿也不拖延,其前锋都指挥使张元徽部,在太平驿一战围歼昭义节度使李筠麾下穆令均部,其先头部队已经向着潞州而来,潞州守将李筠的加急求救文书,一天三封。

朝野上下,人心惶惶。

紫宸殿,夜已经深了,但是大家还没有整出个子丑寅卯来。

柴荣招诸臣商议,大家七嘴八舌,却没有主张。

赵匡胤道:"刘崇趁我遇国丧,皇上新立,明着来欺辱我皇。此次,刘贼必是亲来,他欺我皇大丧在身,皇上必不能亲征讨伐。臣请皇上,出其不意,御驾亲征,与刘贼决战于潞州,一战灭其国,北可威震契丹,令其不敢来犯,西更可威慑党项,南可震慑后蜀、南唐,此战若胜,可保乾坤正规,大周百年太平。"

冯道不待柴荣搭话便摆起老臣架子,抢言道:"陛下刚刚即位,先帝灵柩尚未安葬,人心摇荡,此时陛下怎可轻易离京?"

"当年唐太宗在位,天下如有不平,需要征伐,必率军亲征,不惜亲冒箭矢,以为先锋,难道我当今皇上,便不能亲征?"赵匡胤想用历史来说服冯道,也为柴荣打气。"这一战,非常重要,皇上登

一、遍地狼烟

基,稳固否？大周,能打开新的纪元,稳居于天地否？就在此战!"

赵匡胤说出了激情,当然,也说出了情绪。赵匡胤代表的是新一代青年军人和官员的意见,他们地位低下,意欲通过征战,打开个人人生的局面,当然,也希望国家能因此而打开局面。

然而,冯道却不为所动,甚而语带讥讽道:"嘿嘿！不知道皇上能比唐太宗否？"

赵匡胤脑袋"嗡"的一声,头大起来,他一直不相信这些先皇旧臣会看不起柴荣,会把柴荣当儿皇帝。他一直以为他的兄弟柴荣,是一个非常了不起的人,一个能让天下苍生得到生息繁衍、共享太平的好皇帝,他对此一点儿疑问都没有。他没有想到,那是因为他和柴荣朝夕相处很多年,是好朋友、同龄人,而那些老朽,却不这么看。

冯道其人,历经数朝,资历之高,创历史之最,是真正的"不倒翁"。皇帝倒了好几朝,历经五朝十帝,而他竟然能朝朝当宰相,赵匡胤真有点儿看不起他。但是,冯道的反向讥讽,让他突然意识到,政治是复杂的,政治要摆平的是人心,而人心是难以揣度的。冯道倚老卖老,难免会有人依靠军权而不服柴荣登位。

"冯大人,你可知什么是历史？当年太祖即位,刘崇来犯,太祖御驾亲征,与刘氏决战于晋州城下,大败刘氏,令其再不敢来犯。"

"不知陛下能比太祖否？"冯道又阴阴地反问道。

赵匡胤看看张永德,张永德是侍卫军都指挥使,是他的直属上司,中央禁军都在他的麾下,他的话自然分量很重。然而,张永德并不说话,倒是他的手下侍卫马军都指挥使樊爱能,出班奏道:"皇上,刘崇所拥不过弹丸之地,刘崇所峙不过后汉余绪,名不正言不顺,兵不精马不壮,又何劳亲征？皇上文韬武略兼善,身不至而能

第一卷 高平飞雪

威至,刘贼定闻之丧胆!大周一到,刘贼必知难而退!"

这樊爱能语带轻蔑,根本没把柴荣放在眼里,什么皇上文韬武略云云,明明是在讽刺当今皇上没有战功,不能亲历前线作战,却说得冠冕堂皇。刘崇如果真是闻风丧胆,那来干吗?送死?刘崇明明是欺负柴荣年少,新近即位,内部不稳,是看不起柴荣才发兵的。明眼人一看,就知道这樊爱能是在说什么。

柴荣显然也生气了,但他顺着樊爱能的话说道:"刘崇,老朽而已,如果他自信,就不会向契丹借兵,勾结契丹,正说明他胆怯。以我大周兵力,破刘贼如泰山压卵,何足惧哉?"

赵匡胤心里佩服柴荣的气魄,可是,冯道就是不买账,他接口道:"不知陛下能做泰山否?"赵匡胤这回是真明白了,这批老臣是真的瞧不起柴荣。

他感到自己错了,王朴的未雨绸缪是对的,如果没有王朴的策划,可能柴荣真的当不上这个皇帝。想想也对,周太祖当年是历经血战,立下赫赫战功的名将,手下无论武将还是文臣,都是经历过生死患难的。而今柴荣只不过凭一个开封府尹的资历和养子身份,就想让人信服?难!然而,也正因为如此,柴荣才更要建功立业,树立威望,如果此时退缩,难保又是一个隐帝。

这时翰林学士陶穀进前言道:"皇上,诸位大人争执不下、反对亲征,不过是因为皇上刚即位,我大周内部人心不稳,如果皇上离开京都,给谋逆者钻了空子,如果有人乘着陛下出征的当口,起内乱,断了陛下回京的路,大周有亡国之忧!主张陛下亲征者,无非认为陛下英武过人,必能一战取胜,且速战速决,为国家带来康宁。陛下初即位,此战正是扬名立威的好时机。微臣以为,此事不妨听听宰相王溥大人的意见,王大人当年追随先帝征战经年,必有

一、遍地狼烟

卓见!"

赵匡胤听着,感觉这陶穀竟然有些见识,怪自己平日怎么没注意这个人。

新科宰相王溥,缓缓出班:"皇上,臣主张亲征。其一,先帝灵柩停于宫中,刘崇乘人之危,是不义,我举哀兵,必胜之;其二,刘崇,沙陀蛮族,勾结契丹,窥我中原,以下犯上,是不仁,我举仁义之兵,必胜之;其三,刘崇,贼也,窃据太原,穷兵黩武,当年太原府原有居民二十八万户,而今不足四万户,穷寇也,我举强毅之军,必胜之;其四,我皇登基即位,气势如冉冉升起的太阳,而刘崇不过是日落西山的老朽,不战而胜负已现。我有此四胜,何足惧哉?臣请皇上御驾亲征,一举荡平刘寇!"

赵匡胤不得不佩服王溥,到底是文人,能说出道道来。此刻他也暗暗下了决心,要多读书,本来他的提议肯定是对的,但是他却说不过冯道,处于下风,让不明所以的人反而以为他没道理。

王溥说完,侍卫亲军都虞候李重进着急接口道:"微臣愿为先锋,先行一月,与马军都指挥使樊爱能、步军都指挥使何徽,先行出发,领军三万赴潞州对敌,皇上可率军随后赶来,臣愿速战速决,以脑袋担保,一月之内解决刘贼!"

这李重进乃是先皇的外甥,现为侍卫亲军都虞候,听他言下之意,他愿意先率军三万出击,提前一个月出发,一个月内解决刘崇,皇上一个月后再亲征,那时只要做做样子,摘摘桃子就行了。

赵匡胤希望柴荣不要接受这个建议,本来李重进、樊爱能等就势大,与一班老臣一起,看不起新皇上,此次如果让他们出征,有了战功,将来恐怕更加难以管束。

他希望柴荣挺起胸膛,做个真正的皇帝,能够带领大家建功立

第一卷 高平飞雪

业的皇帝。

自唐王朝灭亡以来，中原历经五代十国，战乱频频，老百姓没有过上一天安生日子。尤其是后唐石敬瑭，把燕云十六州出卖给契丹，让中原汉地失去了东北屏障，完全暴露在契丹铁骑之下。中原百姓年年遭受契丹侵袭，民众流离失所。后汉刘崇更是横征暴敛，下令境内所有十七岁以上男子都要从军，整日窥伺中原，时时都想动武，好好一个太原州，被他弄得民不聊生。柴荣啊柴荣，但愿我皇能振作图良，建功立业，开太平盛世，报天下苍生！

果然，柴荣没有让赵匡胤看错，柴荣厉声道："朕观各位，苟安畏缩之言，实属罕见。朕意已决，诸位不必多言。"

柴荣派天雄节度使符彦卿、镇宁节度使郭崇率军绕道北汉军背后，切断刘崇退路，郑州防御使史彦超、前耀州团练使符彦能进军沂州，阻击契丹援军，切断契丹和北汉联络；河中节度使王彦超、保义节度使韩通、义成节度使白重赞直接北上，增援潞州。

而他自己则亲率张永德、李重进、樊爱能、何徽，并携赵匡胤等，作为中军主力出征，直奔潞州，寻找刘崇主力决战。

显德元年(954)三月十一日，柴荣从大梁出发。

柴荣有魄力，敢于放手一搏，他是把大周的全部家底都压上了，要和刘崇决一雌雄。赵匡胤看柴荣的安排，暗暗佩服，这是一种志在必得、一举全歼敌军的阵势，根本就没有考虑失败，甚至都没有考虑把刘崇击退。他要截住刘崇，在野战中歼灭刘崇，让刘崇无法全身而退。

当然，刘崇此刻也正驱赶着部队，不顾一切地往潞州而来。他要赶在柴荣援兵到达之前拿下潞州，然后，以潞州为根据地和大周

一、遍地狼烟

主力决战。

柴荣深知潞州危急,时不我待,所以,他不待所有军马聚齐,就直接带着中军大约一万人马,马不停蹄地前进。他的行军速度太快了,以至于他的中军和刘词的后军拉开了两日的距离,他几乎是把自己当作了先锋。

对于柴荣和赵匡胤来说,这场战役是背水一战。柴荣顶住了几乎是所有臣下联名反对的压力,御驾亲征,如果失败,将同时失去他作为皇上的政治前景;而赵匡胤,作为几乎是唯一支持柴荣御驾亲征的武将,如果这次战争失败,他不仅要失去作为一名将军的荣誉,更要为失败担责,为皇上挡箭,他失去的将是生命。

此时的大梁依然天寒地冻,越往北越冷,将士们心里非常苍凉,这个年没有过好啊。他们的老皇上死了,而现在是刚刚开春,新皇上就要带着他们去作战,作战的对象是他们最大的两个敌人,而且这两个敌人还联手了。新皇上从来没打过仗,听说大臣们都反对他带兵出征。这些将士心里有点儿发毛,他们的家人也心里发毛,老皇上那是身经百战的,老皇上在,他们打到哪儿都不怕,而今,他们真有些害怕。将士们想的是能不能活着回来,他们的家人在路边设送行酒,一碗又一碗,他们沿途接着递上来的碗,一站一站地喝着,直到出陈桥驿,竟然还有百姓在道边送行。这次真是不一般啊,看来大梁的老百姓都在担心。出陈桥驿,就离开了大梁,意味着正式进入战争状态,没有一场恶战,他们是不会回头的!

然而,他们又隐约感到这个新皇上不一般,以前只听说,皇上出征,都是在前锋出发一天之后,而这次,皇上却是亲自率军提前一天出发,后军刘词部要数天之后才能集结完毕。皇上是把自己

第一卷 高平飞雪

当成了前锋,是下了必胜的决心,不仅要胜,而且要急胜。

将士们的感觉是对的,柴荣是一个有远大抱负和必胜信念的皇上,柴荣从来没有想过失败,他想的是要在野战中一举歼灭北汉的有生力量。

赵匡胤想来想去,既然冒险,就要让冒险值得,他挥起鞭子,在空中甩了一个响鞭,胯下枣红马会意,两个前蹄腾空而起,后退一跃,飞箭一样射出,向着柴荣追去。

山岗上,柴荣骑着白马,立着,看他过来,招招手道:"匡胤。"

赵匡胤顾不得客套就开口道:"皇上,过了陈桥驿,我们就没有退路了,我们应加快速度,最好的决战之地是高平。我们要先到那里,在那里摆开阵势。"

"你来得正好,我正要找你,我们想到一处去了。"

赵匡胤又道:"可以令泽州刺史李彦崇带兵埋伏在潞州以北的江猪岭,刘崇兵败必从江猪岭退却,如果在那里设伏,切断刘崇归路,可以一举破敌!"

柴荣听了想都没想,就喊来传令官把这道命令发布了出去。

"皇上,你就一点儿也没担心我们和刘崇的遭遇战?"赵匡胤反倒有点儿犹豫了。柴荣一点儿也没为自己担心,他想都没想过让李彦崇带队来护驾。

事实上,赵匡胤和柴荣想到一处了,这让柴荣对赵匡胤产生了惺惺相惜的感觉。

在柴荣的心里,赵匡胤由此上升为让人会心的兄弟,因义而连心,自然已是朋友的上等境界,然而,因会心而连义,又是朋友的更高境界了。

如果让刘崇拿下潞州,刘崇将获得潞州的财物和堡垒,战争将

一、遍地狼烟

旷日持久,如果让其重新退回太原,这场战争将虽胜尤败,大周将没有机会消灭刘崇。他不仅要胜,而且要胜得彻底,要让显德元年(954)成为刘崇灭亡的祭年。

按照惯例,大军出征,常常要在陈桥驿住一晚上,让大家休整一下,恢复体力,正式从精神上进入战争状态。然而这次恰恰相反,路过陈桥驿,将士们没有等来休整的命令,已经出陈桥驿了,传令官从前面疾驰而来,一路高呼:"整队跑步前进!"大家这才发现,皇上已经率领侍卫马军走到了最前头,现在是他们侍卫步军快步跟上的时候,而不是扎营歇息的时候。

果然,他们开始了急行军。

大军就这样急行军了五天五夜。三月十六日,他们就已经到了怀州,如果继续按照这个速度前行,不出三个时辰,他们就该进入泽州,那就是战区了。

这时的刘崇,没有围攻潞州,而是越过潞州,直取泽州,他试图放弃攻城掠地的策略,速战速决,直接打通袭取大梁的通路。他根本没有想到柴荣会亲征,更没有想到柴荣会只带不到一万人马,星夜兼程,此时已经到达泽州,进入战区。

柴荣的打法,完全不合常理,别说刘崇根本想不到,就是大周将士也不理解。控鹤军都指挥使赵晁,曾随老皇上征战多年,没见过这种不要命的打法,不合常理啊,他找到右翼统帅樊爱能、何徽说:

"刘崇举国来犯,其势正昌,我军仓促应敌,目前是贸然急进,应该持重缓行,让地方军先拖住他们,等待他们锐气消解,士气下降,然后,我们再接敌攻击!"

第一卷　高平飞雪

樊爱能和何徽也有这样的想法,只是他们更加老成,不愿意先说出来。他们和柴荣出来打仗,这样的行军法,还是第一遭。他们觉得柴荣不懂军事,这样下去必败无疑,应该在这里等待后军,至少等到刘词的确切消息才对。现在刘词在哪里?

樊爱能道:"赵将军,我也正在担心,皇上年轻,没有经验,但凭一颗急切的心。他是急于想证明自己,岂知战场一刻决生死,哪能这样儿戏?"

何徽道:"我们已进入怀州地界,和后军已经拉开了一天的距离,刘词的后军在哪里?兵书云,未战之时,先料将之贤愚,敌之强弱,兵之众寡,地之险易,粮之虚实。计料已审,然后出兵,无有不胜。现在,我们前不知敌军部署,后不知援军在何处,这仗如何打?"

樊爱能道:"直接接战,我看败多胜少。我为右军,又是最先接敌,如果真是如此,我们万不得已时,恐怕要退求自保,为大周保留一线生机。否则全军覆没,我们怎么对得起太祖?"

赵晁倒吸一口凉气说:"樊将军,如此这般,我们不是把皇上置于险境?"

何徽道:"不若此,赵将军又当如何?"

樊爱能道:"我们尽人臣情分,去劝劝皇上,如果皇上真的不听,我们也没奈何了!"

赵晁道:"是啊,我们手里只有一万人不到,而刘崇却有二十万,在我们正面集结的至少有五万人,这仗怎么打?"

他们找来传令官通事舍人郑好谦,樊爱能说:"皇上没有经过阵仗,又只听张永德、李重进、赵匡胤这些人的。他不把我们放在眼里,但我们不能忘记太祖的恩德,所以,我们想让你跟他去说说,

一、遍地狼烟

大军已到怀州,再往前就是泽州,就要接战了。我们的想法是驻扎怀州,等待后军刘词赶上来,择日进军,再与刘崇接战。希望皇上兼听则明!"

这郑好谦也是个自以为聪明的人,他不知好歹,并不知道樊爱能等人的真实想法,不知道这几个人已经做好了临阵退兵的准备,没有细想,就立即应道:"皇上刚好在山坡上休息,不如我现在就去禀告,正好应该让大军扎营休息休息了。好,我说去。"

大周军队行军,一路有禁军班值提前开路,在路边搭好帐篷,让皇上休息。

郑好谦说皇上刚好在山坡上休息,是他看见山坡上正好有一处大帐,大周的军人,打眼就能看清,那是皇上休息的大军帐。

郑好谦来到帐前,大帐内外却没有人。

他爬到高坡上,举目四望才发现,柴荣其实根本没在帐中休息,他的仪仗直接避过大帐,正进入一座村落,村里乡民夹道欢迎,而正在行军的士兵则自动让到路两边,让皇上先行。

此时,就见柴荣下得马来,走入军士们的阵列,他扛起一个军士的长枪,插入军士们的队伍,跟着军士们同列行军。

有人喊道:"皇上看我们来啦!皇上在跟我们一起行军!"

赵匡胤身穿白甲,披着红袍,牵着枣红马,跟在柴荣身边,身后则是马弁楚昭辅,散指挥使王彦升、罗彦环等人,这些人都跟随他多年,而且能征善战的。他高声喊道:"健儿向北,灭贼保国!大周永续,皇上万岁!"

就听道路两旁的士兵也跟着高喊起来:"皇上万岁!皇上万岁!"

第一卷 高平飞雪

郑好谦听得这漫山遍野呼喝之声,顷刻间他也感动了。但是,他又分外担心,他扬起马鞭,他要追上皇上,他要劝劝皇上。

柴荣步行,脚力慢,郑好谦从后策马追上,行礼道:"皇上,末将盔甲在身,不能行大礼。末将有要事禀告!"

柴荣探出身低声说:"免礼!"

郑好谦道:"皇上,我军仓促应战,急行军到此,前锋马上就要和敌军接战,臣请皇上,就地驻扎,等待后军和探报!"

柴荣心里有点不悦,他的想法是急行军,快刀斩乱麻,一举破敌。这个郑好谦,胆子太大了,明明知道皇帝的战略,一个传令官竟敢来质疑并公然唱反调。"郑将军,你有所不知,我大周国威、军威所向披靡,只待我军一到,必能克敌制胜,让刘贼死无归处!郑将军不用担心了!"

郑好谦并不妥协,他急道:"皇上,我孤军深入已经犯了兵家大忌,如今敌数倍于我,再急进求战,更是大忌,应就地驻扎,等待后军,否则前途危矣!"

柴荣听得火起,大声道:"腐儒之见!休得多言,退下!"

郑好谦大声道:"皇上,非臣一个人的见解,还有很多将军也是这样看啊,皇上三思!"

柴荣冷笑道:"我量你也说不出这样的话,背后肯定有人唆使。两军临阵,尔等临阵退缩,还振振有辞,蛊惑军心,你从速招来,到底是谁在蛊惑你?"

郑好谦心有不服,又不知好歹,直接接口道:"控鹤军都指挥使赵晁将军也是这样看!"不过,他还是稍稍留了一个心眼,没有说出樊爱能和何徽。他突然感觉不妙,怕牵连了樊爱能、何徽。

柴荣扬手招赵匡胤,问道:"赵将军,你看这赵晁、郑好谦该当

一、遍地狼烟

如何处置?"

柴荣暗忖,我此次出征,众多大臣都不看好,如今我催促大军星夜兼程,又让大家心生怨气,如此这般,军心不稳,岂不要坏了大事?此时此刻,当使雷霆手段,让疑虑者不敢疑,让畏怯者不敢怯!他心下希望赵匡胤说出"按军法当斩"的话来,这样,他可以杀一儆百!以前当开封府尹,他就主张用重刑治乱,只是那个时候,他只是杀奸夫淫妇、蟊贼草寇,而现在,他要的是大臣、将军们的敬畏臣服,要杀的是高官显赫。大臣、将军又当如何?在柴荣眼里,和乡野村夫、仆妇匠人没有区别。应当杀一儆百,让他们知道谁是皇上。

赵匡胤接口道:"此二人,名曰关心战局,实际是畏战怯战,不为皇上分忧,反来妖言惑众,动摇军心,临阵退缩,按军法当斩!"

柴荣不由分说,立即朗声大喝道:"来人,将郑好谦,还有赵晁都拿了,就地斩首,就用他们两个懦夫的血来为我们祭旗吧!"

赵匡胤没想到皇上要杀两个,不仅要杀郑好谦,还要杀赵晁,他道:"皇上,大敌当前,临阵斩杀大将于我军士气不利,臣请饶二人不死,让其戴罪立功!"

郑好谦急了,他大声求饶道:"皇上,臣错了,臣愿戴罪立功,留臣小命,让臣死在沙场上,为国尽忠吧!"

柴荣不听这郑好谦的求饶话还好,一听,气不打一处来,他果然是个孬种。他沉吟了一下,斩钉截铁地说:"懦夫!你不配随我大周将士出征!郑好谦,杀!赵晁,就地关押在怀州,让他多活几日,待凯旋之日,再来处置,让他看看朕如何凯旋归来。立百尺旗杆,将郑好谦的人头挂在上面。传朕令,所有如郑好谦者,怯战,斩,言退,斩!"

第一卷　高平飞雪

各级传令官翻身上马,高举青字牌,把皇上的旨意在前后队伍中宣讲。

柴荣还不放心,他要斩除所有人后退的心思。他又道:"沿行军路线,每十里,立一根旗杆,此战不胜,朕当永不回头,有退怯者,过杆,立斩!"

赵匡胤此时是真佩服柴荣了,这个皇帝还是和当初的开封府尹一样,身先士卒,刚才是下马和士兵一起行军,现在是斩立决,让所有人永不敢生回头之念!赵匡胤想着,不禁对未来的战局有了更大的想法。老实说,他对太祖郭威留下的禁军有担忧,太祖在世的时候,重感情,对旧臣老臣很迁就,对他们的子弟也很迁就。当年,太祖发动兵变,为了让军队满意,甚至允许军队在京城哄抢三天,谁抢到就归谁。而后,那些功臣们居功自傲,老的不退伍,空拿着军饷,又把儿子、孙子带入禁军,军队成了父子老爷兵。此前,他就想过要建议柴荣整顿禁军,裁汰老弱,扶持精壮,现在军情刻不容缓,只能先上阵再说。这样的兵,真能以少胜多吗?难!但是,赵匡胤又对自己和张永德所带的四千精兵有信心,这是他和张永德精心挑选和训练的,个个以一当十。现在,他看柴荣治军,恩威并施,宽严有度,就觉得这场仗应该打得更加硬气一点。

当然,这个时候的赵匡胤还不知道樊爱能、何徽这两个带着右路军的将领已经动了歪脑子,准备见风使舵,不胜就溜,把柴荣送给北汉!

显德元年(954)三月十九日,此时的晋阳,天气依然十分寒冷,西北风吹得人脸上生疼。但是,柴荣无暇顾及天气,他要军队天不

一、遍地狼烟

亮就集结起程,潞州被围危在旦夕是一,更主要的,他不想放跑刘崇。柴荣预感大战就在今天,他令赵匡胤为前军,自己为中军,立即开拔。尽管此时刘词的后军尚未跟上来,而慕容延钊因为要从北汉军侧后方大迂回,也没及时赶到。

赵匡胤与王全斌、曹彬、潘美等为先锋,天不亮就从泽州营地起程,他们摸黑行军,试图悄悄接近晋阳,出其不意地接近刘崇,把刘崇拖住,为大部队创造战机。

早春的寒气,使所有人包裹得严严实实,但是,一路急行军,却让大家浑身冒热气。果然,不出赵匡胤所料,刘崇留下部分人马围困潞州,自己亲率大军绕过潞州直接南下,前锋已到泽州境内。

赵匡胤决定直接出击,试一试北汉军的实力,都说北汉军能战,他倒要看看是怎么个能战法。这个时候的赵匡胤并不知道,他遇上的正是北汉大将张元徽部,张元徽为刘崇前锋,是北汉数一数二的大将,手持青龙大刀,有万人敌之勇。此时,他正率领一小队人马,前来探查军情。

赵匡胤没有列阵,也没有擂鼓,只是带上青铜面具,提起盘龙棍,大吼一声:"与我一起,冲!杀尽汉贼!"然后,不待部下们反应过来,他一踹马肚子,枣红马知道他的意思,一声嘶鸣,旋风般冲向敌阵。

这枣红马,非常奇特,不仅善跑,能日行千里,夜行八百,更是个高强壮,极其威武。它一出场,一声嘶鸣,就能让周边其他的马匹立即认它为王。它感觉到主人的躁动,知道主人摘下盘龙棍,提起脚尖顶住它的肚腹,是要冲锋了。一声激越亢奋的嘶鸣,然后,它放开四蹄,哈腰贴地,快步冲出。其他马看它冲锋也跟着骚动起来,不待主人催促,一并跟着冲出。

第一卷　高平飞雪

阳光刚刚升起,微曦中,赵匡胤黑袍、白甲、红马,举着乌亮玄铁盘龙棍,像箭一样,无声无息地冲向敌阵。他这个架势,也着实吓人,赵匡胤打仗,喜欢戴面具,张大旗,而且擅长没有任何预警的突然攻击。此刻就是如此,他一声不吭,突然间,就像是从黑暗中冲出来的鬼魅,直插敌军腰部,他身后是一群跟他一样渴望冲锋的青年军官。楚昭辅、李处耘见赵匡胤冲出,二话不说,用刀背一磕马屁股,一左一右,并行猛冲,之后是王全斌等人。天刚亮,北汉军刚刚能看清楚他们从黑暗中冲出,来不及张弓,甚至都来不及拔剑,赵匡胤等就已经近前,一个冲锋,北汉军就被冲开了一个十丈宽的口子。赵匡胤等冲过之后,豁口处像割过的麦地一样,躺下一片死尸。

接着,赵匡胤率部兵分两路弧形回冲,北汉军被拦腰切断,头尾不能相顾。被切在后面的开始后退,前面的一看后军开始退却,立即无心恋战,纷纷往后跑,整个军阵就乱了。阵脚一乱,兵将不能协同,兵找不到将,将找不到兵,瞬间北汉军崩溃了。

赵匡胤并不放过这些残兵,而是一路追赶。

后面,柴荣听到前方的声音,知道前军已经接敌,按照他和赵匡胤的约定,他立即催动大军,追赶前锋,他不想让刘崇溜回去,缩回晋阳。如果刘崇缩回晋阳,他就要打一场艰苦的攻坚战,而晋阳城实在太大、太坚固,它是五代十国多数王朝兴起之处,易守难攻。

张元徽对赵匡胤的突然出现非常吃惊,不过,到底是北汉大将,他放过退却的军士,自己率亲军卫队挡在后面,用弓箭手封锁道路,阻滞周军的追击速度,保护士兵撤退。赵匡胤也不急追,他心里还是有个担忧,刘词的后军还没有到,刘词现在在哪里?

然而,柴荣的中军还是比他预想的要快,一个时辰不到,就已

一、遍地狼烟

经全部压了上来。

柴荣和赵匡胤最终合兵一处时,天已经大亮,此时,他们已经追击到了晋阳的巴公原。

历史注定要记住显德元年(954)三月十九日的巴公原,一场改变南北军事力量对比、改写历史的战役就要在这里打响,而此刻一切都还没有现出分晓的迹象,结局还隐藏在种种迷雾之中。

刘崇已经列队待战。

他带领中军两万余人,驻扎在一片小山坡上,面南背北,他的右侧,西翼是辽将杨衮带队的契丹军,一万人,都是骑兵;他的左侧,东翼是张元徽率领的前锋部队,这是北汉精锐。此时,虽然看着自己的大将张元徽退败而来,他却并不慌张,两翼弓箭手搭弓在手,张箭待发,凝定不动犹如雕塑。

整个战场上静得让人可怕,所有的人都笔直地站着,一动不动。

张元徽节节撤退,慢慢地归入了左翼,左翼前队见主帅归营,让开一个缺口,弓箭手和刀斧手让张元徽等人进入,然后,阵形又立即合上。

刘崇此时的内心非常兴奋,心想柴荣小儿,哪里知道战争的残酷,他冒冒失失,带着万把人就冲了过来。

柴荣也不示弱,他以李重进、白重赞等为左翼,对阵杨衮,以樊爱能、何徽为右翼,对阵张元徽,自己带张永德、赵匡胤为中军,直接对阵刘崇。

柴荣希望这一仗节奏可以稍稍慢一点,让他可以等一下刘词。

第一卷　高平飞雪

可现在还没有刘词的消息,在午饭前他是肯定赶不上了。只要刘词能在天黑前赶来,大周就有必胜的把握。

他已经没有退路,无论刘词是否能赶来,他都要和北汉决一雌雄,决战已经不可避免。

"上苍佑我柴荣,护我大周国祚!朕定不负上苍,开万世太平!让天下人安居乐业,共享洪福!"

刘崇老贼果然胆小匹夫,他如果不是列阵,而是直接掩杀过来,我军一万人,他四万人,岂不是我军处于彻底劣势?他这样列阵,让我有了防备,大周的步军弓箭手,正可以克他马军,刘崇的优势已经不多了。

柴荣自忖着,他在观察地形,地形有利,然而风向不利,迎面大风凛冽,刮得人脸上生疼,逆风作战,于我不利。他在等待时机,似乎上苍真的站在他柴荣一边,此时风向突转,原来的西北风变成了东南风,两军的战旗,生生地对换了飘扬的方向,风起处,对方的将士都侧脸避风。

柴荣心中大喜,我禁军弓箭手,逆风两百步射程,顺风两百五十步射程,加我战力,突然顺风,岂不是上苍护我大周?

刘崇正在等待张元徽缓缓退入军阵,他观察了一会儿,发现柴荣的大军并不急于强攻,而是就地结阵。他明白了,对方原来是在拖延,暗想胆小鬼柴荣,你的时限已到。

这时,辽朝派来协助他的将军杨衮飞马而来,杨衮是辽朝大将,燕云人,善于作战,辽太宗耶律德光非常欣赏他,赐他耶律敌禄的辽朝名。

杨衮来到刘崇近前,在马上一拱手:"陛下,两军列阵,而突然

一、遍地狼烟

风向大转,于我不利,臣请陛下采取守势!"

刘崇正在兴头上,哪里听得进去,他甚至有点后悔叫来了杨衮。对面的周朝新君带来的不过区区一万人,自己对付他绰绰有余,如今这些辽朝契丹的队伍来了自然要分一杯羹。他想了想,说道:"杨公,你是胆怯了吗? 你大可以不动,看我如何破敌!"

杨衮又道:"我观大周军队,盔甲鲜明、旌旗整肃,此乃劲敌气象,陛下不可轻敌啊!"

刘崇此时认定柴荣的周军只有一万人,而自己有四万人,无论如何也是胜定了。"两军胜败之势已定,难道杨公没有看出吗? 机不可失时不再来,杨公你就登高驻马,看我如何大败柴荣,取那柴荣人头。当初那郭威杀我儿,如今,郭威,我要杀你儿,让你在阴间也不得安心!"

刘崇一挥手,道:"来啊,令先锋张元徽,率领左军立即展开攻击!"

传令官向东面张元徽部挥舞绿旗,张元徽被赵匡胤突袭,有些措手不及,带队撤回军阵,但是,他的部队并未真正受损,而是心里憋了一股子气说道:"奶奶的,哪儿来的狂妄小子,竟然这般野蛮,回头一定要让他看看我张元徽的能耐!"他看刘崇让他进攻,感觉撒气的时候到了,立即点齐一千骑兵,命令擂鼓,率领这一千人疾驰而出,这一千人都骑着黑马,穿着黑衣,像一阵黑烟,龙卷风般刮向周军。

周军这边,与他对阵的是樊爱能与何徽。樊爱能一举手,偏将王昕斜刺里冲出,不待樊爱能批准就冲向张元徽。

王昕哪里知道,张元徽确是一员猛将,他见王昕斜刺里冲来,

第一卷 高平飞雪

并不勒马搭话,而是催马举刀,直奔王昕而去。瞬息之间,两人擦肩而过,未见张元徽出刀,那王昕已经人头落地,马上只剩下半个身子了。

张元徽手下的骑兵也同样如此,根本就不停步,飞一样跟着张元徽,直接冲进了周军右翼。张元徽是动真格的,他带着一千人玩命冲杀,一个来回,樊爱能的军阵就乱了,那些军士都害怕起来。樊爱能、何徽吃惊不小,他们没见过这种打法,也并不知道张元徽一大早被赵匡胤突袭,正气不打一处来。本来樊爱能就不想出力,只想见风使舵,不行就开溜,此刻他一想,这样顶下去,还不是送死?他早就看出来了,对方是四万人,其中三万人是骑兵,而且还有契丹骑兵一万人,那可是杀人机器,而大周军队呢?只有一万人,骑兵只有两千人,且多数控制在张永德和赵匡胤手里,他以步军对北汉精锐骑兵,那还不是死定了?

他这样想着,他的马似乎已经先就读懂了他的心,不用他招呼,就自顾自地转头跑起来。他一跑,何徽也跟着跑,整个部队就彻底散了,有一千多人跟着他往南跑。另一千多人,一看张元徽那个疯狂劲儿,眼见王昕本也是一员悍将,瞬间就被他砍成了两截,就"哗哗哗哗"地、一大片一大片地跪了下来大呼:"刘主万岁,刘主万岁,我们投降了,我们投降了!"

刘崇听得心里美滋滋的,他看看右翼,杨衮驻马观战,早知如此,又何必花钱丢面子,自称侄皇帝,向那契丹借兵?不如自己干了。

他举起旗子,准备命令中军发动进攻。

这时,就见周军阵中冲出一队骑兵,大概有两千人,那队骑兵大声喊着"杀刘贼立功啊!杀刘贼立功啊!"冲了过来,又见中军分

一、遍地狼烟

出一部人马,冲上东面高坡,接着,一阵阵箭雨,向着张元徽部连续而猛烈地射去!

赵匡胤看出了端倪,樊爱能是个懦夫,并没有真本事,靠溜须拍马坐到了都指挥使的位置,他弃阵逃跑,也在赵匡胤预料之中,至少赵匡胤没有感到多少意外。而对张元徽,他和他带队的两千骑兵并不害怕,早上他们已经接过战,张元徽是屁滚尿流地被他们追着逃回去的。他看樊爱能开始退却,立即冲到张永德面前,对着张永德请战道:"樊将军弃阵而逃,乱我军阵,主上危险了!我愿意率两千骑兵,直接冲锋和张元徽对阵,请大将军率领弓箭手,登高远射,阻止其后续部队冲锋!"

此时张永德为殿前都指挥使,而赵匡胤为宿卫将,张永德是他的顶头上司。这张永德很有大将风度,尽管赵匡胤是他部下,此时冲出讲话有越俎代庖之嫌,但是他并不计较,而是即刻采纳。

赵匡胤对手下喊道:"主上危急,正是我等精忠报国的时候,张元徽乃我等手下败将,无足挂虑!"赵匡胤的兵都是他亲自挑选和训练的精兵悍将,早上又和张元徽接战过,此时正气势高昂,和樊爱能的兵完全不是一个等级。他们只听赵匡胤的,见赵匡胤冲出去了,他们也跟着没命地冲锋。

一次冲锋,就到了张元徽的跟前。

就见赵匡胤和张元徽两个人缠斗在了一起,一个使盘龙棍,一个使大刀,两个人的身法都非常快,快得他们身边的军士都跟不上步伐,只能让开一片空地,让两个人冲刺。

张元徽双手擎住刀柄,身子从马上直立起来,压上整个身体的重量,泰山压顶式地对着赵匡胤劈砍下来。张元徽人高马大,力大

第一卷　高平飞雪

无穷,挥刀砍下的那阵势着实吓人,就听得天崩地裂般一声响,噌啷噌啷,所有人的耳膜被震得就像要破了一样,双方将士都不由自主地停下了手脚。

赵匡胤双手托盘龙棍,平举抢杠,抵住了张元徽的大刀,那样子就像一块巍然不动的山石,而张元徽则犹如一块倒下的巨木,稳稳地压在了那山石上。谁也不敢动,就怕一动,这山石要崩裂,而巨木要倒塌。

赵匡胤、张元徽,大周战神对垒后汉第一猛将,那场面的确让所有人震惊。

当然,此时的张元徽正如早晨的太阳,刚刚斩杀王昕,又击溃了樊爱能,他只是用了区区一千人马,而他的整个东翼,还有一万人马伫立未动。他根本没有把赵匡胤放在眼里,再厉害,他也只有两千人马而已,他大声喝道:"吹号,命令我部全线出击。"

他哪里知道,赵匡胤早就预料到他这一招,高坡上,张永德率领两千弓弩手,攀上坡顶,对着张元徽的后路放箭。张永德训练的弓弩手都非常奇特,一般弓弩手只能右手放箭,而他的弓弩手都能左右手同时放箭,此时,那些弓弩手正是左手放箭,飞箭向着东北方暴雨般砸下,天空整个黑压压一片,被飞驰的箭阵盖住。张永德把五百人分成一个方队,两千人共分成四个批次,此起彼伏,依次上前放箭,然后退步收弓搭箭,再上前放箭。张元徽后阵上空的箭雨,就变得全无空隙,密集到连一只老鼠都穿不过去,张元徽被孤立在了周军右翼,优势变成了劣势,张元徽是以一千人马对付赵匡胤的两千精锐。

好一场厮杀,那是真正的精锐对精锐,双方每个将士都是寸步不退的死士。对阵者没有退却、没有投降,要么胜利,要么战死,死

一、遍地狼烟

亡随时随地都在发生,草坡上,战马和军士,一片一片地倒下。

柴荣看着,觉得时机已到,他催动中军,不仅不留任何预备队,还带领自己的亲兵卫队率先冲锋,冲在全军阵前。

全军都看见了,他们的皇上带着卫队冲在前面,皇上的伞盖和仪仗在风中猎猎作响,那是他们年轻的皇上,在带领他们建功立业,保家卫国。"保护皇上！大周必胜！"周军的呐喊声响彻云霄,地仿佛在动,山仿佛在摇。

新的帝王在成长,新的帝王不怕死。新的帝王,那身先士卒的形象,与士兵同甘苦共患难的形象,正在大周士兵的脑海中建立起来,大周的士兵愿意为这样的皇上赴汤蹈火。

周军都红了眼,旋风般向着刘崇的中军席卷而去。左军李重进、向训,看这边皇上发起了冲锋,也急了,都担心皇上出事啊。他们放过杨衮,也不管杨衮会不会侧翼包抄,什么战法都顾不上,直接越过杨衮前面的开阔地,向着刘崇的中军来了,战场上就出现了柴荣部、李重进部一个从正面突击、一个从侧面包抄刘崇的局面。

如果这个时候,杨衮突然在李重进的侧后发动攻击,那么李重进的侧翼就完全暴露在他的铁蹄之下,完全可能被杨衮的骑兵截成两节,首尾不能相顾,周军人数上的劣势立即就会暴露出来。甚至这个时候,只要杨衮从李重进的侧后开弓放箭,那李重进根本就受不了。

周军左翼樊爱能部已经全线溃退,整个周军现在是做困兽决斗,柴荣完全是在用自己的生命做赌注。

然而杨衮却只是站在高坡上,看着李重进的队伍从他前面疾驰而过,他没有冲锋,也没有放箭,而是静静地看着。他要看看这个刘崇,他不是有四万人马吗？他不是不需要他帮忙吗？那他就

第一卷　高平飞雪

试试!

历史就是这样,也许就是因为一个小小的细节,一个小小的赌气,而被改写!

刘崇看着,听着,周遭地动山摇,四处都是周兵的喊杀声。他有些怕了,刘崇还真是个胆小鬼,他一看周军不要命地向他的中军发起进攻,一时慌了手脚。他本应该催动中军,用弓箭守住阵脚,抵住周军第一波冲锋,然后再发动全军反冲锋,但他没有,他挥旗子,鸣金,要张元徽回援中军。

这个昏聩的刘崇,张元徽此时正跟赵匡胤接战,哪里能分心回援。

就看赵匡胤,一根盘龙棍飞舞如长蛇,神出鬼没,二人血战一处,斗得酣时,高手对阵,输赢就在分秒之间。此时,张元徽吃亏就吃亏在他的主上刘崇身上,赵匡胤的主上柴荣是无条件支持赵匡胤的,自己冒着箭矢冲锋,给赵匡胤减压,而那个刘崇正好相反,一看对方冲着自己来了,不是想着自己上前接战,而是招先锋张元徽回援救驾。

张元徽和赵匡胤正在紧张拼斗,突然听到自己的军阵内发出收兵号令,那还有个好?他分神了,这一分神不要紧,就见赵匡胤正好利用了他的分神,挺起盘龙棍一晃,张元徽注意力不集中,举手就挡,哪里知道赵匡胤虚晃盘龙棍,左手突然斜出,不知何时,他左手上已经抽出了宝剑。张元徽只注意了上面,没注意下面,被赵匡胤一剑刺中左肩胛,赵匡胤神力无比,这一剑,本身并不致命,但是剑力强大,直接把张元徽推下了马。这边大周的兵早就在边上看得不耐烦了,立即一拥而上,把跌落马下的张元徽戳成了筛子。

"张元徽死了!张元徽死了!"赵匡胤的马弁楚昭辅,力大无

一、遍地狼烟

比,但他也很心细,他立即意识到张元徽的死,可以对刘崇构成打击,而对周军则意义非凡,是可以激励周军由败转胜的一个讯号。他用剑挑着张元徽的脑袋,策马扬鞭,在战场上来回疾驰,大声宣扬张元徽的死。战场上沸腾起来,周军一片欢腾,而北汉军则一下子蔫了,他们副帅就这样死了。

刘崇也看到了左军的骚动,等他听清楚时,原来是他的先锋官张元徽战死了,他的左翼已经彻底溃败。赵匡胤一马当先,身边跟着王彦升、潘美等人,赵匡胤一身白色盔甲,头上戴着面具,挺起盘龙棍在前,犹如战神,他刚刚用盘龙棍挑张元徽,张元徽部对他是望风披靡。

刘崇的中军开始动摇,前面的已经后退,后面的还在往前涌,两股力量搅合到一块,立即就产生了踩踏,一踩踏,队形就乱了。首先是弓箭手,放下弓箭就跑,中军的两翼,完全暴露在了赵匡胤和李重进的夹击之下,他们二人的两翼冲锋,就像螃蟹的两只螯,边像绞肉机一样绞肉,边慢慢合拢。刘崇挥旗,让两翼向他靠拢,同时,让预备队稳住阵脚,将后退者斩首,他的亲兵卫队一连斩了数十个人,才把军队稳住。

刘崇心里想,这个时候,要是杨衮能帮忙就好了,他派人去求杨衮。可是,杨衮完全无心恋战,他已经看出,今天这场战斗,恐怕刘崇要倒霉,他如果参加进去,不是损兵,就一定折将,他这点儿老底,还要留着报效契丹主子呢,哪里能扔在这里?契丹人从来就是打得赢就打,打不赢就跑,从来不打生死硬仗,本来就是来打谷草的,真要把命丢在这里,不值!丢给刘崇,更加不值!

所以他还是冷冷地看着,他要看看,刘崇的四万人,到底能不能把周军的一万人拼光,要是拼得差不多了,他就下场捡个便宜。

第一卷 高平飞雪

再说,那传令官的口气,他也不喜欢,那个口气,仿佛刘崇是主,他杨衮是臣,刘崇本是契丹的儿皇帝,有什么权力命令他?

他对刘崇的传令官道:"你回你家主公,你家主公军功威武,哪里会把周朝小皇帝放在眼里?根本不需要我杨衮助阵。我在这里为你家主公擂鼓助威,待你家主公旗开得胜,我为他把酒庆功!"

刘崇听了传令官的话,气急败坏。

这个刘崇,想当年也是一员悍将,见杨衮不能依靠了,就自己死命扛,想困兽犹斗。

两军就在山谷中展开了激烈的肉搏,谁也不退,周军仗着气势,猛打猛冲,然而人数毕竟少,北汉军仗着人数多,就是不退,你杀我十个,我杀你五个,一场消耗战,直从中午打到了黄昏。

正在这时,周军喧哗起来,原来赵匡胤受伤了,他的右肩膀上中了一支重箭,那箭插在他的铠甲缝里,箭头钉进了他的肩胛骨,而箭尾则高高悬起,很远都能看见。

北汉军喊着:"赵匡胤受伤了!赵匡胤受伤了!"一个劲儿地往赵匡胤这边涌,那都是张元徽的老部下,他们的长官被赵匡胤扎死了,谁不恨啊。谁都想吃赵匡胤的肉,现在他受伤了,血染红了白色的铠甲,分外鲜艳,北汉的军士们看得清清楚楚,都来战他,想要他的命。

赵匡胤并不害怕,而是越发凌厉,左右挥舞盘龙棍,那冲上来的军士,一排排地被他放倒。再看他身边几员猛将,楚昭辅在他左侧贴身护卫,王彦升在他前面开道,他那刀法神出鬼没,罗彦环斜刺里冲来,拼了命挡在他右边。

赵匡胤真是了得,一根盘龙棍使得风生水起。赵匡胤的盘龙棍,是他自己的发明。当初,他本来用的是一根齐眉棍,那齐眉棍

一、遍地狼烟

是赵匡胤在青霞山玄空寺学武时,行衍和尚特别请人打造了赠送给他的。赵匡胤身材高大,比一般人整整高了两个头,也因此他的长棍要特别打造,棍长接近两米,精钢混铁锻打。赵匡胤对武学非常上心,有了这铁棍便日日琢磨,天天练习,发明了扫、戳、拨、撩、点、披、挑七种棍法,这七种棍法又能随机组合,成为七七四十九种套路,出山以后,他小试牛刀,用这棍法上阵,从来没有对手。

直到有一年,赵匡胤跟随太祖郭威出征,在大周边锤重镇西林川与后蜀定州刺史刘定国相遇。刘定国的金背砍山刀在当时的兵器谱上赫赫有名,号称"天下第一",是削铁如泥的神器,赵匡胤是听说过这把利器的名声的,但是,他就是不信这个邪,就是要和它硬碰硬地比一下。那天,他看到刘定国出阵,立即就冲了上去,两人缠斗间,刘定国提起马缰,马的前蹄双双离地,战马站了起来一样,他双脚从马镫上立起,使出了力劈华山之式,整个身子压在了大刀之上,对着赵匡胤的脑门就劈了下来。刀的锋利,加上人、马的力量,这一刀的确是非同小可。赵匡胤并不躲,而是双手托举,来了个罗汉伸腰式,硬生生地挡住了刘定国的刀。要是往常,赵匡胤必能听到两刃相交的碰撞声,可这次他的耳边出奇的静,不一会儿,他就感觉到了那刀的厉害,他的手上传来刀刃切入混铁大棍时的热度,大棍烫得他抓举不住。接着,那大棍竟然弯了,再看时,大棍已经被刘定国的金背砍山刀砍为两段。

当日收手,大家各回营里休息。赵匡胤感念师傅,不舍得这混铁大棍,仔细琢磨如何修复大棍。突然他有了灵感,这棍子虽然强劲,但是直来直去,不仅容易为其他兵器所伤,也容易被对手看破招式,既然已成两段,不如就学那农民的连枷,一长一短两根棍子,中间用铁环连接起来,主棍握在手里,辅棍在棍梢可以自由晃动,

第一卷 高平飞雪

主棍被对手挡住,辅棍还能通过惯性继续打击对方。他找来营里的铁匠,看着铁匠重新打造,结果非常满意。他当着铁匠的面,拿起两节棍耍了几下,辅棍能转、能甩,挥动中呼呼生风,营里众人看了好奇地问道:"赵将军,您这似棍非棍、似鞭非鞭的兵器叫什么名?"赵匡胤看着手中这条棍,暗想:"此棍似断非断,似折非折,有头有尾,首尾一体,就叫盘龙棍吧!"他大声道:"盘龙棍!明天我就用它和金背砍山大刀一较高下!"营里众将都觉得惊奇,从来没见过这种兵器,大家都期待第二天盘龙棍能和金背砍山大刀比试一把。赵匡胤也不睡觉,认真研究新的棍法,到第二天凌晨,他已经思索出好些新的招式,犁、铧、耙、刮、捣、扫、锄这新七式渐成雏形。

日上三竿,那刘定国大大咧咧地来叫阵,他满以为赵匡胤不敢出战,哪里晓得,赵匡胤已经有了一件全新的兵器,而且研究出了新的棍法。只三个回合,刘定国就战败而走。从此,赵匡胤就用上了盘龙棍,棍随人,人随棍,这盘龙棍就上了当世兵器谱,成了兵器谱上的名器。

赵匡胤人高马大,身高足有七尺有余,那大棍同样奇特,抡过处,呼呼地发出哨声。一边是北汉兵蜂拥而来,一边是赵匡胤策马提棍,就见赵匡胤等人冲过处,北汉兵一溜一溜地倒下!场面真是吓人。

赵匡胤一次又一次地来回冲锋,整个右翼,已经彻底被他征服。远处,柴荣看着赵匡胤,赵匡胤浑身是血,已经没有人样了,看了叫人心疼。他和赵匡胤虽是君臣,但更是患难兄弟,赵匡胤陪着柴荣经历了无数的阵仗,也经历了全家被隐帝杀害的痛楚。这会儿,他看到自己的兄弟赵匡胤是豁出了命,往死里冲杀,完全是为了他啊!他的眼睛有点儿红了,看到赵匡胤肩上那支箭在夕阳下

一、遍地狼烟

抖动,他甚至能感觉到赵匡胤的疼痛。

他招来传令官,传赵匡胤撤回休养。他知道,一旦赵匡胤撤回可能动摇整个右翼,但是,他不能让自己的兄弟死在这里,胜仗什么时候都能打,兄弟死了,他就再也没有这个兄弟了。

正在这时,周军侧翼又突然冲出一队生力军来。

原来是周军的后军到了,刘词带着周军的后军,于黄昏时分终于赶到了,这是一支情绪饱满的生力军。

就在柴荣和刘崇杀得天昏地暗、难解难分、人困马乏的时候,很多人腿肚子抽筋,站都站不稳了,一队嗷嗷叫着的生力军杀了进来。别说刘词带来了三万人马,这个时候,只要有三千人马,这样硬生生地杀来,就能胜!

这回刘崇再也抵挡不住了,他自己先调转马头,撤了! 他一退,中军整个地也退了,战线立即崩溃。

柴荣当上了皇帝,多少人在冷眼看他笑话,多少封疆大吏想着闹独立,他太需要一场亲征,太需要一场胜利,而现在上苍赐给他了。

2. 大捷无归

巴公原大捷,大周军队士气高昂,中下层军官个个奋勇。谁不想乘胜追击? 已经拿下战功的,希望功劳更大,将来回去封官荫子;没有拿下战功的,希望下一轮轮上自个儿,回去给家人一个说法。再说了,打仗不就是抄家伙抢钱抢人么? 只要打下去,一定是人人有份儿。

大家都猜测,柴荣一定会一路打下去,灭掉北汉。中下层士兵

第一卷 高平飞雪

最喜欢的就是"灭其国",这样的战争必然带着焦土政策,上面对烧杀抢掠睁一只眼闭一只眼,甚至暗中鼓励,把它作为激励士气的手段。

然而,柴荣却停下了。他让大军停在了山里,每天闭门沉思。老百姓看他停在这里,倒是真欢迎,当初,进军途中,他下马和军士们一同行军步行的地方,老百姓为了纪念皇上在这里走过路,就改名"下马村"。那边说,你这样改地名,对皇上不尊重,皇上哪有只下马不上马的?他走完一段,又重新上马的地方,那就改名"上马村",两边都请柴荣题字,柴荣也不推却,立即就给题了。

大军停在这里,既不进也不退,大家心里犯嘀咕。那边,郭威还没有下葬,这边,刘崇逃回老巢,在那里厉兵秣马。

柴荣却在这里,停着不动,柴荣到底在想什么呢?

一晃个把月过去了,大家都等不得了。

老丞相冯道风尘仆仆地从东京汴梁赶来,劝柴荣回銮,即刻主持太祖郭威的葬礼。柴荣冷眼看着冯道,缓缓说道:"先皇在世的时候,对老丞相恩宠有加,如今先皇驾崩,就请老丞相为先皇修造陵墓去吧!"冯道听懂了,那是要把他从权力中枢撵走,让他去造陵啊,"皇上,臣遵旨!只是,皇上应该即刻班师还朝。皇上坐镇京畿,邦国方稳。臣等在京城翘首以盼!"柴荣听了气不打一处来,这个冯道,哪里知道此刻柴荣到底在担忧什么?柴荣道:"你不用急着等我回去,你应该去陪陪先皇,我恐先皇舍不得你!"冯道突然停嘴,他明白了,柴荣是要他造完陵墓之后,再守陵。

他不敢再说话了,再说下去,说不定柴荣要他为先皇殉葬呢!

冯道其实并不是老朽,他什么都明白,他知道柴荣为什么停在这里,他只是不点穿。他其实是担心,他想跟张永德说:要么杀樊

一、遍地狼烟

爱能、何徽等,不退不进、不杀不赦,那些临阵脱逃又回来的人,可能会哗变。但是,他又不能直说。劝皇上不杀,容易被皇上认为自己和樊爱能是一伙的;劝他杀,结果不杀,必然招惹樊爱能等的嫉恨,将来恐不能善终。所以,他采取了折中之道:劝皇上班师还朝,还朝之后,有一帮文官大臣压着,魏仁浦、范质、王溥、李穀、王朴等等,都是老成持重、有智有谋的人,可以压一压新皇上的躁气和戾气,让他平和下来。现在皇上既不出击,又不还朝,可能是在这里要有什么动作!而这个动作,如果不通过朝议,不由枢密院议决,那是要出乱子的。更何况,七八万大军驻扎在这里,本身就是一大乱源。

但是,新皇上显然已经不需要他了,也不需要朝议,新皇上自有决断。

冯道黯然退场,他去为郭威造陵去了,三个月后,他病死在郭威陵墓!

要说冯道倒不是一个拉帮结派、自立山头的人,他是个文官,尽管地位高,但没有军权,做事就自然忌惮规矩一些。不过,郭威谢世之后,樊爱能、何徽等纷纷巴结他,让他有点儿飘飘然,他虽然不算与他们这帮老派重臣结盟,但是,因为心思一致,看起来倒像是他们一派的。如今,他来劝柴荣回京,客观上做了旧派官僚们想做而不敢做的事情,让柴荣以为他是来为樊爱能、何徽之流说情的。柴荣毫不犹豫地给了冯道当头棒喝,让他给先皇造陵墓去了,这是做给那些在京城的旧臣们看的。

晨光初绽,虽然不暖,但是北方早春的太阳是通红的,能烧红半边天。迎面吹来的风也冷得不那么刺骨了。难道主上要在这里

第一卷 高平飞雪

等到夏天来临？马上就要进入雨季,如果不迅速出击,恐怕到淫雨天,仗就不好打了。

约五十天,赵匡胤的箭伤已经渐渐痊愈,他早早起来,打了一套拳。这是他自己发明的长拳,刚劲威猛,非常实用,结合了一部分操法,非常适合行伍之人行军打仗时用。军营里很多人想学,他就索性把它画成拳谱,由教官在他的营内教授推广。

他打着拳,一边指导来观摩的军士。

晨曦中,石守信、王审琦带着郭延赟、李处耘、王彦升走来,弟弟赵匡义、贴身军士楚昭辅远远地跟在后面。这几个都是他贴身的朋友,他们几乎天天一大早就过来,聚在他帐篷里,也不管他是不是需要休息,就是想在他这里聊天。那赵匡义和楚昭辅这些天更是寸步不离,多亏他们认真照顾,赵匡胤才好得特别快。肩胛骨上的箭伤已经完全不疼了,他又可以上阵了!

等他们走近,他才发现,王彦升身后还跟着一个女人,虽然衣服普通,甚至有些破落,也有些年岁了,但是眉眼柔顺,齿白唇红。王彦升拉了那女人道:"大哥,给你准备的,你受箭伤,手臂抬不了,穿衣服都不行,这怎么成啊?给你带来了,你看看!"

赵匡胤道:"你又不是不知道,我不好这口!从哪来让她回哪里去!"

那女子听了赵匡胤的话,嘤嘤地啜泣起来。王彦升回头看看,对赵匡胤说:"你就收了吧,你帐里也需要个人照顾不是?这几天都是我们给你弄吃弄喝。"

赵匡胤问那女子:"你为啥哭呢?我放你回家,亲人团聚,不是好事?"

一、遍地狼烟

没想到那女子道:"奴家的丈夫和公公,都被北汉军杀死了,奴家已经无家可归了。王将军说,让我来伺候你,如果您要我,他就让我留下来。否则,他也不要我呢!"

赵匡胤看看王彦升问:"王剑儿,你到底收了多少这样的女子?"

身后,石守信等都笑起来,大家都知道,这个王彦升,是没了女人不能活的。王彦升也不遮掩道:"嘿嘿,三个。"然后,他又想想,又连忙辩解道:"不!不!不!大哥,我可是留了个最好的给你!"

王审琦逗他道:"你说这个好,好在哪里?说出来,大哥说不定就收了,说不出来,嘿嘿,就是你不忠!"

王彦升,扳着那女子的腰,解释道:"你看,这小腰,细着呢,这屁股,这么大,生儿子的料,说不定还能生养呢。"

那女子脸红了,道:"奴家生过儿子的,只是家里穷,没能养活!"

赵匡胤看看那女子,又看看王彦升,厉色道:"以后不要在阵前收女人,说得好听是帮人家,说得不好听,是强抢民女!"

李处耘道:"王彦升倒不是那种人。他想得也是对的,大哥身边,没个人照顾,我们也不放心。嫂子要在家里照顾孩子和婆婆,又不能陪在你身边,你身边没个人也不对。"

王彦升听赵匡胤这么说,一摆手道:"嗨!大哥,你又不是不知道我,我这人,强抢的事,是做不来的。"说着,他一挥手,就让那女子进赵匡胤大帐,"去去去!好好照顾咱大哥,将来是奇功一件,我们大伙儿都感激你!"

那女子红着脸,进了赵匡胤的大帐。赵匡胤问:"她叫什么名儿?"

第一卷　高平飞雪

王彦升挠挠头道:"没名字,要不你给她起一个?"

赵匡胤道:"就叫王燕儿!就说是你妹妹,将来你也好来往,你嫂子那里,好交代!"

王彦升笑笑,大家都笑了,原来赵大哥还惧内。其实,赵匡胤倒不是惧内,他的正室妻子贺氏,乃名门闺秀,从小也是娇生惯养,但是嫁到赵家之后,相夫教子。赵家不富,只能算小安,有时甚至连小安也算不上,贺氏却一点也不抱怨,常常亲自煮饭洗衣,照顾公婆不在话下,膝下儿女,也是照顾得聪明伶俐,赵匡胤的娘杜氏对这个儿媳妇特别认可,这让赵匡胤这么多年对她一直非常尊敬。

赵匡义上前,对赵匡胤说:"皇上在这里按兵不动,这样下去不是个事啊,应该乘胜追击,把北汉给灭了!"

王审琦也点头:"再等,军队的士气就消磨光了。"

赵匡胤摇摇头,他看看天,天上一行大雁正在北飞:"带着这样的军队,皇上敢和刘崇拼命吗?"

石守信道:"樊爱能等为前朝老将,倚老卖老不说,在朝廷里,势力盘根错节,皇上能把他们怎样?冯道那些人,扎堆保他们,早就是一伙儿的了!"

王彦升气不过地说:"咱们哥们,掉脑袋的掉脑袋,负伤的负伤,我们就不是人?他们逃跑,回来还能继续做官,我们死了几回,都没得到机会!我还是个散指挥使,放屁都没响儿,冲锋的时候,身边没一个是亲兵!"

赵匡胤道:"我准备奏明皇上,杀无赦!不杀樊爱能,我军无以为胜利!虽胜尤败!"

这时,曹彬、潘美、王全斌等几个人走来,这几个人,年纪轻,地

一、遍地狼烟

位低,但是都能征善战。这次巴公原之战,潘美和王全斌表现非常勇敢。王全斌用一千人,挡住了北汉一万多人的援军,整整挡了三天,一千人战至最后只剩三百人归来。而潘美则孤军深入敌后,在北汉腹地大纵深开展运动战,开战以来大小战三十余次,他能不带任何粮草,采取契丹游牧族战法,来如疾风,去如闪电,真正让北汉那些将官们尝到了运动战的滋味。通过这一战,赵匡胤深知,此人将来必成国家栋梁,是军事奇才,而大周正缺这种将才啊。

但是,这些人目前都还只是下层军官,只有石守信,现在是有点儿权力的。

大家看见一个文官模样的人,不作通报就走进了赵匡胤大帐,大家心知肚明,并不说话。原来是陶榖。当年,他来投大周之时,曾经跟朋友韩熙载相约,韩熙载也是当世名士,他选定江南,要去投南唐李氏,韩熙载道:"入得南唐重用,必领南唐军,与兄一较高下,收复大唐河山!"

陶榖也道:"如我在大周得到重用,必领军饮马长江,与兄戏于金陵!"

陶榖才气逼人,但此时只是一个虚衔文官,其实在历朝历代,都有这种文人,才高八斗,却没有机会得到提拔赏识,甚至连皇上的面儿都见不着。这陶榖,自视英雄,平常人自然不在他眼里,但他唯独和赵匡胤谈得来,常常便服来访。文官和武官往来多,要避嫌,他倒是不怎么避嫌,却也不大和赵匡胤身边的武夫们搭话。

此时,他上午便来,可能是有事。

陶榖径自走到后帐,坐下,见赵匡胤进来,也不礼让,只是点点头,急道:"樊爱能、何徽等人,临阵逃跑,让人心惊,更可怕的是,那些临阵投敌又反正的,恐怕要闹事!"

第一卷　高平飞雪

赵匡胤道:"皇上恐怕也是在想这个问题,只是还没有下定决心。你有什么消息?"

"他们秘密和冯道联系,由冯道劝说皇上尽早回京。"

"他们想活着回京!"

"赵将军,如今的局势,不知道你可看得清?"

"他们和旧党结为一伙,必然视我等为新党,欲除之而后快!他们的如意算盘是,只要皇上立即回京,回到文人圈子里,樊爱能、何徽只要还是侍卫指挥使,就能控制皇上!"

"将军分析得是。这群败类,决不能让他们回京,让他们回京,等于是放虎归山,必留后患,到时候就没有办法治他们了。相反,他们有大群旧党撑腰,会反戈一击,你们不视自己为新党,而他们却必视你们为仇寇!"

"以你之见,当如何?"赵匡胤直截了当地问陶榖。他知道,陶榖这人好卖弄,你不问他,他一定不讲,你问他,他有时候还要卖个关子。

"张永德!目下能治他们的,只有张永德。张永德是先帝指定的重臣,手握兵权,又是皇亲国戚,如果他代表大家,要求清除叛军,注意,一定是'清除叛军',皇上一定就能下决心!"

赵匡胤拱手弯腰行礼:"哎呀!陶榖先生,你要是早来跟我说就好了。这事已经让石守信、潘美跟那些人结下了冤仇,而且,皇上也因为都是石守信等人去说,反而犹豫了!"

陶榖又简单地讲了一下局势,说到魏仁浦。"魏仁浦忠于先君,乃是皇上最信任的人,在旧党中很有威望,如果魏仁浦不跟冯道等勾结,而是独立一派,这事就能办。"陶榖道,"魏仁浦老奸巨猾,此刻他在京城留守,深感责任重大,应该绝不会和冯道勾结,更

一、遍地狼烟

不会主动干涉皇上管军队的事,如果魏仁浦缩头不说话,那把挡着道的冯道摆平,就好办了。"

赵匡胤点点头问道:"皇上已经把冯道赶去给先帝建陵墓去了!"

陶穀也点点头回道:"如果是这样,恐怕只剩最后一件事了,只要这件事能办,皇上就一定能下决心清除樊爱能等人!"

赵匡胤道:"真杀?"

陶穀毅然决然,大声道:"不杀他们,皇上怎么立威?你等怎么升职?国家有这等人把持,军队全是这等孬种,我们还有什么希望?不如投他南唐去!"

赵匡胤大吃一惊,这个陶穀,看起来文质彬彬,还真有点儿骨气!关键时刻,不含糊。他看看左右,只有王燕儿在边上,给他们沏茶,并无别人!

陶穀道:"将军不信任在下?在下这就走!"

赵匡胤又是一揖,道:"先生教我,还有哪件事要做,方能摆平樊爱能,让皇上安心?"

陶穀道:"王溥!王溥身为宰相,却凭空消失好几天了,你不觉得奇怪吗?"

赵匡胤点点头回答道:"是啊,难道是皇上有什么秘密任务交给他去做了?"

陶穀仰脸看看赵匡胤,陶穀的个子小,赵匡胤高个巨人,陶穀看赵匡胤就得仰视。现在,他仔细看着赵匡胤,让赵匡胤有点儿不舒服。这个人神神叨叨的,号称能预见未来,他曾拜麻衣道人为师,从事《易》学研究,著有《麻衣道者正易心法注》等书,自恃才高八斗,不把平常人看在眼里,甚至号称当今第一的陈抟老祖,他也

第一卷　高平飞雪

不放在眼里。

他对时机总有个人的判断，常常能发人深省，揪出其内里，果然，陶毂道："你相信，王溥是在乱军中失散了吗？"

赵匡胤说："皇上不是在派人找吗？"

陶毂道："皇上，可能已经派他和北汉媾和！先杀赵晁，可见人心，后贬冯道，匡正人心，如今么……"

陶毂犹豫着不说话了。

赵匡胤道："当今皇上，用兵如神，曾派泽州刺史李彦崇带兵埋伏在潞州以北江猪岭阻击刘崇，断其退路！可惜，这个李彦崇竟然擅自退兵，真是第一个该杀！不然，他半道截杀刘崇，我们岂不是大功已成？"

陶毂道："李彦崇势力大，影响大，恐怕不好对付，他之所以敢不请示就撤，就是因为对新皇上不信任，根本不相信我们能在这里打胜仗。这一点皇上应该心知肚明，所以，明天应该先用赵晁试刀，正好杀鸡给猴看！"

赵匡胤也同意，人心向背，正好用赵晁做个试验，皇上如果杀得赵晁，杀樊爱能，则又有何难？

"此事我可动员慕容延钊将军去做，他是后路总指挥，此刻正在泽州，让他动手，也正好帮他脱掉杀敌不力的罪名！"

赵匡胤觉得陶毂的话有道理："这事我让人去办，送慕容将军一个人情。如果他拿着赵晁的人头来见皇上，既可以以此向皇上表忠心，表明他效忠当今圣上，一心不二，又可以以此来威慑樊爱能之流，让他们不要轻举妄动。"

陶毂道："此时，千头万绪，吾皇第一次执掌如此大局，恐心态反复，赵将军您也要多加留心！"

一、遍地狼烟

赵匡胤道:"此时,清洗那些藐视皇上、反对亲征的老臣,已经没有障碍,军队几乎都在皇上的手里!张永德、李重进、刘词等都在高平巴公原之战中立有战功,一战而胜,又有冒死救主的功劳,他们肯定是站在皇上一边的,军队稳,皇上还在担心什么呢?"

陶毂道:"吾皇英明,可能是在考虑未来军队建制的问题。当今天下,虎狼之军几乎都在各地藩镇手上,皇上此刻不仅仅是忌惮北汉、契丹,同时,还忌惮樊爱能及其后面的势力,此刻皇上的心情可想而知。"

赵匡胤道:"我们当为皇上分忧,藩镇割据,动不动就以下犯上,自立门户,老百姓没有一天能过上安生日子,这种局面不能再这样下去了。先皇在的时候,对那些藩镇太客气,此次,我们一定要力劝皇上整顿军制,军队是国家的军队,不是藩镇的私人财产,军队应该保护国家和老百姓,而不是各地的军阀!"

陶毂听了,拱手弯腰恭敬地说道:"赵将军说得对,但愿当今皇上,能明白我等一片苦心,如此则大周幸也,兴也!"

陶毂从后帐直接走了,赵匡胤走到前帐,王燕儿递上茶来,他接了一喝,竟然不热不冷,温吞吞正好。他看看王燕儿,王燕儿此刻正贴近着他,身上有一种淡淡的女人香,让赵匡胤有些晕眩,他看看王燕儿丰腴可人的身体,眼睛低下来说道:"燕儿,我乃一介武夫,又不富裕,全仗兄弟们抬爱,你在我帐下要受委屈了。"

王燕儿脸红红的,道:"刚才,听得将军谈话,知道将军是忧国忧民的明眼人,只要将军真心为国,燕儿做什么都可以!"

赵匡胤忍不住抬手摸了摸燕儿的肩膀,本来是想拍拍她肩膀的,却不知怎么,手竟然碰到了燕儿的胸口,一阵柔软,让赵匡胤耳

第一卷　高平飞雪

根发热了!

燕儿本能地退了一下,又觉得不妥,身子僵在那里,进也不是,退也不是,脑子里想到王彦升的吩咐:"赵将军是战神般的人物,是我大哥,可不能在大哥面前摆谱儿,要照顾好大哥。照顾得好,奇功一件,照顾不好,你可是知道我的厉害的!"燕儿当然知道王彦升的厉害,那天晚上,她和十来个女人一起被带到王彦升的帐里。王彦升让所有女人脱了衣服,并排站着,他拿着马鞭把每个女人拨弄一遍,看了又看,大家都怕他,虽然又羞又恼,但都不敢言语。却有个女人,许是被拨弄得烦了,嘴里嘟囔了一句,大家都没听清楚那女人到底嘟囔的是什么,王彦升也没听清,就问:"你说什么?"那女人怕了,不敢应对,王彦升又问了一句,那女人还是不敢应对。王彦升不耐烦了,对着那女人的脸一鞭子过去,那女人的脸上立即就开了花。王彦升道:"不服帖?老子让你见识见识!"说完一挥手,大家真没看见他是怎么出刀的,那刀明明是搁在帐门口的刀架上的,然而,那女人顿时就成了两截,上半身和下半身分离了,上半身还有气,两手支着,撑起来,昂起头,似乎还想说什么,王彦升又是一挥手,那头又和身子分离了。所有的女人都瘫倒在了地上,没人敢动了。

王燕儿此时被赵匡胤一碰,就突然回想起王彦升那天的举动,身子僵硬在那里一动也不动,她那是动不了了,她浑身发抖。

但是,赵匡胤并没有进一步的举动,而是出门去了。

柴荣的大帐内。

柴荣一手拿着玉刀,把玩着,一手拿着奏折。突然,他把奏折扔在桌上,又用玉刀狠狠地劈那奏折!忽而问道:"匡胤,你如何看

一、遍地狼烟

冯道?"

赵匡胤一时不知柴荣何意,便道:"冯道乃前朝老臣,深受先皇信任。"

柴荣不耐烦地摇摇手说:"先皇对这些人太仁慈了,让这些人倚老卖老,骑在头上作威作福。"

"这些文人无论如何作威作福,都不用怕,臣只怕那些武夫,皇上,不知您如何处置不听圣命、甚至违抗圣命的人?"

柴荣看看赵匡胤,冷冷地道:"匡胤,给他们加官晋爵如何?给他们满门抄斩又如何?此时,大敌当前,他们临阵威胁孤家,是拿捏了我们的短处啊!"柴荣起身,来回踱步。

赵匡胤这时才了解,原来柴荣是在担心北汉和契丹联军杀回来。"皇上,我们已经胜利,何不一鼓作气,灭北汉!"

柴荣摇摇手。

正在这时,军士来报:"丞相王溥回来了,帐外求见。"

柴荣立即招手:"快让他进来!"

王溥一身农民打扮,风尘仆仆地走了进来,柴荣不待他坐定,急切问道:"吐谷浑部如何?可愿意与我联合?"

王溥道:"皇上,他们愿意,但也不愿意!"

柴荣问:"此话怎讲?"

"吐谷浑部为契丹所迫,流离失所,幸被北汉收留,但是,北汉对他们并不信任,而是分而治之。更加要命的是,刘崇对他们强征强收,一半男丁和一半收入都被征走!他们如今非常希望能归附大周,但他们也提出了条件!"

"这就是说,他们愿意?那么,不愿意呢?什么条件?"

"割地三百里,令吐谷浑部自立宗庙!"

第一卷　高平飞雪

柴荣倒吸一口凉气，道："吐谷浑部，胃口不小！如果朕答应割地，难道不是扶持了又一个北汉？"

王溥笑笑说："皇上，当下可以答应吐谷浑部，就给他们泽州以北三百里。即使他们做不了我们的北方屏障，只要他们和北汉闹翻，自相争斗起来，我们就能坐收渔翁之利，北方可不用一兵一卒而能保十年太平！"

赵匡胤点头，这些文人脑子好使啊，王溥，不愧天下名相！柴荣道："好，那就答应他们。"

王溥跪地道："皇上，臣已经越权答应了他们！请治臣不告之罪！"

柴荣哈哈大笑起来道："哪里哪里，将在外君命有所不受，况且事态如此紧急，你答应他们，是替朕分忧！你回来就好了，朕就可以放胆行事了！"

柴荣转身对赵匡胤道："派快马，连夜出发，令慕容延钊将军为北击先锋官，明日一早起兵，午时之前赶到，绕过我军营，到北面塬上驻扎，无我命令，周军擅自出营者，斩！"说着，柴荣又摇了摇手，补充道，"对了，赵晁，杀了吧，用此人的头祭我军旗，也算他死而有功！"

赵匡胤并不应诺，而是起身拱手行礼，郑重道："皇上，樊爱能及其帐下七十余将校，违逆皇上命令，临阵脱逃，后见我军胜利，虽然回归，却实际上是见风使舵。这些人留之，害我军士气，灭我军威风，臣请皇上速速决断处理。"

这个时候，柴荣原本脸上已经不像刚才那么严肃，听赵匡胤这么说，突然又沉重起来，道："匡胤，不妨直言，你有何良策？朕正想将他们调离前线，又不知哪里可以让他们去！"

一、遍地狼烟

赵匡胤急道:"皇上,千万不可纵虎归山!他们无论去哪里,叛心不灭,都是祸患!"

"依你之见,当如何?"

"臣请皇上定夺!此战如此,非士兵之过,乃将官之过,士兵可以饶过,将官不能轻判!"

"你不让朕放他们走,又不能留,是要朕杀了他们?是不是你跟张永德商量过了?"

赵匡胤这才知道张永德来和皇上禀告商量过了。他想这回有点麻烦了,如果让皇上觉得他和张永德商量过,一起来要求杀樊爱能,恐怕对他和张永德都不好。他急出一身冷汗,道:"臣没有和张将军商量过,只是近日听樊爱能他们的一些说辞,感到不能不告诉皇上,才特来禀告!"

柴荣左手拿着玉斧,敲着自己的右手:"你说!"

"樊爱能、何徽帐下将校,这几日日日啸聚,嚷嚷巴公原之战,他们出了力,如果没有封赏,就要反了!"

柴荣停止了敲击,冷冷地说道:"朕没有追究他们临阵脱逃之罪,他们却还要追究朕胜而不赏的责任?是说朕有眼无珠,不识良臣?"

王溥道:"樊爱能帐下士兵,如果这样说,无罪,因为他们不懂事。樊爱能帐下将校这样说,均为死罪,因为他们是受人蛊惑,故意这样说,来要挟皇上!臣请诛灭其帐下所有将校,以正军法,以立皇威!"

"如何杀之?"柴荣问道。

"皇上,真想杀樊爱能、何徽?"王溥并不回答柴荣的问题,而是反问!

第一卷　高平飞雪

"如何杀之？"柴荣有些不耐烦！

"皇上，臣敢问，真想杀樊爱能及其帐下诸将否？"王溥还是不答，仍是反问！

柴荣点头："不杀，不足以定军心！带着这样的军队，朕能和北汉决战吗？要是他们再次临阵脱逃，又当如何？让朕去当俘虏吗？"

"只要皇上真想杀，如何杀，臣自有办法！"王溥拱手道。

"有何办法，你且说来。"

王溥指指赵匡胤："赵将军万夫之勇，樊爱能者，不过是胆小匹夫，我想赵将军已经胸有成竹！"

柴荣看看赵匡胤，赵匡胤只好道："臣请皇上明日召集营中所有将校，论功行赏。臣在帐下四周布上刀斧手，轮到樊爱能之流，只要皇上下令斩首，臣的刀斧手一定不辱使命！与此同时，臣可派人到樊爱能军营中，宣布赦免所有士卒，皇上如此宽厚，他们一定会感恩皇上的宽宥，誓死效忠皇上！"

赵匡胤嘴里说着，心里却很后悔，这些话不该自己说出来，要让皇上下令才好。皇上明摆着要杀人，却是要借用他的刀，皇上自己不说要杀，而逼着他说，不仅逼着他说要杀人，还要让他出主意怎么杀！皇上心里其实早已经有了主意，而且还布了局，皇上让慕容延钊午时之前赶来，难道不是为了防止樊爱能之流兵变，或者北逃？皇上不用大营中的军队，而是让慕容延钊赶到大营前方，难道不是为掩人耳目？而这个王溥，也真是的，明明是他建议杀人，却说赵匡胤一定有办法杀！这樊爱能毕竟是大周高官，在朝中盘根错节地拥有很多人脉关系，弄不好是要得罪一大批人的。

古往今来，坏人自然可恨，奸臣自然可杀，但是，出手清君侧的

一、遍地狼烟

那个人,那个杀奸臣的人,却并不一定讨喜,相反,常常不得善终。这无论如何看似难以理解,却是被历史反复证明的规律。

柴荣听了沉吟不语,似乎还在犹豫。

王溥道:"赵将军,我军的致命弱点,乃是将骄兵惰,兵权失控,如果不能整饬军纪,重兴纲常,就是打了胜仗又如何?那个泽州刺史,皇上命他切断北汉退路,让他待刘崇兵败,半道伏击刘崇,他却提前撤退,让刘崇老儿逃回老巢,坏吾皇大计。这些人老朽陈腐,享受高官厚禄,却又贪生怕死。外,不能战;内,骄纵贪腐,要这样的将何用?要这样的兵何用?"

赵匡胤听王溥这样说,才感觉这王溥真是非常耿介,一心向主,为了国家大计,他不怕得罪人,哪怕是有可能要了他的命的封疆大吏、朝廷重臣。驱除冯道,让他去守陵,肯定是他的主意,而此次又驻兵于此,决心除掉那些叛臣逃将,恐怕也是他的主意!这个人不可小觑。

赵匡胤心里不由对这个人生起佩服之念来。治国还是需要文人,而文人中也有不贪生怕死,冒死进谏,甚或冒死深入敌后,做分化瓦解工作的。王溥深入北汉境内,策反吐谷浑部落,所冒危险不亚于战场厮杀,功劳更不亚于一场胜仗。赵匡胤想着,觉得自己将来有了工夫,也要好好读点书,让自己智慧起来。

"圣上命泽州刺史李彦崇带兵埋伏在潞州以北江猪岭,意图一举全歼刘崇,此策大气磅礴,波诡云谲,非古代兵圣不能及。然这些方面大员,享富贵久矣,不敢冒死,倘若皇上在高平失败,难免他们成为墙头草,投敌叛国!"赵匡胤道。

王溥跪下道:"臣这些时日,深入敌后,心却时刻惦念皇上安危,时时不能安枕,落下头痛的毛病。不杀这些人,臣的头痛病恐

第一卷　高平飞雪

怕好不了,臣请杀樊爱能及其帐下全部将官七十八名,请皇上定夺!"

王溥从袖子里掏出奏折来,递给柴荣。柴荣道:"爱卿,请起,我等君臣,犹如亲人,何须大礼?"

王溥跪着不动:"臣深知皇上在忧虑什么,请皇上不要忧虑,我大周万里江山,广犹宇宙,天下豪杰尽在其中。只要我们敞开胸怀,开科纳士,皇上必能聚集天下真英豪!"

赵匡胤也有了豪情,朗声道:"这几日我也非常担忧,大周要强盛,靠这些因循守旧、贪生怕死的老臣恐怕不行,臣冒死举荐青年将领曹彬、潘美、王全斌、王彦升、李处耘等人,他们都是有勇有谋,愿为皇上赴汤蹈火在所不辞的壮士!解决樊爱能之流,就在明日,一旦他们还朝,必生异端,那时,那些旧臣沆瀣一气,结为朋党,就难处置了。"

柴荣点头,习惯性地用玉斧砸了砸自己的左手,他把玉斧交到赵匡胤手上:"你去办,吩咐手下将士,见玉斧如见孤家!"

杀敌人,赵匡胤无所畏惧,但是这次是杀自己人,他心头纠结。无论如何,樊爱能、何徽等均是自己的同僚,有些更是自己的长辈,是父亲赵弘殷的同僚。当年,樊爱能还资助过他们父子,然而此次,他和他的将士却要对自己人下手了!

夜已深,整个军营除了更漏点点,并无任何其他声音。偶尔马吃野草,沙沙沙沙的咀嚼声,透过更漏之声传来,那声音更显安宁和寂静。

刘崇已经彻底失败,逃回太原,如今,这里已经没有了战争,只有寂静的草原、山坡和荒月。

一、遍地狼烟

赵匡胤帐内,曹彬、王全斌、王彦升、李处耘、王审琦、杨光义、史彦超、刘廷让、王政忠、李继勋、赵匡义等都来了,楚昭辅站在赵匡胤身后,楚昭辅示意大家不要说话,大家就都不作声,等着赵匡胤发话。赵匡胤却不说话,只是踱步。空气中一片死寂。王燕儿进来,给众人端水,赵匡胤一摆手,她看明白了,今晚不用给各位将军上茶,她被赵匡胤沉重的样子吓了出去。

"这水也不让大家喝一口,也不让大家落坐,赵大哥,你这葫芦里卖的是什么药?"王彦升是个敢说敢做的粗汉,小声嘟哝,赵匡胤瞪他一眼,他缩了回去。他看看曹彬、王全斌,他们两个现在地位稍稍高点儿,都有都头的头衔,名义上比散指挥使小,实际上还是比散指挥使强!曹彬和王全斌平时沉着老成,在这一拨人中,除了赵匡胤,王彦升就佩服他俩。

一会儿,陶穀和潘美进来了,陶穀抖了抖长袍,那袍子上全是露水和草叶子。看来,他们走得很急,而且走的是小道。

陶穀看看大家,道:"皇上决定明天召集群臣,在座各位将军各有封赏!但是,樊爱能、何徽之流,临阵退缩变节,该斩!明天将同时斩首所部将校七十八人!"陶穀拿出王溥的奏折。

众将本来都希望皇上能当机立断,惩戒樊爱能之流,但听陶穀这样说,要杀七十八人,还是感到很震惊。

王审琦道:"此事非同小可,樊爱能、何徽两位将军自然有错,但他们都是先皇身边的老将啊!"王审琦面有难色。

杨光义也低声道:"其下将官七十八人,多数都是我们平时低头不见抬头见的同僚,他们也有妻儿老小,说白了,都是自家兄弟。当时在阵上,只是受了裹挟,一并杀了,我们回去如何向他们的妻儿老小交代?"

第一卷　高平飞雪

陶毂看看赵匡胤，赵匡胤继续踱步。王溥啊王溥，你就是给我一个烫手山芋啊。杀，落下骂名，将来回京，多少家属要骂我赵匡胤，不杀，如何跟皇上交代？看来，皇上在这里久住不决，是有道理的。这些将士，长相往来，上下左右关系盘根错节，要兄弟自残，自己都不愿意，更何况下层军官。

陶毂见赵匡胤不说话，低声道："时间非常紧迫，天亮前，各位必须布置好，大家为何这般犹豫，还不如我这个书生？难道是不信任赵大哥？"

李处耘看赵匡胤非常焦急，便第一个出列，拱手对陶毂道："陶先生，我听大哥的，只要大哥吩咐，万死不辞！"

楚昭辅也急忙说："当然，大哥只要吩咐，我们跟大哥走！"他对大伙儿使眼色，但是众人就是不动，杀七十八人，这可不是儿戏，弄错了怎么办？身家性命不是全没了？他们都很信任赵匡胤，赵匡胤这人讲义气，平时待大家不薄，甚至互相当作知己，这次阵前，大家更是亲眼见了他的威风，实在是佩服得紧！

"大家都是低级官佐，实在没有干过这等大事。"李继勋轻声问赵匡胤，"赵将军，此事当真要干？"

赵匡胤来回踱步，手里攥着柴荣交给他的玉斧，他没有直接回答李继勋的话，而是在众人面前慢慢地走，他走到潘美面前，停下，看着潘美，潘美也看着他，一会儿潘美明白了什么似的点点头。他又走，走到曹彬面前，曹彬却低头不看他，他手里攥着玉斧，忍不住就要把玉斧拿出来，砸曹彬的头，但是又忍住了，心想：曹彬啊曹彬，难道你不认我这个兄弟？不信我这个兄弟？

赵匡胤伸出左手，在他肩膀上拍了拍，轻声对曹彬说："高平之战，你和潘美，还有在场的各位兄弟，死战报国。阵前杀敌是报国，

一、遍地狼烟

阵后清除叛党,护卫皇上,难道不是报国? 也是报国! 两者都需要勇气,要大智大勇!"

说着,他转过身,正欲离开,这时,曹彬缓缓说道:"末将与将军投契,并肩作战,才有今日,末将誓死与将军同路!"

其他人听了曹彬之语,纷纷附和。

赵匡胤拿出玉斧,高举过头,厉声说道:"诸位将军,都是皇上钦点股肱,请诸位将军听令!"

王全斌代表众人道:"我等都听将军令,但请将军发令!"

"各位不是听我命令,而是听从皇上的命令!"赵匡胤解释道,"现在是皇上需要各位挺身而出。"

赵匡胤吩咐楚昭辅等,每人带十名刀斧手,按名字盯住樊爱能部下的五个人,又吩咐潘美率本部军马,扮作庆贺巡游队伍,监视樊爱能部。一旦行刑,立即进入樊爱能军营,宣布诏书,安抚军士!

从京城出发的时候,天还很冷,人人心中都不淡定,先皇刚刚过世,新皇即位没几天,就发兵打仗,大家心里都没底。而如今,大家已经出来两个多月,天已经见暖,尤其是这几日,周边的山坡竟然出现了绿苔,树挂都泛绿了,草坡上显出些许的嫩芽来!

这里是高平的巴公原,柴荣要在这里封赏诸位将官。

柴荣站在高坡上,看着两边列队的文臣武将。

诸位文臣及将领个个彩衣高冠,兴高采烈,当然,也有心怀忐忑的,如樊爱能等。冯道被皇上贬去造陵守墓,让他们惶惶不可终日,冯道是个了不得的人物,先皇在时,对他尊崇有加,从来不敢怠慢,而今,新皇竟然把他贬斥到荒郊野外造陵去了,这对那些老臣,是一个重重的警告。冯道历经四朝十君,官拜宰辅二十余年,是典

第一卷 高平飞雪

型的官场"不倒翁"。其人不仅做官有道道,肚子里也是真有文墨,曾经主持校定了《九经》,并雕版印刷。这样的人,新皇上说贬斥就贬斥,可见,新皇上是真的想革故鼎新,对老臣不手软。

"他对冯道能如此,又怎么会对我们心慈手软?"何徽对樊爱能说,何徽担心新皇会杀他们,以儆效尤。

樊爱能并不这样看,他对何徽道:"放眼我朝,新皇登基,谁来护佑?还不是靠我们?他有人吗?缺了我们,他什么都干不成!再说,我们是老臣,他能奈我们何?杀我们?他还没那个胆量,朝中上下,谁不是我们的人?他就是敢下命令杀,又有谁敢举刀?"何徽听樊爱能这样说,也不知道怎么辩驳。私下里,他派人到京城打探,看看老臣们到底有什么说法,传回来的消息都是说京城里留守的老臣们,一个劲儿地敦促皇上回京,正等着庆祝大捷,没有一个提到要惩罚谁的。

这不是胜利了吗?樊爱能虽然临阵退缩了一下,但是,最后还不是收拾了残兵,杀回来助阵了。要说这大捷,难道还真没他樊爱能的份儿?

这两人,心里惶惶,有点儿愧疚,但也不怎么害怕,都觉得自己不是什么死罪,最多就是这次封赏少拿点儿!但是,他们没想到,皇上升张永德为武信节度使,李重进为忠武节度使,史彦超为镇国节度使,赵匡胤为殿前都虞候、严州刺史,以下三百余人,各个都有封赏。这些人,皇上一一授予印信。

越往后,樊爱能、何徽等人越是担心,授衔的官员等级越来越低了,直到一名士卒。袁承恩,临危不惧,接替战死的,带队杀敌一百一十六人,得胜而还,袁承恩直接从士卒被升为校官!

樊爱能心里直打鼓,怎么还没轮到自己?就在这时,皇上突然

一、遍地狼烟

变脸,呵斥道:"汝等皆是累朝老将,并非不能战斗,现今望风遁逃者,并无其他原因,只是欲将朕作为奇货,卖与刘崇尔!"

樊爱能一听,立即明白今天是没命了,皇上不是说他们战败退却,而是说他们故意出卖皇上,定他们的是叛国罪!他脑袋一热,立即就想抽刀,心想,早知这个乳臭未干的小儿皇帝这样狠毒,不如听了何徽的话,弃他北去,就是不投奔刘崇,投奔契丹也有活路啊。

不过后悔已经晚矣,他身后,一左一右,两个大个儿军士已经瞬间架住了他的两臂,他被架在中间,丝毫也动弹不得。

"皇上,臣冤枉!"他循声看去,叫喊的是何徽,后面更有自己帐下七八十名将官,全部被架住了。"难道皇上要杀了我帐下所有将官不成?"樊爱能吼叫道,"皇上,末将无能,令众部将受辱,请皇上放了他们,末将一人担当!"

樊爱能非常瞧不起何徽的求饶,也非常后悔当初的逃遁,自己对大周虽未有多大功劳,却也是人上之人,曾经受到先皇的厚待,一家老小都为此感到荣耀,如今却落得如此下场,拖累了全体将官和家人。早知如此,悔不该当初,当初,自己怎么就会同意后撤了呢?

此时,不但是樊爱能一群人惊得腿肚子抽搐,其他将官也莫不惊诧,大周历史上从未有过如此场面,一次杀七十余将官!然而,大家又都觉得樊爱能一伙儿该杀!临阵脱逃,是置其他人的死活于不顾,甚至就是直接让其他人去替死!这样的同僚,以后还怎么一起打仗?皇上整顿军纪,逃者杀,勇者赏,尤其是不问出身,只要有军功,就一律赏赐,这让大家心情振奋。大家看到了新皇上的新气象,知道这回新皇上是动真格的,要打造一支真正能打仗、能建功立业的军队。以后,大家有福了,只要有仗打,就有机会升职,就有机会光宗耀祖。

柴荣手一挥,营后一声号炮,一队军士跑上高坡,组成一道通道,那些架着樊爱能等人的军士,纷纷鱼贯而出。草坡下,已经搭起了刑台,七十八名刀斧手赤裸着上身,站在树墩前。

那些树墩和刀斧手,也不知道是何时就位的,大家看时,他们似乎早就在那里了。

漫天的血光,染红了天际,朝阳仿佛也被染红了。如血的朝阳下,大家看见了一个新的皇上,他面不改色心不跳地杀掉了七十余名懦夫。此后,在大周的军队中,懦夫将死无葬生之地,懦夫将无处容身,而勇敢者,将得到大周皇帝的奖赏。大周的军队,将成为真正的勇敢者建功立业的领地。

这是他们的皇帝,他们的皇帝将带领他们保家卫国,更重要的是开疆拓土。

此刻,一位新的皇帝真正诞生了,而一支新的军队也诞生了。

封赏大典之后,出乎意料的是,柴荣并没有下令围攻太原城,而是命令徙北汉平民二十万户至大周南方边境。接着说道:"就留着刘崇,让他为朕守北面边关,做我大周和契丹之间的屏障吧!"

潘美等商议,请赵匡胤出面,劝皇上一鼓作气,灭掉北汉。陶穀道:"此时,我军士气正旺,正是灭掉北汉的好时机,皇上迫于那帮老朽们的意见,班师还朝,错失良机,将来一定会后悔。让北汉获得喘息的机会,这匹狼将来一定还会再来咬人!"

赵匡胤却不这么看,他接过王燕儿递过来的热茶。自从王燕儿来到身边,他就喝上了这种北方的茶,这种茶不是用茶青碾碎了

一、遍地狼烟

直接做的,而是茶青经过发酵后,茶叶变黄变黑,然后下水煮着喝的。这种茶看起来不起眼,但是用水壶烧开,茶汤如琥珀般,喝着和胃。

有个女人真好。

"皇上的考虑,不仅仅是军事上的,还有政治上的、经济上的,皇上不是忧虑北汉一家,而是要忧虑天下大统!我们要理解皇上的想法。"他喝一口茶,看着王燕儿给大家一一斟上茶,心里突然变得柔软,"让天下人都过上好日子,才是硬道理,打仗不是目的!"

王彦升抿一口茶,大声嚷嚷道:"大哥,我可是只会喝酒,哪里会喝这茶!"

王燕儿听王彦升这样喊,细声说道:"哥,人家说你粗,你还真粗,酒有酒的豪气,茶有茶的文雅,你们男人会打仗,也要会生活不是?"

王彦升听了,看看王燕儿说:"妹子,看你在哥这儿,还真长进了,是哥教你的,还是你教了哥?"

赵匡胤笑笑,举起茶杯说:"各位弟兄,这次回京,希望你们多带礼物,去看看那些兄弟们的家眷!右军里的那些家眷们,也别忘记了!"

大家都听懂了赵匡胤的意思,就是说,路上能带上抢走的,都带上抢走吧,回去自己过上好日子,但也别忘记这次死在这里的将士,另外,右军樊爱能手下那些将士的家眷,回去大家也要负责接济。

楚昭辅摇头道:"将军,樊爱能那些人的家眷,要我去看?我不去!要去你让潘美、曹彬他们去,他们文雅,会耍嘴皮子!"

大家笑起来,又都有一些沉重。

第一卷 高平飞雪

陶穀道："北汉与我大周,虽有血海深仇,然而北汉刘氏终究也曾是中原旧主,吾皇有仁慈之心,不忍刘氏之不血食也!"血食,即宰杀牲畜,祭祀先祖,先祖得以血食,证明有后人存在。不血食,则是无人祭祀祖先,国破家亡。

潘美摇头道："承旨,你这样说,要是传出去,可有杀头之罪!"

赵匡胤看看陶穀,觉得他太聪明,嘴巴太快,他什么都能想明白,却只有对自己的一件事想不明白,为什么别人能想明白不说,却偏偏要让他说?大家为什么偏偏让他做"聪明人"?

高平之战,让赵匡胤成了新生代军人的代表,他和张永德的生死友谊,也由此奠定。

但这也让赵匡胤成了旧派力量的众矢之的。他帮柴荣杀了右军七十八名将领,那些人的家属、部下怎么会不记恨他?

然而,柴荣是他的皇上,也是他的兄弟。如果能够有一个统一而强大的大周,让天下百姓安享太平,那些人死不足惜,况且,那些人的确是死有余辜。

柴荣杀了临阵退缩者,却并不进兵。整饬军纪,难道不是为了向北向北再向北,灭了后汉刘崇吗?

"后唐清泰三年,石敬瑭在太原叛唐,张敬达进讨,围而攻之,石敬瑭受围中,乞援于契丹,称臣并应许割让燕云十六州之地。耶律德光借机出兵,利用我中原内耗,轻取我燕云十六州。此后,我中原门户大开,无险可守,而契丹却东至于海,西至于流沙、金山,燕云十六州之地从此脱离我中原。此等历史,不能再重演了!"柴荣举着酒杯,沉重地说。

赵匡胤听了柴荣的话,才彻底地明白了柴荣为什么要撤兵,才

一、遍地狼烟

理解了皇上内心的波澜和战略。

柴荣雄韬大略,中原大幸,中原真正的敌人不是北汉刘崇的小朝廷,而是契丹,契丹才是真正的对手。

他不由得对柴荣更加佩服,柴荣,自家兄弟,他们早先一起在郭威帐下效力,后来助郭威举事,定下大周江山,尽管现在柴荣是皇上,而他只是一名刚刚升职的将军。

他们几乎是一起成长的,但是柴荣怎么就懂那么多呢?看来,多看书,多懂历史,才不会被眼前的东西左右,才会有战略眼光。

"皇上,末将此刻才真正明白您的雄韬大略!本来末将以为,北汉跟我大周有血海深仇,时刻觊觎我大周,是我心腹大患,只有征服北汉,我大周才能安枕无忧。现在看来,皇上您的意见才对的,如果此时攻伐北汉,正好再次给契丹以机会!"

柴荣叹口气,整个人倒反而坐直了,他望向虚空,仿佛在和某个虚空对话:"我大周何去何从?"

柴荣接过王燕儿递上的酒,一口干了,他看看赵匡胤,赵匡胤也一口干了。王燕儿又给他们斟上,柴荣又干了,王燕儿就不敢再斟了,她看看赵匡胤:"将军,皇上这样喝,会不会醉啊?"

柴荣看看王燕儿:"你敢抗旨不遵?"

王燕儿慌忙屈膝施礼,脸通红着说:"皇上,我可不敢!我是怕皇上醉了。"

柴荣看看赵匡胤道:"看来,还是你的女人啊,听你的,不听我的。你看看,我这个皇上,有什么用?"

赵匡胤连忙起身道:"皇上,燕儿人不错,是王彦升的干妹,暂时寄居我处,正没个去处。要是皇上喜欢,她入了宫里,待在皇上身边,她有个去处,我也就放心了"。

第一卷　高平飞雪

　　王燕儿听赵匡胤这么说，蹙起眉了，眼泪眼见着就在眼眶里打转了，柴荣对着王燕儿说："怎么？我是皇上，你却不愿意？"

　　王燕儿立即低头，她不看皇上，头低得不能再低了，下巴都要抵到胸口了，她偷偷瞟着赵匡胤，眼神里满是哀怨。

　　赵匡胤本来对女人就感觉迟钝，又心下真把王燕儿当成王彦升的妹妹了。虽然这几日王燕儿在他边上，耳鬓厮磨，日夜一处，但是两个人，一个守理，一个守节，是什么故事都没有的。

　　赵匡胤哪里体解得到王燕儿的心理？王燕儿在战乱中流离失所，家人全没了，被王彦升掠来，又惊又怕的光景，突然遇到个对她彬彬有礼的人儿，况且还是天字第一号的高大美男子，那心里渐渐地就产生了得依得靠的情愫了。

　　她照顾赵匡胤，已经远远地超出了妹妹的情分，每每赵匡胤看书，她必把茶捧在手里，总让那茶不凉不烫。早春的北方还冷着呢，茶水倒出来，不一会儿就成冰坨子了，而赵匡胤又常常沉迷于兵书战策，茶水凉了也不知道，还是一口喝下。王燕儿就心疼，这样喝茶，铁打的汉子也会伤，茶本身就是阴气的，再冷了喝，男人身子是受不了的。她怕赵匡胤吃冷茶，就站在赵匡胤身边，手里捧着茶水，人家是用热茶暖手，她相反，是用热手暖茶。赵匡胤的心思还是粗，以为身边什么都顺了，他并不知道这些都是王燕儿用心的结果。

　　这一刻，他看皇上对王燕儿目不转睛地看，就顺口说让王燕儿进宫伴驾，他没有想到王燕儿是一百个不乐意。

　　柴荣看看王燕儿，又看看赵匡胤，他是看出来了，这个王燕儿眼里只有赵匡胤，他装着喝醉了，慢慢道："你叫王燕儿？好，正好跟我进宫，宫里的生活，那是比这帐篷好多了，要啥有啥！"

一、遍地狼烟

没想到,王燕儿突然抬起头来,声音颤抖,但态度决绝地道:"皇上,奴家不进宫!"

柴荣拍拍她的手,问:"不进宫,你想去哪儿?"

王燕儿缩手,不让皇上碰,道:"我就要在这帐篷里!"

赵匡胤看王燕儿顶撞皇上,心里急,怕她冒犯了皇上,那可吃罪不起。他心里就为王燕儿担心起来,忙说:"燕儿,皇上让你进宫,那是天大的好事,你怎么就不懂个好歹呢?"

柴荣笑起来,他站起身,拉住王燕儿说:"走!跟朕进宫去?"

王燕儿干脆躲到赵匡胤身后,道:"不去!我不去!"

柴荣不动了,对王燕儿道:"你出来,朕不拉你。"王燕儿看看赵匡胤,赵匡胤拉拉她,让她到前面去,跟皇上搭话,但王燕儿就是不动。

柴荣看看赵匡胤,酒有点儿高了,慨叹道:"赵匡胤啊赵匡胤,是不是你帐下的人,都这个德性?都只认你,连朕这个皇上也不认?"柴荣死死地盯着赵匡胤,又强调了一遍,"你的人,只认你,不认皇上?"

赵匡胤听了,脑袋"嗡"的一声,心里想:"皇上,你可不能怀疑我吧?"正待开口,却听柴荣道:"好啦,王燕儿,朕已知你对赵将军一片情深,朕赐你七品俸禄,嫁给赵匡胤!这俸禄就是朕给你的嫁妆,将来朕就是你的娘家人。你要替朕好好照顾朕的将军,赵匡胤,你要善待王燕儿。"

赵匡胤要下跪谢恩,被柴荣挡住,问赵匡胤:"赵将军,你的人只认你,朕的人呢?"

赵匡胤立即答道:"皇上,您的人只认您!"想想,他又觉得这话别扭,不对劲,又补充道,"普天下都是皇上的子民,我们都忠于皇上!"

柴荣点点头,笑笑,又起身。赵匡胤连忙挽他,他摇摇手,指着赵匡胤对王燕儿道:"燕儿,以后你就是皇妹,他如果欺负你,告诉朕,朕给你出气!"

柴荣又摇摇头道:"良宵一刻值千金,不打搅你们了!"他摇摇晃晃地从后帐走出,径自而去。

原来皇上是偷偷而来,现在,当然也是偷偷而去。赵匡胤不敢迎,也不敢送。

赵匡胤站在那里,好久动弹不得,他有点儿被皇上弄得糊涂了。一会儿,王燕儿在他后面拉他,只见王燕儿脸通红地说:"将军,上床歇息吧。"

再看时,王燕儿已经把床铺好了,放了两个枕头,一盆洗脚水放在床下。

赵匡胤洗了脚,掀开被子躺下,一会儿王燕儿在他身边也躺下了,他有点儿不适应,躲了躲,王燕儿声音轻得像是没有地说道:"皇上让我伺候你呢!"

"你就听皇上的?"

"我就听你的!"

3. 征西

显德元年(954)六月十七日,柴荣率领大军回到汴梁城外。

六月又称极且月,这个时节,夏至刚过,阴气渐起,但阳气尚盛、将进不进、阴阳相持,也是天气最为多变、善变的时候。民谚说六月天,"孩子的脸,说变就变"。刚刚晴空万里,突然飘来一片云,马上就是电闪雷鸣。

一、遍地狼烟

汴梁六月的天气不但多变,还善变,经常是西边日头东边雨,甚至仅隔着一条河、一条街,就一边有雨一边无。

天气已经开始闷热,汴梁城内外,人们已经开始穿单褂。大军由北南返,士兵出征的时候天寒地冻,穿的是棉袄,中间换过一次夹袄,如今归来,军衣并没有来得及换,还都穿着夹袄,有些甚至还穿着冬衣。

柴荣让大军停在陈桥驿,一方面是休息一下,另一方面也是为了让士兵换装。人人换上崭新的夏装,然后列队进城。柴荣希望大家威风一下,这回是打了胜仗,可说是大周有史以来最大的一场胜仗,一举击败了北汉和契丹联军,北方边境可保十数年的平安,应该有个仪式。

明天就是六月十八日,是王溥推算出来的吉日,他跟王朴两个人反复商议,最后定了六月十八日进城。

这一天,青龙、天德、玉堂、司命、明堂、金匮六神齐聚,天德神主事,大周年号为"显德",意谓承天德主人间事。六月十八日,正合万事吉利,开盛世太平,是黄道吉日。说来真是吉利,此刻,天朗星稀,万里无云,看来明天肯定是个晴天,傍晚,又吹来一丝南风,这南风,让天气温润而不闷热,这让大家心情都非常好。

是晚,柴荣在陈桥驿驻扎,等待第二日百姓欢庆,百官来迎。

陈桥驿原不过是一个驿站,但东西往来的商旅都要在这里歇脚,南北往来的客人都要在这里停留,渐渐地人气就旺了起来。

赵匡胤安排了军队,点检巡视完毕,回到楚昭辅为他择定的寓所,看起来这是一富户人家的院子,打扫得干干净净。这家人都搬到后院去了,给他住的是前院,虽是前院,却也是竹摇清影,幽窗离

第一卷　高平飞雪

离,影壁后是两棵高大的梧桐。此刻,树梢上挂着金黄的月亮,不知名的鸟儿在树上栖息着,悄悄的,静静的,不响也不动,脚边是海棠花,这一幕让赵匡胤着实思念起家来。贺氏前时来信,说儿子德秀染病,也不知好了没有,成亲十一年,他一直在外奔波,膝下两儿两女,他这个做父亲的是没有尽到责任啊。

他检点库房的时候,看到契丹人的一把轻弓,想到德秀已经七岁,可以练臂力,就让人拿了,放在身边,想带回给德秀。德秀应该学武功,得给他找个好老师了。想来想去,在身边好友当中,王彦升刀术一流,但是做人太率性,性格不好;潘美烂银点钢枪枪术独步天下,又善兵法,做人沉稳执着,能屈能伸,要是潘美能带德秀,收德秀为徒,那是德秀的福气。二子德昭也到了开蒙入学的年龄了,这孩子内敛,还是学文好。

赵匡胤想着德秀、德昭,回屋坐下,又想到贺氏,觉得自己这么多年,实在没对贺氏好过,这次回去,要补偿她些,这些年,家里多亏她照顾。

这时,王燕儿进来了,变了脸色,声音粗重道:"你为什么要骗我,将军?你有家室,为什么要骗我?"

赵匡胤听了,心里一惊:"王燕儿,我如何骗你?我有家室,天下人谁不知晓?"

王燕儿道:"我就不知晓!"

赵匡胤有点儿怒了,说道:"你不知晓又如何?如今知晓了,又如何?"

王燕儿一改原先的温柔样儿,叫道:"我是御赐婚配给你的,我须得做正房!"

赵匡胤气得手直抖,大声道:"你有何德能要做正房!"

一、遍地狼烟

"我有御赐七品俸禄,在军前伺候过将军,我乃当今皇妹,你看着办吧!"王燕儿转身,提起裙子,一脚跨了出去,跨过门槛,又回头,"你看着办,我明天下午还要进宫呢,我得去准备进宫的物事了!"

说着,王燕儿扭身走了。

赵匡胤十八岁时,娶妻贺金婵。贺金婵人品好,赵匡胤家里虽说不是一贫如洗,却也不富裕,她作为长媳,上上下下地打点,极为孝顺。夫妻两人聚少离多,但感情很好。赵匡胤感激贺氏为他在父母面前尽孝,有好吃有用的都给了赵老太公、杜老夫人,又含辛茹苦地带孩子,不仅他们的四个孩子是她照顾,赵匡胤的两个弟弟,也是她照顾的。这么多年,贺氏没少吃苦,如今,他赵匡胤刚刚有点儿起色,受封为殿前都虞候,正是报答她的夫妻恩情的时候,又怎能抛弃结发妻子?

可是,这王燕儿却又如何是好?当初,她以王彦升的妹妹自居,还说得过去,现在,她硬生生把自己当成了公主、皇妹,谁也不放在眼里了,还要当正房,这是万万使不得的。

别说贺氏不会答应,就是贺氏答应,他父母也不会答应,就算父母答应,赵匡胤也不会答应,他不是那种忘恩负义的人。

看来,这王燕儿还真是难缠,本来想直接带回家,让她照顾贺氏,将来要是真有机会,就纳为妾,也不是不可以。现在,她要在这里作威作福,爬到贺氏头上不说,还要爬到他赵家全家的头上,那岂不是找回了一个祸害?

想来想去,还是得和王彦升商量,一来对他有个交代,二来,解铃还须系铃人,他王彦升惹下的麻烦,总该有个主意不是?

第一卷 高平飞雪

他让人把王彦升叫来，自己坐在房间等着。

这时，天已经完全黑了，楚昭辅进来，看他一个人在黑暗中坐着，吓了一跳便道："将军，你怎么一个人坐着？"

赵匡胤说："想想心事。明天进了城，你也回家看看家人吧，不要亏待了弟妹。"

楚昭辅唉了一声，点上蜡烛，又问道："将军吃过东西了吗？要不要给你端饭来？"

赵匡胤这才想起，自己巡查营房回来还没吃过东西。他后悔起来，女人是祸水啊，一点儿不假。

"你拿两套饭菜来，一会儿王彦升来，我恐怕他也没吃饭呢。"

楚昭辅出去不一会儿，拿了饭菜来，都是军营里的粗茶淡饭。赵匡胤不讲究，拿起筷子吃了一口，又放下，想想，还是等一下王彦升。

不一会儿，王彦升就来了，他让王彦升一起吃饭，王彦升也不推让，坐下就大口吃起来，吃了两口，自语道："我那妹妹，也真是，让你吃这个，将军如今是殿前都虞候了，怎么还这么粗糙？"

他看赵匡胤对着眼前的食盘坐着不动，又问："将军，你怎么不吃？"

赵匡胤道："吃不下！"

他一五一十地把王燕儿的话跟王彦升复述了一遍，王彦升听了也大吃一惊，吃不下饭了，急忙问道："大哥，没想到王燕儿这等不晓事，如今这般，我这里好说，她不过是北汉一个落魄婆娘，关键是，皇上怎么就认她做了妹妹呢？"

赵匡胤又把那天皇上喝酒如何喝多了，如何认亲、赐婚的事说了。他当时也没当一回事儿，就以为纳个妾而已，却不承想这王燕

一、遍地狼烟

儿倒是放在了心上,而且还有这个打算。

王彦升听了,松了一口气,他压低了声音,轻轻在赵匡胤耳边道:"大哥,我看这女人多少是个麻烦,将来说不定还会麻烦不断,她要是真的跑到皇上面前说三道四,岂不是我们身边多了个耳目?看这阵势,她是少不得要搬弄是非的。不如你把她交给我,明天,我把她带走,就说你吩咐让她先到我府上暂住,待安排好了,再行明媒正娶。我找一偏静地方先安置了,要是皇上那边没有什么动静,过一段时间……"

王彦升突然停了话,他看着赵匡胤,想看看赵匡胤到底是什么想法。

赵匡胤却不说话,王彦升憋不住了,问:"哥,你到底怎么想这事?"

赵匡胤沉默了一会儿,叹口气,站起来送王彦升,说:"你明晨过来取人!"

王彦升听了,点点头道:"大哥,你放心,绝不让她作乱!如果好说话,我一定好金好银,不亏待她,要是不好说话,我让她即刻见阎王!"

赵匡胤听了王彦升的话,停了一下脚步,但没有回头,也没有说话,而是径自出门去了。

王彦升狠狠吃了两口菜,歇一下,吹了蜡烛,推开门正要走人,月光下,看见楚昭辅站在那里,他大声道:"你个楚昭辅,鬼鬼祟祟地站在这里,什么事?"

楚昭辅一把拉住他,悄声道:"王将军,轻声点!"

楚昭辅把他拉到一边,俯身在他耳边道:"你那妹妹,王燕儿,可不能小视。她不仅攀上皇上这根高枝,还和符皇后联系上了,这

第一卷 高平飞雪

不,明天下午她要进宫,面见符皇后。刚才你给将军出的主意,我无意间听到,觉得此事甚急,特在这里等你,有几句话不知当讲不当讲?"

王彦升听了楚昭辅的话,不觉倒吸一口凉气,忙说:"你快快讲!我本来以为一个女人处理掉也就算了,现在看来,还真麻烦了!"

楚昭辅道:"一是不能得罪王燕儿,恐她真的找皇上、皇后告状,这不是给将军找了麻烦?"

王彦升做了一个抹脖子的动作,示意道:"这样一下子,不就省心了?"

楚昭辅看看后边,似乎担心王燕儿就在身后偷窥一样,忙说:"不可!哪天皇上到将军家喝酒,突然问起王燕儿,将军喊不出人来,无法交代,那当如何?"

王彦升这回没法子了,一脸不解地道:"这,我们还就真叫这女人给吃住了?"

楚昭辅道:"明天下午,王将军您亲自送王燕儿入宫,盯住王燕儿不要跟皇后多嘴,先保住平安,等赵将军回家,跟老太爷和嫂子商量了再说!"

王彦升点点头,皱着眉头,笼着袖子,心事重重地走了。

这王彦升本来是没心思的人,快刀斩乱麻,那是他的天性,但是这回,他的刀起不了作用了。

次日晨起,鼓号喧天,人穿着新衣,马配上新鞍。

赵匡胤感慨,人是衣服马是鞍,军队一路风尘仆仆到这里的时候,无不是灰头土脸,昨天晚上,这个大营还是灰蒙蒙一片,而今,

一、遍地狼烟

人添喜气马添骄,真是威武!

赵匡胤深知,这次凯旋还朝,他的身份已经不同往昔,他从一个裨将,一跃而成为殿前都虞候,同时领严州刺史,已经成了一个可以开幕的方面大员,回来后,柴荣必有重用。

别看柴荣身为皇上,广有天下,但是,细数他身边,并没有多少人才,否则,柴荣这次肯定可以直捣北汉巢穴,一举灭其国。留下北汉,正是柴荣无人可用、无人可信的表征。

柴荣怎会不知道留着北汉时刻是个大麻烦呢?尽管北汉可以挡着契丹,但是如果大周足够强大,又何须一个北汉来挡着呢?

柴荣已经显出一代英主的气象,回来之后,必有深谋大略,如果自己能跟上步伐,跟着这样的英主,做一番建功立业的大事,岂不是不枉来这世间走一遭?但要是自己跟不上步伐,却也不容易。

举目四望,淮、汉、蜀等地分别为南唐、后蜀等割据,北面有北汉、契丹,南面有南汉,大周虽地广人多,但却是四面临敌。如今,虽是凯旋,但与北汉、契丹他日必有更加惨烈的决战。

这个时候的大周,百废待兴,多需要人才啊!然而,举目国内,英雄又在哪里?朝廷中多是冯道者流,老朽昏聩,居高位而不能爱天下,但愿此次皇上斩杀樊爱能、何徽等,能够一振乾坤。

一老汉端着茶水冲上来,大声喊道:"赵将军,这回打契丹,您可是头功啊,将军神武!"

后面一众老人跟着上来,挡住了赵匡胤的马,他只好下马,接了茶水,一饮而尽。然而,心里却特别不踏实,他大声说道:"咱们打了胜仗,全靠皇上英明圣断,各军将士奋不顾身,我哪里有什么头功?万不敢居功自傲!各位父老,快不要这样说了。"

第一卷　高平飞雪

一众人等听他这样说,更是赞美起他来,赵匡胤并不跟众人较真。那老汉一闪身,身后出来一个儒生,这人拱手施礼道:"鄙人赵普,得知赵将军从此处过,特来相会!"

赵匡胤道:"先生有何见教?"

赵普道:"将军,你这次回来,岂不知大难临头?"

赵匡胤并不欣赏这种人,危言耸听,神神鬼鬼的!只听这赵普径直说道:"你斩杀樊爱能、何徽,皇上信得过你,但不知李重进、李筠、韩令坤、韩通诸将会如何想?"

赵匡胤不语,谁不知道他的手下当了这次行刑的刽子手啊?他倒要听听这个赵普有何话说,如何分析这事。"那些人与我无冤无仇,再说,张永德、慕容延钊、王尧,这些朝廷柱石,难道不也是正直人士?他们心里不都有一杆秤吗?"他心里想。"唉,只碍着自己人微言轻,没有机会,大周江山,将来不能靠那些前朝老人,得要有新气象,王全斌、曹彬、潘美、石守信他们,这些人都是一等一的英雄,但愿皇上能慧眼识珠,大周万幸。"赵匡胤想着。

"武官如此,文官呢?冯道、魏仁浦、王溥、王朴、杨徽之、郑起、李穀,且问,他们中有跟将军交好的吗?"

赵匡胤翻身上马,觉得这个赵普心性很高,但交浅言深,未必有大富大贵之命。跟一个人贸然如此说话,实在不着边际,他前后看看,不见有人注意,就道:"我一介武夫,又何须跟那些文人交结?你看看,又有哪个文人值得结交呢?"

赵普道:"远在天边,近在眼前!"

赵匡胤在马上坐稳,淡淡一笑道:"你高抬我了,我不过是一个小小的殿前都虞候,全仗皇上信任,才有今日,只愿吾皇能一统宇内,让天下苍生同享太平。"

一、遍地狼烟

赵匡胤一提马缰绳,枣红马跟随他征战多年,自然懂得主人的心思,立即绷紧了肌肉,作势要快跑。赵普见状,丢过来一个锦囊,道:"给将军一件礼物,将军得意时不必看,失意时可以打开,或可解将军一时之难!"然后调转身,不待赵匡胤回复,自顾自地走了。

赵匡胤看看那个锦囊,颠了颠,心里想,这个人是想学诸葛亮?还是想学什么人?可惜,我不是刘备,当然也不是刘禅,这些文人真是搞脑子,有什么话直说不就得了,搞这种玄乎的。魏仁浦、王朴的确饱读诗书,有两下子,而这个人,想用江湖术士那套来诳我,以为我是两岁毛孩?

他顺手一扬,那锦囊在空中飞出一条抛物线,落进草丛里了。

他身后跟着楚昭辅,楚昭辅看赵匡胤扔了赵普的锦囊,出于好奇,他悄悄地捡了。他也不知道怎么了,这几天总是心神不宁,感觉将军会有什么磨难似的。

他撕开锦囊,见里面是一张黄绢,迎风打开,一看,原来是一句话:"趋秦凤以避家祸!"他想,这太荒唐了,秦凤之地,现在在后蜀手里,那是刘家的天下,难道要我家将军投靠刘氏?反了不成?楚昭辅倒吸一口凉气,这个赵普,是要害人啊!他把黄绢团了团,扔也不是,收着也不是,只得暂时塞在了胸口的贴肚兜子里。

赵匡胤回京,到家时,父亲、母亲都已经在堂前等着了,他上堂屋拜见父母,磕头行礼。出去的时候,他还只是一个裨将,而如今,他已经是殿前都虞候,位列禁军领袖,算是衣锦而还,父亲赵老太公、母亲杜老夫人甚是欢喜。然而,赵匡胤一磕头,杜老夫人却落泪起来:"儿啊,你总算回来了!"说着,杜老夫人欲言又止。

赵老太公安慰杜老夫人道:"儿这不是回来了吗?你还伤心什

第一卷　高平飞雪

么呢？应该高兴啊！"

杜老夫人说："你不在家的时候，家里日日担心，夜夜惊魂！苦了你那妻子贺氏啦。你先不忙着陪我们，先去看看她们母子吧！"

赵匡胤来到后院，贺氏带着几个孩子，正在屋里等着他。见他进来，贺氏并不说话，上前款款施礼，赵匡胤看看她，又看看她身后的三个孩子，心里悲喜交集。他把战场上带回来的几件礼物给了德昭和两个女儿，见没有德秀，他就问："德秀在哪里？"

贺金婵眼睛就红了，道："将军，你鞍马劳顿，不忙问德秀，先歇息歇息。"

赵匡胤哪有心思歇息，心里就有种不好的预感。他又问："是不是出事了？"

贺金婵掉泪道："都是为妻做得不好，有愧将军的嘱托，没能照顾好孩子！"

赵匡胤慨然长叹，悲从中来！德秀这孩子从小聪明伶俐，惹人疼爱，自己虽没有多少时间陪他，却是无论到哪里都记挂在心，然而此情此景，却让他不能自已，这孩子命短啊。

隔日，符皇后邀赵匡胤进宫。赵匡胤百思不得其解，让杜老夫人和贺氏准备了几样礼物，惴惴不安地来到永安宫。他有点儿预感，皇后是要跟他谈王燕儿的事。

进得宫来，太监王承恩正在等着他，他悄悄问王承恩皇后找他干吗。王承恩笑笑，悄声说："好事！"他心里就不安起来，肯定是要谈王燕儿的事了。

到了皇后跟前，一听，原来符皇后真要跟他谈王燕儿。进城那天下午，据说王燕儿觐见了符皇后，两人相谈甚欢。王燕儿给符皇

一、遍地狼烟

后带来了北方的人参,符皇后身体一直不好,爱听"什么什么滋补品好"一类的话,王燕儿投其所好。谈起皇上赐婚,符皇后自然觉得是好事,不假思索就说这事她要来操办,一来二去,符皇后和王燕儿以姐妹相称起来。她觉得不能让妹妹委屈,这不,她主动召赵匡胤来商量婚事。

赵匡胤一听,把想了好久的一套话拿出来,小心翼翼地回禀道:"王燕儿,我把她当妹妹看,再说,她原本是有夫家的,丈夫失散了……"

"赵将军,你可不能像那些不中用的男人,只会要女人守节!"符皇后打断了赵匡胤的话,"本宫当年不也是如此么?再说,太后、太妃不也是么?"

赵匡胤被这样一问,愣住了,知道自己想的这套说辞,恰恰是皇后不待见的,说来说去,说到符皇后的身上去了。

符皇后,出身名门闺秀,乃魏王符彦卿之女。后汉时,她曾嫁给大将军李守贞之子李崇训,李守贞据河中反叛,当时还是后汉枢密使的郭威奉命讨伐,李氏父子畏罪自杀。临死前,李崇训要先杀死全家人。符氏匿于帷幔后,李崇训找不到,只得自杀身亡。符氏从帷幔中走出来,对冲进来的军士说:"我乃魏王之女,郭将军与吾父交往甚厚,速报!"郭威闻报,立即前来相认并把她带回符彦卿的魏王府,让她与父母团圆。郭威平时与符彦卿交好,见识了符氏的胆大心细,非常欣赏,符氏也拜郭威为义父。郭威养子柴荣镇守澶渊,媳妇刘氏病殁,郭威想到符氏,代儿提亲,柴荣遂纳符氏为继室。后来郭威自立,驾崩后,柴荣即位,册封符氏为皇后。

其实,不仅仅符皇后是再醮妇,太祖郭威一后三妃,分别是柴氏、杨氏、张氏、董氏,四任正室在嫁郭威之前均嫁过人。郭威的第

第一卷　高平飞雪

一任正室柴氏,原是后唐庄宗李存勖的嫔妃,同光四年(926)四月,李存勖去世,柴氏等众嫔妃成了寡妇,继位的李亶为减省开支,将柴氏等人裁撤出宫,发遣回乡。回乡途中,柴氏遇见了当时只是低级军官的郭威,美女识英雄,对其一见倾心,不顾父母反对,执意拿出一半的资财作为嫁妆,嫁给郭威。郭威对柴氏也一见钟情,两人结成夫妻。这郭威对柴氏一往情深,甚至把皇位让与柴荣,也是因为爱屋及乌,正因为柴荣是柴氏的侄子,他才将其收为养子,以接班人来培养。

郭威登上皇位时,柴氏早已过世,荒山寂寂无以为报,郭威力排众议,以死去的柴氏为皇后,并称赞她"体柔仪而陈阙翟,芬若椒兰;持贞操以选中珰,誉光图史",以慰其在天之灵。为了柴氏,郭威没有立皇后,使"中宫虚位",可见任何女人都无法取代柴氏的位置。可巧的是,郭威的第二任妻子杨氏也是个寡妇,而且曾两次嫁人,两次守寡。杨氏年轻时,以美貌而被选入后梁赵王王镕宫中为姬妾。天祐十八年(921)十二月,王镕死于宫廷政变,杨氏在一片混乱中流落民间,后嫁给一个名叫石光辅的平民。数年后,石光辅也死了。郭威闻听杨氏美而贤,求娶为继室。郭威的第三任妻子张氏、第四任妻子董氏都曾嫁过人,都是丈夫殁后,嫁给郭威的。

赵匡胤想到这一层,暗暗后悔,感到自己太唐突了,说话太不成熟,城府不够,无意间让符皇后不快。符皇后恐怕不仅不会理解他,反而会责怪他。

果然,符皇后脸色不悦,道:"赵将军,你乃皇上股肱,皇上器重你,封你为殿前都虞候,又把他皇妹赐婚给你,你该不是嫌弃人家不是处子之身吧?"

赵匡胤战战兢兢地起身,说话有点儿结巴,道:"不敢!不敢!

一、遍地狼烟

只是家道贫寒,门庭贱微,怕燕儿来了受苦,末将又常年征战在外,不能照顾家庭,拙荆苦苦支撑,不敢有负!是故才有迟疑。"

符皇后不待赵匡胤说完,接口道:"赵将军,你是聪明人,皇上要重用你,你不娶王燕儿,皇上怎么放心?本宫作为一个妇道人家,倒也觉得这没什么不合适,你的孩子不正好需要人照顾吗?王燕儿聪明伶俐,定能上下周全,帮你里外照应。"

赵匡胤心里对符皇后这番话早有准备,但是,符皇后亲口说出,自己内心还是深感震颤。当年柴荣做太子的时候,他就追随柴荣,两人经历无数阵仗,是出生入死的兄弟。如今,柴荣一朝身为皇上,两人就判若云泥,确是只能以君臣来论关系了。

符皇后看出赵匡胤在走神,安慰道:"放心,皇上不也是想的让你们兄弟亲上加亲吗?再说了,王燕儿也是你自己选的,她不是已经照顾过你了吗?你还能始乱终弃?至于金银财货,本宫会为王燕儿准备,她来你们家,不会让你们吃亏,一定让你们风风光光的。"

赵匡胤心里实实在在很为难,财货金银,他并不稀奇。此刻,符皇后许诺得越多,他心里就越不踏实,相反还有些反感。如果王燕儿真的带着天子之威财来他赵家,这哪里是什么福气,分明是祸害么!

赵匡胤正想着如何答话,忽听得太监王承恩急匆匆跑进来,他对符皇后行了个礼,然后对赵匡胤道:"赵将军,皇上急着找您呢!您赶快去吧,皇上急得火烧火燎的!"

"啥事啊?这么急?"符皇后问道。

王承恩道:"向训、王景两位节度使,在凤州威武城被围,命在旦夕!"

第一卷　高平飞雪

赵匡胤赶到勤政殿的时候,皇上和几个大臣正在讨论。

赵匡胤就听范质高声道:"先锋官胡立被俘,我西征大军全军被困于威武城,进不得,依臣观之,只有退!"

魏仁浦道:"西征军已越出我大周范围,蛮夷之地,地广人稀,人不可教化,地不可耕种,数百年来,即使是大唐盛世,也没有真正实现对秦、成、阶、凤的真正统治,我大周又何苦去占领呢?在臣看来,我们只要用王道以德化之即可,数十年后,他们必感念我大周的王道政治,而来归附。"

新科进士校书郎杨徽之也在座,道:"我大周立国不久,民未得生息,兵未得休养,国力不济而伤兵累财,大忌也!王章奏折说沿途州县接济不力,而在臣看来,非为接济不力,而在无力接济也!"

柴荣皱着眉头,看赵匡胤进来,立即招呼他上前来问:"赵匡胤,你来得正好,你说说,秦凤之战,该如何处置?"

赵匡胤不假思索道:"皇上,秦、成、阶、凤四州,乃后蜀布局在我胸口的利器,非除之而不能安!后蜀伪主孟昶妄自尊大,尝北联刘承钧,南骚李璟,对我大周心怀叵测,皇上持国既稳,本应先行解决此四州之危!"

柴荣摆摆手,很认同赵匡胤的说辞,但希望赵匡胤快点说出有决断的话来,便直言道:"不要说这些没用的,你是武将,不是文人,请你说说,战事如何?如今之计,是打还是不打?如何打?你可敢打?"

赵匡胤看看魏仁浦、王朴,发现这里竟然没有武将,都是文人。赵匡胤知道,皇上的想法是打,而且要打胜。他不假思索地表白道:"末将喜欢兵书舆地,也曾研究过秦、成、阶、凤四州军事,末将愿领军驰援王章将军,臣愿立军令状,不胜不还。也请皇上颁诏王

一、遍地狼烟

章将军,令其为西南行营招讨使,同时传令'四州不下,绝不撤兵!'"

赵匡胤心里其实还有个关于王燕儿的小九九,要是出征,王燕儿的事就可以推脱掉了,至少能缓一缓。这样想来,他的语调就越来越坚决了,感觉说话不由自主,舌头走在心的前面了,不仅把内心全暴露了,还说出了比心里想得更多的"心里话"。

其实,赵匡胤自己也感觉到了语调语速和口气不太合适,但是没办法,他就是做不到像那些文官那样四平八稳,"不成熟,太不成熟了!"他在心里对自己说。

范质、魏仁浦、杨徽之听得脸上挂不住了,王朴是新近提拔的左散骑常侍、端明殿学士,他看出了这些文官的不屑,抢在那些人前面道:"赵将军所言,虽不符合本官的见解,然本官却也不觉得有错处。只是军务无戏言,不知道赵将军要多少人,点多少将,多少日筹备,才能出征?如若不胜,又当如何?"

赵匡胤心里明白,这是王朴在试探他,此时,大周哪里还有士兵和大将?李重进驻扎在江淮,防备着南唐;韩通驻扎在深州、冀州,在那里挖河,防备契丹南侵;张永德在北面,监视着北汉的刘承钧。大周的大将们都用光了,那点儿军队也全用光了,哪里还能抽调人?

就是自己手下万余兵马,他也不敢全带走,否则谁保护皇上?

他狠狠心,说道:"皇上,我只带一千骑兵,其他全无要求!"

没待皇上回话,翰林承旨杨徽之冷嘲道:"赵将军,李廷珪可不是赵季札,也不是张元徽,将军别说是一千人,就是一万人,恐怕也有去无回。"

赵匡胤心里听了非常不舒服,但捏着自己的手腕,让自己语气

第一卷　高平飞雪

尽量平和,说:"皇上,秦居西而东,远交近攻,而能霸业;汉出西蜀而关中,由西而东向,完成天下一统,自古没有西不稳而能得东者,没有北不稳而能南向者……"

未等赵匡胤说完,柴荣一扬手,手上的玉斧砸在了杨徽之的脸上,怒言:"大胆杨徽之,你说自家人的丧气话,长别家人的威风,是何居心?朕看你是不想活了?"

说着,柴荣转头对身边的护卫道:"把他拉出去,斩首!"皇上的声音斩钉截铁,听起来咬牙切齿,把大家都吓了一跳。大家没一个人料到皇上会如此,不过是一个殿前会议,大家有意见就发表意见,言无不尽,怎么皇上就要杀人了呢?

范质等几个文官,也都吓得跪倒一片,替杨徽之求情。王朴跪下道:"皇上,高平之战,斩杀阻我大军前进,挫我军队锐气的怯懦文武,乃是他们该死。而今在勤政殿上,大家不过是畅所欲言,各自陈述观点,杨徽之也是出于忠心,为赵将军担心,臣请暂且饶他不死,待赵将军凯旋之日,用事实说话,再让他悔悟不迟。"

柴荣犹豫片刻,摆摆手,让大臣们起来,但气还是没有消,便说:"好吧,不杀!打八十大板,打入天牢,等赵将军凯旋,再拿他算账!"

赵匡胤听皇上要杀杨徽之,也觉得过分了,这会儿他反而冷静了。

都说伴君如伴虎,现在他终于体验到了一次。王朴到底老辣,说话持正中和,不仅救了杨徽之,还给皇上一个台阶下。大军未出,就先杀大臣,使不得。

杨徽之虽然观点与己不合,但毕竟也是忧国忧民,发表一点儿见解,有道理就听从,没有道理就批评一下,哪里够得上死罪呢?

一、遍地狼烟

他心里暗暗想,其实杨徽之说得也有道理,大军一路往西,道阻且长,别说一千人,就是一万人,也不一定能打个胜仗回来。他劝皇上道:"皇上,如此危局,国家正是用人之际,臣请杨大人不弃,与臣一同出征,保杨大人戴罪立功,与臣一同凯旋!"

说完这话,赵匡胤对自己颇为满意:一是保杨徽之不死,显出自己的大气;二是带上杨徽之,显得自己容人纳贤,自己不仅不计前嫌,还要保护好杨徽之,和他一同凯旋,这个"保"字自己用得还是好的。

"你愿带杨徽之出征?"柴荣追问道,可能有点儿不相信赵匡胤是真想带着杨徽之出征。

"皇上,兵不在多而在勇,带兵则不在勇而在谋。末将出征,正需要杨大人这样处事谨慎而能思虑周全的谋士啊!"赵匡胤说这话,是从内心觉得领兵打仗,他身边需要一个能商议大事的谋士,一群武夫,成不了大事。再说了,领兵在外,需要时时有人写公文,事情大大小小,不能靠一张嘴说来说去,要落字为安,杨徽之写文章是一把好手,带在身边,定然有用。

赵匡胤说着,话音还没落,王朴就哂笑着忙不迭地接口:"赵将军,君前无戏言,此去一千军士,你觉得解围要多长时间? 你可知,王章将军威武城下,翘首以待,随时可能全军覆没,南唐也对我们虎视眈眈。你此去,若是落了下风,恐怕南唐要加入后蜀阵营,那时,他们东西夹击我大周,我大周恐怕要遭灭国之灾!"

赵匡胤正想回答,却被王朴抢先道:"一个月!"

赵匡胤倒吸一口凉气,难道王朴对自己有恨意? 一个月,快马加鞭,来去一趟还差不多,还要打仗?

王朴死死地盯着赵匡胤道:"一个月!"他搓着笏板,顾不得什么体面,像是怕赵匡胤反悔一样,他用袖子擦掉上面的字,在上面提笔就写。他急吼吼地不让赵匡胤说话,"赵将军,你要立军令状?一月不回,赵将军,不仅你本人不用回来了,你的家小全部灭门!"赵匡胤这才看清楚,王朴是在写军令状,要他签字画押!

柴荣接过王朴手里的笏板,看了一眼,递给赵匡胤,声音柔和,像是在暗中请求:"赵匡胤,你此去肩负我大周江山社稷之托,只能胜,不能败!"

本来赵匡胤还要跟王朴理论一二,听皇上这样讲,知道皇上有难处。当初王章征西,范质等人本来就不同意,是皇上下的决心,如今,他要支持皇上,就要拿出行动,挺身而出,为皇上分忧。

赵匡胤点点头,拿起笔,在王朴的笏板上签上了自己的姓名!心里却暗暗叫苦,这些读书人,鬼点子太多了,胜了大周可保,大家都有功劳,败了,他赵匡胤人头落地,不仅自己遭殃,还要搭上家人老小。

这个时候,他不能认怂啊,赵匡胤领了军令。

看着赵匡胤抱着将符,走出大殿,范质在身后对王朴说:"嘿嘿,他以为他能! 这次,沿途不给他准备军粮、枪械,没有补给,看他狠到几时!"王朴冷冷地看看范质道:"你这么恨他?"范质也不示弱,反问道:"难道王大人你不恨他?"

4. 见真章

赵匡胤只向皇上要一千兵马,一方面是体恤皇上的难处,皇上手头确实发不出兵,另一方面也不是完全没有准备的。

从高平巴公原之战看,大周的军事思想应该改变。高平之战

一、遍地狼烟

的关键是发挥了骑兵的作用,当时,要是没有他和张永德横刀立马,玩命闪击,可能整个阵势就要改写。契丹人打仗,善于充分利用轻骑兵的突击速度,无论是在正面突击,还是侧面迂回奇袭,都可以起到四两拨千斤的作用。这让赵匡胤产生了重视轻骑兵突击作用的战术思路,带一千兵马而能获胜的想法就是来自此。

相反,步兵,尤其是重甲步兵,运动速度慢,带一支步兵部队去,单程行军到那里就要花掉一个月,再加上辎重补给,更加慢。到了那里,一方面本方已经人困马乏,而敌方也早就准备好对付你的办法了,那个时候,一支劳师远征的步兵如何应对人家以逸待劳的军阵?

步兵只适合阵地战和守城战,无法发挥救援部队的效应。而今王章已经带了四万军卒在前线,这个时候,王章要的根本不是步兵,而是一支能够机动作战的闪击部队。

哪里来那么多马呢?大周广有疆土,但是,北面被北汉和契丹占据,尤其是燕云十六州,那里是产良马的地方,如今却在契丹手里。公元915年,李存勖急援清平,结果为刘寻数万大军所围,石敬瑭率十余骑击败刘寻,救李存勖于危难之中。石敬瑭一战成名,此战也成为后梁经典战例,可见石敬瑭是一员善用骑兵的猛将,然而可恨的是,为了篡国,石敬瑭把燕云十六州割让给契丹,以换取契丹对他的支持。

石敬瑭没有预见到的是,失去燕云十六州,不仅使得汉地国土面对契丹彻底敞开了大门,也使汉地失去了良马产地,而无法建构强大的马军。

大周最好的马匹都在张永德手里,张永德带着那些马军,驻扎在沧州、石门、乌坎一线,守着北面的大门,以防备契丹。

第一卷　高平飞雪

赵匡胤手头防守京畿的禁军，名义上是马军，马匹却严重不足，合起来五个军士才一匹马。他手头的禁军，号称马军一万人，其实，两千匹马都凑不齐。

他要一千人，两千军马，自带七天口粮，轻甲轻装，每人配备两匹马，马歇人不歇，力争七天赶到威武城。

赵匡胤在马匹中挑挑拣拣，总算凑足了一千匹。还差一千匹，他想来想去，想不出方法。

陶榖出主意道："赵将军，您向张永德将军借马，不若就近借。向汴梁周边四县百姓借，我保证一天借齐。"

赵匡胤这才想起来，陶榖做过县令，有地方经验，于是问道："如何你有这等信心，一天能借到一千匹马？"

"太祖郭威在世时，我曾建议太祖实行民间牧马制度。汴梁周围依然有大量适合军马的草场，从北部来归的部族也有养马的传统。当年，我曾经购得三千匹军马，交给他们放牧，如今这些马匹都还在民间，正值壮年，正好派上用场，我可在一夜之间将它们借来。只是，我有个条件！"陶榖沉吟道。

赵匡胤不假思索地问道："有何条件？"

"凯旋归来，这些马都要归还老百姓。当年太祖为节省军费，曾经要求民户赎买马匹，把马匹交给民户的时候，民户是花钱买了这些马的，不仅花钱买这些马，还得好生养着。这些马匹都是军用良马，一匹马要吃七个人的口粮，有些农家，没有草场，还要请专人放牧，民户花费不小，有些还背上了债。如果将军要借，我希望有借有还，还要给他们利息。此次西征，大军将到西部边陲，那里素来生产良马。"

赵匡胤道："这个，可以答应。待我得胜还朝之日，我一定归还

一、遍地狼烟

马匹,同时我带回的马,可以无偿赠送给民户蓄养!"

陶縠没有食言,第二天中午,一千匹军马就已经整整齐齐地排列在校场上。

赵匡胤看了心里非常高兴,提马巡视了一圈,举起马鞭,对跟在身后的陶縠道:"高兴点儿,胜利有望!"

陶縠脸上却一点儿没有表情,冷冷地说道:"高兴不起来!"他压低了声音,从马上斜身俯在赵匡胤耳边,轻声道,"路上没有给养!"

赵匡胤沉吟不语,心里难过。他从来没有害人之心,而有些人却明摆着要害他,暗暗道:"范质、杨徽之之流,为什么如此恨我?"

陶縠道:"范质与被你在高平斩杀的何徽是儿女亲家,而杨徽之,则是冯道、范质等旧派大臣的鹰犬。他们嫉妒你武官掌权,怕你将来爬到他们头上!"

赵匡胤看着列队整齐的大军,语调低沉地说:"他们恨我也就罢了,却要害我西征大业,误国害民。但愿皇上明鉴,能看透这些人!"

赵匡胤看看远处的"赵"字大旗,这会儿万里晴空,天上没有一丝云朵,也没有一丝风,那旗帜耷拉着,没有神采,仿佛这旗子也在为前途忧虑。

在个人和国家之间,他选择牺牲个人成全国家,而这些人却是相反,在国家和个人之间,选择的是个人那点蝇头小利,为了个人不惜戕害国家。"以后对这些人要小心提防",他自言自语地把话说了出来。

陶縠接口道:"将军,人皆有私心,只是有大有小,有用公心比

第一卷　高平飞雪

之,有不用公心而只顾私心的。这些人是娇宠过头,将来必有灾祸,我们不必计较。"说着,他拿出一张手卷,"将军,队伍七天的口粮准备齐整了,路上没有给养,就要逼迫我们七天内必须赶到威武!只有在那里打了胜仗,我们才能就地补给。"

赵匡胤点点头,拉了一下马缰绳,又看看身后,轻声对陶穀道:"此话,你知我知。把口粮分给大家,人人自给,路上就是有给养也不许再要,队伍要轻装!"

"将军,急行军,非战斗减员会很严重,很多人会跟不上队伍,不是我们的兵不好,是我们的马可能良莠不齐啊。"

赵匡胤看看陶穀,又看看身后的楚昭辅、王彦升、潘美等人,道:"你们说呢?"

潘美道:"将军,我们豁出去了,要么成功,要么成仁!重要的是快,谁跟不上,我先杀谁!"

赵匡胤指指王彦升,一字一顿道:"顾不得那许多的遁词了!王剑儿断后,掉队三里者,斩!传话下去!"

王彦升提马出列,对着传令兵大喝道:"掉队三里者,斩!"传令兵立即对着左右两侧喊话,远处又有传令兵接话。

操演场上,喊声此起彼伏。

赵匡胤点齐了人数,星夜兼程,往威武城出发。

赵匡胤没有来得及跟皇上讨论,他一定要打下这个地方,还有另一个原因。从这里西去,就是党项人的地盘,昆仑山的地界,那里水草丰美,地域辽阔,盛产良马。赵匡胤心里打算,此来不仅要胜了西蜀兵,他还要顺势在这里建立养马基地,接管西蜀和党项人的养马场,让这里源源不断地为大周提供良马。

一、遍地狼烟

赵匡胤带着队伍,早晨出发,晚饭时分,就已经来到六百里开外的潼关。这个行军速度,赵匡胤还算满意。

王彦升在后队三里处执法,有掉队者,斩首,一日斩首二十余人。

赵匡胤心里有些忐忑,都是大周健儿,如今却要死在自己人刀下,但为了赶时间,也顾不得许多了。"加快行军,进入后蜀境内,士兵们自己就会紧张起来,士兵有了紧张感,自觉抱团,就不用王彦升军法威慑了!"

傍晚时分,大家行至潼关。

杨徽之建议赵匡胤递上官文,让大军在关内休息一晚。杨徽之实在是跑不动了,骑了一天马,屁股被马鞍磨破了,他疼痛难忍。

然而,陶穀却不同意,打断杨徽之道:"杨大人,士兵劳乏,照理应该休息,但是,今天一天,王彦升将军斩杀掉队士兵二十余人,为何?非为不能行军,乃是兵士们懈怠不谨。我劝将军迅速进入后蜀地界,和后蜀大军接战!只有接战,才能让大家警惕警醒起来!"

赵匡胤点点头,他也很累了,也想休息,可是他知道,陶穀说得对。大军出征头两天,军队最难带,因为士兵刚刚离家,还在想家,同时,刚刚上阵,还不习惯行军的苦,身体还没有调节过来,要是挺过前面的两天,到第三天,士兵就好带了。一方面,大家离家远了,反而不想家了;另一方面,大家的身体慢慢缓过来了,适应了行军,感觉不到那么累了。这个时候,如果停下来休息,大家恐怕一下子还缓不过来,反而会越发觉得累。

赵匡胤道:"大家要赶时间,只能在城关内停留一顿饭的时辰,士兵不解甲,马匹不解鞍,吃了餐饭,连夜赶路。"

然而,事情也就出在这赶夜路上。

第一卷　高平飞雪

潼关位于关中平原东部,雄踞秦、晋、豫三省要冲之地。潼关的形势非常险要,南有秦岭,东有禁谷,谷口又有十二连城;北有渭、洛二川汇黄河抱关而下,西近华岳。周围山连山,峰连峰,谷深崖绝,山高路狭,中通一条狭窄的羊肠小道,往来仅容一车一马。

过去人们常以"细路险与猿猴争""人间路止潼关险"来形容这里形势的险要。

唐代诗人杜甫游经此地,写下了"丈人视要处,窄狭容单车。艰难奋长戟,万古用一夫"的诗句。

《孙子兵法》中的"行军篇",概括对行军不利的地形有"绝涧""天井""天牢""天罗""天陷""天隙"等,这个地方可以说是样样都占了。军队行进中,遇到这样的地方,一定要仔细搜索,小心通过,因为这些地方往往是奸细伏兵的藏匿之处。

这个地界不平静。

赵匡胤本是把细之人,更何况他熟读《孙子兵法》,但是,今天他还是有点大意了,没有派前队侦察,就直接命令部队赶路,夜行通过,于是大军直接进入了山谷。

忽然,就听一声号炮,声音在山谷里震耳欲聋。

前队停了下来,探报回来,说前面有一支军队挡住去路,为首的是一员黑脸大将!点名报姓,要赵匡胤前去应战。

赵匡胤一听,心里一个咯噔,此地地形险要,如果敌方埋伏在两侧山峰,用滚木礌石、弓箭远攻,我方是骑兵,根本就施展不开,还不是只有挨打的份儿?

赵匡胤到了阵前,借着火光一看,对面一员战将,身披金甲,手持一把大锤。赵匡胤喝道:"来者何人?敢阻我皇家大军?"

对面黑脸将大声道:"我乃平军山大将军王秉坤是也,你要过

一、遍地狼烟

这平军山,要问问我这把大锤是否行得通?"

赵匡胤心里想这人是个山蟊贼,这就好办了:"这位英雄,你我远日无怨近日无仇,何苦生死相搏?害上性命岂不是冤枉?我大军为国出征,急要各种人才,将军身手矫健,仪表不凡,如何愿意一生占据这小小的平军山,做一个山大王?不如将军和我一同出征,我们同保大周,为国建功立业,将来有个一官半职,封妻荫子,岂不美哉?"

黑脸将军王秉坤"呸"了一口,打断了赵匡胤的话,道:"我来打的就是大周,他郭家窃取汉室,贼也!你赵匡胤,嘿嘿,听人说,原来也是一条汉子,却为何辅佐郭威,做那颠覆汉室的勾当?如今你来得正好,正好让你家爷爷取了你的人头当球踢,好玩好玩!"

赵匡胤看看四周,发现这个黑脸将军并没有带兵,心想此人要么就是艺高人胆大,足智多谋,来引诱大兵进入山谷的;要么就是有勇无谋,匹夫而已。要是他在这山谷里埋上伏兵,我两千军马,不是要白白葬送在这里?

赵匡胤心里判断,第二种可能性大,听他说话,乃粗莽之人,不难对付。

赵匡胤正要上前再行劝诱,却听得自己身后闯出一员战将,正是李骁通。李骁通是在高平之战中跟赵匡胤一路厮杀而提升起来的骁将,武艺高强,而且勇敢,请战道:"将军,这种山野匹夫,哪里需要您费神,让我结果了他的性命!"

说时迟那时快,李骁通一踹马镫,战马越过赵匡胤身边,向前冲去。那边,不待王秉坤应答,他冲上去就是一枪,李骁通乃一等一的金枪将,手中金蛇八面飞云枪,枪头似蛇,有一蛇口,吐出蛇信子。蛇信子是由弹簧软铁打造而成,枪刺出,它能随着枪的走势晃

第一卷 高平飞雪

动,一来迷惑对手的眼睛,让对手看不清楚枪的走势;二来,它本身也是一件兵器,通过惯性晃动能出其不意地击中对手,往往是对手挡住了枪,却挡不住前头的蛇信子。眨眼间,两个人已经往来了几个回合,那黑脸大汉有点儿支撑不住,一提马缰绳,往后就退,李骁通哪里能让他逃走,拍马就追,没追几步,就听"扑通"一声,李骁通瞬间从眼前消失了。赵匡胤原以为这大汉在道上安排了机关,估计是陷马坑,李骁通连人带马掉进坑里了,再定睛一看,原来那大汉使了一个鹞子翻身,一个突然回转,一柄大锤砸过马的脑袋,然后又砸在李骁通的胸口上,李骁通的马和人都齐刷刷倒下。倒地的李骁通整个前胸被砸瘪进去了,他痛苦地在地上叫:"哎呀,疼煞我也!"身子不能翻滚,四肢却搔扒不已,"将军,给我一棍,结果了我吧!不能伺候将军西征了!"

可怜李骁通刚刚升职,还没有开始自己的锦绣前程,就死在了这里。

赵匡胤暗暗发誓,要杀了这大汉,为李骁通报仇,悲声道:"李骁通啊,放心去吧,你的家小,我赵匡胤一辈子都会照顾好!"

楚昭辅抽出佩剑,上前去,刺开了李骁通的喉咙。他蹲在地上,抱着李骁通,李骁通慢慢地没声音了。

这个时候,那大汉还在兀自地骂阵,楚昭辅跃身上马,要上前和那大汉斗。赵匡胤知道楚昭辅不是那大汉的对手,一举盘龙棍,两腿一夹马肚子,这枣红马知道主人的意思,立即竖起耳朵,抬起脑袋,向着大汉冲去。

赵匡胤的盘龙棍是长兵器,又加上棍头上有一个可以折打的"镰",那大汉的锤却是短兵器。赵匡胤上前一交手,那大汉就落了下风。那大汉大喊:"哎嘿,赵匡胤,你还真有两下子啊!爷爷不跟

一、遍地狼烟

你打了,爷爷走了!"他说着,一拨马头,返身就跑。

赵匡胤哪里能放过他?李骁通不能白死啊,未到前线,就损失一员大将。赵匡胤催马就追。两个人的马都快,一会儿工夫,就追出去十来里。一路上,那大汉还在喊:"哎呀不好了啊,逃命啊!"赵匡胤又好气又好笑,照理他不该这样追,但是今天不一样,他被李骁通的死弄得心乱如麻,只想着报仇雪恨。就在这时,他的马突然一个前翻,滚倒在地上,他从马脖子那儿被甩出去,也掉在了地上。

边上一群喽啰兵涌上来,用渔网样的东西,罩住了他,一会儿,他被绳捆索绑,穿在一根大竹杠上,抬了起来。他心里又气又愤,一闭眼睛,"唉!天不眷我!让我今天死在这里!"想到李骁通死时的惨状,他对生还不敢做打算,只是心里想,这个时候,自己死不要紧,连累了这一千军卒。他们还在路上奔波,却不知道自己的主帅已经命丧黄泉。平军山啊,平军山,难道这里真是自己的死地?

正想着,发现自己被人放到了地上,就听身边有个女人在问:"哥,你今天又打猎去了?抬回来啥?野猪?"

赵匡胤听着,心里这个气啊!睁眼一看,是个女人,二十来岁的样子,穿着战袍,一身戎装!齿白唇红,娇美身材,赵匡胤看在眼里,觉得奇怪,这荒山野岭,哪来这样的俊俏女子啊?

那女子见赵匡胤睁开眼睛,也吓了一跳,叫道:"哎呀,是个大活人?你弄个大活人回来干吗?"

那大汉叫道:"妹妹,你知道他是谁吗?"

"他,是谁啊?"

"他说,他是赵匡胤!"

那女子听见这么说,叫人打了灯,提到近前,仔细打量赵匡胤,问道:"你就是赵匡胤?高平之战,一人勇闯万人阵,棍打张元徽的

第一卷　高平飞雪

赵匡胤?"

赵匡胤不答话,眼睛也不看她,没脸面啊,他被捆得像粽子一样,站都站不起来,还答什么话啊!

没想到那女子却突然口气柔和起来说:"如果您真是赵匡胤,小女子王平山这厢有礼了!"说着,那女子向他款款一礼,命人给他松绑。

那大汉叫道:"妹妹,不能松绑,赵匡胤武功了得!"

那些喽啰看看那女子,女子喝道:"还不快松绑!"

那些喽啰上来替赵匡胤松了绑,那女子道:"让大哥受惊了。当年,我父亲王显,也曾是大汉名将,与令尊赵弘殷赵老将军是同僚好友。之后,我父亲受命西征,怎奈时运不济,全军覆没,先父自刎于军中。临终前,吩咐部下送家母和我兄妹来这里隐居,我们兄妹是不得已才来到此山中,占山为王。然而父亲一生都忠于汉室,要我们练好武功时刻准备好保家卫国,为国尽忠!"

那大汉有点儿心虚,慌忙问道:"妹妹,你这话什么意思?老爹说的是让我们建功立业,为皇上尽忠,那是要我们保汉室,那当然是要杀大周的人。赵匡胤投靠郭威、柴荣,背叛汉室,我们当然要杀了他!你怎么放他?再说了,他在高平之战,杀的是我汉家宗室,咱们更加不能轻饶他了!"

赵匡胤听闻他们是王显的后人,不由得一愣,心里不好受起来。汉室衰微,弄得一员猛将人不人鬼不鬼,当初王显兵败,并不能归罪于他。汉室懦弱,官员腐败,满朝文武没有人愿意带兵打仗,都是缩头乌龟,躲在汴梁好吃好喝好玩,只有王显,自愿领军出征。可怜王显,后无救兵粮草,孤军东征契丹,先胜后败,一个人的能干,配上一群人的贪腐,就是悲剧。战争是国力的较量,也是人

一、遍地狼烟

心的较量,两个条件都不具备,他一个王显,如何获胜?三万大军,埋骨契丹境内病王台!只听说王显在军中自杀,没想到,今天在这里见到王显将军的后人,那也是忠烈之后啊。

他也施礼道:"王小姐,当初末将追随太祖叛汉,实在是因为隐帝小儿太过残忍,杀郭威九族,我们大军在阵前抵挡契丹的铁骑,他隐帝在汴梁却对我军将官的家属举起屠刀,仅我同僚中遭灭门的就有三十余户,实在是不得不反!听你所言,你也是名门忠烈之后,如今大周天子柴荣,少年神武,明君也,胸有良策,心有大志,前次北征刘崇而不灭其城,实在也是我大周皇上仁慈,不忍前朝没有血祀。这天下,本不是谁家个人的天下,是天下人的天下,有德者居之也是为了保天下苍生福祉。后蜀犯我边境,杀我边民,如今大周用人之际,不如小姐弃暗投明,和我们一起同保大周。我们合兵西征,救黎民苍生于水火,安西陲于倒悬,将来骏马得骑,高官好做,也不枉来人世一遭!"

王小姐蹙眉沉思,并不答话。她不答赵匡胤的话,也不答她哥哥的话。

赵匡胤不知道她到底怎么想,一时没了主张,心里只盘算着如何脱身。

王小姐看看赵匡胤道:"将军是想着如何脱身吧?放心,小女子绝无加害将军之意。小女子从小跟随黎山圣母学习兵韬武略,虽不能学先父去做那安邦定国的伟业,却也知道忧国忧民!"

赵匡胤听了不由得对王小姐佩服起来,当今世上,有两大高人,一位是黎山圣母,相传她在黎山修行,武功韬略了得,乃是得道的世外高人;另一位则是陈抟老祖,其人曾在洛阳开馆授徒,门下奇人无数,可惜当年自己在洛阳时,未能得见。

第一卷　高平飞雪

这时,王小姐转身吩咐喽啰道:"来呀,请赵将军客房安座,上酒上菜,不要亏待了将军。"

赵匡胤哪里有心思喝酒,心里担心陶榖、王彦升、潘美,恐怕这些人此刻也是急得不行了吧。陶榖和潘美都特别谨慎,有了后手,才做前事,做事有前有后,但不够果断,恐怕要等王彦升后军追上来,他们前后呼应了,才能派兵来找他!他心里着急,但是不好多说,只好跟着喽啰退出大厅。那些喽啰,一行六个人,前后左右围着他,他知道,这是人家防着他呢,不让他跑!

一会儿,有人送来热水毛巾,又有人端来四个热菜,一壶酒。赵匡胤喝不下酒,更加吃不下菜,只是坐在桌边,想着如何是好。一会儿那大汉来了,坐在他对面,给他斟了酒,又给自己慢慢斟上一杯,对赵匡胤说:"赵大哥,我有眼无珠,杀了你的人,错抓了你,你能谅解小弟我吗?"

赵匡胤此时着急脱身,顺口说道:"不知者无罪,不怪你!"

那大汉立即高声喝道:"我说呢,我妹妹还担心你不能原谅我。我说赵将军大人大量,当然不会计较我这个莽夫啦。来来来,我们多干几杯,举酒泯恩仇!"说着,大汉也不顾赵匡胤是否同意,自个儿连干了三杯。

赵匡胤酒量好,平时也好酒,但是今天没有兴致。他举举杯子,应付了一下,还想劝劝这对兄妹,随他西征。

还没等赵匡胤说出口,那大汉说道:"赵将军,你是要去征西啊?你这点儿人马哪里够?不如带上我们的人马,我们兄妹保你西征!"

赵匡胤听了心里一阵高兴,急忙应道:"那敢情好!时间紧迫,就请王将军赶紧准备,我们马上出发!"

一、遍地狼烟

那大汉却道:"不急,要我们追随你不难,但是有一件事,你得答应我们兄妹。"

赵匡胤道:"只要你们愿意为国出征,什么事都可以答应!"

那大汉道:"你得娶我妹妹做媳妇!"

赵匡胤不假思索道:"这个我答应不了啊。我家有贤妻,还有儿女,你妹妹乃名门之后,娶你妹妹,那太委屈她了。更何况,临阵娶妻是死罪,按军法当斩!我乃西征军二路元帅,怎么能自毁长城,坏了军法?"

那大汉并不理会赵匡胤的理由,直直地道:"你就别说什么理由了,就单说你愿意不愿意吧?"

赵匡胤摇头,那大汉抽出佩剑,压在赵匡胤的脖子上,凶狠地说道:"嘿嘿,你今天在我手里,答应更好,不答应这个亲也得成!"说着,他一声喝令,对着喽啰道,"来啊,绑了!"那几个喽啰早就准备好绳索了,一哄而上,又把赵匡胤给绑了起来!

赵匡胤一闭眼睛无奈道:"唉!虎落平阳!"

这时,王小姐走了进来,止住众人,对着赵匡胤款款一礼,道:"婚姻乃是大事,本应听父母之命,媒妁之言。而如今,我兄妹无父无母,孤悬这平军山,实在是报国无门,投靠无着。如蒙将军不弃,做了小女子的夫婿,小女子兄妹明日一早,就率领山上三千将士,追随将军,鞍前马后,绝不懈怠。"

赵匡胤听王小姐说得诚恳,细细思量,想到这兄妹原来也是显宦人家,如今在这里落草,的确不是正路,而今大周百废待兴,正是用人之际,他们兄妹如果能归顺朝廷,效忠我大周,也是我大周之福。赵匡胤语调和缓下来,道:"贤妹不弃,乃是我赵匡胤的福气,也是我大周的福气。只是,如今正在打仗之际,儿女情长的事情,

第一卷　高平飞雪

不敢思量,我答应小姐,待我西征得胜归来,一定迎娶小姐!"

听罢,王小姐重新解开了赵匡胤身上的绑绳,三人重新落座,正欲细细商量行程安排,就听门外边腾腾的脚步声,跑进来一个喽啰,大声喊道:"小姐,不好了,外头有个叫王彦升的来叫阵,要我们出去应战。"

赵匡胤道:"不要惊慌,那是我手下将官,我去叫他进来。"

赵匡胤叫了王彦升进来,把王家兄妹的来龙去脉介绍给王彦升听,但是,没有说王小姐要和他成婚的事。王彦升听了赵匡胤的话,不好反驳,但是心里不服气:什么人,抓我大哥,杀我弟兄?我倒要看看!

一个黑脸大汉在厅正中央站着,王彦升问道:"你就是杀李骁通的人?你可知我是谁?"

那黑脸大汉叫道:"行不改名坐不更姓,王秉坤!你是何人?今天是不打不相识,多有得罪了。"

王彦升上前施礼,身子靠近王秉坤,两个人就像要抱在一起的样子,王秉坤不由得伸手托住王彦升的双手,哪里知道,王彦升整个身子一沉,手臂使上劲儿了,这厢两个人开始了角力。赵匡胤一看,王彦升要惹祸啊,刚刚说好的山上三千军兵明早出发一同出征,这事不能黄了。他轻轻一拨,四两拨千斤,把两人分开。

这时王小姐已经让人添了座位,请王彦升入座。王彦升也不客气,一屁股坐下,看到有酒,气呼呼地拿起来就喝,边喝边说道:"大哥,你在这里好吃好喝,我们众兄弟可是在山里到处找你,只能餐风饮露!"

三人正要说话,外面进来一女子,那女子指着王秉坤就大骂起来:"公公乃是大汉忠良,你却要投靠周室,你们这是卖身求荣!公

一、遍地狼烟

公九泉之下必不瞑目!"说着,那女子痛骂起来,骂郭威郭雀儿是配军出身,贼配军窃国,骂柴荣卖身求荣,不配当皇帝,连着赵匡胤也一起骂,"你们这种人,助纣为虐,不过是蝇营狗苟,贪图富贵享乐之徒!还不给我滚出山寨!"

王彦升听了,脸上挂不住,也不言语,"嗖"地跃起,一步到了那女子跟前,一剑下去,那女子就上下身分离了!一摊血,两段尸首,屋里充满了血腥味!

再看王彦升,已然重新落座,斟酒自饮。这个王彦升,的确是天下第一剑,可惜性格暴躁,一剑斩杀一个人,剑比脑子快,比言语快。这时,王秉坤冲过去,抚尸痛哭道:"夫人啊,你怎么就死了啊!"

赵匡胤也没有醒过神来,但是他知道,今天这事不好了,王彦升闯大祸了。这时,王小姐拉了一把赵匡胤,说道:"将军,你们快跑吧。我这哥哥鲁莽,你手下人杀了我嫂嫂,我恐怕你们会有性命之忧。"

说着,拉着他俩,来到屋外,已经有人把赵匡胤的枣红马和王彦升的马一并牵来,两人翻身上马,由一名小喽啰带着,疾驰而去。

行到一处大路,那喽啰一指前路说:"你们沿着这条山路,一直向前走,不出一刻,就能看到你们的大军了。"说着,那喽啰掏出一块令牌,交给赵匡胤,"将军,这是我家小姐赠给将军的,平军山方圆百里,十二座山寨,只要看到这块令牌,都会对你们予以礼遇,不会为难你们。"

赵匡胤接过令牌,一拱手道:"代我向你们小姐请罪。"

没想到,那喽啰却说:"请罪的事,我可不能代告,他日将军得胜还朝,就请将军无论如何自己来一趟吧!"

第一卷　高平飞雪

赵匡胤感觉这个喽啰不一般,想问他姓甚名谁,日后也许有个联络,那喽啰却已经走了。

两人一路狂奔,回到与王秉坤交手处,却不见大军。正疑惑间,楚昭辅从黑暗中跳出来,说道:"将军,你们果真回来了,我们担心死了!"

赵匡胤顾不得楚昭辅的担心,急忙问道:"大军哪里去了?是前进了吗?"

楚昭辅身后又走出杨徽之,杨徽之答道:"元帅,多有得罪,刚才是下官建议潘美、陶毂两位率军西进,由我和楚昭辅在此处等候您归来。"

赵匡胤点点头,道:"你们做得对,大军西进要紧,不能因为我个人而耽搁行程!"

四人合在一处,追赶大军,没出几里,就看见路边黑压压聚集着一群露营的军士,到近前,互相通报了口令,才知道正是自己的军队。原来潘美留下三百名军士在这里驻扎过夜,要他们天明后搜山救人。见到赵匡胤回来,大家都非常兴奋,有的欢呼起来,赵匡胤让大家立即起身,打起火把,星夜赶路。

潘美领着前军,一路疾行,眼前已到了华山地界。潘美一看,好一个险峻地界,从这里出去,就接近战区了,该让大家休息一下。

太疲劳了,很多军士骑着马,在马上就睡着了,走着走着,突然就从马上摔了下来,摔醒后上马再走。

大军埋锅造饭,准备饱餐一顿,进入战区以后,吃饭就不那么容易了。

一、遍地狼烟

扎好营,大家休息了一会儿,赵匡胤带着中军也到了。

这时,就见远处林中群鸟飞起,林子上空升起一路尘埃,按照兵书上的说法,这应该是林中藏有大军,而且正在靠近。赵匡胤手搭凉棚,策马飞驰到一处高地,向远处眺望,军营里大家立即准备战斗。

尘埃越来越近,到了近前,赵匡胤才看出来,那不是后蜀兵,而是平军山的兵,他们打着大旗呢,平军山平西大军!还是前天送他们出山的那喽啰,一马当先来到赵匡胤跟前,下马敬礼道:"赵将军,我家小姐让我带一千军马支援将军平西,末将王元功愿意在将军帐前听令!"赵匡胤听了心生感动,来得正好啊,真是及时雨。私下里对王小姐产生了丝丝惦念,也不知道她兄妹如何了。只怪王彦升太过粗暴,动手斩杀了王秉坤的老婆,这个王彦升,太嗜杀了。

赵匡胤走马近前,牵了王元功的手,道:"怪我们不慎,杀死了你家嫂嫂,请你不要介意。如今用人之际,暂不处罚王彦升,让他在营中多活几日!"

王彦升嘟囔道:"那样的老婆,不如不要,跟你家大公子说,只要他来我们军营,一旦开战,要多少媳妇我给弄多少媳妇!杀个女人用得着记恨吗?隔天再娶她几个不就得了?"

"混账东西,说话如此混账,还不住嘴!"赵匡胤喝止了王彦升,否则还不知道他狗嘴里吐出些什么话来。

二、多事之秋

1. 陈抟老祖授计

赵匡胤和王彦升、王元功三人,回到营房,有侍卫上来引他们到中军大帐。

大帐里,陶穀、杨徽之两个文官加一个当地老人围坐着,桌上放着酒菜,还挺丰盛。王彦升大大咧咧地走过去,搬了首座的凳子让赵匡胤坐,又大大咧咧地想坐赵匡胤身边的另一张凳子。赵匡胤却挡在他前面,请那位老者上座,自己陪于老者的身边,又指指边上的另一个座位,让王元功坐,伸手示意道:"来来来,王元功将军,你就坐我边上。"

赵匡胤尊老,在家里是孝子,让老者上座几乎是他的本能,但是老者坚辞不坐,他只好自己坐了。对于王元功,他是从尊重客人的角度,把王元功看作王氏兄妹的代表,人家刚刚死了夫人、嫂子,如今却还不计较,派了兵将来支援,他心里对王小姐有一份愧疚,又有一份感激。王元功却不坐,看看王彦升,拱手道:"王将军请!王将军是成名的英雄,王某陪于末座,已经非常荣耀了!"

赵匡胤听王元功这么说,心里越发器重王元功,觉得这个人心

二、多事之秋

细,懂礼数,作为武将能做到这一点,很不容易。

大家落座后,陶穀介绍道:这是杨徽之找来的当地里长,熟悉地形与民情。

赵匡胤心里头正在焦急,军队西出华山,他们手头的地图就跟不上了。古往今来兵书战策,多介绍中原地界的山川形貌,对于秦、凤、成、阶的情况都写得相当简略,而这次他们西征,除了要和后蜀的李廷珪作战,还要和吐谷浑人、党项人作战,李廷珪笼络了不少吐谷浑人、党项人,他手下大将王峦就有党项人血统。

唐末黄巢起义时,唐僖宗传檄全国勤王。党项族宥州刺史拓跋思恭出兵参战,弟弟拓跋思忠战死,唐僖宗赐拓跋思恭为定难军节度使,封夏国公,赐姓李。至此,党项拓跋氏有了领地,辖境包括夏、银、绥、宥、静等五州之地,握有兵权,成为名副其实的藩镇。之后中原地区连年战乱,朝代更替频繁,对党项的控制逐步减弱。此时,党项实质上处于独立状态。太祖郭威立周代汉,党项李氏就不怎么服气,他们想的是,你郭威可以代汉立国,我党项为什么不能立国?

陶穀举酒道:"将军,我军西征,我和杨徽之能做好后勤,助将军一臂之力,非常荣幸。但是,我们都不擅长军事,部队即将接敌,我心甚忧,我们亟须了解西部军情民情,能够在军事上出谋划策的人才。"

陶穀一直叫赵匡胤"将军",如今赵匡胤是二路元帅,照理应该改口了,但是陶穀往下,那些老部下、老朋友一个都没改口,新来的则相反,杨徽之等都叫他"元帅"。这样在军营中,就自然而然地分成了两派,一派永远开口叫他"将军""赵哥",一派开口就是"元帅"。

第一卷　高平飞雪

陶穀能想在前面，实在是太好了。陶穀有鬼谷子之才，善于洞悉人心人性，能利用人性的弱点，左右时局，但是陶穀却不得大家的尊敬，大家都觉得这个人太聪明，以至于有点儿鬼祟！要是没有赵匡胤撑着，可能大家都把他赶出军营了。这也是个悖论啊，特别聪明的人往往是孤独的，得不到众人的亲和。

反过来，王彦升也是如此，此人有专诸、聂政、豫让之忠勇，却做事乖张，贪恋女人，日夜不倦，这还是小事，他的最大嗜好是杀人，以杀人为乐，像一架机器。有的时候，都不知道他是出于为国尽忠杀人，还是出于嗜血本性杀人。脾气暴躁还贪财贪色，尽管每逢打仗，他都是绝对主力，不顾命地冲杀在前，功劳特别大，但是，军营里却没有人说他好，常常到最后，他得到的赏赐最少，更难言晋升。

赵匡胤在想自己到底如何得罪了人？范质之流，老朽陈腐，不容他这个新近崛起的皇上心腹，还可以理解，而李重进、李筠等，这次在高平之战中一起出生入死，还得到比他多得多的赏赐，军衔远在他之上的人，又为什么对他轻蔑？

等到有机会了，找个真正的智者好好问问，读书人内心弯弯绕绕多，知道的历史掌故也多，也许能回答这些问题吧。

陶穀介绍老人是此地里长。

里长站起来自饮一杯，深鞠一躬，慢悠悠道："承蒙元帅不弃，请小老儿登堂入室，还赐上座，小老儿感激不尽。自去岁以来，先是后蜀赵季札，之后是李廷珪，他们反复骚扰，每来，必要美女、美酒相赠，要老百姓箪食壶浆相迎，稍有不周，就乱抓乱杀，此处原是富庶之地，如今却百里无人烟。我们这些百姓，无不翘首以待，期待王师到来，解救黎民苍生！"

二、多事之秋

赵匡胤听后，眼睛红了，道："是我们思虑不周，让后蜀孟昶钻了空子，如今，王章将军、向训将军又中了他们的诡计！"

里长问："敢问元帅带了多少兵马？"

赵匡胤道："一千！"他看看王元功，又补充一句，"还有刚刚与我合兵的王将军带来的一千，总共两千人！"

里长略一沉吟："元帅此来，是解围，而不是硬战，当以出其不意的闪击，加上高超的谋略取胜。老朽不才，有一人可以举荐，此人韬略天下第一，门下更是弟子众多，如果能问计于此人，得其指教，此战必能一定乾坤！"

老里长的言语举止，让赵匡胤觉得此人深明大义，有礼有节，刚才言语间甚至说出了他此来的要义，思虑确实了得。

"不知此人身在何处？还请老里长举荐！"赵匡胤站起身，深深一礼，答道。

老里长赶忙站起来，道："这个人，来无影去无踪，逍遥如神仙，飘忽如山云水雾，无人能请得他来，也无人能寻他而去，是否能碰上，就只能看元帅的个人造化了！如果元帅真想见他，明日可轻车简从，也许在云台峰上，可以和此人不期而遇。"

赵匡胤听了很感兴趣，此时此刻正是用人之际，如能请到此人，早日平定西陲，大周可以少牺牲许多生命，皇上可以早日挥师南下，一统江南！"好，大军就在此驻扎，休整一天，明日我上山会会此人，但不知此人尊姓大名？"

老里长道："无人知道此人真姓真名，其实，名姓不过是符号而已，普通之人，无有名号，则忘己寂寂，而真神真君，无有名号，却直接显露真性真情！元帅乃天命真人，又何必执着于此人的名号呢？"

第一卷 高平飞雪

赵匡胤点点头,觉得老里长这话充满哲理,玄妙缥缈,不知所谓,却又似乎让他茅塞顿开。

次日,赵匡胤带着王元功、陶穀、杨徽之一行,步行上山。赵匡胤没有带王彦升,因为这是去讨论策略问题,他怕王彦升鲁莽,得罪了人。带着杨徽之,则是他有意为之。皇上一听说他愿意带杨徽之,立即就同意了,不过是想让他多看着杨徽之一点而已。那就让杨徽之多看多听吧。

他不知道像杨徽之这样的人,是否能受到感染。从直觉上说,杨徽之是个一门心思走到黑的人,而且全然不顾大局。这种人,心里只装着那一点个人的小九九,谁对他好啦,谁对他不好啦,谁能提拔他啦,谁会妨碍他啦,等等,这些对他最重要,其他都是过眼烟云。哪怕是对他没什么不利,却能有利于他人、有利于大局的事,他都是不屑为之的。但愿杨徽之能理解大家的忠心,在战报中能实事求是,不要让皇上对他们多虑。

一行数人,匆匆上山,沿途的风景并无细看的心思。两个时辰之后,近北峰顶,大家才放慢了脚步,陶穀道:"此峰四面悬绝,上冠景云,下通地脉,巍然独秀,有若云台,帝王气象啊!将军,今天一定不虚此行!"

杨徽之在身后吟道:"三峰却立如欲摧,翠崖丹谷高掌开。白帝金精运元气,石作莲花云作台。"

赵匡胤觉得这诗不错,回头对杨徽之道:"不愧是甲科进士,集贤校理,出口成章,气象博达!"他心里暗想,这样的才气,如果不是用于吟诗作赋,而是用于民生战事,那该多好啊。

杨徽之纠正赵匡胤道:"元帅,在下吟咏的是唐代诗人李白的

二、多事之秋

《西岳云台歌送丹丘子》一诗,借一方景,一首诗,表达一下心情,不是在下的诗!"

赵匡胤有些脸红,人家读书人,能记能诵,心有文章,自己只是一个武人。以后一定要时时读书,多多思考,不要让人家笑话了。

好在杨徽之此刻力乏,登山已经有点儿力不从心,并没有小瞧赵匡胤的意思。大家走得太快了,他一个文人,要跟上赵匡胤和王元功登山的步伐,实在不易。

向西行,绝壁转弯处,看着无路,走到尽头,却见一方凉亭,亭中两位老者背对着他们。两位老者是那么近似,从背面看,几乎就是一人,除了他们拿的拂尘颜色不同,一黑一白,其他几无二致。

他们背对着小路,面向远处跏趺而坐,远处山峦云霭,极天处,所见漫漫,缥缈中让人恍惚有所见,又全无所见。

石桌上,摆着一副棋局,两人正在下棋。一童子手拿拂尘,侍立着。

赵匡胤一众人等,进得亭来,正要问路,却见一童子摇手,示意他们不要说话。

赵匡胤站在石凳旁观看棋局,棋局是横着的,对着小童子,心想肯定是两位老者在下盲棋。

赵匡胤也喜欢下棋,在汴梁军中,他的棋艺一绝,几乎无人能敌。

他看着棋局,逐渐入迷了。

这已经是残局。红方将军居于正中,却被对方一车一马一炮包围,车再走一步就能直接将军,而马和炮则在边上虎视眈眈。一旦黑方车将,红方老将无论如何走,似乎都要落入对方陷阱,因为

第一卷　高平飞雪

处处都是陷阱。然而,红方却依然有很强的实力,红方的两车、两马、两炮均未受损,只是远水解不了近渴。

赵匡胤看着,陷入思考,红方的死局是否有解呢?

亭子中的众人都不说话,王元功手握剑柄,笔直地站在亭子口,身子对着来路,在为大家站岗。赵匡胤看着王元功,越来越喜欢他作为一名军人的样子,他的基本素质是过硬的,有脑子。将来看看他的武功,说不定能培养成一名领军大将,赵匡胤太需要人才了。

陶毂和杨徽之则站在赵匡胤身后,赵匡胤不说话,他们自然也没话可说。两位老者背对着他们和棋局,闭目打坐,似乎进入了定境,长时间不说话,也不动。

可能身在此间,而身已游于天外。

不一会儿,赵匡胤有了灵感,要动红方的炮,这可以一举两得,既打对方的马,又控制对方的车不能来将军!他对童子道:"红炮打马!"

童子看看他,又看看两位老者,手拿黑色拂尘的老者轻轻地点头,童子犹豫着游动了红炮。手拿白色拂尘的老者,似乎预料到赵匡胤会有此举,童子刚刚将红炮落定,就命令童子走车对抗。

没走三步,赵匡胤就发现自己已经输了。

他很懊恼,觉得只要重新来过就一定能赢,这是稳赢的棋局。

他对手持白色拂尘的老者深深一揖,道:"长老,能否容在下重新思虑一过,再来一盘?"

老者点点头,道:"年轻人,你真敢接这盘棋?"

赵匡胤从小到大,还没有怕过什么,万军阵中冲杀过来的人,看见过多少生死,他不怕。那老者就像听见了他内心的声音一样,

二、多事之秋

道:"既然你真敢接,那么就拿出你的气概来,赌一局吧!"

赵匡胤道:"信步上山,只是为了山中的风景,身无长物,如何赌?"

老者道:"你要的,我有,你是想上山访一个人?我要的,你也有,就能赌得。"

赵匡胤感到奇怪,这老者怎么知道他是来访人的?在这万仞绝顶之上,能端坐不动且胸有万千韬略、寄寓于下棋的人,恐怕不是凡人。他有必胜的把握,如果能胜了老者,得到老者的指点,找到要访的人,岂不是走了捷径?再说,就是输,又能如何?金钱和他现有的东西,于他来说只是粪土罢了!

"好,晚生应承了。"

于是,童子又把棋盘恢复到刚刚死局的位置。这回赵匡胤有了防备,思路也更周详,然而不出五步,红方还是输了。

赵匡胤还是不服,下回他一定能赢,他想到了更加奇谲的招法。

老者道:"将军,那就先把上一局的胜负了结了吧。"

赵匡胤略一沉吟,不好意思地说:"晚生今天上山,走得匆忙,没有带什么金银财货,但不知老先生要我什么?"

老先生转过身来,下座,走到石壁跟前,低声说道:"我已垂垂老矣,除了打坐冥想,别无所求,除了安居此山,别无所欲,那就请先生把这座山赠予我吧!"

赵匡胤大笑道:"好个寄情山水,无欲无求!好,我就把这座山赠予你!"

老先生道:"君无戏言,请落字为凭!"

赵匡胤四处看看,又看看童子,这里也没有笔墨纸砚啊,心想:

第一卷　高平飞雪

赠一座山给老者,那本是一个玩笑话,还能当真?然而,老者却似乎是当真了,递给他一块赭色石片,说道:"就用石头当笔,在这石壁上写个凭据吧"。

赵匡胤接过石片,在石壁上写下:"赵匡胤情愿将华山一座,赠予棋友,恐后无凭,石山亲笔卖契为证。"

老者用拂尘在赵匡胤石书四周划了一圈,石书四周出现了一个长方形边框,赵匡胤等初时以为石头上现出来的是带色的印痕,细看之下,那是一道深寸余的石沟。原来那拂尘到处,石头被瞬间凿开,那石框已经入内三分,犹如刀削斧凿一般!

赵匡胤知道今天遇到奇人了,内心的好胜心更加强烈,迫不及待地拉着老者道:"来来来,我们再来一过!"

然而,这次赵匡胤又输了。

但也就是在赵匡胤输棋的那一瞬间,他知道了眼前这两位老人,应该就是他要找的人。他倒头便拜,道:"仙人教我!匡胤此来,只有一千人马,行军只能七日,作战不能超一月,前面却是后蜀、党项人的八万联军,还有吐谷浑部落的骑兵对我虎视眈眈!"

赵匡胤虔诚地三拜,却听不到老者的回应。待他抬起头来的时候,两位老者和小童均已不见,却听得远处的山谷中传来老者的声音:"赵匡胤,收起棋局,下山去吧!"

赵匡胤心下疑惑,转身看看陶榖和杨徽之,两人也跟着他一并跪着,他们也不明所以。

他爬起来,收拾那棋局,突然发现棋盘是用牛皮做成的,反面竟然画着地图,地图上把秦、凤、成、阶的地理及敌方兵力部署全部标示得清清楚楚。

在一处叫"定远城"的地方,图上更是标出了"党项人屯粮处",

二、多事之秋

一个箭头从华山直指那里,目测从此处到那里不过一百六十里,以他的快骑,不出两三个时辰就能赶到。

赵匡胤内心突然豁然开朗:难道天意让我军昨晚隐身华山,而今天则给我指明出路,明天奇袭党项人的屯粮处,抄党项人老家?他折了棋盘,放在贴胸的袋子里,对陶穀等人道:"下山,立即进兵!"

下得山来,赵匡胤把那地图交给楚昭辅,让他立即通知大军起身,奇袭定远城。楚昭辅接过地图一看,"哎呀"大叫一声道:"将军,都怪我有眼无珠啊!"

赵匡胤感到奇怪,问道:"你叫什么?难道这张图你以前见过?"

楚昭辅伸手到衣襟里,也掏出一张牛皮图来,经对比发现两张图一模一样。楚昭辅想起高平战后,他们回京时,遇到的赵普以及赵普当时的谶语,便问道:"将军,你还记得那个赵普吗?您带回的这张图和赵普当日给我的是一模一样的。可见,他们出自一人之手,此人可能就是赵普!"

赵匡胤想了想,有点儿印象,急忙说道:"你赶快修书一封,给都指挥使张永德将军,拜托他打听此人,立即礼聘,请他来我军中。"

赵匡胤叫来陶穀,跟陶穀两个人合计了一下。陶穀说:"我们今天遇见的奇人可能是陈抟老祖,而赵普可能是陈抟老祖的学生。此人跟陈抟老祖学艺,意识到将来中原一统,必有与后蜀、党项一战,因此画下这份地图。当日此人欲通过这份地图结识将军,未能如愿,今日一定还是此人,通过陈抟老祖把这份地图再次呈给将

第一卷 高平飞雪

军,真乃是天助我也!"

赵匡胤也顿足叹道:"唉!悔不该当初,看不起书生,没有给赵普机会,如今却到哪里去找他?"

陶穀道:"不慌,赵普乃是当世奇人,不会因小失大,今日陈抟老祖用'君无戏言'逼你赠送华山,可见,他师徒依然敬重将军,我们只要派人在附近仔细打听,必然能找到赵普。我料想赵普就在附近。"

二人说得投入,不知杨徽之何时进来了,他阴沉沉地说:"但不知陈抟老祖那个'君无戏言',到底是'君子'的'君',还是'国君'的'君'啊?"

赵匡胤和陶穀、楚昭辅都被问得愣住了,最后还是赵匡胤反应了过来,慌忙解释道:"杨大人,你这个玩笑开得太大了点儿吧?"

"呵呵!他陈抟老祖,跟你要一座山,他岂不知普天之下,莫非王土?"杨徽之不笑,却越发认真了。

赵匡胤正要厉色批评杨徽之,堵上他的嘴,就听有人问道:"将军心中是不是已经有了破敌方略?"大将潘美、曹彬、高怀德、王审琦等一起走了进来,问话的是潘美,原来潘美带着人来看赵匡胤,他们对这仗如何打,心里没底。

赵匡胤不想在杨徽之面前透露太多,更主要的是这个计划当中,他还有一桩事情没想好。

"你们来得正好,我正要去找王彦升,你们随我一起去吧。"说着他走在前面,带着大家往王彦升的大帐里来。

大伙儿出了中军大帐,走到空地上,赵匡胤长长地舒了一口气,似乎心中舒坦了一些。这时,高怀德悄悄走上来,说道:"将军,这个杨徽之,我看是小人,不如把他打发回去。"

二、多事之秋

赵匡胤摇摇头说:"让他在这里,我们才安全,否则,圣上会担心我们!"

高怀德恨恨地说:"我们这些人脑袋提在裤腰上,冲锋陷阵,他们却在背后捅我们刀子,这仗怎么打?"他看看四周,将士们正在整理行装,经过六昼夜的急行军,军装多开裂破损,这群将士都像叫花子了。有些将士脱了裤子,站在日光底下晒,赵匡胤也是一等一的武将,一路也是自己骑马过来,他知道那些将士军装的裆部磨坏了。细皮嫩肉的人或没有经验的人,这样骑马行军,一昼夜,裆部就得皮开肉绽,更不要说六昼夜急行军。赵匡胤训练出来的军士都有经验,能吃苦,但是也架不住这样行军,很多人屁股上的肉都磨烂了,裤子贴在伤口上,和伤口一起结痂,裤子再不脱,再不洗,就要感染发炎,或者就再也脱不下来了。

赵匡胤感到愧疚,对众将士道:"大家辛苦了,如果这次能凯旋归去,大家保得性命,我赵匡胤一定要好好报答大家,多多为大家请赏!"他对大家喊道,"大家辛苦了!"

军士们一看是赵匡胤,都站直了,高声喊道:"不辛苦,将军辛苦了!"

好在潘美做副手,这个人有点儿能耐,治军有方,尽管军士们的衣服像叫花子,身体也疲倦至极了,但是气势却高昂。

王彦升正好从大帐里出来。他也着急,赵匡胤像没事人一样爬山看风景去了,军队在这里一等就是大半天,时间都浪费了。急行军已经六昼夜了,很多军士把带的干粮吃完,军队一旦断粮,那可了不得。另外,就是烂裆病,十有八九都有,要不跟李廷珪打一仗,要不就放士兵出去打草谷,抓点儿女人,弄点儿粮食回来!

赵匡胤拉着他,几个将领鱼贯而入进了王彦升的军帐。王彦

第一卷　高平飞雪

升是个武夫,帐内却格外干净整齐,最显眼的是,他的被褥、衣服和盔甲叠得方方正正,放在一张台案上。行军打仗,他们又是轻装简行,王彦升怎么能带着这样一张台案的?赵匡胤也想不出王彦升用的是什么法子。帐中央地上铺着一张羊毛地毯,羊毛地毯上有花纹,细看那花纹,赵匡胤发现,那是一张阵图,是雁行八方阵,地毯上放着一张矮几,几上整整齐齐地摞着《八阵总述》《古今刀剑录》《策林》《唐太宗李卫公问对》《卫公兵法辑本》《黄帝问玄女兵法》《道德经论兵要义述》《神机制敌太白阴经》。

"行军打仗,如此劳累,你还带着这些兵书?"赵匡胤问。

王彦升道:"每次被你骂,就觉得自己不争气,你让我多读书,我现在认真读进去了,觉得以前真是白活了,那么多仗,都白打了!"

赵匡胤听了心里很是安慰,又有些心酸。

王彦升让军士进来,把矮几抬到一边,让大家席地而坐,又忙着吩咐军士烧奶茶。高怀德道:"好你个王将军,我们连口热水都不敢喝,有点儿草都恨不得背上喂马,你不仅喝热的,还喝奶?"

赵匡胤挥挥手,让大家安静,然后摊开昨天拿到的地图,他已经在上面做好了标记,道:"各位,形势非常紧迫,我们只有一天口粮,不在一天内解开威武困局,我们这一千人,就会死无葬身之地!"

王彦升道:"大哥,这个你不用说,我们都知道,这次就是玩命来了。要么大家的小命都交在这里,要么大家回去吃香的喝辣的,跟着大哥高升!你说吧,我们都听你的。"

赵匡胤道:"我军今夜子时出发,明晨天亮前赶到定远城,这是党项李氏的粮仓和大本营,我们攻下粮仓和大本营,等待李氏回军

二、多事之秋

来救!"

潘美道:"将军,定远城乃党项李氏老巢,他的家眷还有这么多年积攒的一点儿家当全在此处,恐怕守军人数不会少。"

赵匡胤道:"我已经得到密报,党项李氏此次带走了几乎所有的主力,去帮助李廷珪围困威武城,留下的都是老弱病残,号称两万,却无战斗力!刚才我已经派出先头部队,让他们假作商人,天黑前进城,明晨在他们的城内放火,然后占据东门,开城迎我大军!"

"好计谋!这样可以围魏救赵,迫使党项李氏退军,一下子就解了威武城的困局!"潘美松了一口气,旋即又皱起了眉头,"还有一事!"他看看王彦升说。

赵匡胤看看王彦升说道:"这事非你王剑儿不可!"

"将军,你不用多说了,我知道了,你就直接吩咐吧。"王彦升一拱手,"只要大哥吩咐,小弟万死不辞!"

赵匡胤看看大家,然后正色道:"由王彦升率队到威武城报信,通报王章将军,让他准备突围,追击党项李氏。然后,在这里——孩儿山,我们南北夹击,将其彻底击垮!"赵匡胤说完,拍拍王彦升的肩头,换了一种语调,脸色有些沉重,"此去六百里,路上能不能躲过李氏的巡逻队?到达威武城之后,能否一鼓作气冲过敌阵,入城报信?此行危险啊!"

王彦升大笑道:"将军,不危险的事,你也不会让我去做啊。再说,打仗哪有不危险的?"

"你带多少人马?"

"将军你带一千人马西征,我此去,只愿单刀赴会,也只可单刀赴会。我不忍带一兵一卒,一来,你这里需要人,二来,跟我去的都

第一卷 高平飞雪

得死！我不忍他们那样去死，不如都让他们跟将军杀敌去吧。"王彦升的话，让众人都吃了一惊。王彦升道，"你们要行军二百里，然后直接发起进攻，以骑兵攻城，胜算哪里有我单刀赴会高？要说危险你们也危险，你们太需要人了，我一个都不带，就带自己一颗脑袋。如果真的到不了威武，坏了各位的大事，我愿献上人头请罪，但请各位将来不要恨我，如果有人能活着回去，帮我看一下老母亲，在祭奠李骁通的时候，顺带给我捎上一杯酒，我就满足了！"

赵匡胤止住王彦升的话头，吩咐楚昭辅："你把另一张地图给王剑儿，通知开饭，大家吃顿团圆饭，送送王剑儿，就算是壮行酒吧！"

菜端上来，是楚昭辅就地取材，弄的一点野味。酒倒是有一些，大家喝了，几杯酒下肚，王彦升又活泛了，他俯身在赵匡胤耳边道："将军，我带了好玩的在身边，要不要看看？"

赵匡胤心想马上就要开战，一旦打起来，还不知道这里谁能回来，有什么东西不能看的，便说："拿来看看！"

王彦升举起手，重重地击了两掌，从外面走进两个军士，两人脱了衣服，赤条条的，才发现是两个女人。"这个王剑儿，能打、能算，就是不正经，喜欢女人，戒不掉一个色字！"赵匡胤心里想。赵匡胤知道这叫"相扑"，汴梁城里一些大户人家，家里就养着这种相扑手，即蓄养一些女奴，养到体大腰圆，到有客人来时，裸体角力，作为一种余兴节目，让客人乐一回。他没想到，王剑儿胆子那么大，私带女人在军队里，还是相扑手！

两个女相扑手脱光了衣服，站到羊毛毡的中间，给赵匡胤鞠躬，又深深地给其他众人鞠躬，然后拍拍手，开始角力。鞠躬，这种前奏性的礼节，倒让相扑看起来文雅了。

二、多事之秋

大伙儿多数是在军营里征战出身,都只是听说过而没见过真相扑。这会儿,多数人眼珠子都看掉了,高怀德叫道:"你个王彦升,真是什么好东西都有,你到底还有什么没拿出来?"

王彦升道:"就她俩,没别的了,带上她们是真来打仗。这相扑,要不是今天要和各位分手,让她们表演一回,我自己都没看过。"

那两个女相扑手表演完毕,过来给众将敬酒,敬到王彦升边上,王彦升一手一个搂在怀里,道:"唉!你家老子要单独去做件事,不能带着你们啦,我把你们交给大哥,你们以后服侍好大哥!"

"爷,您有啥事?就带着我们吧!"两个女相扑手这么说,让赵匡胤吃了一惊。

她俩竟有这等尊敬心、依赖心?看来,这个王彦升,做人还是有底线。这几年,赵匡胤学会了一套看人的办法,看人就看他的下人怎么对待他,要是下人鬼祟而抱怨,这个人人品就好不到哪里去。

赵匡胤听他们主仆这样说,连忙摆手道:"不行。她们是你的人,我怎么能横刀夺爱?这样,暂时由楚昭辅代管,有我一口吃的,就有她们吃的。你好好去,好好回,咱们还要做一世的兄弟,今日同苦,明日一定同乐!"他心里想,王燕儿那种事,不能再发生了!

坐在后面的张令铎站起来,举着酒道:"如果打完仗,能回京的,将来不要忘记没回去的,回去的将来一定要结义做兄弟,苟富贵,勿相忘!"

赵匡胤站起来,举酒一饮而尽,道:"将来,我赵匡胤要是对不起兄弟,如此酒杯!"说着,赵匡胤把杯子扔在了地上,杯子碎了,碎成了无数小块。

第一卷　高平飞雪

大家都站起来饮了,赵匡胤军中饮酒,大家都知道规矩,要是赵匡胤站起来干杯了,那就是酒席要散。赵匡胤善饮,看不起不会喝酒的,但是从不让大家喝醉,他同样也看不起一喝就醉的人。

大家往外走,赵匡胤从楚昭辅手里接了佩剑,交给楚昭辅一个锦囊,对楚昭辅说:"你去接赵普先生,地址还有钱两都放在里面了,接了赵先生,你们直接来寻我大军会合,越快越好!"楚昭辅点点头,接了锦囊塞在自己的衣兜里。

赵匡胤吩咐完,转个身,猛地跟王彦升撞个满怀。王彦升不管不顾地俯身到赵匡胤耳边,小声说:"王燕儿也在军中!"

赵匡胤回头看看王彦升,哭笑不得。这个王彦升,真要执行军法的话,他该死多少回了! 带着王燕儿,就是带个麻烦,也不知道他是怎么想的。

2. 孩儿山

夺取定远城,正如赵匡胤预料的那样,非常顺利。

天蒙蒙亮时,他们就到了城外,赵匡胤拉住马缰绳,驻足观看,黑魆魆的城池,还在睡梦中,那些党项人还在梦里吧。

睡梦中的城市是祥和的,草甸子一路延伸到城门口。城门上,有一缕微微的炊烟,没有风,那烟就直直地、缓缓地上升着,到了半空,被更远地方的黎明的曦光照亮。

"要是不打仗,这是多好的生活啊!"赵匡胤心里想。但是,他现在没有心思,他在等着城里起火,如果城里起火,他这边立马发起冲锋。赵匡胤摸摸屁股后头的沙袋,那是他在行军路上装来的,他让每个人都要装一袋沙子带在身边。攻城时,如果吊桥没有放下的话,就用这两千沙袋堆出一道栈桥,马直接可以冲上城墙!

二、多事之秋

定远城在赵普的图里标得非常清楚,因为党项人没有营构的技巧和烧砖的技术,城墙都是用土夯成的,非常低,东门更低,城墙不超过五仞,连内地的一半都没有。今天一看,果然如此,"天助我也!"城里一点儿防备都没有。

突然,随着城内一声火药爆炸的巨响,三处火光同时闪亮,逐渐变大,火油加火药,点燃了柴草或者木屋,那火,一瞬间就烧红了半边天。接着城内乱了起来,有铜锣的声音,有人群踩踏的声音。

高怀德举手示意,带着前军就要冲,赵匡胤按住了他的手,让他等等。这个时候不能急,一旦这里冲锋,对面昨晚潜伏进去的人还没有来得及开门,他们就永远没有机会开门,这边就只能硬碰硬冲了。

少顷,城门开了,然而吊桥却没有放下,里面出现了喊杀声。

高怀德一声令下,带着前队两百人冲了出去,每个人都口上含着竹片,以防出声说话,马蹄上裹着布片。这两百人是精选出来的敢死队员,那马冲起来,就像箭一样冲出去,竟然一点儿声音没有,接近城门了,城内的守将都没注意到。城里面没有人出来抵挡。

赵匡胤站在高处,看到一支黑色的箭向着东城门射去,最前面是高怀德。高怀德这样的冲锋,可真是不要命啊。他一马当先,后面两百人一字排开,如果被对面城楼上的人看见,射下箭来,他是不会躲的。因为他不能躲,躲就意味着后面的人死,而后面的人则根本不看前面,来不及躲也想不到躲。

这支箭,只想快速地插向敌人的心脏,根本没想要给敌人反扑的机会。他们埋头疾驰,只想跟上前面的步伐,一步闯入城门。

高怀德真乃猛将,他用自己的身体挡在前面,把自己置身死

第一卷　高平飞雪

地,而让兵士个个愿意为其卖命。赵匡胤心里看着感慨,唉,这些兄弟,都是为自己才来卖命的啊。

不一会儿,高怀德已经冲入城中。

赵匡胤毫不犹豫,一挥令旗,全军出击。然后他催动坐骑,飞驰在队伍的前头。

王元功催马站到了赵匡胤刚才站立的位置,身后是赵匡胤留给他的五百预备队。昨晚出发时,赵匡胤给他五百人做预备队并说道:"王元功,明天我们会一鼓作气冲进去,如果我们失败,你不要来救我们,你带着这五百人,留下生力军,回平军山去,照顾好你家王小姐!"

"将军,王小姐让我来听命于你,保护你,助你西征,如果她知道我舍下你,自己逃回去,她肯定会杀了我!"王元功说的是心里话,他对王家兄妹一片忠诚,此刻这忠心就全给了赵匡胤。

王元功看见赵匡胤带着军队奔向城门,眼看着就到城门口了。突然,城门前的吊桥被对方的火滚木击毁了,火光中,吊桥从中间断开,坠入城门口的壕沟中。高怀德的两百人被隔断在了城里,赵匡胤的人则被阻在了城外。

王元功并不担心,他知道赵匡胤已经准备好沙袋。此刻,赵匡胤手头有一千三百人,一千三百只沙袋只要填上,就能入城。果然,他发现赵匡胤一转马头,队伍跟着他转向,像一只老鹰一样扑向定远城的东北角,东北角那块有一个星月形的"凹"口。他不由得暗暗佩服赵匡胤,赵匡胤的马速度真是快啊,他绕了半个圈,转向部队的右翼,一眨眼的工夫,他还是跑在了前头。

此刻,定远城的东北角根本就没有士兵把守,赵匡胤到了城墙

二、多事之秋

根边,扔了沙袋,调转马头,往队伍后头跑。整个队伍在定远城外东北角转了个圈,像一个大旋涡,等到赵匡胤再转到前头的时候,沙袋垒起来的栈桥已经搭成。一千三百人的马队,就这样几乎是悄无声息地入城了。

因为距离太远,在王元功的眼睛里,赵匡胤的队伍就犹如一条黑色的线绳,蔓延过城墙,然后消失在了城墙里。

王元功非常担心高怀德,高怀德肯定在瓮城中遇到了劲敌,也许此刻他们在瓮城中已经被歼灭?要不怎么还不来开门?

不一会儿,就听到城内喊杀连天,之前城内还只有几处有火光,如今,他看到的是一线火光从城门口蹿出去,沿着大路笔直延伸。火像泼了油一样从城头向城尾笔直地延伸,接着,火光从东角开始,分三路蔓延,没多久,整个定远城已经全部点着了!

王元功知道,赵匡胤带队的中军得手了,马军所到之处应该没有遇到特别的抵抗。果然,城门大开,里面冲出一队人马,王元功定睛一看,不像是大周的人,有点儿像是党项人。他让边上的军校再仔细看看,军校都说"是党项人",他这回放心了。

党项人出城逃跑,说明赵匡胤在里面已经成功,一举击溃了党项人的心理防线,他们崩溃了。

"来啊,准备出击,不能让他们都跑了。"

赵匡胤真乃神人也,早就预料到党项人要跑就得从王元功这边跑。王元功准备按照赵匡胤的吩咐,高声喊道:"我们人太少,一口气吃光他们是不可能的,放他们一半人走,留一半,杀!"放过党项的先头部队,让后面的人以为这里可以出逃,引诱党项人往外逃,这样也能减轻城里的压力。

他让两个军士数数,到底跑出去多少人了。那两个军士数着数着,就慌神了,人太多了。

"多少人跑出来了?"

军士答:"三千人了!"另一个军士纠正道:"不对,四千五百人了!"

王元功手握点钢枪,手心里全是汗,跟着王家兄妹在平军山,一直是小打小闹,从没见过这阵势。

现在,展现在他眼前的是正规军列队整装作战,所有人都是视死如归的勇士,前队有人倒了后队必有人补上。

他看见赵匡胤带队一波又一波地整齐冲锋,心里激动不已。

做蟊贼真没有意思,大丈夫就得这样打仗。这样打仗,就是死了也是英雄。

不过,眼前的局势,的确危急。

五百人杀出去,如何切断五千人的队伍?要是这跑出来的五千人,突然杀回马枪,而此刻还在源源不断地从城里出来的人又想夺路而逃,两下夹击,将他们包围了,又该如何?

他暗暗地掐了自己一把,心想:王元功,现在正是你建功立业的时候,死又何妨?为国捐躯,死得其所!王小姐给你机会,赵匡胤给你机会,让你表现,你现在怎么怂了?

两个军士又报,逃出去六千人了,"不能再等了。再等,出去的人太多,将来消灭他们就麻烦,而且一旦逃出去的人太多,形成优势,很容易醒过神来杀回马枪!要让他们就地投降,让城里的人不敢出城逃命才行。"

军士道:"王将军,我们真要五百人对六千人?那可是党项骑兵啊!"

王元功不语,直接挥刀斩杀那名军士于马下,大声喝道:"有怯阵者,下场如他,人人得而诛之!五百人,对六千人,也得冲!保家卫国,做大英雄大男儿,就在此刻!"

说着,王元功也不看众人,一挥马鞭,那马的两只前蹄高高举起来,然后一个响鼻,疯一样冲了出去。他身后,五百人都被感染了,"做山贼有什么意思?现在有机会让我们立正了做人,我们还不做吗?"将士们听到王元功吼叫的声音,"活着是人杰,死了是鬼雄,冲啊!"

突然间,从山坡上冒出五百人,五百人一起喊:"活着是人杰,死了是鬼雄,冲啊!"

逃出城的党项人,原本就被吓傻了,一看这里有埋伏,就更是慌张,争先恐后地逃窜,先就自相踩踏、自相残杀起来。等王元功杀到,这五百人像剑一样切断了人流。前面的,慌不择路,飞奔而去;后面的,先是队伍里的老弱病残就跪在路边,求饶起来。这边一跪,再后面的,也看不清个究竟,跟着跪下道:"我们都投降,我们都投降!"

3. 灭李氏

拿下定远城,大家都很欢喜。

很多士兵都想,这回可以就地取食,吃喝玩乐一把了。

赵匡胤也想到了,但他不让大家这么干。当年,他随太祖郭威攻入汴梁,郭威纵兵大掠三日的情景,在他脑海里还记忆犹新。

士兵打仗吃了苦,吃了亏,伤病死人是常事。有的自己受伤,缺了胳膊少了腿,有的看着身边的战友受伤死亡,产生报仇雪恨的想法,那是正常的。如果统军的将领此时放纵士兵,让他们自由抢掠,人性中的弱点就会集中爆发,百姓将生不如死,尤其是那些老

第一卷　高平飞雪

人、女人和孩子。

赵匡胤不想让自己的军队成为这样的军队,更主要的是,他们孤军深入敌后,根本没有后援,如果所有的党项人都与他们为敌,他们将死无葬身之地。

赵匡胤让陶榖下了一道军令:"杀平民者死,抢平民者死。"

禁绝一切杀掠。

士兵入城,首先救火,然后开仓放粮。粮食本来就是党项人的,只是党项李氏搜刮了来,藏起不给老百姓而已。现在,大周的军队来了,站在老百姓一边,开仓把粮食全部分给了百姓。

至于官府的钱库,还有官宦人家的钱粮,由高怀德带队同时搜查清缴,统一分赏给将士。赵匡胤想的是如何让被禁绝了抢掠的士兵有个回报,如何让大家心平。

他此时并不知道,那杨徽之把他的做法一一记录在案,回到汴梁,这些都会被密报给皇上,都会成为他的罪状。

这些官府和富户的钱粮,统一征缴后,应该悉数上报,交给汴梁处置才是。可是现在,赵匡胤没有力量也没有时间这样做。

陶榖劝他:"将军,纵兵抢掠,对异邦异族你是没有责任的,但是,你把敌方官仓打开分给士兵,这是犯了死罪!皇上以后要是追究起来,将军你会很麻烦!"

"我个人的麻烦,不管怎么多,都不怕。现在,如果派军守这些金银财货,是守不住的,也没人守。要守,定远城是党项人地盘中的孤城,只有把它交还给党项人,我们才能真正守住它。整装运回,我们也没有押运的能力。"赵匡胤答道。

"将军,你做的可是皇上才能做的事情,你就不怕皇上猜忌?"陶榖焦急道。

二、多事之秋

"灭党项贵族,扶党项平民,让整个党项尽归我大周,是我的心愿。皇上英明君主,应该明白我赵匡胤赤胆忠心!"赵匡胤坚决地说。

其实,赵匡胤并没有多少时间留在定远城,第二天,天蒙蒙亮,他就率军出发了。无论如何,他要赶在党项李氏大军回军之前,占领孩儿山,在那里布好阵势,伏击回援定远城的党项李氏。

他们在党项人的地盘上作战,正如兵书上说的,士兵来到敌境,就会自然而然地团结而警醒,人人都不敢落伍。到处是党项人,谁掉队,谁没命。再说,刚刚打了胜仗,士兵们好吃好喝,增加了钱粮补给,士气正旺。

赵匡胤对这支军队有信心。

然而,等到大军开出定远城的那一刻,赵匡胤回望整个队伍,还是鼻子一酸,眼泪在眼眶里打圈。来时都是健康男儿,如今,十人中必有一二裹着绷带。虽然大家都补充了给养,每个人手头都有三匹战马,但是,他们身上裹着、穿着的,都不整齐,出来时的战服都破了。

正看着,一阵烟扑面而来,一匹马立定在他面前,原来是潘美,潘美来向他汇报军队集结后的人数。

赵匡胤摆摆手说道:"不要说了,不能跟队的,无论是伤病的,还是牺牲的,都要照顾好。"

潘美拉了马缰绳,跟他并肩而行,报告:"放心,我派二十个兄弟,在当地征召了二十名妇女和老人,十辆大车,如果不出意外,两天,他们就能到汉地了!"

赵匡胤心里在叹气:但愿你们一路平安。我们是孤军深入,

第一卷　高平飞雪

没有更多人手可以派遣护卫你们归乡,也不能带着你们继续出征!他日得胜还朝,一定要好好报答你们的忠心,好好表彰你们的牺牲!大周不能忘记你们。

赵匡胤没有见过这样的风景。近处是沙子,远处还是沙子,沙子一望无际。地面上什么都没有,走几个时辰才能看到一两棵不知名的草,再走一两里地才能看到一棵树,那些树多数还是枯死的。

这更加坚定了赵匡胤一定要尽快赶到孩儿山的决心。如果在这种开阔的沙漠地带遭遇敌人,他的军队在人数上的劣势将一览无余。

好在昨晚逃跑的那些党项人,确已是乌合之众,没有头领,他们一路逃命,根本没有意识到他们后面会有追兵,他们的确是向着他们的主力部队所在地逃去,这给了赵匡胤很好的机会。

没有半日,他们已经追到了一座古城。赵匡胤提住马缰绳,立在高坡上,手搭凉棚,向古城望去。古城如今已是废墟,里面没有一幢完好建筑,一丛丛高耸的土墙,沿着沙线不规则散开,土墙上布满了风沙吹打的坑坑洼洼,阳光晒到的地方是白的,晒不到的地方是黑色的洞眼。这些土墙,打眼一看,还真像是一具具骷髅,那么大一片骷髅,看着还真是瘆人。

赵匡胤心里想,得亏那帮党项人不懂战法,要是他们躲进古城,和我们巷战,或者拖时间,等待他们大部队来救援,到时候,里外合击,那我们还有命吗?

王元功策马冲了上来说道:"将军,末将请令,愿率领五百骑,清除流民!"

二、多事之秋

赵匡胤看看王元功,心里暗暗赞许,王氏兄妹不愧是名门之后,家将能有如此胆略和眼色,颇为不易。要是为我大周所用,一定是将帅之才啊。昨天,他看见王元功率队冲锋的阵势了,真是又一个不怕死的王彦升,便道:"好!我大队人马要继续追击党项人,占领孩儿山。你在我侧后,如果后面只有小股流民,不用理睬,如果里面暗藏大队人马,你要负责断后,切切不可让他们卷土重来,从后面威胁我军!"

王元功叫了一声"得令",领着人马向古城方向去了。王元功跑在队伍前面,但速度并不快,是战书上说的巡弋而进的动作。赵匡胤点点头,放了心,王元功领会了他的意图:监视古城动静,而不是攻击。

大队绕过古城,往孩儿山而来。

渐渐地可以看见孩儿山的山脚了。这时,前队突然停了下来,前锋来报,前面遇到一支军队,点名要赵匡胤前去答话。

赵匡胤心里"咯噔"一下,担心什么来什么啊!前不着村后不着店,没有任何地形可以利用,遇到敌人阻击,要是在这里耽误了工夫,让回援的党项军队越过了孩儿山,那就更加危险了。

他提马来到军前,一看对面,是汉人军队,为首的帅旗上写着大大的"王"字!他心里一个愣怔,难道是王小姐来助他了?他不敢相信,再定睛细看,确实是王小姐,他颤声问道:"来者可是王小姐?"说着,马上抱拳,"王小姐,本帅铠甲在身,不能下马行礼,还望见谅!"

这时,王小姐也看到了他,道:"将军,一路征战,风餐露宿,辛苦了。送走你们之后,我日夜担忧,党项人天性狡猾,又善于骑射,我怕将军势单力薄,让党项人得了便宜,特来相助!"

第一卷 高平飞雪

赵匡胤心里一热,天下哪里来这样好的女子?这是上天助我赵匡胤,助我大周啊!又细看,不对啊,王小姐铠甲上有血迹,军队虽然阵容整齐,但是,军阵却有大战后的疲态,慌忙问道:"你哥哥王秉坤呢?"

赵匡胤两腿一碰马肚子,那马通人性,跑到王小姐的马前,两人靠近了,他这才看见王小姐两眼红红的,只听王小姐道:"将军,我哥哥他,昨晚战死了!"

赵匡胤听王小姐一一说来,这才知道他们王氏兄妹,在王元功走后,紧接着就整顿军马,带大队前来助阵。昨晚他们在孩儿山下,迎面碰上逃遁而来的党项溃军,几乎将其全歼,但也就是在昨晚的战斗中,王秉坤被党项人的流星锤击中,脑浆迸裂而死。

"可怜我王大哥,唉!是我对不起他,王彦升杀了他妻子,如今他却为了我而死!王小姐,将来我军凯歌得奏,胜利而还,我一定奏明圣上,为大哥请功!"赵匡胤心里这样想,嘴上也说了出来,原本想安慰王小姐,却没承想王小姐哭了起来。

他心里也知道,王小姐此来,并非为了赏赐,而是一心来帮他。"但愿将来我们能得胜还朝,为死者赡养父母,培育儿女,对得起所有出征的将士!"

赵匡胤知道王小姐昨晚已经歼灭了大部分党项溃军,心里安定了不少,但仍不敢怠慢,催促大家立即前进,占据孩儿山。

这时,从王小姐军阵后跑出两匹马来,赵匡胤一看,前面的是楚昭辅,后面的是一白面书生,赵匡胤想,那肯定是赵普了。楚昭辅提马上前,给赵匡胤行礼,道:"将军,我把赵先生请来了,路上经过王小姐的山寨,和王小姐说到将军,王小姐愿意一起前来助阵,所以我们才一路前来。"

二、多事之秋

赵匡胤点点头,过去和楚昭辅击掌招呼,然后下马,牵住赵普的马,道:"赵先生来,我们就有希望了。"

远观孩儿山上,山腰有些树,一片一片的,整个山形,像一个小孩蹲坐在地上玩耍,山顶是积雪,就好像小孩戴着一顶白色的帽子。党项人把孩儿山当作神山,是不是因为这积雪呢?然而,赵匡胤上得山来,却发现这山太荒凉了,山上什么也没有,他们占据的地形在半山腰之下。这里别说溪流,就是连一滴水都找不到,那积雪是只能远看的云,永远够不着。

这时,天色将晚,一轮苍月浮上山头。赵匡胤心想,党项人来得也太慢了,或者他们根本就没有回援。再看对面的山梁,黑魆魆的什么也没有。刚才,他和王小姐商量,各自带兵占领道路两侧的山梁,看不见对面山梁上有兵,说明王小姐隐藏得好,但要真看不见,他又担心起来。王小姐为了他远道而来,当初她嫂嫂被王彦升所杀,她没有计较,相反,让王元功千里相从,随他出征。之后兄妹二人又亲来前线,如今,她哥哥已经魂断沙场,唉,将来如何对得起王小姐啊!

正想着,陶毂来到近前,肩膀上竟然有雪。这个月份有雪,让人不禁产生一丝悲凉。这地方,平常根本不能生存,如今却要在这里大战,将要埋下多少忠骨?

赵匡胤问陶毂:"这里叫什么名字?"

陶毂道:"孩儿山黄花谷。"

"我们就在此地,等着党项人回军,截击他们!"赵匡胤道。

正想着,后头一阵骚乱,有人抬着一副担架上来,到了近前,赵匡胤看见担架上躺着一个血人,已经看不出人形了,可是,凭着多年的感情,他有直觉,这人是王彦升。

"哎呀,王彦升,你怎么这样了?"赵匡胤脱口而出,叫了起来。

王彦升侧起身道:"大哥,你要替我报仇!"

赵匡胤道:"两军对阵,何来私仇啊?莫非你不是被党项人伤的?"

王彦升道:"大哥,我是被党项人所伤,但是,害我的却是王章匹夫。我连闯党项人六道军营,进了威武城,告诉他你已经杀进党项人的老巢,党项人一定会回援,希望他在党项人回援时,举兵追击。可恨王章匹夫,被后蜀和党项人吓破了胆,他竟然说,他不能出城,别说你只有一千人马,就是一万人马,也不是党项人的对手,他出城接应你,必被后蜀和党项人前后夹击。我看他是铁定了心不肯出城,就求他借我一千人,由我带队追击,他同样不肯。他这是要看着大哥腹背受敌啊。我只好又立即重新杀出城,来给大哥报信。大哥,我们碰上小人了,如果党项人杀回来,王章是绝不会来援的!我们来救他,他却见死不救。"

赵匡胤听了,脑袋"嗡"的一声,这个王章,真是懦夫!他自己胆小却还看不起他人。他是看不起我赵匡胤啊,他觉得我带的人太少,只有一千人,根本救不了他。

可恨王章,眼睁睁看着王彦升杀进城中,又独自杀出城外,一点儿也不接应,那是想看着他去死啊。

苍天有眼,让王彦升活着回来了。

赵匡胤恨得咬牙切齿,他平生最恨贪生怕死之人。军人就要战死在沙场,马革裹尸,那才是最好的死法。这个王章,恐怕要白白断送了大好的形势。但是,他不能在王彦升面前流露,周边那么多人看着呢。

二、多事之秋

他大笑道:"他不来,我们跟党项人单打独斗,更好!"他俯下身,在王彦升耳边道,"王章不肯来的消息,不能再讲了,否则军心不稳!"

王彦升也是聪明人,自然一点就醒:"好吧!我不说了,可是要我说王章从背后追击而来,与我们合兵夹击党项人,那我也说不出口啊。那不是骗我们自家兄弟吗?"

赵匡胤道:"不用担心,只要党项人来,到时候我们的援兵就一定会出现!"

王彦升还不知道王小姐来阵前效力的事情,看赵匡胤非常笃定,就不再问,赵匡胤吩咐兵丁把他抬了下去。

赵普站在赵匡胤身后,说道:"将军战法,全部不合兵法。兵法,步步为营,稳步推进,而将军却是长途奔袭,快速出击;兵法最忌孤军深入,而将军却是小股孤军,深入敌境纵深;兵法讲究前军后军中军,而将军恰恰相反,单刀直入,全军推进;兵法讲究兵马未动,粮草先行,而将军却恰恰不要粮草接济。想那王章,不过是一介庸人,怎能理解将军用兵的奇谲?"

赵匡胤点点头,知我者赵普也!

赵普道:"我方除了有一千人,还有两千匹战马,我们可以给战马穿上铠甲,马尾装上火药。党项人出现时,先点火药,放马群冲击他们,让他们互相践踏,只要他们惊慌了就好办。"

赵匡胤觉得此计可行,道:"好,你赶快去安排,我们就依照你的计策行事。"

一会儿楚昭辅风风火火地跑上来,忙说道:"你快去看看,赵普乱搞啥子?把马尾巴卷起来,浇上硫黄不算,还扎上茅草,这些马

第一卷　高平飞雪

可是我军的宝贝！"

赵匡胤心里舍不得这些马，但是只要打胜仗，那些党项人的马就都是他的了，人最要紧，马什么时候都能弄到。他压低了嗓门，坚定地说："楚昭辅听令，今夜你听赵普指挥，他要你干什么，你就立即干，他就是我！"

楚昭辅犹豫了一下，不说话了。赵匡胤知道，楚昭辅跟了他那么久，一直忠心耿耿，现在让赵普一个没来几天的书生，爬到他头上指挥他，的确会让他难受，但是大战在即，顾不得许多了。

他拍拍楚昭辅的肩膀，说："听赵普的，等打了胜仗，我给你五千匹马、六千匹马！要多少，给你多少！"

楚昭辅道："他，他赵普要我带十个人，装神弄鬼，给我弄了这身衣裳。"

楚昭辅展开手里的行头，赵匡胤这才看见，那是一只牛头样的大面具，还有一件大褂子。他不懂这是什么。

陶穀在身边说："这是党项人的巫师祭奠天神时候用的。"

正说着，赵匡胤似乎隐约听到了马蹄声。他趴在地上，耳朵贴着地面，有如雷鸣般的轰隆声从地心深处传来，杂沓，但是又有节奏。赵匡胤知道，那是大队人马急行军产生的地动。

他看看天色，天已经黑了，党项人来得正好。

他对楚昭辅说："听赵普的，他叫你干什么就干什么。"

楚昭辅摇摇头，两手搔着胸口的铠甲，委屈道："他不仅要我听他的，还要李处耘也听他的。拿刀的要听拿笔的？"楚昭辅嘟嘟囔囔地走了，走了几步，他又回头补充道，"他要你也听他的，他说，让他先冲，让你跟在他后面冲！"

二、多事之秋

党项李氏本姓拓跋氏,唐太宗时期,其酋长拓跋赤辞率众归附,唐太宗赐他姓李。但是这党项人,原是羌人中的一支,南北朝时,分布在今青海省东南部河曲和四川松潘以西山谷地带,唐朝时期,为吐蕃所迫,才被迫迁徙到甘肃、宁夏、陕北,对中原王朝并不是真心归附。唐朝覆灭,党项李氏的领袖人物李彝殷坐不住了,联络契丹,又和后蜀交好,试图借机扩大地盘。这个李彝殷,当年就曾经造过反。后汉乾祐元年(948),李守贞在河中叛乱,暗通李彝殷。李彝殷为之出师,于延州北境驻扎,试图从那里东下,策应李守贞。但是,他还没有来得及赶到黄河边上,李守贞就已经被郭威歼灭,只得败兴而归。大周初年,郭威授其为中书令,他心里不痛快,觉得官小。不过,他还是惧怕郭威的,虽然没有直接交过手。到柴荣即位,柴荣一方面为了稳定西陲边境,另一方面也是为了腾出手来对付后汉,加封其为西平王、太保,对他采取绥靖政策。然而,如此一来,李彝殷就觉得是柴荣示弱,心里早就蠢蠢欲动。这时,后蜀主孟昶来信,许他独立建国,他看南唐和后汉都支持孟昶,就心动了。

不过,他这一路并不顺利。先是跟着赵季札吃了败仗,党项人有不少战死的,大家就想要回去,不能跟着后蜀玩命。后来,赵季札被孟昶杀了,来了个李廷珪。原本,他想打个胜仗回去,脸上有面子再走。没想到,李廷珪刚愎自用,胜仗倒是打了两个,但都是野战,胜了也没什么战利品可以抢。相反,李廷珪非常看不起他,什么事都不和他商量,把他当个部将使用。最让他难受的是,李廷珪打仗腻腻歪歪的,围困威武城,不攻城也不撤退,就在这里挺着,派他守北门,一守就是几个月,不退也不战。李廷珪有后蜀大皇帝孟昶在后方支撑着,军粮马匹源源不断地从天府之国运来,

第一卷　高平飞雪

可怜他李彝殷,只有一个小小的定远城做后方。人家天府之国,多的是农业人口,种稻子、麦子,这些都能存储,晒干了,能存好几年;他李彝殷带的是草原民族,不种地,只放牧,主食是牛羊肉和奶,这些东西不耐藏,得时刻带着活物在身边。他的人马不适合长期围困战,军队带着牛羊,几个月下来,把周边的草都吃光了,接着开始啃树皮、吃树叶,现在连树皮和树叶也被啃光了。可恨李廷珪,根本不信任他,不给他钱粮还好说,草原人对钱和粮,没什么特别的意识。草原上,钱没什么用,但连军械、铠甲都不给,那就说不过去了。打仗废铁、废铜,后蜀产铁又产铜,连大周都得从后蜀买这些玩意儿。他李彝殷跟着孟昶,但孟昶却不给他铁和铜,这说得过去吗?

待到后方来报,说赵匡胤抄了他老家。他二话没说,也不通知李廷珪,立即拔营起寨,回援定远城。他不能为后蜀打仗而把老家给丢了。

他一路回撤,开始的时候,他怕王章来追,让前军大张旗鼓地跑,自己分兵断后,后来他发现,王章竟然根本没有派兵追来。到了黄花谷,他就大意了起来。在他看来,赵匡胤也不过是匹夫之勇,就是来捞一把油水的黄鼠狼,成不了大事,说不定这会儿早已经抢了东西跑回汉地去了。

进入黄花谷,两边是悬崖,中间有一条小道。山风迎面吹来,嗖嗖的,此刻正是闰九月,本来应该是暖洋洋的风,怎么突然这么冷?这李彝殷也喜欢读兵书,闻着这个味道,他突然想到兵书上说的,如果迎面来风,风中有铁腥味,可能是前方有军队埋伏。他勒住马缰绳,抬头看山上,心里一下子毛骨悚然,兵书上说,如果树林里安安静静,鸟群却盘旋飞舞而不落下,那就是有伏兵,"哎呀,不

二、多事之秋

好,我们中埋伏了!"

他急忙喝止大军,要大家停住,立即后撤,然而已经来不及了,就在这时,迎面飞驰而来数千匹战马。

马尾巴上是点燃了的火球,头上都蒙上了黑布和铁甲。这些马已经发疯了,剧痛和惊恐让它们漫无目的地狂奔,它们的眼睛被蒙上了,什么都看不见,只能一窝蜂地往前奔。马怕火,更怕疼,黑夜之中,数千匹疯了的马迎面踩踏而来,就犹如泥石流,见人踩人,见物踩物。

李彝殷看着他的人一批批倒了下去。

他跳下马,奋力向山上攀去,可是哪里来得及?山坡非常陡,他根本没有地方放脚,更没有抓手,他怎么爬也上不去。这时,一只大手一把拽住了他,把他拎到一棵树上,原来是他的亲兵李济深。李济深扒在树杈上,这棵树其实也不大,一人抱的粗细,树上已经有了三个人。李济深把他往上托举,上面又有人接应,这样,他就到了离地面一人高的一根大一点儿的树杈上。

他稍稍喘息,定定神往下看,想看看怎么救大家。这时,树突然摇晃起来,一匹马正面直接撞上了树干,整棵树剧烈摇晃起来,仿佛就要倒了。把他接上树杈的那个人喊道:"大将军,这树坐不了我们四个人,我下去了,你保重!"

没等他应声,那人就跳下去了,立即被疯狂奔涌的马匹给湮没了,一点儿声息都没留下来。大家正庆幸躲过了一劫,这时,又一批马撞了上来,树比刚才摇晃得更加激烈了。李济深扒在最下面的一根树杈上,大喊道:"李草积,下去,大将军的命要紧,快下去!保护大将军,树支撑不住了!"

李彝殷听到这喊声,内心犹如刀割,"李草积,还是我下去吧!"

第一卷　高平飞雪

眼睛一闭,就要往下跳。上面的李草积一把拽住他,道:"大将军,你不能死,你得活着,你得把大家带回草原,带回家!麻烦您,照顾我母亲和我姐姐!"

李彝殷扒在树杈上,涕泗横流,唉,我的罪过啊!

终于,马群狂飙而过,天地间一下子平了、静了。

可是,另一种波涛又起来了,四处满是哀嚎,受伤的人太多了,没死的几乎都在惨叫。

赵匡胤带着人,打着火把,沿路一边救人,一边搜寻而来。

赵匡胤对着漆黑的夜空,喊道:"李彝殷,没死的话,吱个声。你要是个爷们,就吱个声。别让你的人送死,别让你的人受罪了。"

李彝殷从树上跳了下来,大声道:"赵匡胤,你赢了,你要杀就杀我,只要你放我们党项人一条生路,我李彝殷任你处置!"

赵匡胤看看李彝殷,说道:"像个英雄!"

李彝殷跪下,道:"要杀要剐任你!"

赵匡胤扶住他,不让他下跪,道:"李将军,在下对你佩服得紧,党项人也不能没有你,我无杀你害你之心,只求跟你结拜个兄弟,此后,我们兄弟永不相负!"

李彝殷不敢相信自己的耳朵,败军之将不足与言,他赵匡胤真不杀我?赵匡胤又道:"党项人跟我汉人,本是一家,我们在救人,请兄弟跟我们一起救人吧。没有你的命令,很多党项人不让我们施救,宁可疼死,宁可血流尽了,也不让我们包扎!"

李彝殷这回是真听清楚了,赵匡胤是在救他们党项人,党项人无论如何得留点儿根啊。

李彝殷再次跪了下来,说:"赵将军,末将愧疚啊,不配和您做

二、多事之秋

兄弟。末将只配一辈子做您马前走卒,一辈子听从将军的调遣,我们只要将军在,党项人以后永归大周,永不谋反!如若背信,天神灭我,让我党项人永不超生!"

赵匡胤扶着李彝殷,两人一道跪下。赵匡胤对着西天雪山起誓道:"我赵匡胤,今日和李彝殷结为兄弟,他日有难同当有福同享,绝不相背!此后,你我兄弟永结同心,永不开战。"

李彝殷抹起了眼泪,说:"我乃败军之将,赵将军不灭我,相反助我,大哥在上,受小弟一拜!"

赵匡胤解下身上的玉佩,那是他母亲给他的纪念物,这会儿行军打仗,身边也没什么其他东西。他把玉佩递给李彝殷,说:"这是我母亲给我的,经玉佛寺龙海大和尚开过光,它陪我多年,在外打仗,身上别无长物,就将它送给你,此后只要见此玉佩,我们兄弟就要相认。"他又对着李彝殷深深一揖,"贤弟,你不要怪我,我们是不打不相识。希望你以后带领党项人,多养牛羊,多耕种,让人人过上好生活。"

李彝殷点头,把身上的佩刀摘下来,递给赵匡胤,道:"大哥,小弟的佩刀您留着,做个念想!将来,见此刀犹如见人,大哥如有号令,我党项人有不从者,斩!"

赵匡胤点头道:"我还要赶往威武城解救王章将军,我们兄弟就此别过。"

出了黄花谷,他正要号令大军,策马扬鞭,开始急行军。他还想用老办法一路杀过去,杀李廷珪一个措手不及,这个时候,赵匡胤已经非常自信,觉得李廷珪也不在话下。

这时,赵普赶了上来,挡在了他的前面,示意他下马。

第一卷　高平飞雪

他下了马,赵普的马弁过来,在路边摆了凳子,上了茶水。赵匡胤心里比较急,想着怎么尽快到威武城,但是转念一想,赵普是文人,比不得武夫,说话想事要反复掂量,郑重其事,歇歇也好。

他坐了下来,端了茶水,等赵普开口。

赵普却不说话,凝神闭目,向着西方,偶尔轻轻地啜一口茶。

赵匡胤有点儿等不得了,开口问:"先生,你找我有话说?"

赵普微微睁开眼睛,问:"将军,你这是要赶往哪里呢?"

赵匡胤一笑,心里说,这还用问,去威武城救王章啊。他没粮没水,被困得就差一口气了,我们得赶着救他去啊。于是,道:"当然是威武城!"

赵普道:"将军如果是去救王章,那么你不用去了,你只要在这里等着!"

赵匡胤笑出声来,问:"我们等在这里,做什么呢？没事可干啊。"

赵普道:"饮一杯茶,听听风、看看山、望望云,都是美好的事情啊!"

"先生有这样的雅兴,我当陪同,可现在是战时,时不我待。"

"上将伐谋,不战而屈人之兵。将军就是这样的上将,可以不战而屈人之兵。自然不用将军亲自去了,只要在这里等消息则可!"

赵匡胤知道,赵普已经有了更好的安排,就站起来,深施一礼,道:"请先生指教。"

赵普并不正面回答,而是说:"请将军信我,在这里暂时歇脚,不出两日就会有结果。"

二、多事之秋

赵匡胤听了赵普的话,就地驻扎,正好也让大军得以休息。李彝殷倒是不错,看他在黄花谷驻扎,不仅留了两千匹健马给他,还送来了不少吃的喝的。赵匡胤感觉党项人可交,你把他打服气了,他真跟你交了心,成了兄弟,毫无保留地把你当大哥。

但是,这样等着也不是事啊。赵匡胤不由得又心急如焚。

他领命出来,限时救援王章,这日子眼看着就过去了,赵普不让他进军,光在这里等着,真是急死人。

王小姐过来看他,也对他说应该进军,她愿意领队担任先锋!

一晃三日过去了,赵匡胤有点儿坐不住了,他找来赵普,赵普让马弁打开地图,赵匡胤一看,是一张后蜀、大理地方的地图,图上标得非常仔细,赵普解释说:"后蜀南方有大理国,其国王叫段思平,此前统一了南诏,立国大理。此人雄才大略,可与之交往。我已经修书一封,承认其大理国国王地位,相约以金沙江为界,以东是我们大周的天下,以西是他大理的天下。"

赵普拿着一根树枝,在地图上指指画画,仿佛这天下就是任他宰割的牛羊,任他遨游的天空。赵匡胤看着赵普,想起当初在华山上与仙人下棋的事,心里感慨,上天赐给我大周奇才,回去一定要举荐给皇上。

"那么威武呢?远水可解得了近渴?以先生的深谋远虑,夺近处之威武如何?"赵匡胤故意问道。

赵普看看他,不答。

"先生雄才大略,夺城不在话下?"

赵普仰头,对着远处的群山,声音非常坚定地道:"赵某之才,不在夺其城,在夺其国!我和将军携手,将来后蜀必亡在我们手中!"

第一卷　高平飞雪

"赵先生,你以何种名义写信给大理段氏?"赵匡胤听声音,是陶毂,他回头见陶毂满脸愁容,陶毂道,"赵先生,如果你用赵匡胤将军的名义给段氏写信,那就犯了僭越身份的错。赵将军虽官拜都虞候,却并非一方大员,不能代表皇上,更不能代表皇上承认他人的对等地位,承认大理国地位,那可不是小事啊!"

赵普头也不回,非常自信地说:"我岂不知这里面的难处,但是,两军对垒,刻不容缓,如果向皇上请示,路上来回就要半个月,如何等得?我已用赵将军的名义写信,待有了结果,回京以后再报,我皇定能明鉴秋毫!届时,不仅不会批评将军,还会给将军奖励。"

赵匡胤点点头,赞成赵普。赵普乃定国之才,将来应该跟在皇上身边,定国安邦。此刻他稍有僭越,也是为了皇上的江山社稷,料也无妨。

可是陶毂还是摇头,赵匡胤觉得陶毂也有道理,却不准备听陶毂的。陶毂虽也是个人才,但不是赵普式的奇才。赵普上知天文下知地理,脑子里充满奇思异想,不走寻常路,不作寻常想,他赵匡胤应该无条件地支持赵普。

正说着,一只鸽子飞来,稳稳地落在了赵普的手上。赵普抓住鸽子,鸽子脚上绑着一根防水的小竹管。赵普拧开竹管两头的蜡封,一头放在嘴里,轻轻吹了一下,一张小纸片从另一头滑了出来。赵普展开一看,脸上露出笑容,把纸片摊平交给赵匡胤,道:"将军,段思平已经东出二郎山,沿金沙江而下,直逼锦官城!"

赵匡胤大喜,命令军队提前开伙造饭,饱餐之后立即出发,对威武城外围的李廷珪部发起攻击。

二、多事之秋

然而,赵普却眉头紧锁地说道:"将军,王章已经被李廷珪吓傻了,前次,他接到王彦升的通报,却不肯出城追击李彝殷。这次,就是我们在城外发动攻击,往里冲锋,他也未必敢出来接应我们!"

赵匡胤点点头,说:"我也想到了,要不然,怎么会在这里等两天,也是在苦思对付之策。后蜀有烽火传信系统,李廷珪想必也已经知道大理国攻入后蜀,断了他后路的消息。果真如此,但愿那个孟昶已经发信,让李廷珪收兵,如果是这样,我们正好可以在他撤退时中途截击!"

赵普点点头,气冲冲地说:"可惜啊,我们人太少,否则,我们早就移动到他们背后去了!这个王章,太胆小,如果他出击来追李彝殷,把李廷珪调离大营,我们就能在李廷珪移动的时候击垮他了。现在,李廷珪应该就在我们眼前,而我们包抄他易如反掌。唉,真是替王彦升将军抱不平,他冒死冲进去,却见了一个孬种!"

楚昭辅在旁边鸣不平道:"王章这个龟儿子,将来有机会,一定找他算账!他那是看着王彦升丢命啊,皇上派我们来救他,真是救错了!"

陶穀在一旁道:"赵先生,你让我们停在这里不动,是不是因为对王章没信心?"

赵普叹了口气,说:"我们本来可以挡在李廷珪回家的路上,让他有来无回。王章这个懦夫,如果那个时候,他不来追击,我们没有援军配合,一千人和急着回家的李廷珪死扛,我们可能全军覆没!"

楚昭辅耸耸肩,把刀拔了出来,怒道:"你到底是文人,根本不相信我们,我们一千人怎么了,还不是打败了李彝殷的三万人。他李廷珪六万人又如何,如今是丧家之犬,根本不值得惧怕!"

第一卷　高平飞雪

正在这时,前面的探马来报:"报——将军,后蜀大军正从威武城,往我方开过来!"

赵匡胤哈哈大笑起来,说:"好啊,好啊,想他他不来,现在,不想他了,他倒是来了。"

赵普皱起了眉头,不解道:"这个李廷珪,可能还不知道李彝殷已经在黄花谷兵败,想反其道而行之,迂回绕道,从唐仓镇回国。"

陶穀展开地图慨叹道:"李廷珪不愧是大将,有胆识,他从这里走,是一着险棋,但恰恰又是保险的妙招!不仅可以迷惑胆小的王章,还可以顺路带点儿战利品回去!"

赵匡胤道:"他是摆出进攻的态势,其实是想溜!只是王章现在还不知道后蜀背后受到攻击,恐怕他不敢追击!"

"他肯定不敢追,就像放过了李彝殷一样!我看,李廷珪就是抓住了他这一点,断定他不敢追,才这样走的。他这样走,至少要多绕两天的路。"赵普看着地图道。

楚昭辅嚷起来:"你们聊什么呢?到底打不打?送到嘴边的肉啊!"

赵匡胤掏出李彝殷刚刚给他的战刀,说:"试试这把战刀吧。就冲这个,也得打!"说完,举头望向众人。他在找人,一会儿他看见了王彦升,便吩咐道:"还是把任务给你,你去请王章,告诉他李彝殷已经被我部击败,后蜀大后方正遭受大理国进攻,李廷珪不过是虚张声势。我将在唐仓镇脚下截击撤退的李廷珪,希望他能来会合,我们前后夹击李廷珪部!"

王彦升噘起嘴道:"不去!这个王章,我要是见到他,肯定要生气,我生气,肯定要动刀子。你让我去,我宰了他还行,让我去求他

二、多事之秋

出兵,不去!"

赵匡胤知道王彦升这人,嘴上这样说,其实是一定能听令的。他让楚昭辅拿来自己的帅印,拿到王彦升面前说:"这个帅印给你,到了王章帐前,替我问王章将军好,将我的帅印交给他,我料他一定能出兵!"

王彦升接了帅印,揣兜里,嘟囔着走了。

他又招来楚昭辅说:"你去找我的兄弟李彝殷,跟他说,我要在这里跟李廷珪决一死战,希望他能来助阵。如果他能来,我在这里得胜,我们这个兄弟还能做下去,如果他不能来,我死在这里,这辈子,兄弟是做不成了,下辈子我们还做。他的战刀还给他,我怕万一我性命不保,战刀落入敌人手里,辱没了我兄弟的名声!"

楚昭辅一听,眼睛红了,问道:"将军,我们真有那么危险?那我不去了,你派别人去吧,要死,我跟你一起死!要是我回来,你们都死了,我一个人活着,多不痛快!"

赵匡胤摆摆手道:"你只管去!李彝殷能来,你奇功一件,不能来,我们也不一定死!"他脱下战袍,撕了一角,找来笔墨,写了封信交给楚昭辅,"你交给李彝殷。"楚昭辅以为这是给李彝殷写的信,小心翼翼地伸手放进了贴胸的口袋里,又探进去摸了两回,确认了信在那里,才放心。

4. 山河血性

赵匡胤在威武城西北唐仓镇摆下阵势,两百人一队,分成五队,他带领三队,作为中军;另外两队,由高怀德、潘美带领,作为右军;还有王小姐带的队伍,大约一千多人,作为左军,排在侧翼。王小姐的队伍里有一半弓弩手,三分之一的士兵有重甲,配长短中三

第一卷　高平飞雪

种兵器，训练有素。他准备和李廷珪正面接触，三次冲锋之后便撤退，引诱李廷珪来追。事实上，李廷珪一定会追，因为他要夺路而归。如果李廷珪追击，那么就会把自己的整个侧翼，暴露在王小姐的弓弩手面前。他让王小姐先用弓弩射击，之后用重甲兵冲锋，切断李廷珪的军队，这个时候，他再杀回马枪，同时，让高怀德、潘美率生力军投入战斗。

这样，即使没有任何援军，他们也要一战击溃李廷珪。

听着赵匡胤排兵布阵，赵普沉吟不语。赵匡胤看看赵普，道："赵先生，我料李廷珪虽然外表强大，但此时，内心思归，已经无心恋战，整个军队一定也是如此。我们截击他，一是出其不意掩其不备，二是拖住他后撤的腿，让他焦躁。如果他让全军冲锋，试图直接闯过我们的袭扰，而不是安营扎寨和我们在这里打阵地战，我们就赢了！我军几乎全是骑兵，可以在运动中反复冲击他们。一旦他们军心动摇，开始有人逃跑，我们就赢定了！"

赵普点点头，又摇摇头，道："两千人对六万人，这种战例，我还真没见过。不过，现在是特殊情况，我看可以一搏！他们是溃军，我们是以逸待劳的生力军，还是有希望的。"他又摊开地图道，"可以告诉全军，如果遇败，大家往这里撤，进这个山谷，李廷珪必然不敢来追，如果来追，我们正好用火攻！"

赵匡胤和赵普对视了一下，两个人都笑了。赵匡胤说："赵先生，英雄所见略同，我们就赌李廷珪不敢追我们！"

赵匡胤又看看王小姐，点了张令铎、王审琦、张光翰、赵彦徽、李处耘等，交给王小姐，道："我让这几位兄弟跟着你！"王小姐摇摇头说："出来打仗，你不能有不忍之心，这些将军，你还是放在中军，我这里人够用！"

二、多事之秋

赵匡胤不答应,还是让众将跟着王小姐。

这天,天上的太阳格外晃眼,怎么看也找不到一丝云彩,也没有风。本来应该是秋高气爽了,但是,所有的人都觉得闷热。地上都是黄沙加石头,半山腰上的唐仓镇就在他们的后方。唐仓镇,虽说是个镇子,但跟内地可不一样,完全是一片废墟的模样,没有任何工事可以用来防守。它像一扇门,这扇门是开着的,谁都可以进去,而他赵匡胤,却要把李廷珪那思乡心切、归家心切的军队挡在这样一座镇子的前面。

赵匡胤索性把军阵布在了镇子外围。

大军刚刚就位,布完了阵势,就看天边卷起了乌云,接着是漫天飞沙走石,再接着,大地也振动了起来。大家都知道,那是大部队急行军留下的天象! 敌人黑压压一大片,往左边看不到尽头,往右边也看不到尽头,那得多少人啊。

赵匡胤感到脚下的土地在抖动,像是地震,马在他胯下有点儿站不稳。他明显感到那马撅起了身子,全身的肌肉都紧张了,马肚子一抖一抖的,这马是在往上蹿火气,马也通人性,知道要打仗,亢奋。他索性弯下了腰,让自己的身体放松下来,马瞬间就轻松了些。原来是赵匡胤自己紧张了,把紧张传递给了马。

赵匡胤明白,这个时候得让部队放松下来,别被对方的阵势给吓着了! 对方不过是在溃败,有何可怕?

他下了马,一挥手,令旗官挥旗全军下马休息。他故意找了个稍稍显眼的地方,躺了下来,把头盔和面具摘下来,盖在脸上,挡住阳光,他睡觉了!

陶穀一看这架势,心里着急,忙说道:"将军,敌人就在眼前了,

第一卷　高平飞雪

一泡尿的工夫就上来了,你怎么还躺下来了?要是他们发动进攻,我们上马都来不及!"陶毂一急,粗话都说出来了。

赵匡胤不搭腔,而是翻了个身,耳朵贴着地面,又睡了。陶毂是真急,本方数千人,猫在沙丘后面,算是什么埋伏?后蜀士兵过来几百步,就一定能看到他们。

赵匡胤其实心里也急,侧躺就是为了让耳朵贴近地面,能听得到后蜀军队的动静。李廷珪治军有方,军队步伐整齐,踏地有力,没有拖沓声,这军队是有战斗力的。

不过,赵匡胤还是算对了,李廷珪急于回军,这种心情也传导到了手下将官及士兵的心里。一离开威武城,大伙儿就知道,这哪里是什么进攻,分明是撤退啊。军队打仗,靠的就是士气,一旦撤退,士气立即就散了,整个军团鱼贯前行,渐渐的,断后的那部分人心情就不一样了,赶得更快,前军、中军和后军此时已经混在了一起。

赵匡胤还是躺着,吩咐陶毂道:"放响箭!"

陶毂脑门上冒汗了,回道:"将军,我们躲还躲不及,怎么还放响箭,那我们不是暴露了?"

赵匡胤道:"放三支响箭!"

三支响箭对着天空,斜刺刺地蹿了出去,一路留下嘶嘶的叫声。响箭发出,就如同是在提醒李廷珪的部队,这里有埋伏!

陶毂心怦怦跳,生怕要是李廷珪率部包围过来,自己就被包了饺子。

奇怪的是,李廷珪的部队不仅没有主动向他们这个方向摆开阵势,相反,整个部队突然队形就乱了,前后开始互相推搡,后军明显是在催促前军快速通过。

二、多事之秋

陶榖推推赵匡胤道:"将军,你快起来吧,他们要围上来啦!"

"谅他们不敢!"赵匡胤答道。他还是躺着不动,全军都看着赵匡胤,觉得将军今天真是怪了,怎么就这样松松垮垮。再看李廷珪的部队,散了,原来是一条线往前行军的,现在分成了好几股,中间膨胀出一大块来。

陶榖拿起扣在赵匡胤脸上的铁面具。赵匡胤身材高大,比常人高出两个头来,他拿的盘龙棍更是比常人的要长很多,头上还有一个镰子。赵匡胤打仗,每次都戴铁面具,他那个面具是精铁锻造而成的,漆黑如墨,**饕餮**兽面纹,嘴巴大张着,牙齿露在外面,两只眼睛处是两个圆圆的黑洞,远看甚是吓人。

陶榖平时看着这个面具总是有点儿发怵,觉得这个面具有杀气。他来赵匡胤帐里商量事情,看着这面具放在铠甲架子上,总是绕着走,或者挪开眼神。现在,他却顾不得害怕,忙问:"这个赵普,这两日总是在眼前晃,怎么这会儿就不见人了?"他想起赵普来,觉得赵普能说服赵匡胤。现在赵匡胤身边的大将到王小姐营中去了,赵普再不在,就没人能跟赵匡胤较劲了。

这时,杨徽之匍匐着过来。陶榖平时看不上杨徽之,这会儿没人能跟赵匡胤说上话,他一把拽住杨徽之,赶忙说道:"你赶快,跟将军说说,让大家准备战斗,赶快上马,现在这个样子,要是后蜀大军冲过来,我们不是死定了?"

杨徽之道:"将军,太危险了,太……太……太……危险了!"杨徽之上唇扣不住下唇,嘴巴漏风,浑身哆嗦。赵匡胤最看不上这样的人,这副熊样,不是扰乱军心吗?

赵匡胤躺不住了,慢悠悠地起来,戴上面具。大家一看赵匡胤戴上面具了,都像吃了定心丸一样,知道要出击了。果然,赵匡胤

第一卷　高平飞雪

翻身上马,举起盘龙棍,对着后蜀兵的方向一指:"杀!"

第一队两百人,应声杀出,向着后蜀大军席卷而去!

众将士刚才被赵匡胤的一通表演弄得七上八下的,忘记了害怕,都觉得憋得难受。现在赵匡胤让他们冲锋,大家的士气莫名高涨起来。

第一队一个冲锋,单刀直入,从后蜀军队中间闪电般穿过,后蜀军队留下了一道十丈宽的口子!后蜀军队还没有醒过神来,第二队两百人又冲了过去。

后蜀军阵脚大乱,前军因为没有受到冲击,越发快速地往前跑,几乎是逃跑的路数了,后军看到前面被冲出一个大口子,正好可以快速通过,就慢慢地偏离了方向,向着那些口子偏过去了。这就把大队引到了王小姐的阵前,正好处于一箭之遥的地方。王小姐带来的床弩开始发挥作用,四人同时搅动搅轮,一次上十六支箭,对着后蜀兵平射,一个平射过去,十六支箭,可以击倒数十人。再近一些,神臂弓则开始发挥作用。后蜀兵这个时候已经蒙了,侥幸能通过的,就没命地跑,没能通过的,互相抢盾牌,抢到手,扛着就跑。这时,赵匡胤看见李廷珪的中军大旗,向着他们的方向快速移动过来,后蜀军队似乎有了主心骨,慢慢地向着中军靠拢,中军阵内出现擂鼓声,然后是令旗升起。赵匡胤看见令旗升起的地方,所有的人都转向了王小姐的阵营。

赵匡胤知道,如果让李廷珪集中兵力,统一全军步调,就会让其占了上风。他搭弓在手,对着对方的令旗,一箭射去,箭响处,对面的令旗应声落地。正在这时,王元功从他身后冲出,喊道:"将军,我去把李廷珪拿下!"

他看着王元功带着他的十几个亲兵,往李廷珪的中军冲去。

二、多事之秋

这种阵仗,他只在高平之战时见过,当时是高怀德和自己一起冲锋。如今是和王元功一起,王元功本来已经归于王小姐营中,现在出现在他身后,他心里一热。那是王小姐关心他啊,偷偷把王元功安排在他身边。

这王元功也真是不要命,区区十来个人,对着李廷珪的中军就冲了过去。

再说楚昭辅,他带了三匹马,一路狂奔,不出两个时辰,就到了定远城。到了李彝殷府上,李彝殷的家将却说他不在,这可把楚昭辅急坏了。

李彝殷的管家给他安排吃的,让他先休息,他不由分说,抓住管家的衣领子,道:"赶快去把李彝殷找出来,要是他不出来,我就杀了你!"

那管家也不是吃素的,对赵匡胤正有气呢。他一努嘴,边上冲上来十几个大汉,一拥而上,把楚昭辅压在了地上,拿了绳子,五花大绑。楚昭辅大骂:"你们敢抓我,等我大哥来了,杀了你们,杀了你们!呸,偏我大哥瞎了眼睛,交了这样的朋友!"

那些人也不理他,把他捆成了粽子一般,扔在院子角落里。

直到晚饭时分,李彝殷回来了,路过楚昭辅跟前,一看是个汉人,便问手下:"你们怎么捆了一个汉人?"

楚昭辅就大骂起来:"李彝殷,你有种就杀了我!我大哥赵匡胤不会放过你!"

李彝殷大吃一惊道:"这是哪里话来?赵匡胤是我兄弟啊,我们是自家人啊!"

第一卷 高平飞雪

楚昭辅把情况一说，李彝殷立即召集人马，准备出发，楚昭辅一看，李彝殷这个人还真不错，心里不住地自责。唉，来的时候，自己心里还打鼓，怕李彝殷不守信用，看来还是赵匡胤看人看得准。

这时候，楚昭辅想起临来的时候，赵匡胤还给他一封信。他掏出信交给李彝殷，李彝殷一看，对楚昭辅说："将军不让你跟我们回去，他让你去汴梁！"

楚昭辅不解，心想：马上要打仗了，说不定赵匡胤那里已经开战了，自己怎么能走呢？"不行，你说说清楚，我大哥怎么会把我打发回去？"

李彝殷解释道："赵将军让我给你准备盘缠，还要带些金银，一来让你回去看望各位将士的家小，给赵将军家也报个信，二来他让你回去找张永德，请张永德协调，派军到函谷关接应！"

楚昭辅心里一百个不乐意，但是他想通了，赵匡胤要与李廷珪决一死战，胜算很小，是怕大家都战死了，没人回去报信。他觉得将军不该让他回去，他一个大老粗，有什么能耐照顾好众将士的家小。

李彝殷点齐了人马，立即出发了。他心里也着急起来，李廷珪那是瘦死的骆驼比马大，怎么着也是六万人的大军。他有点儿后悔，不该出去打猎，让楚昭辅耽搁了三四个时辰。现在，如果功劳都被赵匡胤夺取，那他的这个征西大将军就不用再当了。看来，赵匡胤果然有两下子，想到赵匡胤是新皇上身边的红人，他有点儿担忧起来。

李廷珪看着王元功带着一小股骑兵向他的中军冲来，心里反

二、多事之秋

而踏实了,他知道,对方人少,否则是不会派敢死队来冲锋的。

李廷珪的亲兵卫队在后蜀军中是有名的,那是一支特殊的铁甲骑兵,每个骑兵的马和士兵都身披重甲。当时,后蜀的冶铁技术是非常发达的,李廷珪的铁甲卫队,每副铁甲都是由混铁打制而成。这种混铁非常坚韧,一般刀斧、弓箭都穿透不了,而且,李廷珪还为制甲加上了特殊工艺,首先要把铁制成甲札,经过打札、粗磨、穿孔、错穴、裁札、错稜、精磨等工序,将甲札制好以后,再用皮革条编缀成整套铠甲,铠甲里面都挂上厚厚的衬里,防止磨损披铠战马和战士的身体。李廷珪的错甲工艺,是当时最先进的,它能让每片铁甲都能互相叠合,没有任何缝隙,又不失轻巧,不束缚人和马的行动。一副马甲,含甲片超过三千片,一副人甲,一般是一千二百来片。这种精工细作的铠甲,能与人、马无缝贴合,每个士兵持一丈高的大盾牌和钩镰枪,枪的长度是一般钩镰枪的两倍。

这种重甲骑兵整装列队前进时,几乎是无坚不摧,而列阵防守,更是拿手好戏。

这个时候,李廷珪看见王元功冲了过来,而他的重甲骑兵已经自动围合成天圆地方阵,把他保护在了阵中央。

果然,王元功冲到近前,立即右转,回避了他的大阵。然而,李廷珪在阵中央,也失去了对整个部队的指挥能力。铁甲卫队的大盾牌太大了,一旦列阵,他就被裹挟在了阵中央,无法传递命令。外面的人看不见他,他也看不见外面的人。

他只能随着大阵不断前行。

从赵匡胤的角度看,李廷珪是个胆小鬼,自己躲在大阵中央,

第一卷　高平飞雪

一路前移,却把整个部队暴露在自己的冲锋队和王小姐的弓弩之下,那是死路一条。但是,赵匡胤想错了,李廷珪的天圆地方阵,在后蜀大军中本身就是一个指挥系统,大阵往哪个方向移动,他的整个军队就往哪个方向靠拢,那些被冲散了的部队,只要远远地看见大阵在移动,就又向着大阵靠拢来。

身在异地他乡的后蜀兵,是把大阵看作他们回家的唯一希望了。赵匡胤杀了一茬又一茬,后蜀兵看起来就是不见少,也不溃散。王小姐那边弓箭耗尽,已经开始冲锋,他看见王小姐的军旗已经开始向着后蜀大军的后部发起冲击,后面是王全斌、潘美、高怀德等部的军旗。

赵匡胤已经没有了后备队,现在,他的攻击梯队也开始乱了,三轮冲击下来,他自己的队形也保持不了了,所有的人都开始了各自为战。赵匡胤的唯一优势是他带的是轻骑兵,可以像收割庄稼一样反复对后蜀步兵队伍发动扫荡。好在后蜀军队并不想跟他们决一死战,而是边打边撤,他们想以抱团移动来通过这一段,摆脱赵匡胤部的阻击。

李廷珪所部,毕竟是久经阵仗的正规军,开始时被赵匡胤冲傻了,现在他们慢慢地清醒过来,其中军就地驻扎,然后散开两翼,已经慢慢地形成了对赵匡胤、王平山两军的合围。

这时,赵匡胤想放李廷珪进山,赵普在山里等着李廷珪呢!可是,大家已经杀红了眼,战场上乱成了一锅粥,而且王小姐带的人已经被诱入敌人的包围圈。

赵匡胤没有办法,只能重新杀入敌阵,接近李廷珪的中军。哪里想到,正在这时,李廷珪的中军突然散开,赵匡胤看到那些铁甲骑兵、每匹马都是用锁链锁在一起的,他们散开后就形成了一道道

二、多事之秋

用铁锁链编成的包围网,这个网越缩越小!

赵匡胤眼看着自己的人一个一个倒下,敌人的加长钩镰枪可以刺到他们,他们的兵器却够不着敌人。

赵匡胤等被包围在阵中央,后蜀铁骑不断涌入包围圈,两军混战在一块儿。这个时候,李廷珪大概是急红眼了,竟然突然下令封锁包围圈,然后乱箭齐发。这些箭把赵匡胤身边的人一个个射成了刺猬,其中有赵匡胤的亲兵,也有后蜀兵。赵匡胤知道,这仗这样打下去,是输定了!

身边保护他的亲兵一个个倒下,他有些不甘心。"难道我赵匡胤就要葬身在这里?为一个懦夫王章,这样死去真是不值得。"赵匡胤在心里愤愤地说。

"王章啊王章,你在哪里?如果你怯阵不战,待到我抓住你,定然把你碎尸万段!"赵匡胤仰天高呼!

正在这时,西边的天空出现了一片白云,白云闪现处,是一片片弯刀组成的云状浪涛,它们贴着地面,飞快地驰来。接着,赵匡胤看见了党项人的黑旗,李彝殷出现了,他悄无声息地加入了战场。

李彝殷带的都是骑兵,而且是彪悍的轻装骑兵。

后蜀兵已经被赵匡胤拖了两个时辰,疲惫和恐惧正在弥漫,而此时,突然一支生力军从他们的后面杀了进来,一下子,后蜀军队就动摇了。首先是先锋部队在王平山和李彝殷的夹击下溃退,接着,中军外围的步兵开始溃退,后蜀大军像潮水一样,向着西南方向奔逃而去。

最后,李廷珪的中军阵脚也大乱了,同样朝着西南方向如潮水般溃逃而去。

战局就这样被扭转了。李彝殷,只用一次冲锋,就扭转了战局。

战场上,到处是马匹和军械,还有大量辎重,李廷珪进入大周地界以来掠夺的各种物资,都扔在了这里。

赵匡胤,在必败的时刻,成了得胜者。

三、突袭风云

1. 遭弹劾

"清点人数吧!"赵匡胤对赵普说。这会儿,也就只有赵普还清醒一点了。其他人都疲惫不堪,站都站不住了。

赵匡胤坐在一块石头上,身上满是血,铠甲已经被血染红,而铠甲内衬,也已经被血浸透。他一件件地脱下铠甲,让亲兵给他检查,还好除了一支箭斜着刺穿了他的右臂膀,其他并无大碍。他竟然只有一处伤,真是苍天护佑。

赵普道:"不用清点了,活着的都在这儿了!"

赵匡胤环顾四周,身边不足两百人,动情地说道:"一个一个找,把人全都给我找回来,我不相信他们都死了。"

杨徽之走了上来,身后跟着一群党项人,他们抬着一副担架。杨徽之开口道:"将军,我们找到王小姐了,她还活着!"

赵匡胤看看杨徽之,这个人是他的政敌,可如今竟然帮他找到了王小姐,是想讨好他,还是真的想在战场上尽一份力呢?赵匡胤顾不得多想,解下李彝殷送他的战刀,拄着站起来。担架上,他只看到一个血人,王小姐头发散乱,战裙都碎成了条条,他不敢碰,只

第一卷　高平飞雪

是握着王小姐的手。杨徽之轻轻地道:"将军,交给我吧,我学过医术,我一定把她救活!"

他点点头。

这时,潘美背着高怀德过来了,赵匡胤眼睛红了,道:"大哥对不住你们,差点儿让你们命丧此处!"

他抬手要接高怀德,他心里痛啊,高怀德是不是死了?潘美轻轻地笑了一笑,那个笑脸怎么看都让人觉得是挤出来的,"你别管他了,他是累了,睡觉呢。"潘美安慰他道:"军人,不就是要打仗吗?你带我们来打仗,有仗打,不枉当兵!"

王全斌、李处耘、张光翰、张令铎、王审琦、赵彦徽,竟然都还活着,他又问:"王元功呢?"他一连问了三声,都没人应声,赵普道:"将军,别问了!"

他不听,大声喊:"叫王元功来!"这孩子,他是真喜欢,那是真正的奇才。他不住地喊,这时,赵普终于扑上来,道:"将军,别喊了,他死了,刚才我们找到他的尸首了,身上中了六十三箭,我们拔下了六十三支箭头!"

他不相信赵普的话,王元功能那么容易就死了?他一会儿往东,一会儿往西,要找王元功,赵普死死地拽住他,王全斌也过来拽他,赵普压低了嗓音道:"将军,别喊了,你这样喊,让王小姐听见了,她还活不活?"他这才相信,王元功是真的战死了!

天凉了。

来的时候,天还热着,如今天已经凉了。

葡萄美酒夜光杯,欲饮琵琶马上催。

三、突袭风云

> 醉卧沙场君莫笑,古来征战几人回?
> 秦中花鸟已应阑,塞外风沙犹自寒。
> 夜听胡笳折杨柳,教人意气忆长安。

来的时候是一千人,而如今,回去的时候,只有不足两百人。陶榖一直在吟诵一首诗,赵匡胤不知道这首诗是谁写的,起先以为是陶榖写的。陶榖解释说,那是唐朝一位守边的将军写的,"古来征战几人回"这句话在赵匡胤的脑子里盘旋着。

如今,他们是得胜还朝,王彦升用刀子逼着王章出城追击李廷珪,来到唐仓镇下时,他们已经开始打扫战场。王章是落得盆满钵满,战场上遗落下来的战利品数也数不清,除了李彝殷拿走一部分,其他的都由王章收拾走了,那粮草和马匹,够王章吃用几年的。

相反,赵匡胤可谓惨胜,虽胜犹败。

王彦升等人,沿途骂骂咧咧,大家都痛恨王章。

只有赵普反驳众人道:"真正做大事的,就是王章。他老谋深算,坐山观虎斗,等到我们两败俱伤,他再来收拾残局,可谓渔翁得利!"

王彦升听他这么说,气得鼻子都歪了,怒不可遏道:"先生,你这样说,我可不答应,这个人还做大事?眼里一点大局观都没有,我们是来救他的自己人,他倒好,看着我们送死,这人内心阴暗歹毒。"

"做大事的人,没有敌我,只有利益。我观此人,将来必会谋反,即使不能称霸天下,在这西陲,恐怕也能称王!"赵普说完,看看赵匡胤。

赵匡胤摇头道:"吾不为也!"

第一卷 高平飞雪

他知道赵普会笑话他,赵普果然笑道:"我说啊,将军,你不是称王之人!你有不忍之心!"

"打仗,无非是为了百姓能安享和平,我等兄弟能荣华富贵,颐养天年!如果人都战死了,还谈什么呢?"赵匡胤看着他的残部,心有戚戚!

"将军此言差矣,王霸之术,必以霹雳之心驭人,牺牲小我、小众以求天下一统,众人归心!"赵普扬起马鞭,"驭人犹如驭马,将军,冲锋陷阵,你能不骑马吗?马瘸了,你能不食其肉吗?驭马你能不用鞭子吗?"

说着,赵普一鞭子狠狠地抽打在马屁股上,那马一阵嘶叫,向前狂奔而去。

赵匡胤摇摇头,知道自己不是那样的人。

他连王燕儿都搞不定。王燕儿这几日有事没事就往他的营帐跑,名义上是照顾他,实际上是监视他,或许王燕儿也是想照顾他的,但是,这个照顾是以他对她好为前提的。

王燕儿怕他和王小姐亲热,有意无意提到王小姐,总是语带讥讽,什么"人家王平山,不要脸,自个儿倒贴上门";"女人追男人,没样子";等等。她哪里知道,越是这样说,赵匡胤心里就越是觉得愧对王小姐。

王小姐名门闺秀,丝毫也没有儿女情长的表示,此来就是助阵,如今,王秉坤、王元功均战死沙场,人家孤苦一人,他又该如何才能对得住王小姐一片真心?

好在有杨徽之,王小姐的病体渐渐康复。赵匡胤决定等到了汴梁,一定奏明圣上,恢复王家功名。想到王小姐水汪汪的两只眼睛,战场上的英姿飒爽,他的心怦怦跳起来。

三、突袭风云

2. 面圣

终于进了汴梁,去的时候,还是杨柳依依,如今,大地一片枯黄。

赵匡胤回家的心情非常急迫,但他还是想先去面见皇上,向皇上汇报此行的战果,他有太多的想法要向皇上汇报。柴荣既是皇上,也是他的兄弟,他唯一想得到的就是皇上、兄弟的认可,皇上一直要解决西部边陲的问题,如今已经解决。

秦、成、阶、凤四州已经尽在大周控制之下,皇上可以放心向南,拿下南唐了!

然而,让人吃惊的是,似乎皇上并不急着见他。他在午朝门外,等到的是太监的回话,而不是皇上来接他。"皇上的意思,先回家休养,三日后早朝,一并见面!"

赵匡胤有些失望。

但是,回家也不错,看看父母,看看夫人贺金婵和孩子们。

此外,一定得把王小姐带回家才行,王小姐尚在休养,不是他亲自看护,他不放心。王小姐要带回家,那么,王燕儿也就要带回来了,王燕儿看出他的犹豫,说:"你想把王小姐带回家?你说说,你一个老爷们怎么照顾?还不是需要人照顾?"

赵匡胤有点儿不相信,说道:"你是说,你能照顾她?"

王燕儿眼睛红了,道:"我命苦,我不照顾她,你肯让我进你家门吗?"

赵匡胤也感动了,王燕儿能吃苦,哪个女子能过军营中的生活?

此次出征,王燕儿起早贪黑,不见他睡下,自己就不睡。他起

第一卷　高平飞雪

床了,只要一睁眼睛,王燕儿总是已经比他更早就起来了,一盆热水、一碗热饭,已经放在了桌上。他是个军人,对生活要求照理来说也不高,但是,每天要吃得饱,早晨起来,就得吃干的,不然一天没力气。王燕儿早早起来,给他做饭做菜,肯定是累人的。

多亏有了王燕儿,单独给他做饭、缝补、浆洗,这趟西征,人虽然劳累,但是身体没有亏,王燕儿对他是真心的。

赵匡胤想着,声音也温柔了,便说:"那就回家吧,一起回家!"

王燕儿听了赵匡胤这个话,脸上立即有了笑容,身形也轻盈了起来,柔声说道:"你就放心吧,我知道王小姐是个好女子,能助将军功成名就,我会好好待她的!"

王燕儿怎么突然懂事起来了?是上次不让她进门,给了她一个教训,让她学乖了?赵匡胤觉得,女人很复杂,难以理解。

柴荣在短短的几个月中,就显得苍老了许多。赵匡胤知道,柴荣劳碌,什么事都要亲自过问。就在这段时间里,柴荣做了好几件大事:一是派韩通修筑葫芦河堤岸。葫芦河是一条横亘在契丹和大周北疆之间的天然屏障,契丹骑兵要南来打草谷,大周除了这条河,就没有别的屏障了,过了这条河就是冀南、河南大片平原,可以说是一马平川。柴荣看到了这条河的军事价值,下令在河的南岸开筑高堤,建造一列高大陡峭的几百里堤岸,阻挡来自北方草原的契丹骑兵过河,至少能阻滞他们,为大周在冀中平原组织防御提供宝贵的时间。是的,就在这几个月里,韩通在契丹人的眼皮子底下,筑起了三百里长堤,这哪里是一条堤坝,分明是一座长城!二是为了筹措粮草军饷,柴荣下令毁佛,境内没有得到皇家敕令的私建寺庙全部拆毁,私自剃度出家的僧尼全部还俗。这一年,大周境

三、突袭风云

内寺院十有九毁,僧尼十之八九还俗,推行过程中阻力重重,多少僧尼用自焚、自残来反抗,多少寺院集体绝食抗议。但是,柴荣不为所动,几乎是在全体大臣一致反对的情况下坚持禁佛。赵匡胤的母亲信佛,赵匡胤自己也信佛,他并不同意皇上的做法,但是,他理解和同情皇上,一个人坚持做几乎所有人都反对的事情,那要有多坚定的意志啊!柴荣敕令需要拆毁的寺庙道观及民间凡私藏的铜器、佛像等,五十天内一律上缴,由官府给付等值的钱,超过期限隐匿不交,重量五斤以上,判死罪!全国获死刑者以千计。对于禁佛,赵匡胤也理解,人人都出家,这个国家还有什么人种田织布、参军卫国呢?不仅仅是大户人家,就是小户人家也拿出铜钱捐赠给寺庙,铜都拿去铸造佛像了,市面上流通的钱币越来越少,这个国家还怎么运转?此外,柴荣还改革了漕运,重新制定了地方公安管理办法,等等。

听说,朝廷的新政令几乎是一天一条地颁布出来,可见皇上执政之勤勉。

柴荣可以说是日理万机,但是每每到了晚上,他还要检阅各地递来的死刑判卷,担心有人被冤枉了。结果还真是如此。他看到一张汝州来的判卷,里面一个叫马遇的人,父亲和弟弟被官府冤枉至死,他屡屡上访,却不能翻案。柴荣看了案卷,认为其中必有冤情,结果换人一查,果然是一宗弥天大冤案。马遇一家遭受冤狱的竟然有六人,官官相护、故意制造冤案,或者隐瞒不报、明知冤情而不为民做主的官员达到三十余人。

柴荣还特别体恤民间疾苦。一日,御膳房给他准备了鹿肉,他吃了觉得很好,就问御膳房这肉是哪里来的。御膳房说,是某处山民为了皇上,专门打猎、进贡而来。柴荣想起这么冷的天,山民进

第一卷 高平飞雪

山狩猎,猎鹿不过是为了让他一人得到口福之乐,立即下令取消一切专门为他准备食材的进贡。

柴荣毁佛,却同时减除了大量的税赋,这是与民生息的做法。

赵匡胤对于这些都听说了,他有很多话要跟皇上聊。他想安慰他的兄弟,这个新上任的皇上,他也想让皇上了解自己西征的所见所闻,所思所感。

然而,来到金銮殿上,皇上的一番话语却把赵匡胤撂在了那里,赵匡胤还跪着呢,皇上连让他起来说话的客套都没有!

赵匡胤怀疑自己的耳朵听错了,只听闻:"赵爱卿此去,虽然无功而返,但没有功劳也有苦劳!"

"皇上,臣没有听清楚,能否请皇上再说一遍?"赵匡胤也顾不得客套了,追问了一句。

柴荣说道:"朕已经接到王章将军的奏报,说你们西征走错了路,在你们到达威武城之前,他已经击败了李廷珪。还说,你们在路上阻击了溃败中的李廷珪,对这次平西,也是有贡献的!"

赵匡胤脑子懵了,怎么会这样?难怪皇上对他冷淡,这个王章不仅不说好话,还倒打一耙,自己救了他,他不仅不感恩,还落井下石。他想解释,他想骂人,他想大吼,可是他什么也说不出。他用左手狠狠地掐右手的虎口,让自己疼,疼得抽抽,他在心里反复告诫自己"别反驳,别解释,别说话,别说话,别说话!"

这时,柴荣又讲道:"听说你们不去威武城救急,却去党项人那里劫掠?听说你们西征的大军中还带着女人,日夜笙歌?听说你赵匡胤临阵收妻?听说你还私用大周的名义跟大理段氏私相

三、突袭风云

授受？"

皇上像是在自言自语,又像是在说给他听:"爱卿,这些都确有其事么?爱卿放心,朕已经着吏部细查你的情况,为你们洗雪声名,不会让你们受到冤枉。"

赵匡胤心里想,这哪是什么洗雪冤屈,这分明是欲加之罪何患无辞!吏部的官员都掌握在王朴、范质等人的手中,魏仁浦还算好,其他那些人正嫉恨他呢,怎么会给他好果子吃?他克制着不让自己失态。

终于,他说出了平生第一句"谢主隆恩!"以前,他都把皇上当兄弟,从来不说这种"台词"的。此刻,他清清楚楚地知道了这样一个事实,昨日的皇上是兄弟,今日他已经不再是兄弟,而是执掌他性命的皇上。

"退朝!"柴荣身边的太监叫道。

赵匡胤拍拍双膝,站了起来,缓缓而退,身后是跟着他上殿的石守信、王审琦、高怀德、张令铎、潘美、曹彬、张光翰、王彦升、楚昭辅等人。

大家都不说话,没有人敢说话。

王彦升道:"大哥,嘿嘿,我们回来了,皇上见了我们就不错了。我们不需要什么赏赐,也不需要高官厚禄,官我是做不来的!"

楚昭辅说:"唉,是啊。天气这么好,不如去喝酒,我身上带钱了。"

赵匡胤想去问问陶毂、赵普,这是怎么回事!这事不能就这么算了,众位弟兄是在安慰他啊,弟兄们可以不要赏赐,也不要官位,可是那些死去的人呢?他们的家小怎么办?这些人家里死了顶梁柱,留下孤儿寡母,如果没有国家抚恤,那就完全没有活路了。

第一卷　高平飞雪

赵匡胤对楚昭辅道:"酒我就不去喝了,皇上那里的封赏,是指望不上了。你明天来家里,我想办法凑点儿钱,你给大家分分,尤其是那些没有回来的兄弟们的家属,一定要一家一家去拜访。就说,我赵匡胤对不住大家了,我一定再想想办法,等有了办法,我一定去看望大家,一家一家看望!"

楚昭辅突然哽咽起来,道:"将军,你别说了,阵亡将士单单是在汴梁的,就有三百多户,外地的还没算,我们怎么抚恤啊?赵老太爷一辈子两袖清风,你这些年更是如此。我们都不要钱,实在不行,我们这些活着回来的,都卖屋卖房,一起凑!哪能让你一个人出?"

陶榖哀叹道:"将军,我们实在冤屈啊,我们弟兄死了那么多人,胜仗都是我们打的,为什么我们连一句好话都没落下?"

楚昭辅道:"我要找这个昏君理论去,我回来之后,他见了我两次,每次都是细细打听我们西征的事,抓着我反复问。我还以为他柴荣是惦念将军,都把我的话听进去了呢!我把我们如何打仗,如何辛苦,都跟他说了啊,他怎么都忘记了呢?"

杨徽之道:"楚昭辅,你以为皇上是忘记了?他肯定没忘记,只是不想论功行赏罢了!你别急,我一定秉笔直言,我回去给皇上写奏折,把我们西征的经历都写出来,让皇上明白这仗到底是谁打的!"

唯有赵普笑起来,道:"将军,我看你升官是不行了,但是发财是少不了的!这次晋升大家都没机会了,不过皇上应该会把抚恤金给咱们,而且会给得不少!"

"先生何出此言?吾辈不是贪生怕死之人,更不是贪财好色之辈啊,别说我们拿不着,就拿着了钱,又有何意义?钱只能安慰死

三、突袭风云

者,救济兄弟,而我们出征,原是为了建功立业,定国安邦,让老百姓过上好日子!"赵匡胤对赵普这番话很失望。

赵普道:"将军,你想想,如果给你升官,能给你什么官?枢密使?都检点?都不可能!如果皇上这个时候给你升官晋级,又该如何处置王章?"

赵匡胤不待赵普进一步点明,心里似乎明白了,皇上要给的可能就是钱财,而所谓的功业却是有各种难处。

"我连累了大家!"赵匡胤想,如果不是我领军,大家这次可能都有机会升职,各有奖赏!

"也不一定,这次的秦、凤、成、阶四州,尽管是我们打下的,却已经早有所属,后备、留守们一大堆等着上任,他们看着那些空缺望眼欲穿,皇上怎么能给我们这些人呢?再说,皇上对我们还有重用!"赵普轻声道。

赵匡胤问:"什么重用?"

"我们的机会在江南!"

赵匡胤不由得想起当初,赵普说他的机会在西部,如今怎么又说是江南了呢?

赵普像是看穿了他的心思一样,问道:"将军,如果我们这次不去征西,皇上又怎么会相信您能独当一面,为国家开疆拓土?"

赵匡胤一想,赵普说得有理啊,怪不得众臣都说要攻打南唐,对西边只字不提,甚至西边来报急也假装听不见,原来是这么回事。

赵普看赵匡胤不说话,就道:"将军,这些将士还得你带,他们不能就这样散了,请将军再次自请……"

第一卷　高平飞雪

大家一路说话，正走着，一个没留神，就看见对面来了一队禁军殿值。这些人见了赵匡胤的导从仪仗，也不下马回避，而是径直撞来，其中领队一人更是叫道："请各位速速散去！这里不是你们闲话家常的地方！"

赵匡胤心里突然升起无名大火，虎落平阳被犬欺啊，自己乃当今禁军高级将领、都虞候，你们敢对我如此？反了不成？他强压怒火，对楚昭辅吩咐道："把他拿下！"

楚昭辅二话不说，一个箭步冲上去，用刀柄一磕那个殿值的膝盖，那人被磕得尖叫一声，这时，楚昭辅抓住他的脚踝，往上一送一推，他在马上就坐不住了，翻身落马。那殿值嘴里乱骂，在地上挣扎着起身，王彦升冲上去就是一脚，那殿值起不来了。那些禁军，都是十六七岁的少年，看他们的头领被打了，吓得说不出话来，王彦升大声叫道："此乃都虞候赵匡胤将军，是你们的头领，你们见他该下马行礼，难道你们的统领没有教过你们？"

那些军士都下马，不敢继续冲撞赵匡胤。

赵匡胤摆摆手，无奈道："罢了，不知者无罪，交给枢密院处置吧！"赵匡胤又对众人道，"各位回家，好好将养，其他事我会处理好，大伙儿就散了吧。"

赵匡胤回到家，坐在厅上兀自发了一会儿呆，心里惦记王小姐，就走到后院来。

王小姐住在西厢房，屋子不大，但是布置得很雅致，进门是一个案几，上面放着一盆兰花，花儿正绽放着，散发着淡淡的幽香。

他探身进去，看见有个鱼缸，里面是几尾金鱼，王小姐正和一个丫鬟在给金鱼放食。

三、突袭风云

王小姐看他面圣回来的样子,心里跟明镜似的,引他到窗前的凳上坐下后,便问:"是不是圣上没有论功行赏,对大家不公?"

说着,给赵匡胤沏茶,双手举着递给他。

赵匡胤接了茶,长叹:"圣上不赏赐我们这些回来的,大家倒是没什么,活着已经很不错了,但是那些死在西征战场上的兄弟们,没有抚恤他们的家小怎么活啊!"

王小姐道:"如果圣上实在拿不出钱,我这里还有些历年的积余,你拿去先给你那些兄弟们!"

赵匡胤喝了口茶,听王小姐这样说,呛出来了,他咳着说:"你这次带来的人,伤病的也不少,花费也大,怎么能用你个人的钱?这是国家的事!"

王小姐不经意地给他捶背,道:"我带来的人都编入禁军了,以后我也没什么花费了,这些就捐给国家吧,先用作抚恤金。"

两人正说着话间,突然小厮赵安三步并作两步地跳上台阶来,在门口站住,不待赵匡胤询问,说:"门口有个人,自称柴荣,说是将军你的兄弟,来找您喝酒来了。"

赵匡胤听小厮说柴荣来了,不敢相信,说:"别胡说,柴荣乃当今皇上,怎么会一个人来我这里喝酒?"

赵安道:"将军,我也是这样想啊,柴荣乃当今皇上,怎么会不带仪仗、不坐御辇就来了?所以没敢放他进来。可是,他派头挺大,小的也不敢得罪。小的看了他,就怕得紧,将军您去看看吧,真有皇家气派!"

赵匡胤起身,跟着赵安往门口走,看谁有那么大胆,冒充皇上。别说冒充皇上,就是用这个名儿,都是犯了死罪了,皇上的名儿,是凡俗人随便用的?那得避讳。

第一卷　高平飞雪

走到门口,赵安喊:"快开门,将军来了。"原来,看门的不摸情况,一边进来汇报,一边还关了门,把人家堵在门外了。

赵匡胤三步并作两步,到了门口,一探头,门外黑魆魆的,一人站在黑暗中,身后是一匹马,并无其他人。已是十月了,汴梁寒意已深,那人已经有点儿冻着了,两手搓着,正在跺脚取暖。天色已暗,赵匡胤认不出脸来,不过直觉告诉他,那就是柴荣,因为身板像。"是?"他刚刚想说"皇上"二字,又立即觉得不妥。

就听来人道:"快开门,让我进去!没想到你这将军府,也这么难进!"

赵匡胤听出来了,那是柴荣,是当今皇上。他赶紧出门,牵了柴荣的马,说道:"皇上,您怎么来了?"

进了门里,柴荣才道:"怎么不欢迎朕来看?朕来讨酒喝了!"

赵匡胤忙吩咐人,准备酒菜,又说请赵老太公、杜老夫人、夫人贺金婵出来拜见皇上。柴荣摆手道:"不用。朕一个人来,就是怕打搅他们,不要张扬。府上除了看门的小厮,别的一应不要叫人张扬了。"

赵匡胤摸不着头脑,这皇上微服私访,到底是干什么?如今在这大周的天下,还有大周皇帝都要掩人耳目的事情?他吩咐刚才看门的几个小厮,嘴巴严点,不许出去乱说。

至于做饭做菜,他直接把贺金婵给喊了起来,让她亲自准备,别人做菜,他还真不放心。

柴荣问:"王燕儿可在?"

赵匡胤道:"在!"

"终于让她进门了?"

赵匡胤不知道答什么好,如果皇上再谈赐婚的事,他真是没法

三、突袭风云

儿不应承了。"让她帮着贺金婵料理酒饭、家务,照料孩子,一会儿请弟妹和王燕儿都来一见吧!"皇上道。

赵匡胤心里苦啊,皇上又要做媒了,而且要做贺金婵的工作。皇上怎么就这么关心他的私生活呢?

贺金婵和王燕儿一起进来拜见皇上,皇上从腰里掏出一块玉璧递给贺金婵,说道:"弟妹,出门仓促,没有带什么好东西,只有这块玉璧,朕就送给你做个见面礼!"

贺金婵哪里敢收,下跪道:"民妇不敢收皇上大礼,皇上来访,寒舍蓬荜生辉,已经是民妇大幸了!"

皇上把玉璧放在桌子上,示意王燕儿取了,又道:"王燕儿是我认的干妹妹,朕今天就把她交给你,做你一个妹妹,让她伺候你,平时你多教教她为人处世的道理。"说着,皇上让王燕儿把玉璧捧给贺金婵。

赵匡胤心里紧张,生怕皇上又要说让他娶王燕儿的事,结果皇上道:"王燕儿,把玉璧给你大姐贺金婵,以后她就是你大姐,要多听她的话!"

王燕儿很机灵,知道这回是皇上给她台阶下,也是给她谋个位置。她立即跪下,双手把玉璧递给贺金婵,贺金婵也跪着呢,她不能不接这玉璧,忙道:"妹妹,姐姐我无德无能,有你这个妹妹,是前世修来的福分,你快别这样!"

皇上道:"有你们两个照顾赵匡胤,朕的兄弟就没有后顾之忧,朕就放心了。"

赵匡胤放心了,皇上这回没说要他娶王燕儿,只是让王燕儿拜贺金婵为姐、为主,贺金婵算是也应承了。

第一卷　高平飞雪

贺金婵、王燕儿出去了，柴荣把酒问盏，三杯下肚，还是不说话，赵匡胤陪着皇上，喝了几杯闷酒。赵匡胤憋不住了，这种场合往往是这样的，定力浅、资历浅的人，先顶不住相对无言的尴尬，赵匡胤也不例外："皇上……"

柴荣摆摆手，让他别说话。他抬头看看天，似乎在沉思，"听说你临阵收妻，是怎样的美人啊？什么人能打动朕的大将赵匡胤呢！朕的兄弟赵匡胤！"柴荣道。

赵匡胤把王平山兄妹的故事给皇上介绍了一遍，又说到王平山愿意出资抚恤西征死难将士，柴荣道："楚昭辅说得没错，王平山兄妹真乃忠良之后，这次助你西征，更是付出了重大牺牲，朕应该奖赏他们！"

柴荣给他斟上酒，赵匡胤挡都来不及，怎么能让皇上给自己斟酒？可是，柴荣不等他反应，自己又是一干而尽，"你我是兄弟，朕还是当初的柴荣，你还是当初的赵匡胤！"柴荣道。

赵匡胤和柴荣两人都是海量，但赵匡胤看他这个喝法，恐怕是要醉的，他不能让皇上醉在这里，要是明日皇上不能上早朝，恐怕要出娄子。

要醉，也得自己先醉，自己先醉了，皇上就不容易醉了！他给自己的酒杯加满，一干而尽，又给自己斟满。皇上看出来了，问道："怎么，怕朕醉，所以想先醉？"

柴荣挑了一块大肉，"嗯，好吃！夫人手艺真不错！"他一边嚼着肉，一边说，"你以为朕不知道你西征的事？要是王章真能打败李廷珪，还要你去干吗？王章倚老卖老，还嫉贤妒能，已经起了异心。此刻，我们没有力气对付他，就让他在西陲替我们看着大门吧，只是要委屈你们了。如果此刻也封赏了你们，他大概会看出破

三、突袭风云

绽,生出异心!"

赵匡胤这才知道皇上的顾虑,道:"皇上,我理解,只是此次西征捐躯的将士委屈啊!"赵匡胤说到"委屈"两个字,眼泪竟然进了出来,西征路上那么艰难,他都没流过泪,但是,此刻和皇上说着话,竟然泪流满面。

士为知己者死,无论如何委屈,只要皇上理解,他也就满足了。

柴荣摇摇晃晃,站起来,对着西方,深深一躬,把一杯酒浇在地上,道:"这杯酒,敬西征亡人,愿他们的灵魂平安归周,来就吾飨!"

赵匡胤也站起来,对着西方酹酒道:"皇上,你忘记了,这次西征,我们大周胜利了,西征路上,所有土地,已经尽归我大周!"

柴荣坐下道:"这是一场胜利?是朕的胜利,是你的胜利,还是王章的胜利?秦、凤、成、阶,尽归我大周,是归朕,还是归他王章,或是该归你赵匡胤?"

赵匡胤听了,突然酒有点儿醒了,道:"皇上,当然是归您啦!"

柴荣道:"为什么朕要做这个皇上?朕不想做这个皇上,朕只想有个小家,老婆孩子热炕头,喝点小酒,抱抱孩子,这个位置,朕不想坐,你想不想坐?你想坐,给你坐!"

柴荣说着,又站了起来,拉赵匡胤过去坐,赵匡胤哪里敢坐?赵匡胤立即下跪,道:"皇上,折煞末将了,末将没有那个本事,更没有那个心。皇上的位置乃上天所赐,天命所归,哪里是我等凡人可以坐的?"他不知道皇上是醉了还是没醉,到底是试探他还是真情流露。此刻的赵匡胤已经不是西征前的赵匡胤了,他已经有了政治头脑。

柴荣听了,大笑道:"'末将''皇上'?哈哈哈哈,你还记得我们一起打仗那会儿吗?你我是兄弟,你忘记了?"

第一卷　高平飞雪

赵匡胤心想：我哪里忘记了，要是真忘记了，我会为你西征吗？我差点儿死在西征路上，可是这话也就你能说，我现在不能说了。

这日，柴荣直喝到天上已经泛白，东方欲晓，才起身告辞。赵匡胤不敢让皇上一个人上街，立即聚齐了家丁，大家都骑上马，把皇上夹在中间。赵匡胤本来就是都虞候，是职掌禁军的将领，可是这会儿，不能大张旗鼓，要护送皇上回去，这还真不好办。

柴荣真是海量啊，一夜长饮，几乎没有间断过，却一点儿醉态都没有。

只是，在晨曦的微光中，赵匡胤看见柴荣的鬓间已经有了白发，而他的眉头，竟然已经有了两道很深的皱纹。

岁月催人老，皇上也不例外啊。

更可恨的是，岁月未老人已老。

做皇上才短短一年半，柴荣就显得老了，这个位子不好坐吧？他心里想着，突然又觉得这是对皇上的大不敬。

事情果然如赵普所料，皇上给西征将士的奖赏很丰厚，阵亡的给金钱宅院，封妻荫子，活着的只发财不升官。至于赵匡胤本人，既没有升职，也没有给奖赏，大家都觉得皇上对赵匡胤不公平。曹彬说，他要给皇上写奏折，鸣不平，陶穀、杨徽之都升职了，为什么独独将军没有升职？赵普反问："你让皇上怎么给将军升职？升都点检，还是枢密使？"曹彬听后不说话了。

赵匡胤对此早有心理准备，听了赵普的话，就更加没有话说了。他官职已经很高，而年龄却还不大，已经不能再升了，再升，就和张永德、魏仁浦、王溥、王朴他们平起平坐了。那些人都是皇亲

三、突袭风云

国戚或数朝元老,而他赵匡胤不过是后起的晚辈。

赵匡胤觉得自己升不升官无所谓,西征的众将能活着回来,已经是万幸,国家需要时,自然会担当大任。只是,治理国家得用文人,而他觉得赵普是个奇才,拥有陈抟老祖的真传,应该举荐给柴荣。

赵匡胤对柴荣说得用赵普,这个人的胆识和谋略,上可与天共谋,下可与民同处,乃安邦定国之才。他详详细细地把赵普和他西征的故事向柴荣讲了一遍,柴荣问他:"你觉得赵普,相比王朴如何?"

赵匡胤看过王朴的《平边策》,知道此人才高八斗,乃藐视万物之人,只是心胸还不够大,恐怕不能辅佐皇上成就霸业。他对皇上说:"皇上,夺国之才,此人的才华只在王朴之上,不在其下!"

柴荣又问:"治国之才? 可胜过魏仁浦?"

赵匡胤道:"治国之才,此人更在魏仁浦之上!"

柴荣又问:"治军之才如何? 可胜过张永德?"

赵匡胤沉吟不语,不知如何回答。

柴荣手持玉斧,一边用玉斧敲着手,一边踱步说道:"那么,此人的治军之才,是否超过将军你呢?"柴荣带着揶揄道。

赵匡胤点点头道:"在微臣之上!"

柴荣笑了:"你是太谦虚了吧,难道这次西征,功劳全是他的不成?"

赵匡胤道:"皇上,您见见他,就能判断了,此人上知天文,下知地理,完全是天人!"

柴荣回道:"他曾经托魏仁浦,献西陲方舆图志给我。此人为

第一卷　高平飞雪

求晋升,可谓用心良苦,画那张图需要数年,而思考定西之策又要数年,不可不谓奇才,但他的战略,和王朴不能相通,朕只能忍痛割爱!"

赵匡胤心里一愣,心想:赵普怎么没和自己说过?赵普啊赵普,你是聪明反被聪明误啊,这么重要的事你不跟我说?你读书人脸皮薄,不好意思说?可是,这不是脸皮的事啊,你不说,不是将我置于被动处境了么?

"此人不能为朕所用。"柴荣继续说道,"但可以为你所用!"

赵匡胤没多想,觉得再怎么举荐也没用了,便点点头,道:"皇上,那末将先把他养在军中!"

赵匡胤回来,感到很对不住赵普。他拉着赵普到酒家喝酒,把如何和皇上举荐他的事说了一过。

赵普惊叫起来:"将军,我命休矣!"

赵匡胤一愣,问道:"这话怎么说的?尽管我只是都虞候,还不能开幕府,招人养士,但是把你养在我军中,还是可以做到的,你的俸禄我也可以解决,至于赏赐,我可以分给你啊!"

赵普摇摇头,回道:"将军,你说我有夺国之才,为主人谋,必为霸业。皇上偏偏不用我,却让你用我?你要是真用我,他一定怀疑你有二心,一定会找机会来除掉我啊!"

赵匡胤倒吸一口凉气,说道:"如此说来,我还真想通了!皇上让我把你养在军中,不可能不起疑心啊!"

两人闷头喝了一会儿,赵匡胤忍不住问:"如何才有个万全之策呢?"

赵普举酒到唇边,望着窗外,心事重重。过了一会儿,他用手

三、突袭风云

沾酒,在桌子上缓缓地写下两个字:"夺国。"

赵匡胤看看赵普,不明所以,见赵普又写了另外两个字:"蛰伏。"

赵匡胤突然明白了赵普的意思,大怒道:"赵普啊赵普,就这点儿事,你就反了不成?为了你个人的仕途,你就要我和你一起造反?一万个不可能!那个皇位,不是一般人能坐得的!"

赵普看看他,冷冷地说:"他郭威坐得,柴荣坐得,你赵匡胤如何坐不得?"

赵匡胤这回也真火了:"赵普,你别说了,你再这样说,我们朋友也没得做了,你看着办吧!"说完,他起身,拿了外套就走。

走到街上他才发现,酒钱没付,又觉得这样走对不住赵普,应该劝劝赵普,让他心态放平和一点,否则恐怕他的人生就毁了。他自己毁了不算,还会惹事,连累大家!

他又转身返回,可是赵普已经走了。追到街上,也不见人影了。

日上三竿,赵匡胤才醒来。赵安端了洗脸水进来,赵匡胤一看,日头那么高了,才知道自己睡过头了。

昨晚还想好了,今天要去找赵普,帮他解开心结。

人啊,只有心平了,才能顺溜。

赵普为什么半辈子失败?就是心不平,他想的都是皇上才能想的事,而皇上又不待见他,他如何才能心平?如何才能过上普通人的安稳日子?

他从皇上赏赐的金银里分出一半,让赵安带了去给赵普,同时让赵安把赵普请来:"你跟他说,我找他,要和他讨论大事,让他这

第一卷　高平飞雪

就来!"他想,你赵普只知道天下的大势,可知道人伦的大事吗?你是一个谋臣,同时也是丈夫和儿子,是父亲啊!我们谈不了天下大势,能不能谈谈人伦的大事?

可是,一会儿赵安就回来了,说赵普不在军营里,伺候赵普的军士说,赵先生天没亮就走了。赵安交给赵匡胤一个信封,赵匡胤拿过来拆开,里面是一张白纸。

赵安搞不明白,便问道:"将军,怎么是一张白纸?是不是赵先生搞错了?"

赵匡胤叹口气,回道:"唉,我们去晚了,赵普已经走了,他不会回来了!"

赵匡胤知道自己做错了,赵普自视甚高,脸皮薄,又非常敏感。想来,他是觉得赵匡胤不是明主,不能共谋,独自离去了。

想想西征的日日夜夜,赵匡胤放不下赵普。

他派王彦升去赵普的家乡,说:"要找到赵先生的家人,把他们安顿好,让他们过上安稳日子。"

王彦升是明白人,知道赵普是一个得力谋士,得把他安顿好,将来必有重用之日。

赵普的家在幽州蓟县,那里本是中原国土,而如今却是契丹人的天下。

王彦升穿了便装,一路往北面去,没几日就到了幽州蓟县。

到了蓟县,他才理解了赵普,汉人在这里过的不是人的日子啊。蓟县县城里有个人市,契丹人就在这里买卖汉人家奴,一个汉人家奴,价格连半贯钱都不到。那些汉人男女老幼混杂,双手双脚被绑了,系在柱子上。主人家手里拉着绳头,有人来看,主人家就

三、突袭风云

拉一下绳头,吆喝一下:"站好了,让别人好好瞧瞧!"那些买家呢,掰开这个的牙齿看看,拎起那个的头发看看,解开这个的衣服看看奶子,拨开那个的脚掌看看,把人弄得跟牲口一样。

王彦升看着这些汉人被绑着卖,契丹人在那里挑挑拣拣,心里就气,恨不得上前挥刀把那些契丹人都砍了!

看到这情景,王彦升算是明白赵普为什么有那么大的动力,要建功立业,原来他们一家在这里过的都是非人的日子。在这里,契丹人杀一个汉人,只要赔一袋米,但一个汉人杀了契丹人,却不仅要赔上自己的性命,还要赔上全家人的性命,要株连一家人。赵普是肚子里有气啊,凭什么汉人不值钱?就是因为汉人在这里做的是亡国奴!

王彦升想通了这点,觉得有点儿理解赵普了。当初他觉得赵普一身酸腐气,而如今,他觉得赵普骨子里恰恰有股子傲气。

王彦升离开县城,沿着汤沟走了七里多路,就到了赵家湾。

赵普家就在这里。他进了赵家湾才真切地感到赵普家境不妙,汴梁还是秋天的天气,而这里已经是满山白雪。山上没有树,只有光秃秃的石头,当地物产本来就匮乏,还被契丹人盘剥,契丹人征税是十抽六,哪管汉人的死活。

家家户户住的都是又矮又小的茅草棚子,村里的人都面黄肌瘦,面露菜色。

王彦升心里想,将来一定要带兵打回来,让赵家湾的人重归中原。这些人流落在契丹人的手里,遭多少罪啊!

问了两次路,走进一个巷子,脚下全是黑色的雪水,雪融化了,被人的脚、牛的脚踩烂了,上面还有一点儿牛屎、猪粪,就变成黑色的了,看起来非常脏。他到了赵普家门口,开门的是一个老妇,头

第一卷　高平飞雪

发花白了。她贴着门边,头仰着向天,问道:"你找谁啊?"

"我找赵普!"王彦升深深一揖!

"这个畜生,他要是敢回来,我打死他!"老妇大声叫起来,突然,她又闭了嘴,想了一下,问道,"你真是来找他?他还活着?"

王彦升恭恭敬敬地说:"老阿妈,我是来找他的,你也不知道他在哪儿?他真没回来过?"

王彦升看看老妇,真是赵普的母亲啊,还有妻儿呢?他的声音有点儿哽咽了,鼻子发酸。

"哦!那他是真没回来!"老妇学着王彦升的话道。

王彦升朝里瞧瞧,想看看赵普夫人是不是在,跟老夫人是说不清楚了。

院门已经倒塌了,他想找个地方敲敲门都找不到,便叫了两声:"院里还有人吗?"没人应声,他扶着老夫人进了院子,老夫人坐在屋檐下的石头上,开始搓草绳。

赵普是他兄弟,老夫人就是自己长辈了,王彦升二话没说,给老夫人磕了个头。屋门东倒西歪,门槛也没了,这家是真穷啊,里面连张桌子都没有,只有几张凳子。

他正犹豫着,想着要去找邻居,一妇人拎着一只布袋走了进来,背上背着一个孩子。妇人见了他,脸上露出奇怪的神色,他赶紧上前道:"嫂子,我是赵普的朋友,我特来找他!"

那妇人放下手里的布袋,深深一礼,道:"这位官爷,是不是我家赵普犯什么事了?"

王彦升想到自己穿的是便服啊,便问道:"夫人,您怎么知道我是官爷?"

赵普夫人答道:"你外面罩着便服,内里却是军服的衬子,再

三、突袭风云

说,您的身板和举止,哪里都不像个农人啊。"

"我是来找赵普的,您不用怕!"

"老百姓见了官爷,还是穿军服的官爷,哪有不害怕的道理,是赵普犯事了吧?"

他顾不得再解释了,急着问:"嫂子,您是赵夫人吗?"

那妇人点点头。

王彦升立即跪下,磕了个头,说道:"嫂子,我是王彦升,来自汴梁,来看您和赵普哥哥了!"

那妇人连忙搀起他,回答道:"兄弟,贫妇受不起啊!赵普他到了哪里了?谋到官职了吗?三年了,我三年没见着他了!"那妇人落下泪来,放下孩子,过去碰了碰那老妇,"娘,赵普有信儿了!"

王彦升心里想,亏得赵普他娘脑子有点儿糊涂了,听不了,看不了,也不是坏事。要是知道赵普出门三年,什么也没落着,如今又不知去向,那是什么心情!

赵普夫人看看王彦升,说:"他大兄弟啊,我给你烧点儿水喝吧。"她舀了水来放进锅里,可是,柴火呢?灶塘里什么也没有,光光的。她四处转了转,端了一把凳子,又从门口拿了一把斧头,出了门。王彦升就在屋里等着,一会儿赵普夫人进来了,手里拿了几根木柴。王彦升仔细一看,那就是刚才拿出去的凳子,被劈成柴火了。王彦升当即决定,带上赵普夫人和孩子,还有老夫人一起进京,无论如何也不能再让她们吃苦了!来的时候,赵匡胤吩咐了,一定要把赵普请回去,另外还让他带来不少金银。但是,金银是不能给嫂子了,她一个妇道人家,在这穷乡僻壤,就是有金银也没有大用,相反,金银反而会害了她。

王彦升说:"嫂子,你等等,我去找人,你跟我去汴梁,赵普他在

第一卷 高平飞雪

汴梁做了大官了,派我来接您去享福!"

王彦升有个好友刘龙城在当地做契丹人的留守,当年也是汉地武林的一把好手,长于打仗,更重要的是,他还是个大学问家,王彦升对他很是佩服。可惜,汉地战乱不已,中原无主,他流落在此。契丹人非常看重他,收留他,请他出来做官,他坚辞不受,后来没办法,挂了一个"留守"的名,但并不真为契丹人做事。

王彦升想试试,找他安排车辆马匹。要往汉地去,还要带赵普母亲和他夫人及孩子,这一路,得有契丹人的关文,这个也得靠刘龙城。

他正想着怎么说服刘龙城,没想到刘龙城道:"赵匡胤,那是顶天立定的英雄,西征归来,占了秦、凤、成、阶四州,解我中原西陲危局,他是大功臣啊!"

王彦升道:"那是我大哥,如今我就跟他公干!"王彦升心里想动员刘龙城和自己一起走,一起回大周!

刘龙城道:"你跟他做事,实乃幸运,将来必有大成就。只是,皇上对他不公啊,西征归来,听说什么奖赏也没给他!"

王彦升听刘龙城这样说,噎住了,劝刘龙城的话说不出口了。

送赵普一家去汴梁的事,刘龙城听说是赵匡胤的意思,二话没说,就让人去打点了,"赵普既然是西征英雄,那没说的!"

那刘龙城还特地留王彦升在县上住了一宿,说王彦升也是大名鼎鼎的好汉,两闯威武城,名气大,自己佩服得紧,看来这刘龙城也是一个消息灵通的人。只是他怎么就不知道,此次西征最大的功臣赵普,家就在他的辖内?

晚上,刘龙城招待得非常丰盛,王彦升看老夫人、赵普夫人和

三、突袭风云

孩子吃饭的样子,知道这三人吃苦了。刘龙城劝了几杯酒,王彦升也高兴,多喝了几杯。第二天起来,刘龙城不仅准备好了车子,还给老夫人、赵普夫人和孩子换了新衣裳。王彦升看这刘龙城有股子正气,但是又有点担心,万一被契丹人知道了,他恐怕会没命。

他悄悄道:"要不,跟我们一起回中原吧。皇上是个明君,你回来,肯定会获重用啊!"

刘龙城道:"我的家小都在这里,一时走不开。我们这里穷,穷在什么地方?穷就穷在我们是亡国奴,又处于边界,各方争战不休,老百姓苦啊。如果你回京,有机会一定要禀明皇上,希望皇上早些派兵来,一统山河,老百姓才有好日子过!"

王彦升一听这话,心里又伤心起来。西征的仗是我们打的,苦是我们吃的,人是我们死的,最后奖赏,就给点儿钱,其他啥都没有。更可气的是那个王章,现在竟然成了封疆大吏,升官发财样样有,天不开眼啊,我们这批人是连个安慰都没有!

王彦升说:"你别等了,皇上一时半会儿还真顾不上你!"

王彦升对刘龙城和盘托出,讲到赵普和他们一起西征的种种艰难,王彦升几乎落泪,刘龙城听得动容。他听说了一些民间的传说,没有想到真实的故事比传说的还要奇谲,听了王彦升的介绍,他更加佩服赵普的经世致用,也为赵普的际遇感到不平。

王彦升说:"咱皇上对不住赵普啊!"

两人都知道,赵普这是无颜还家,不混出个名堂,他是不会回来的。短期内要找到他,还真不容易。

王彦升把赵普老母和妻儿带回汴梁,向赵匡胤交了差。

赵普会在哪儿呢?他还是不甘心,又自告奋勇道:"我去华山找找,也许他回陈抟老祖那里去了?"

赵匡胤摇摇头道:"赵普托人带了一首诗给我,从这首诗里,我已经知道他的去处了,只是,现在不能说。"

王彦升道:"啥诗?你怎么不早说啊?也免得我担心不是。"

赵匡胤说:"你不是看不上赵普的迂腐吗?觉得秀才造反十年不成?"

王彦升笑起来,想起刘龙城的话,说:"我现在感觉他是咱自家兄弟,他是真在造反,跟我们是一条路的!"

赵匡胤听王彦升这样说,警觉起来,忙说:"谁让你这样说的?谁说的?造反这样的话,你以后再说,别说皇上不饶你,我也不饶你。"

王彦升要看赵普留下的诗,赵匡胤不敢给王彦升看,原来赵普留下的是一首双关诗:

西征得良将,南向逞英豪。

来日战东北,再起坐南歌。

按照赵普的诗,赵匡胤这会儿应该去南方。南方,想来想去,只有南唐了。赵匡胤道:"赵普的意思,下一步,我们应该去南方!"

王彦升疑惑地问道:"大哥,去南唐?您要去投南唐?"

赵匡胤哈哈大笑道:"投南唐?我要战南唐,让南唐尽归我大周!打南唐去,赵普会在那里跟我们会合。"

3. 战淮南

赵匡胤率军来到泗县,这个地方,以前是一片沙洲,海水退下去现出一片滩涂,海水涨上来,常常又是一片汪洋。日久天长,这

三、突袭风云

个地方慢慢地被上游来的沙淤积抬高,海水就慢慢地退了,变成了一片陆地。

这块新陆地,南唐和大周都还没来得及占,双方两不管,不过现在不一样了,赵匡胤要在这里筑起一座城池,练起一队雄兵。

他的后面是淮安,驻扎着李重进所部,大约有九万人,李重进带着号称大周第二的劲旅,将要对付的是南唐。大周第一猛将是张永德,他率军据守在澶州,对付契丹。大周第三猛将是李筠,他据守潞州,对付的是北汉。此外,王章驻守大周的西陲,面对的是后蜀孟昶。

这些大将都是郭威留给柴荣的遗产,此外,郭威还给柴荣留下冯道、魏仁浦、王溥等文臣。如今,这些文臣中,冯道已经过世,且过世前事实上已经被罢黜。

柴荣身边的第一文臣,是王朴,这是柴荣通过广纳贤才,招揽的"自己人"。在武将方面,换人则不那么容易,且不说这些大将都是独当一面的地方大员,拥有对军队的绝对控制权,单说这些人所面对的敌人,那虎视眈眈的契丹,时刻想着来犯的后汉和后蜀,都是让人揪心的强邻。

南唐同样不是省油的灯。

大周四面楚歌,江山不稳,别说更换这些大将,就是不换,现在也是顾此失彼,大患重重。

大周缺将才啊,柴荣常常慨叹。柴荣把赵匡胤派到大周的东南端来练兵,是希望他能练出一支能够适应南方水网地带地形,能在与南唐对决中起到决胜作用的新军。

赵匡胤军中有各种各样的传言,一是皇上对赵匡胤不公,二是

第一卷 高平飞雪

赵匡胤被贬黜到南疆,是皇上故意贬他。

柴荣不解释,他在锻造着赵匡胤。

大周过去只有对北方作战的将军,这次赵匡胤千里奔袭获胜,显示了非凡的军事素质,柴荣希望看看他是否能对南唐作战。现在北方的契丹是强敌,不如先按照王朴说的,收拾了南方,等国力强大了,再来对付契丹,收回燕云十六州,那时可能更有把握。

赵匡胤也不解释。他不能跟部将们解释,只有埋头苦干,而且还得低调,有些事能说不能做,有些事能做不能说,他现在要做的,就是暂时绝对不能说的事。

赵匡胤知道,皇上这样做,是想把他当一把匕首偷偷插在南唐的咽喉上。

这是在偷偷准备征服南唐的战事,这是大战略。

是啊,看起来皇上还真是把他放到了绝地。泗州,孤悬在淮河入海口,兀立在南唐和大周的边界上,身后上百里外才是李重进驻扎的徐州、淮安。赵匡胤只有区区的四千人,而对面的扬州,却有南唐第一猛将周木耀。周木耀手头拥有南唐最精锐的三十万步军,还有十万水军。

赵匡胤驻扎的泗州,就犹如在大象的脚边筑了一个蚁窝,大象一动腿,无意间就是他的灭顶之灾。

"然而,这一切都仅仅是您的一厢情愿,却无法证实。当下,能证实的是,我们这些人都没有得到封赏,相反被发配到了这个猪狗都不愿意来的地方。"王彦升道,"这叫什么事?你说,皇上原来是要我们在这里偷偷练兵?原来是要把我们当精锐藏起来,不让南唐知道?打死我也不相信!皇上要你来练兵,粮饷呢,兵源呢?啥也没有啊!就我们这几个,还练什么兵?"

三、突袭风云

赵匡胤有时觉得自己也说服不了自己,难怪军心不稳了。

赵匡胤骑着马,这是暮春五月,天气还比较冷,但是,这里的居民男男女女,都赤裸着上身,男子还有很多是不穿衣服的,就裆里裹了一条布,女子下身裹一条长一点的布,有点儿像裳,但是又遮不住膝盖。两个乳都露在外面。赵匡胤又听说,这里的居民,不讲敬老爱幼,相反,老人老了会被抛弃。当地有弃老的风俗,说是老了,没治了,没钱吃饭了,子女就把老人放在用树枝扎的木筏上,把老人放到海里去。这里也没有人祭祀祖先,没有长幼尊卑的秩序。

这里需要文明开化,赵匡胤对陶穀说:"你制定个章程,让乡亲一起来讨论,大家怎么穿衣,怎么敬老爱幼,怎么祭祀祖先,男人怎么种田,女人怎么纺纱织布,这些都要教给他们。光打鱼不行,还要学会种田和织布,要让大家有粮食吃,有衣服穿。"

"教导民众,没有什么方法比孔子说的更有道理,只要让他们慎终追远,就可以了。教给他们怎么祭祀祖先,追念远代的亲人,他们就会知道怎么文明生活了。"陶穀说,"这些人来自长江之南,是古越族的遗民,他们的祖先是大禹。然而,吴越相争时,他们逃到海上,迄今,他们没有在陆地上生根落户,很多人称呼他们为船民,说他们是东夷,那是不对的。"

赵匡胤点点头,多读书,尤其是史书,会让人开智,便道:"先生,我也得多读书,你看看,什么时候借我一些书来读。"

打仗不能真正为民谋福,真正为民谋福,还得认真学文化,教导和劝诱民众,让生活更文明。

"将军,行军打仗,漂泊不定,身边没有带什么书。只是我知道,离开此地不过二百里,有个刘龙城,其人乃当今大儒,藏书甚

第一卷 高平飞雪

巨,我心神往!"

"在我大周境内否?"

"在,但常常遭到南唐袭扰。"陶穀回复道,"我不见他久矣,犹如春草不见雨水!"

陶穀一句话,把赵匡胤噎着了,这文人要是酸起来,那是不得了。不过,赵匡胤却能理解陶穀,此刻他一是思念赵普,二是对读书充满渴望,他知道的东西太少了,需要智慧。

两人正说着话,曹彬来找赵匡胤,道:"将军,军心不稳是大忌,尤其是在面对强敌的时候。"

赵匡胤不消问,就知道曹彬说什么。他明白曹彬的意思,大家从京畿来到这偏远蛮荒之地,要吃的没吃的,要用的没用的,大家都不想在这里久待,人心思归,军心难稳,恐怕曹彬自己也想回京吧。

他带的是一支身经百战的部队,里面的将帅之才有数十位,怎么用好他们,让他们安心,炼成一支真正的铁军呢?

要稳定军心,要理顺民心,要建立一套新的军队编制制度,要建立一套新的军队训练制度,要建立一套新的军队作战制度……可谓百事丛杂。

这时,一队士兵押着一个赤裸的民妇走过来,那民妇双手被反绑着,绳子勒着她的脖子和手臂,勒得太紧了,把她浑身的肉勒得鼓鼓囊囊的,已经青紫了。那民妇一边走一边骂,声音高得吓人,那是不怕死的主。

赵匡胤觉得奇怪,一个民妇能犯什么事,让他的士兵要这样绑着她?他平时教导最多的就是要善待民众,没有民众的支持,军队是打不了胜仗的。他的军队宁可自己饿着,也不会抢老百姓的食

三、突袭风云

物,宁可自己冻着,也不会强占老百姓的房子。他专门让人把与老百姓相处的纪律编成了歌,他的军队里,人人会唱这首歌。

他走上前去,那队士兵的领队是个小校,"你是哪个的部下?怎么绑个老百姓,还是个女人?"赵匡胤问。

那小校看是赵匡胤,立即行了个军礼,报告:"我是潘美将军的部下,他让我押这个女人游街去!"

"她犯了什么罪?"陶毂在赵匡胤身后问。

那女人看出赵匡胤是个大人物,又听陶毂这么问,觉得有了申辩的机会,叫道:"不就是睡了个男人吗?我没说什么,你们还不答应了?"

陶毂施了一礼,道:"这位大嫂,有话好好说!我们赵匡胤将军在此,他会为你做主。"

"昨晚,我跟你们一个兵睡了一宿,就被抓起来了!"那女人声音小了一点。

"什么跟我们一个兵睡了一宿?你根本就是强奸我们的兵!还强奸了一晚上!"那小校推了她一把,吼道,"好好交代,老实说话,不老实,让你吃火烧!"

赵匡胤听了又好气又好笑,回答道:"你不用害怕,是不是我们的兵强迫你跟他,如果是这样,我一定为你做主!"

那小校对赵匡胤道:"将军,你完全弄反了,是我们的兵到她那里买鱼,结果,她强行扣留了我们的兵,扣了整整一晚上,我们早上去找,她才放那兵回来!"

赵匡胤也奇怪了,天下有这等女子,问道:"他说的属实?"

"属实!"

"你家男人呢?"

第一卷 高平飞雪

"死光了,不是在海上死,就是在你们的战场上死。男人死在海上,公公死在南唐军营里,家里没人了,我婆婆让我找个男人借种!"

赵匡胤略一沉吟,道:"我们军队是不允许临阵收妻的,那是死罪,那士兵昨天和你一晚上,你承认是你强迫了他?"

"我不能害人家,刚才潘美将军说了,如果是那士兵强迫的我,他就杀了那士兵,向我道歉,赔偿我!"那女人声音越发低了起来,"可是,我不能害了人家,的确是我强迫的他,他不该死,如果要杀,就杀我好了!"

赵匡胤心里有点儿难受,是自己没有让百姓过上好日子,问道:"你不怕死?"

"我不怕死,没男人了,活着也没意思。只是我死了,我婆婆没人照料,也没法儿活了,我就是担心她!"那女人心里很不服气,"将军,你是领头的? 我说,找个男人,借个种,还要死罪? 你们真要杀我?"

正说话间,一群老百姓抬着鱼肉走来,队伍中尽是老人和女人,为首的一位须发皆白,他颤颤巍巍地走到赵匡胤面前,跪了下来。他一跪,后面的人也跪下一大片,请求道:"将军,我们老百姓给您送粮、送菜来了,求您开恩,放这女人一条生路!"

赵匡胤弯腰扶起老人,道:"老人家,站起来说话,你且说说,你们整个村怎么就没个壮丁了? 这种伤风败俗的事,怎么就不管呢?"

那为首的老者抹着眼泪道:"我们本来就是从江南逃难来的,但是,这里都是盐碱地,种不得粮食,我们只能打鱼为生,十个男子,五个死在海上,还有五个呢? 大周的军队来了,拉壮丁抢人,南

三、突袭风云

唐的军队来了,也拉壮丁抢人,都被军队拉走了!留下孤儿寡母,老人孩子,我们怎么生活啊?"

赵匡胤点点头。

那老者又说:"这女子倒是个好人啊,念旧,丈夫死了,就帮着公婆养两个小叔子。两个小叔子被抓走了,她又孝敬公婆,结果公公上个月又被抓走了。这抓走的壮丁啊,就没有能回来的!她家这回是香火也要断绝了!"

人群里走出一个老妇来,那老妇跪在赵匡胤面前,道:"我这儿媳妇是个好女人,昨晚的事是我让她干的。将军,你要杀,就杀了我这个老不死的吧!我死了,她也好另谋一条出路!"

赵匡胤略一沉吟,道:"老人家,我不杀她,我放了她。只是,我有话问你,大周也来,南唐也来,你们倒是想跟着大周,还是南唐呢?"

老妇道:"现在,我们是在边境上,不毛之地,本来两国都不想要我们,没一个把我们当自己人。要是让我们选,听说大周的皇帝年轻有为,他减税了,不让多收税,还把地方治安弄好了,没有匪盗,我们愿意跟着大周!"

那为首的老者插话道:"将军,我们老百姓到哪儿不是纳粮交税,谋生活?只要不打仗,不遭灾,能过日子,哪边都好!"

那小校听老者这样说,就呵斥他:"别胡说八道,你们是大周的子民,还想反了,到南唐去,投靠他李家不成?"

那老者并不怕小校,继续说道:"我老了,死是不怕了,儿女也没有了,活着也没有什么盼头了!我就想说点儿真话。你们打来打去,其实就是当皇家坐天下,坐得大一点和坐得小一点,那点儿差别。要我说这坐天下,如果把天下都坐穷了,只富贵了皇家一

第一卷 高平飞雪

家,又有什么意思呢?如今,将军您来了,我们归附了大周,您看见我们这样,真感到荣耀吗?"

赵匡胤觉得这老者话糙理不糙,说得有道理,问道:"老人家,要您说,我们又当如何?"

"一统江山,是帝王的理想;开万世太平,是将相的心愿。对老百姓来说,日出而作,日落而息,无君无臣,无贵无贱,无富无贫,无智无愚,与鸡犬同游,与老少同戏,一生可也。"

赵匡胤听了,顿觉醍醐灌顶,这老人的话,非常有智慧,非常有哲理,民间有高人啊。"老人家,你的一番话,让我颇费思量。你说得对,也不对,但是,就冲你这番话,我放了她,不仅放了她,我许你们村永不需要征粮征丁!让你们安享太平,过无君无臣、无贵无贱、无富无贫、无智无愚的生活。隔日我要来你们村里做客,向您老讨教更多的问题。"

说完,他吩咐放了那女人,收下村民的礼物,又让人准备了从北方带来的各种用品、食材作为回礼。

陶毂提醒他:"将军,你只是都虞候,您刚才做的可是封疆大吏都不敢做的事,赦免一个村的皇粮税供,您不怕惹来祸害?"

赵匡胤摆摆手说:"将在外,君命有所不受。此番我擅做主张,但却是为了我大周,边境上的居民一定要多怀柔,南唐的民众见了,才能来归附。强国,不在于域广,而是要国富民丰,万民归心!"

陶毂摇摇头道:"赵普说自己的能耐是'夺其国',而将军您又总是把自己当成了皇上,以天下为己任,您这是越位思考,我看险,险!"

赵匡胤叹气道:"可惜,赵普不为我皇所用,不然,正好治理这

三、突袭风云

破碎河山,让江山得到指点,让黎民得以化育!"

"嘿嘿嘿,嘿嘿!"陶穀冷笑道,"将军,你岂不知,皇上正是因此而不用赵普和您!你把皇上要想的事都想过了,他还干什么呢?"

赵匡胤警觉起来,问道:"什么意思?你觉得皇上忌惮我们?这是你一个人的想法,还是全军的想法?"

陶穀动情地道:"将军,昨晚众将饮酒,没有喊你,就是商议如何为你鸣不平。众将相约,结拜为异姓兄弟,同生共死,要是皇上不答应,大家也不答应他!"

赵匡胤摇摇头说:"哎呀,你们这些家伙,坏我大事!我大周刚刚稳定,正需要大家勠力同心,完成江山一统,河山再造,我们委屈一点又何妨?只要皇上心里明白,是好皇上,我们就是赴汤蹈火,也应该在所不惜!"

柴荣需要秦、凤、成、阶四州的马,更需要南唐的财富,他需要和南唐一战,而且此战非胜不可。

赵匡胤部的战马是大周军队中最好的,是刚刚从西征中征缴而来,但是赵匡胤知道,泗州的海边并不适合这些战马。一是空气潮湿,有些战马的皮肤上开始生疥疮,二是周边没有很好的牧草,这些战马不能光吃粮食,需要肥美新鲜的牧草,而这里恰恰没有牧草,更没有新鲜的牧草。此地生长一种当地人叫作筜的长草,长在海边咸水沙滩上,马可以吃,但稍稍多吃就会泻肚子。这种草只能填饱肚子,却没有营养,长期喂这种草,马就没有精神,有些开始掉毛。此外,此地没有大开大阖的马军练兵场,江南水网地带,不几步就是沟,就是坎,脚下虽多数是铁板沙滩涂,人和马不容易陷进去,马却不能放将驰骋,马跑不开,渐渐地就萎弱了。赵匡胤没法,

第一卷　高平飞雪

屡次给皇上写奏折,要求皇上调他们去西部练兵,但皇上都没有同意。

由此,赵匡胤认为皇上可能是想从东部开始进攻南唐,将来沿海是主战场,所以,有什么困难都要自己克服。从这里进攻也许是最好的线路,尽管这里是水网地带,不利于马军纵横驰骋,反而有利于南唐的水军,但是,最凶险的地方,也可能是最保险的地方。

马必须吃当地的草,人必须学当地的话,人人必须学游泳。赵匡胤派人四处侦察,尤其是侦察南唐在扬州、泰州一线的军事部署,做好了各种战争准备。

但是,随着李榖的出征,赵匡胤的预料还是错了。李榖、魏仁浦、范质,尤其是王朴,都极力主张从西线出击。柴荣任命李榖为都部署,由正阳渡淮河,直击寿州,此时,赵匡胤依然觉得这可能是皇上的疑兵,李榖一介书生,带兵打仗怎么能成?

长江以北,淮河以南,庐州、寿州、濠州、泗州、海州……这些都是膏腴之地,要一统中原,就必须先占有这些地盘。大周和南唐之间,已经好久没有发生过战争了,南唐军备松懈。以前每到冬天的时候,淮河水位都会大减甚至断流,大周和南唐的边民,互相往来,可以直接从淮河上通过。南唐以往年年会派军在河边驻扎,称为"把浅",南唐寿州监军吴廷绍认为这边没有战事,年年"把浅"是军事浪费,今年直接下令停止。

显德二年(955)十二月十七日,柴荣任命李榖为淮南前军行营都部署,兼任庐州、寿州知州,忠武节度使王彦超担任其副将,此外,派遣侍卫马军都指挥使韩令坤等十二名将领率军南征。开战之初,李榖占了南唐军备松懈的便宜。

李榖从正阳搭浮桥渡过淮河,不出一月,已经到达寿州城下,

三、突袭风云

副将王彦超在寿州外围与吴廷绍遭遇,吴廷绍两千余人被王彦超击败。紧接着他的先锋都指挥使白延遇,又在山口镇击败了南唐军队,寿州城外围已经被周军肃清,李穀完成了对寿州城的合围。

然而李穀并不善于用兵,治军过于宽柔,用兵过于保守,在寿州城外,围困整整一个月,没有任何进展。相反,南唐方面却调兵遣将,从濠州、庐州、滁州等数个方向前来增援。

李璟以刘仁赡为清淮军节度使,镇寿州。同时,任命神武统军刘彦贞为北面行营都部署,率军两万前往寿州驻防;又任命奉化节度使、同平章事皇甫晖为应援使,常州团练使姚凤担任应援都监,两人率军三万前来救援。

到这个时候,才算是南唐主力出战了。此前李穀出正阳,一路几乎没有遇到什么真正的抵抗,但是,当他来到寿州城下时,他遇到了真正的敌手。

刘彦贞单兵突进,赶到距离寿州城二百里的来远镇,弃陆路,换乘数百艘战船,沿着淮河直奔正阳,摆出了攻打周军浮桥的态势。李穀果然害怕了,生怕后路被切断。此时,杨徽之也提出,周军不善水战,没有水军,如果浮桥被截断就有可能腹背受敌,于是李穀干脆率军返回正阳,防守浮桥,他放弃了对寿州的围困。这样,周军此时出击的全部成果也就丢失了。

李穀的撤退让柴荣非常震怒,柴荣立即派王朴来阻止李穀,但王朴找到李穀的时候,李穀已经撤了,丢掉了所有的战果。

李穀撤得非常狼狈,前军不顾后军,前后挤踏,走失和伤亡的兵员超过了六千人,损失粮草、辎重更是不计其数。

王朴看着蔫头蔫脑的李穀,恨不得抽他,向他吼道:"你给我回

第一卷　高平飞雪

去,围住寿州,拿不下,就不要回来!"

李穀已经吓破了胆子,军队的士气也丧失殆尽,哪里还敢回去!

王朴没办法,无奈地说:"为今之计,只有皇上御驾亲征,才能激发士气,再战!"于是他连夜给皇上写信。

柴荣没办法,稍稍准备后就起程来前线督战。可是,他到达前线的时候,已是兵败如山倒,李穀已经撤到了正阳。柴荣撤了李穀,亲自组织进攻,从东线调来李重进,还让李重进从赵匡胤那里调走了一千五百匹战马,但就是没调赵匡胤!

这个时候,赵匡胤开始疑惑了,难道西线真的是主战场吗?皇上把他放在东线,其实只是个摆设?

如果真是这样,赵匡胤的东线就变成了疑兵。可是,淮河已经断流,无须浮桥就可以让大部队过河。对面的扬州,南唐军队防守非常薄弱。扬州城由南唐东都赢屯使贾崇、工部侍郎冯延鲁分别任正副指挥使,这两人根本算不得武将,他们没有组织防御,扬州城几乎是不设防的城市。南唐把对面的周木耀调往庐州,防守西线去了。

赵匡胤分明已经感到,南唐没有把这里当作防守重镇,如果此时开辟东线战场,可以缓解西线的压力不说,本身的胜算也很大,拿下扬州,可以威逼金陵,南唐东西不能兼顾,必乱方寸。

要么南唐的细作已经得到消息,吃透了柴荣的进军策略,知道大周在东线没有兵力,不会发动进攻了;或者,柴荣的疑兵战略成功,南唐把东线的大门彻底打开了。

一边是西线,大周和南唐的战争处于胶着状态;一边是东线,赵匡胤部没有一个人受到征召,他们就像被皇上忘记了一样,在泗

三、突袭风云

州东二百里的海边练兵。名曰练兵,却不仅没有新增兵员,相反,他们的战马还被调往西线,由李重进掌握。

大家都有点儿坐不住了,是不是皇上真的把他们赵家军打入了冷宫?连赵老太爷赵弘殷都随皇上出征了,他们这支经历了西征的铁骑军却在这里晒太阳。

赵匡胤让陶穀上书,要求出征,由他开辟东线战场,直取扬州,但皇上就是不允许。让人更加恼火的是,皇上不许赵匡胤出战,却来调王彦升。

他任命王彦升为铁骑都指挥使,领军至下蔡镇驻扎,迎击南唐林仁肇部。接到圣旨,王彦升不敢领命,这种圣旨换了谁都不敢接!领军,军队在哪里呢?那是要分赵匡胤的兵权么?赵匡胤本来就只有三千人,原来是备齐了三千匹战马的,现在已经被调走了一千五百匹马,两个人才一匹马,本来就没法打仗了,却还要再调走一批。柴荣任命王彦升为铁骑都指挥使,前面加上"铁骑"两个字,就是说得把战马给他带走,让他率领骑兵。

王彦升对赵匡胤道:"算了,这个铁骑都指挥使我不干了,我带走了人马,你怎么办?你不什么都没了?"

赵匡胤沉吟良久,难道皇上真的是要在西线和南唐决战?如果真是如此,把他放在东线,做做样子,让南唐军不敢偷袭,也的确是最好的选择。他铁面赵匡胤的大名,赫赫战绩,的确能吓唬人,只要他在这里,不用一兵一卒,就能挡一阵子了。如果是这样,他应该无条件服从皇上的安排,让王彦升把主力带走。

李重进部已经开拔,向寿州方向移动,马上要越过下蔡了,而下蔡是大周西线、东线之间的交通关节点,李重进西进,要通过这里,南唐援军西进,也要通过这里,所以对面是南唐大将林仁肇。

第一卷 高平飞雪

而大周方面,柴荣突然选择王彦升,也是有道理的。如果这里防守失败,丢掉了南下的浮桥,不仅南下围攻寿州的军队会被抄了后路,大周的东西线之间也将不能互相支援,整个战局就危急了。

王彦升此去,兵马少了不行。赵匡胤道:"这样,我给你两千士兵,一千军马!同时,让高怀德、曹彬跟你一起去,此去只能胜,不能败,如果败,我们将永无出头之日。"

王彦升不答应,道:"我带走那么多人,你这里就空虚了,要是南唐军知道李重进已经离开,而你这里只有一千人,派兵突袭,你就危险了!"

赵匡胤道:"战局不日就会有改观,都点检张永德也要去寿州参加会战,这个时候,最好的局面是,你们在西线取得胜利,西线的胜利,可以保东线无忧。尤其是你,皇上的御旨非常有道理,只要你守在下蔡,进可以增援寿州,退可以回援我泗州。你此去,应该主动找机会和林仁肇接战,如果能打败林仁肇,得到他的军马和辎重给养,我们就能一夜壮大,别说你带两千人、一千匹军马出征,如果真能和林仁肇接战而获胜,你就是全部带去,我也要支持!"

王彦升听了,感觉赵匡胤说得对,也感到自己身上的担子重,但仍疑惑道:"皇上为什么不让将军出征?"

赵匡胤有时还真是吃不透时局,尤其是他身居东线,对西线的战事不了解,道:"不要想这个问题了,皇上一定另有安排。你去下蔡,派人去滁州看看,听说赵普在刘词老将军帐下谋职。当年在高平之战中我和刘词老将军结下厚谊,他能收留赵普,真是慧眼识珠。"

王彦升是真惦念赵普了,王彦升本不喜欢赵普的文人气,但是,一旦面对复杂时局,没有文人在耳边啰嗦,他们这些武夫还真

三、突袭风云

是没办法,便道:"我去了,先接赵普先生到营中,请赵普先生给我出谋划策,我一定争取立即和林仁肇接战,尽早获胜!"

"我把我们西征带回来的精锐,全部派给你,你必须胜!"

"这是我们全部家当了,你全给我?"王彦升知道,那些西征老兵才是宝贝,他们一个顶十个。

"不碍事,王小姐手头还有几个人留着,你走后,我与她合军一处,等待机缘。如果你能得胜,我估计东线也会开战,不久,皇上就会征召我们开辟东线战场,方向就在泰州、滁州一线,我们不久就能会合!"

赵匡胤正揣摩着战事,突然接到了殿前都点检张永德的来信。张永德告诉赵匡胤,他已经接到御旨,开赴寿州前线,不日路过徐州,要他过去一见。

张永德来得比预计的要早,三月十五日,张永德就路过泗州,想尽快赶往前线,大周不能长期跟南唐打胶着战,那样就被动了。

如果不能尽快解决南唐,就有可能面对南北两面开战的格局。大周的北面有契丹、后汉,西面有党项,国家连年战火,老百姓没有得到休养,而南唐最近这些年却相对安定,虽然军队因此而变得孱弱,但是国力显而易见!

其实,张永德来得快,是因为南唐李璟还真的用蜜蜡书,邀后汉和契丹出兵,李璟给出了淮河以北尽归契丹和后汉的条件。

赵匡胤单人独骑去见张永德。从海边出发,两百里路,路上并不好走,都是小沟,马根本跑不开。他是中午出发的,到张永德大帐时,已经是傍晚了。张永德正在吃饭,看他进来,立即迎他,让人也给他上了一盘饭,赵匡胤一看,那是黄糙米加上青菜叶子,搅合

203

第一卷　高平飞雪

在一起的土锅饭。张永德没想在这里过夜,因此只是挖了简易灶。张永德是他的老上级,本来两人的感情就好,此刻,相隔半年多,突然在这里见面,赵匡胤更是觉得亲切。他从袋囊里掏出从海边带来的海鱼,这鱼还新鲜着呢。张永德怪他不应该私带东西过来,行军打仗,哪里要这些讲究?赵匡胤也不回话,走到帐外,直接跟帐外的亲军交代如何做烤鱼,然后回来又掏出酒瓶。西征时,他从党项人那里缴获来的牛皮囊的酒袋,里面可以放好几升的酒。张永德好酒,酒量不小,见他带了酒,也就不说话了,倒了一半,咕隆咕隆,一口气喝完了,说:"没心思喝酒啊,来来,咱俩说话!"

张永德老了,两鬓已经斑白。守北方不容易,风沙弥天,契丹人言而无信,一会儿说和好,一翻脸,又发兵劫掠。张永德在冀州一线,没过上一天好日子,还好之前有韩通帮忙,构筑了一条大堤,之后他又在大堤上,每隔千丈,加盖了烽火台,契丹人一旦入侵,便以烽火报警,情况稍稍好了一些。然而此刻,他又把冀州的主力带到了南方。

瞻前不能顾后,他是忧心如焚。

"赵匡胤老弟,要我说,你乃大周第一战将。你知道不知道,皇上为什么把你放在这里,这里鸟不拉屎,但可以瞻前顾后!"

赵匡胤不解道:"都点检,如何瞻前顾后?我这里根本没有兵力了。"

"皇上征调我参与围攻寿州,你想想,皇上难道不担心北面的契丹和后汉吗?现在,我们北面只剩下慕容彦超、李守贞,慕容彦超手头还有点儿兵马,李守贞手头不过两三千人,名曰刺史,徒有其表,空有其名,我很担心啊。你在这里,要看着南面,同时更要防着北面,如果契丹军南来,你要立即北上,增援慕容将军,以待我

三、突袭风云

回援!"

赵匡胤摇头道:"都点检,我恐怕要让您失望了,我现在是巧媳妇难为无米之炊啊。"

张永德道:"皇上是要在寿州、濠州一线和南唐主力决战,要把南唐主力引到那里去,然后在那里全歼他们。皇上选择了一条一劳永逸,然而也是最危险的路线。在那里两国都没有退路,南唐军如果增援寿州,就要离开金陵、庐州,就要过江,深入淮河一线,他们只要来寿州,不胜,就难以全军而退。大周也是如此,在这一线出击,一定要越过淮河,那里的淮河,只能搭浮桥,军马、辎重过河非常困难,如果渡河作战不胜,也难以全军而退。李榖之所以不战而退,就是因为怕刘彦超断其后路,包抄他。现在你想想,是皇上亲自在那里,皇上是把自己置之死地啊!我等臣子又该当如何?"

"更当冒死!"赵匡胤想都没想,便道。可是说起抗敌,他却真是不敢轻易点头啊。张永德是他的大恩人,此前,他从汴梁出发,张永德从自己家里拿了白银一千两给他支用;后来,他不在京城,家里都是张永德照顾的。

张永德的话,无论是从公,还是从私,他都得听。可是,手中兵力太少,他实在无奈啊。

张永德看出了他的为难,拽着他的手,来到帐外,说道:"我知道,你的兵几乎全部交给王彦升带走了,我把我的亲兵卫队留给你,一旦北面有动静,你不用等皇上和我的命令,径自决策,直接北上抗敌,定要把契丹人挡在黄河以北!"

赵匡胤原先只想着打南唐,却不承想皇上心里还想着要防契丹,果然他不能轻动啊。他得两边都预备,向南准备好攻打滁州、扬州,向北要预防契丹从幽燕来袭。即便这样,他也不能要张永德

第一卷　高平飞雪

的亲兵卫队啊,没有亲兵卫队,张永德在战场上等于不戴盔甲站在敌人的弓箭射程内,那是自断后路。

他心里感动,知道张永德是要瞒着皇上给他留一支铁军,亲兵卫队是他的身家性命,人数虽少,但是个个以一敌十。

"这个我不能要!"

"我已经命令卫队前锋,开赴你的营地了!"

听张永德这样说,赵匡胤不好再推辞了。他想起王彦升临走的时候,给他磕头说:"将军,要么就是咱俩在滁州、下蔡见面,我把我们带出去的,一个人不少,一匹马不少,还给您;要么请您来给我收个尸,咱们下辈子还做兄弟,你还做我大哥,我下辈子报答您!"

赵匡胤撩起战袍,单腿跪地,向张永德道:"这支卫队,是您的宝贝,都是您带在身边的亲军,我一定给您带好,将来一个不少还给您。如果不能还给您,那就是我赵匡胤不在这个世上了,咱们只能下辈子见了!"

张永德没有搀扶他,只道:"我受得起你这一跪,但是受了你这一跪,你也不欠我了。千军易得,一将难求,你就是千金不换的大将!给你人马,就是让你能为国立功,把你的豪气拿到战场上去吧!"

说完,张永德站起身,对着身后的传令官道:"开拔,立即起程!"

张永德所部的确是军纪军风好,一声令下,几乎没有任何一刻的延迟,整个军队静悄悄地就开拔了。赵匡胤站起身,走到帐外,看着张永德和他的军队消失在夜色中。

"将军,我们要收帐篷吗?"他身后,有兵士提醒他。

三、突袭风云

张永德给他留了一队亲兵,这些人在等他指挥呢。现在不是动感情的时候。

他拉缰绳上马,带着张永德留下的亲兵,连夜回到泗州。李重进离开以后,这里已经彻底空了,一兵一卒都没有,他要在这里驻扎,等待王小姐从汴梁过来会合。

4. 突袭清流关

这些日子,王小姐的身体也渐渐地好了。

她带着八百人从汴梁赶来,和赵匡胤会合,来协助赵匡胤戍边。

王小姐不仅带来了王燕儿,还带来了赵匡义。

他问赵匡义:"二弟,你怎么不在家里堂前尽孝,照顾母亲,怎么也来这里了?"

王小姐道:"是令堂大人叫我带他来的!"

王小姐把杜老夫人的信交给赵匡胤。他净手展开,母亲在信中说,父亲一生戎马倥偬,不过是要光宗耀祖,而如今,你们兄弟已经成年,这个任务应该由你们来承担,你弟弟,虽然年纪尚小,却已经可以行军打仗,助你一臂之力,你们兄弟应该互相帮助,成就一番功业!

赵匡胤心里很感动,也很敬佩母亲,母亲虽然识字不多,却深明大义,发人所未发,见人所未见。

然而,在信中,母亲也吩咐赵匡胤不可娶王燕儿,暂时也不可娶王平山,此二事当由她做主。她告诫赵匡胤不可擅自做主,婚姻应该遵循父母之命、媒妁之言。

赵匡胤知道,这是母亲在给自己顶天,防止二女逼婚,闹不和。

第一卷　高平飞雪

赵匡胤看完母亲的信,把信折起来,放进衣兜。王小姐这时命人抬上一个箱子来,放在赵匡胤面前。她款款一礼,让赵匡胤打开。赵匡胤打开箱盖,里面是一只布包裹,打开一看,里面是金银首饰,沉甸甸的。

赵匡胤摇摇头道:"无论如何,不能再用你的金银了,再说你也没剩什么了,再用就全没了!"

王小姐摇摇头,柔声回道:"这些是令堂大人让我带给你的,说你在外行军打仗,没有金银万万不行,她把她的私房银两和首饰都让我给您带来了。"王小姐弯腰伸手到箱子里,拿起一块木板,原来木板下是一个隔层,里面全是金银。赵匡胤不相信,家里不富裕啊,这么多年,他没拿什么钱回去,他的俸银都用来接济军营里的兄弟了。家里就靠他父亲赵弘殷一个人的官俸,母亲哪里有那么多银子?

"这下面的,才是我给将军的!"王平山柔声道,"令堂拿出了她的私房钱,我们这些做晚辈的,又怎能不拿出来?"

赵匡胤看看王平山,心里感动,想说点儿什么又说不出,心里觉得堵得慌。半年来,什么功绩也没有,西线战事如火如荼,他在东线却什么也干不了,天天在这里混日子,混到要女人来接济自己。美其名曰在这里练兵,可兵却是越练越少。

是不是皇上真的把他给忘了?

"放在你手头,需要时再找你取用!"赵匡胤不知道是不是真的用得着,也许根本用不上。

"不,拿来了,就不准备拿回去,将军又何必小家子气? 将军拿去招兵买马,练好雄军,等待皇上征召。这一仗南唐和大周必是要分出一个胜负的,皇上必然要重用将军! 将军不必妄自菲薄,更不

三、突袭风云

必气馁!"王小姐道。

赵匡胤找来陶穀,道:"陶穀,你多想想,给皇上写一道奏折,由我们开辟东线战场,这样可以策应西线,同时首先攻占扬州,进而由扬州向西,攻占滁州。"他想过了,契丹应该不敢在这个时候动手,再说,契丹就是动手,他回援也是有时间的。

相反,适时展开东线攻势,西线就能速战速决,这对防御契丹是有好处的。

他想了又想,为免皇上担心,补充道:"跟皇上说,我在此处,练了新军三千,都是死战之士,可以出征!"

陶穀犹豫着道:"这个奏折不好写啊,皇上准了,我们拿什么去战?皇上不准,我们不是自讨没趣?"

"你还是写吧,我料皇上正处于为难之际,不然,李重进、张永德两位不会同时去寿州,而被羁绊在寿州,绝不是皇上的意愿,如果皇上在寿州无功而返,大周危矣!我就怕那个时候,后汉和契丹联手,我们就真没胜算了!"

陶穀无奈,以赵匡胤的名义写了一封奏折给皇上。

这次皇上回复迟迟不来,皇上像是真的把他忘记了!

三个月之后,皇上的密信到了,皇上密令他有多少人带多少人,白天隐蔽休息,晚上行军,直击清流关,然后以最快的速度攻占滁州,掐断南唐军队的退路,同时摆开进击南唐首都金陵的架势,对南唐形成震慑。

赵匡胤既激动又担心。皇上没有忘记他,但是皇上不记得了吗,他的人马被王彦升带走了一大半,几乎是全部的精锐,如今皇

第一卷 高平飞雪

上只有一道密令，却没有任何部署，难道是要他从天上变出军队来？王小姐果然是有远见啊，如果不是早早募兵，加以训练，这个时候就真的没人出战了！

然而，他读到皇上信末的话时，又无语了。皇上说："此山穷水尽之际，即是爱卿藏锋毕露之时，冀盼将军拨云见日，齐奏凯歌！"

皇上是把全局的纲纽寄托在他的身上了，难道此战又似高平之战？可是，当日的刘词在哪里？当日的赵匡胤倒是在这里，手头却无兵可用。

说起刘词，此时刘词官拜永兴军节度使，他也是被皇上雪藏的另一人物。经过高平一战，皇上认为他已经掌握了战事的一个关键：打仗就是在双方拼得你死我活的时候，突然有后备军队可以出击，哪怕是一支小小的力量，也可以左右战局。当年高平之战，如果没有赵匡胤出其不意的冲锋，就不可能获胜，而没有刘词最后的加入战局，更不可能胜。

因此，此次和南唐的淮南之战，他几乎把所有能用的人都用上了，但是他一直忍着，雪藏了刘词和赵匡胤，直至最后的时刻。此时最后的时刻来临，大周军队十九万人，围困寿州已经一年有余。但是，寿州在刘仁赡的手里依然固若金汤，而周军却因为不习南方气候，多有病殁，士气开始逐步低落，许多人都生起了归心。范质、魏仁浦等人都劝皇上撤退。然而，皇上知道，他不能退，如果此刻撤退，必然给南唐以喘息修复的机会，而将来要平定南唐就难上加难了。此刻双方都已经精疲力竭，只要有一方突然加入生力军，只要有一方突然走出一步险棋，那就可能完全改变战局。

他决定用这个险棋。

他让刘词和赵匡胤同时出击，夹击清流关，切断南唐军队的退

三、突袭风云

路,彻底截断南唐的补给线。

战事胶着,双方投入的总兵力越来越多。

柴荣此时想的是先灭皇甫晖,断了李景达的后路。他祭出了自己的秘密武器——刘词和赵匡胤。

赵匡胤知道,此战意义重大,大周几乎把所有的家当都投入了战场,总共形成了十九万人的聚集,这是最后的大会战。如果此战失败,大周将立即被契丹、后汉、后蜀、南唐瓜分,天下就不存在大周了,柴荣这个皇帝将不复存在,朝廷众臣也将烟消云散。皮之不存,毛将焉附?国之不存,家又何在?官爵荣禄又在哪里?

此时不挺身而出,更待何时?

这是黑得格外深沉的弥天大夜,赵匡胤手头只有区区不足三千人,五百匹马,而他要奔袭的清流关却是南唐第一雄关。清流关地理位置极其重要,对于南唐来说,它是金陵门户和锁钥,守住它,才能让金陵高枕无忧,进而可以俯瞰整个江淮。而对于大周来说,只有扼住清流关,进而把住滁州,才能切断江南江北的联系,让南唐在江北的主力变成孤军,只有断了南唐军队撤退的后路,才能真正消灭南唐主力,削弱南唐国力,为平定南唐打下基础。

他找到王平山说:"你带来的钱,都用来造兵器、买马、买粮草。"

王平山从帐中捧出最后一点金银,说:"本来就是准备好给你用的,这些金银如果放在家里压箱底,不过是废铜烂铁,但要是将军你拿去出征,带出一支虎狼之师,必能成就大业!"

赵匡胤此刻的确是需要钱啊,尤其是在双方战局交织、胜负未定的时候,无论哪方面招兵买马,都得拿出真金白银来!赵匡胤要

第一卷　高平飞雪

千金散尽,招募死士,偷袭清流关。

清流关关口高十丈,两边是悬崖峭壁,可以说是一夫当关,万夫莫开。

南唐在这里派驻了两员大将,皇甫晖、姚凤都是名将,有其一,就已经令人生畏,现在南唐在这里放了两人。

皇甫晖其人忠勇善战,他原是后晋密州刺史,后在与契丹交战中兵败,不肯投降契丹,弃官跑到南唐来投靠李璟。李璟知道他是英雄,是有名的战将,便任命他为神卫军都虞候。但是,朝廷内有些人嫉妒他,在李璟面前说皇甫晖的坏话,说他不过是一个流落江湖的亡国之臣。李璟虽然没有听信那些谗言,但对皇甫晖也没有更多的重用。皇甫晖知道后心里很难过,觉得南唐人气量小、心胸狭窄。他想试试李璟,看看李璟到底是真心器重他,还是假的。有一次李璟前来检阅军队,他突然冲出来跑到李璟面前,说道:"末将不愿意以贼寇之身,牵累陛下!"说完,他跑到秦淮河边,纵身跳入河中。李璟急忙让人把他打捞上来并对着众将发誓:"朕日后若有负于将军,天地鉴之!"

从此之后,皇甫晖对李璟感恩戴德,忠心不二。他用了六年时间,修筑了南唐的长江防线。此时皇甫晖官拜淮南节度使,是整个南唐主力的总后援,官位不可谓不高。此时,南唐几乎所有的军队都到了江北,他们由诸道兵马元帅、齐王李景达率领,陈觉为监军,前武安节度使边镐为后卫,在寿州城下与柴荣决战。

那姚凤力大无比,能单手举起千钧石担,他配合皇甫晖,镇守清流关和滁州。

晚上,赵匡胤率军接近了清流关。他用双倍饷银,在泗州招募

三、突袭风云

了两千死士。他让部属装扮成是运粮草的后备军,一部分人穿军装,另一部分人穿便装,把铠甲、军械都藏在马车里。这样,步兵可以轻装行军,既安全,速度又快。

赵匡胤索性走官道,这官道很宽,双向四辆马车可以通过,而且都是石铺的道路,石头上是数条深深的车辙。要是不打仗,商贩往来,该是多热闹的景象。

赵匡胤一直处于前队,打仗时赵匡胤永远如此,身先士卒。这时王小姐从后队策马追了上来,忙说道:"将军,不能再前进了,再往前就太接近关口了,容易暴露!"赵匡胤这才发现,他们距离清流关真的太近了,清流关上的灯火都能看见了。

赵匡胤心里有点儿急,高平之战以及西征秦、凤、成、阶以来,他已经初步形成了用马军闪电突袭,以少胜多的战术,这个战术对他来说,是战无不胜的法宝。这次突袭清流关,他来得特别快,才一天一夜,就已经接近前敌了。

这需要刘词的配合,但是一路行来,细作竟然没有探报刘词的消息,刘词也没有来信联络,他派出去寻找刘词及联络的人,也没一个回来的。

或许是自己的进军速度太快了,刘词赶不上,不如先在这里休息一下,和刘词联系上,沟通好再统一行动。

正想着刘词,一军士来报,说是王彦升派他来送信。赵匡胤接过来打开,发现信是赵普写的,赵匡胤内心安稳了许多。看来王彦升已经找到赵普,赵普正辅佐王彦升,如果是这样,王彦升那头就不用担心了。

可是,细看赵普的信,他却大吃一惊,刘词过世了。

刘词是突然身亡的。

第一卷 高平飞雪

刘词是有勇有谋的悍将,有他策应,赵匡胤可以放心大胆进攻,没有他策应,任何进攻都得留下后手。清流关本来就易守难攻,而他带来的军队,虽是重金招来的死士,却缺乏作战经验,训练时间也不够,他只能在战斗中训练他们。这样的军队,是经不住失败的,必须用胜利来鼓舞他们,否则哗变和溃败,转眼就能发生。

赵匡胤无比沉痛:唉,天不助我,让我大周痛失一员大将啊。刘词乃大周擎天柱,此刻竟然撒手人寰。

刘词病逝,这就把赵匡胤一拨人马晾在了清流关,该何去何从?

陶毂急得团团乱转,他知道赵匡胤的性格,那是只能前进不能后退的,可是这次不一样。他对赵匡胤说:"这次,我们得先撤军,我们是孤军深入,孤立无援,打攻坚战是没有机会获胜的。只要稍有延迟,周边的敌人就会上来合围我们。只要清流关能守住半天,他们的外围军队就能来清流关救援,完成对我们的包围!"

赵匡胤点点头道:"你说得对,但是,战争就是要奇迹,我们就是要创造奇迹!"

陶毂摇头叹息,不知道如何是好,这个奇迹怎么创造?要是赵普在就好了。他陪着赵匡胤,两个人在大帐内,思前想后,就这样憋到了子夜。无论如何天亮前得行动,不是进,就是退。

赵匡胤酒量很大,但是只要行军打仗,他就滴酒不沾。楚昭辅看他在大帐中团团转,就温了一小坛子酒,让火头军做了一点儿牛肉,冷切后拿了过来。

在南方,牛肉可是稀罕东西,南方人不放牧,养牛主要是为了耕田,把牛当自家人一样待,不仅不舍得杀牛吃肉,平时,冷暖饥饱,照顾得好着呢。南方人吃鱼、吃米,赵匡胤是北方人,吃肉、吃

三、突袭风云

面出身,不喜吃鱼,到了南方,就苦了。

楚昭辅弄了几头牛,带在队伍里,一方面可以当作运战具的牲口用,另一方面还能当军粮。牛肉是好东西,赵匡胤见了一定嘴馋,说不定就把烦心事给忘了,至少能轻松一会儿。

果然,赵匡胤闻到了肉香,问楚昭辅:"你哪来这东西,这我不能单独吃!"

楚昭辅知道,赵匡胤最恨当将军的克扣士兵,他向来与普通士兵同吃同住。楚昭辅知道赵匡胤的性格,赵匡胤把自家的金银细软都投入军中当军饷,好吃好喝的都先给士兵,这是赵匡胤的习惯。

"放心,今晚杀的,明天一大早,每个士兵都有份儿,熬着肉汤呢。先给你弄点儿来,尝尝!"楚昭辅想了又想道,"将军,你就不要怪我了,依我对您的了解,天不亮,可能就要发起进攻,这些牛带不上了,就是带着也已经没用了。这些军士,很多人回不来了,让他们吃顿饱的吧!"

赵匡胤坐下,陶穀在他对面坐了,楚昭辅摆上肉,又要倒酒。赵匡胤伸手挡住,道:"不行,闻闻就可以了,不能真喝。"

说着,赵匡胤抱着酒坛子闻起来,楚昭辅看着心酸,但他嘴上不敢说出来。他对赵匡胤佩服得五体投地,当年王元功战死,他和赵普去收尸,两人看了又看,王元功身上中了六十多箭。偏偏赵匡胤不信王元功死了,跑去一哭喊,人就活了。后来大家都说赵匡胤是神,神一流泪,阎王爷就能看见,阎王爷看见了,给他个人情,就把王元功放回来了。

"天就要亮了!"赵匡胤抬头看看帐外,他是茶饭不思啊,一刻

第一卷　高平飞雪

也放不下战事。

正在这时,帐外有人走动,人还没到,声音先到了:"给老子让开,我要见将军,快点儿弄吃的喝的,快点儿!"

一士兵道:"将军,你停一下,我通报一声!"

"通报个啥？我回来了,有要紧事!"王彦升推着那个士兵,走了进来,一见赵匡胤,撩开战袍跪下道,"给大哥磕头,我回来了!"

赵匡胤心里高兴,道:"这个时候,来得正好,马上是一场大战,天上突然掉下大将,天公助我!"他站起来,要扶起王彦升,王彦升不让,偏要磕了三个头才起来。一起来,他看见桌上的肉了,大声道:"有这等好事？冷切牛肉等着我?"

王彦升看看楚昭辅,说:"你快去做点吃的,把整个牛头拿来,一会儿还有人到。"

赵匡胤看着王彦升磕头,心里顿生豪情,这些兄弟都是生死之交,他们是把身家性命都寄托在我的身上了,我该如何,才能对得起他们一片赤胆忠心?

赵匡胤心里疑惑,问道:"兄弟,你这时赶来,是有破关良策?"

王彦升道:"然也！一会儿让赵夫子跟您说,他马上就到!"

赵匡胤听说赵普要来,心里有点儿谱了,他摊开酒碗,倒上酒,高兴地说:"王彦升,你是立了大功了,把赵普给带来,我们兄弟又能团聚了!"

果然,一会儿曹彬和赵普一起进来了,原来王彦升是让曹彬单人独骑接的赵普,这是险招。此地两军犬牙交错,穿行往来,有时遇到友军,有时遇到敌军,这还是明着的危险,更多的是那些便衣细作,神出鬼没。如果让人带着人马接护赵普,反而不安全,一个

三、突袭风云

人偷偷去接,那是险中险,却也是最安全的。赵匡胤心里高兴,曹彬谋勇都不在王彦升之下,地位也和王彦升不相上下,但是,他们兄弟为了大局,能屈能伸,实在不易。曹彬乃有勇有谋的上将,将来一定要重用。

曹彬进来拱手道:"我把赵先生请来了!"

赵普上前,要给赵匡胤行礼,却被赵匡胤挡住了。赵匡胤连连说道:"赵先生,夫子,你来得好啊,来得好啊!"赵匡胤拉着赵普的手,又拉了王彦升,"今天,大战临头,复得先生,又归我猛将!哈哈,哈哈,我必胜也!"

赵匡胤的自信是有道理的,赵普上知天文,下知地理,此来早有准备,带来了清流关地图。赵匡胤一看,跟他收集到的完全不一样。赵匡胤每到一处,都重视收集当地史志,了解当地人情,之前他也派细作收集了当地地图,也找了当地人,那地图他是日日看,夜夜看,哪条路纵向,哪条路横向,有多宽,有多长,他几乎能倒背如流。但是,看了这幅地图,他对赵普是真佩服,这个人是有心人,当年在西北就到处堪舆,了解风物人情,上呈的资料如此翔实,以至于现在成了大周国宝,大周统治西陲,那些资料是基础。

现在,清流关的资料又来了。

"清流关长期被南唐占据,我们大周缺乏了解,书面资料几乎没有,赵夫子,你是做了一件大事啊!"赵匡胤拉着赵普道。

曹彬也说:"将军,一路上和赵夫子聊天,受教不少。赵夫子是治国大才,统领个枢密院是绰绰有余,可惜那些老朽昏聩无能,不能任人唯贤啊!"曹彬指的是谁,大家都清楚,范质为首的那些大臣,代表的是先皇在世时的老势力,他们不仅仅是想恢复先皇时的地位,甚至还怀念北汉呢!这些人嫉恨赵匡胤这些青年军官,说他们鼓动皇上到处伐战,弄得民不聊生,国库空虚,天天在皇上耳朵边灌输什么孔子仁政,要皇上学周文王。

罗彦环听曹彬这么说,气不打一处来。他也是跟着赵匡胤一路西征的猛将,可是回来后没有得到任何封赏,他把恨记在了范质身上。"大哥,你何苦这样低声下气?哪天你带我们回去,把范质那老儿,抓来炖着吃了!"罗彦环说要炖人、吃人,那可是真的,他和王彦升两人,当年在北汉时,曾经一同去打土匪。抓到一土匪头目,他们就在土匪山寨下,支起锅炖了,就着酒边吃边聊天,山寨上面,箭如雨下,许多箭就落在他们脚下,有一支箭正中罗彦环右肩。他右手端着酒不动,左手伸出,拔下箭头,继续豪饮,面不改色地坐着,这可把对面的喽啰兵吓坏了。到晚上,那山寨门就开了,都是来投降的。

赵匡胤看看罗彦环,道:"此话不可再说,大战临头,皇上是等着我们早日报捷,不希望我们为了自己那点儿蝇头小利唧唧歪歪,如果真是那样,我们和那批人又有什么区别?"

赵普道:"将军,先让大家休息,做好准备,军队凌晨出发!"

赵匡胤知道,赵普是要跟他两个人单独密议,他让其他人回去,道:"照着赵夫子的吩咐去准备!"他相信赵普。

看大家出去了,赵普重新摊开地图,拿出毛笔来,在地图上描画起来。赵匡胤俯身过去看,原来赵普画的是一条密道。赵普道:"此道只有当地猎人知道,平时不通,但是这个季节,水枯木萎,也许可以通过。建议以一支伴攻部队凌晨出发,大张旗鼓,大道直奔清流关,天亮时,在关下列队,吸引皇甫晖出战。此时,我主力直插

三、突袭风云

清流关后,偷袭清流关城,让他回不了窝,同时切断皇甫晖撤回滁州城的退路,让他也回不了滁州!"

赵匡胤点点头,这是一着险棋,非常凶险,如果大军轻装夜行,到达清流关后,天亮不能占据清流关,就有被南唐军从滁州、清流关两面夹击合围的危险,那时是没有任何退路的。南唐军在附近集结了十五万人,他赵匡胤区区几千人,即刻就会灰飞烟灭。但是,如果成功,不仅可以得到清流关的险要地形保护,占据有利据点,还可以以它为后方攻击滁州,如果滁州也能拿下,将威胁整个南唐军的后路,那寿州城之战可以获胜,整个战局就能扭转了!

赵普道:"夺取清流关只能派王彦升去,此次他单独领兵,虽然没有经历大仗,却锻炼了能力。此人勇猛非常,舍生忘死,可堪重用!"

赵匡胤攥着手里的虎符,一边踱步一边思考,突然他转身道:"我亲自去!让王彦升戴上我的铁面具,假扮我,充当佯攻,我亲自率军包抄清流关,而且我要连夜偷袭!"

赵普看看赵匡胤,有这样的统帅,他佩服。什么地方危险,他就往什么地方去,他总是出现在最危险、最关键的地方,总是带头冲锋,此战有把握!

两人合计完,赵匡胤马上叫来楚昭辅,让楚昭辅点齐五百人,立即出发。

赵匡胤一边穿衣服,一边对赵普道:"夫子,我这就出发,带五百人,明天天亮前,我们会赶到清流关后山。你们到达清流关下,叫阵攻城时,我们潜伏进入清流关,然后里应外合,一举把清流关拿下!"说完,赵匡胤把军令、虎符交给赵普,"我不在军中,一切听

第一卷　高平飞雪

由夫子处置！"

赵普深深一揖，接过军令、虎符，嘱咐道："此去凶险，深入敌后，没有接应，将军一定要小心谨慎，如果发现对方有戒备，切切不可强攻，要立即撤退！"

赵匡胤点点头说："到清流关吃早饭吧！"

显德二年(955)十一月，江南湿冷异常，空气中凝着湿漉漉的雾气，这让赵匡胤的行军变得更加诡秘，同时也增加了难度。视线只能看见三步，三步开外就认不得人和路了，士兵们只能手拉手，前拉后推，一个挨着一个。赵普找来的猎手，真是熟悉路，这么大的雾，没有依靠任何工具，他竟然没有迷路。原来，猎人们平时在山里转悠，每到一处都要做上各种记号，久而久之，这山里就像他们自家的后院，处处都熟悉，哪里都有记号，外人进来三转两转就晕头转向了，而他们只要找到记号，就立即能把路重新找出来。

天蒙蒙亮时，这五百人已经到了清流关后山，他们躲在树林里，都能听到清流关内公鸡的打鸣声了。赵匡胤看见身边的楚昭辅手上脸上全是血，那都是树枝刮的。冬天的枯树枝，一旦被折断，折口就像锋利的刀剑，刮上就是一道血印。楚昭辅为了保护赵匡胤，常常挡在他前面，手上脸上被刮得不成样子，他身上的衣服也湿了，露水太大了，楚昭辅忍不住打寒战。赵匡胤心里焦急，楚昭辅都忍不住吃不消，别人就更是如此了，如果赵普此刻不发起进攻，天亮雾散，军队容易暴露，就是不暴露，军队在这样的林子里趴两个时辰，恐怕也要出问题。

正在此时，就听关外连声炮响，那声音划破早晨的寂静，打在

三、突袭风云

他们身边的山石上,又弹回去,在清流关上空打了几个回旋,真是瘆人!他们听得都耳朵发胀,全身发麻,炮声太响了,要是哪个人真在睡梦中,那得惊得从床上蹦下来。那声音并不停止,一连响了数十声,紧接着就是呐喊声。声音太远了,听不清楚,不过赵匡胤听得出来,那声音是在骂皇甫晖,他能想象,那边王彦升正穿戴着他的铠甲在叫阵。赵匡胤心里想:皇甫晖啊,你听了得有点儿血性,赶快出战。按照皇甫晖的刚烈个性,他应该会毫不犹豫地出战。清流关后有滁州,上有寿州,下有扬州,周边南唐陈兵十五万人,无论怎样,他都占有优势,赵匡胤的数千人,一定不在他眼里。只要赵普骂阵难听一点,他一定忍不住,或者根本就不会忍。

果然,一顿饭的工夫,清流关里也响起了号炮声,接着皇甫晖率领人马冲了出来。

虽然大雾弥天,但赵匡胤等人听得见马踏銮铃的声音,对皇甫晖也佩服起来,能那么快集结部队出阵,说明皇甫晖平时练兵有方。赵匡胤听了一会儿,渐渐地马蹄声远了,城里安静了下来。

赵匡胤一挥手,所有人立即放下绳索,顺着绳梯滑了下去。这五百人犹如下山猛虎,大家都知道,这一下去,不是你死就是我亡,必须玩命。

大家把刀含在嘴里,从背上取了火油,沿街泼洒,瞬间点燃了一条街。城内的南唐士兵都以为失火了,纷纷跑来救火,连城门口的守城士兵,也提着水桶过来了。赵匡胤带着大队迎面截住他们,一个一个收拾,楚昭辅则带领一队尖兵,直接冲上城头,城头上那些士兵正在观阵,看他们的主帅如何出关迎敌,哪里想到从他们后面上来的是敌人。楚昭辅带人悄悄摸上去,到了跟前,出手就砍,那些士兵哪里是对手,纷纷被砍翻了,他们还没看清来者是何人,

第一卷 高平飞雪

就在大雾中做了刀下鬼。

紧接着,楚昭辅就让人升起吊桥,放下城门。那边皇甫晖感觉不妙,知道清流关被偷袭了,自己中了调虎离山计。他大声叫道:"赵匡胤,听说你是条好汉,怎么玩这种猪狗不如的把戏?有本事来跟我一对一,你赢了,我服输!"

皇甫晖真以为对面是赵匡胤,王彦升脱掉头盔叫道:"皇甫晖,你爷爷是王彦升,你看看,你连你爷爷都看不清楚了?"

皇甫晖一看,气得直打哆嗦,大声喝道:"王彦升小儿,偷鸡摸狗之徒,气死我也,快来受死!"

赵匡胤站在城头,知道这要是真打起来,胜负还很难说。皇甫晖虽然丢失了清流关,但是此地离滁州咫尺之遥,如果皇甫晖能坚持到日上三竿,滁州守将周木耀从东来援,寿州方向何延锡、何延徽从西来援,东西夹击,加上皇甫晖中间开花,他这几千人就危险了。再加上遍寻清流关,没有发现皇甫晖的副将姚凤的影子,姚凤此时可能正率军在外巡逻,如果他赶回来,再加个前后夹击,自己就更危险了。

他疾步往城门下跑,边跑边喊楚昭辅集合出城。楚昭辅立即带着大家也跟着往下跑,到了城下,赵匡胤正好看见王元功牵着一匹马跑来。

王元功聪明,怪不得王小姐要派他守护赵匡胤。赵匡胤昨晚因为要偷袭,战马和盘龙棍都没带,身边只有一把大戒刀。王元功把马给他,他抱着马脖子,用戒刀刀背狠狠地在马后的胯骨上敲了一下,马受惊了,前蹄离地,高高举起,然后疯了一样冲出了城门。赵匡胤抱住马脖子,耳边就听呼呼的风声,眼睛被风吹得都睁不开,等他再睁开眼睛的时候,他看见的就是皇甫晖。他举起大刀,

三、突袭风云

一声不响,对着皇甫晖的脑袋砍去。皇甫晖正在对着王彦升叫骂,哪里料到真的赵匡胤就在他身后,而且已经冲了过来。就在两匹马差不多齐平的当口,赵匡胤手起刀落,就看皇甫晖的脑袋"扑通"一声,掉到了地上。

赵匡胤一个猫腰,从地上捡起皇甫晖的人头,高高地举过头顶,那人头血淋淋的,还在滴血。那血迎风一撒,落在赵匡胤的身上,赵匡胤变成了一个血人。赵匡胤大声喊道:"各位南唐的军士听着,我是赵匡胤,这是我和皇甫晖之间的个人恩怨,和各位无关。现在,皇甫晖已经被我斩杀,各位只要放下武器,我保证不会伤害各位性命。"

那些军士被赵匡胤的神勇吓坏了,人人胆战心惊,听赵匡胤这样大喊一声,很多人吓得已经两腿直打哆嗦了。这时,王彦升急令军士擂鼓,齐声呼和:"投降不杀!投降不杀!"

这种声势,地动山摇,那些南唐军士,一个个放下了武器。

赵匡胤松了一口气,跟着赵匡胤偷袭清流关的军士们也松了一口气。他们也着实吓坏了,赵匡胤一个人单骑冲进敌阵,他是在敌人的包围圈里,要是那些南唐军士有一个人站出来,带领众人围住赵匡胤,拿赵匡胤做人质,那就太危险了。

可是,就在赵匡胤稍稍放松的当口,就听得对面自己的队伍里,突然传出了喊杀声,立时对面的马军挥刀冲了过来,南唐的军队来不及迎战,就在瞬间,被杀得人仰马翻。赵匡胤定睛细看,发现真是王彦升下令全线掩杀过来,要灭了南唐降兵。

赵匡胤不知道王彦升怎么会下这种命令,他想阻止,但这边楚昭辅和王元功也是来不及思考,看对面掩杀过来,也抽刀冲杀过去。

223

第一卷 高平飞雪

可怜那些降卒,约有三千多人,纷纷人头落地,他们也不知道怎么回事啊。"赵匡胤啊赵匡胤,你害死我们,我们变成厉鬼也不会放过你!"那些降卒诅咒着,但是,一切都晚了,王彦升带着大队人马,砍瓜切菜一般冲过来,不一会儿工夫,原来站着的,全部躺下了。

赵匡胤大喊:"住手!住手!"

但是,王彦升那边鼓号齐鸣,手下士兵根本听不见赵匡胤的喊声,更主要的是士兵们都以为王彦升是赵匡胤呢,多数人在那种情况下是只看衣服和旗号,看不了面相。赵匡胤内心一片悲哀,唉,刹那间,数千人就这样由生而死!

正在这时,王彦升冲到他面前,翻身下马,他脱下头上的面具,"扑通"一声跪倒。赵匡胤一看,眼前是一个血人啊,王彦升不愧是一员悍将,一路杀过来,杀到他的面前,也不知道杀了多少人,铠甲上沾满了血,还在往下滴。他跪下的地方,泥土都被染红了,"大哥,我有罪!"

赵匡胤正想骂王彦升,但还没开口,就听得他们身后,号炮连天,喊杀声此起彼伏,赵匡胤抬头一看,原来是外出巡逻的姚凤回来了。姚凤带的可不是一般的巡逻队伍,而是一支真正的野战军。他们偷袭清流关成功,之所以那么容易,就是因为姚凤星夜把大部队带出了城。姚凤性子急,又好战,听说赵匡胤来了,他觉得他的机会到了,军人出外打仗,哪有不想建功立业的,尤其是碰到赵匡胤这样的对手,那是大周正在崛起的一代将星,他一定要去跟赵匡胤会会。他硬是从皇甫晖手里要了一万人马,来偷袭赵匡胤。要到人马后,他立即打点行装,连夜出发,来主动寻找赵匡胤决战,他

三、突袭风云

手头总共带着上万人,而且都是清流关守军中的精锐。

皇甫晖之所以让他带人走,一方面,他俩是好兄弟,皇甫晖为人比较骄傲,平时没什么朋友,当初从北汉投降而来,周边没什么人看得起他,甚至他自杀都没人救他。但是,姚凤不一样,姚凤觉得皇甫晖是个英雄,常常偷偷接济他,和他切磋武艺,听说皇甫晖儿子死了,家里遭了难,他又把自己能生养的妾送给他,两个人的关系由此变得像兄弟一样。此次出征,姚凤也力保皇甫晖,对李璟说:"皇上,皇甫晖是上上大将,军中上器,我宁愿自己做副将,希望皇上封他为滁州主帅!"

李璟听了姚凤的话,才让皇甫晖任主将出征,不过李璟生性犹疑,多谋寡断,他留了一手,任命自己的亲信太监王绍光为滁州守将,这实在是大错特错。他这样做,让皇甫晖和姚凤心里气不过,本来滁州和清流关是相互依存的,现在皇甫晖和姚凤憋着气,要单打独斗,压根不想搭理这个王绍光。而王绍光觉得自己是主帅,是来检视皇甫晖和姚凤的,根本就不把皇甫晖和姚凤放在眼里,双方不但没有合作,而且根本是不通气。

皇甫晖对姚凤倒是感激涕零,姚凤当然也想建功立业,兄弟俩在战场上扬眉吐气,好让那些看不起他们的人后悔,尤其是让王绍光看看他俩的本事,能知难而退,辞职回去,让他和皇甫晖负责滁州和清流关的防务。

这时,赵匡胤看见姚凤率部像疯了一样杀了过来,王彦升的身后,涌起一片乌云,烟尘滚滚。赵匡胤来不及责备王彦升,他知道,王彦升也许是对的,如果刚才没有开杀戒,此时,让姚凤和皇甫晖的人马里应外合,他们这几千人恐怕是根本没有生还的希望。

"你起来,先杀退姚凤再说!"

第一卷　高平飞雪

王彦升把赵匡胤的马牵来，又把盘龙棍和铁面具交给他。赵匡胤接过，不及说话，上马扬鞭，准备应战姚凤。

这个时候的姚凤已经红了眼，知道自己闯下大祸，带人出关应战，却不想让别人偷袭了后院。他担心皇甫晖玩命冲杀，一是为救皇甫晖，一是要夺回清流关。他不等排兵布阵，一声令下，全军冲锋。

瞬间，一万人的队伍排山倒海般汹涌而来，赵匡胤一挥盘龙棍，下令："全军撤到城墙之下！"他又对王元功道，"率领你的弓箭手，立即登城，用弓弩射住阵脚！"

王元功听明白了，赵匡胤是不想跟姚凤硬拼，姚凤可以拼命，赵匡胤却不可以，赵匡胤手里只有这点儿兵马，拼完就没了。他们离大后方太远了，根本没有补给，连吃的都没有，别说是人员补给了，赵匡胤带出来的人是一顶一的宝贝，不能轻易损失。皇上还寄希望他们来打通东线战场呢。

王元功率领了他的队伍一千五百人，飞一样地上了城楼。天助赵匡胤，那城楼上到处是皇甫晖备战留下的弓箭，有箭，有弩，箭是好箭，弩是好弩。这一千五百人，先是用弩，弩的射程远，可以达到四百步，顿时天上飞蝗一片，像乌云一样盖住了飞驰而来的姚凤所部，姚凤所部的前锋，"哗啦"一声，倒下一片。但是，姚凤是疯了，他不顾一切，鼓声不停，后面的士兵就不止步，前面的倒下，后面的又冲上来，他们愣是用人体当盾牌，向前推进了数百步。这个时候，王元功挥动令旗，让大家换弓，弓的射程近，但是射速却快了很多，一个弓箭手，可以同时射出两支箭。这回，姚凤的士兵们犹豫了，前锋的队形散开了，后面的人开始怯懦。

站在城墙下观阵的赵匡胤，看到对面的旗帜乱了，尤其是后军

三、突袭风云

的旗帜也不整齐了,知道时候到了。前军可以乱,但是后军和中军绝对不能乱,赵匡胤看到姚凤的后军乱了,知道姚凤已经败了。他一举盘龙棍,腿一夹马肚。那马知道要冲锋了,前腿举起,后腿先下蹲,然后猛地蹬地,几乎是站了起来。赵匡胤整个人高起了数尺,全军都看见他立了起来,又看着他冲了出去。没有人擂鼓,但是,所有人不约而同地呼喊起来:"杀——"全军跟着赵匡胤向着姚凤所部席卷而去。姚凤所部经过刚才的强攻,本来已经挫了锐气,此刻看见那些浑身是血的血人掩杀而来,更是心惊胆战。前军开始退却,后军看不见前军退却,还在往前挤,两股人流对撞,整个队伍就乱了。前军与后军互相踩踏起来,姚凤已经控制不住,他慨叹一声:"天灭我也!"

在飞蝗一样的箭雨中,姚凤看见一个头戴黑铁面具、手举盘龙棍的大汉向他冲来,他知道那就是赵匡胤:"赵匡胤小儿,你害死你爷爷啦,我跟你拼了!"

赵匡胤是顺着箭雨往前冲,姚凤催马顶着箭雨冲,这一冲,就被王元功在城楼上看见了。平时,姚凤喜欢摆谱,他的将旗是用整张大牛皮绷起来的,牛皮多重?风吹不起来,那就只能是用两根旗杆支起来,由两个大汉掌着。姚凤往前冲,那两个大汉也跟着向前冲,目标特别大,这边看得清清楚楚。王元功喊道:"对着那将旗,给我射!"

一般军士,喊两声军号——"起""放",一个循环,可以射两支箭,眨眼工夫,一千五百人可以射出三千支箭,三次"起""放",立即把姚凤的将旗变成了刺猬皮。姚凤手中挥舞方天画戟,左右遮挡,那么密集的箭雨,愣是射不中他。不仅他自己没事,他的马也没

第一卷 高平飞雪

事,他保护自己的同时还保护他的马。此人武功的确高强。

赵匡胤一路前冲,高高举起盘龙棍,逼近姚凤。他知道,姚凤非同一般,得用非常手段。

王元功看见了,命令大家停止射箭。突然,战场上像是寂静了,赵匡胤大声喝道:"我就是赵匡胤!"

姚凤听了,不及答话,抡起方天画戟,向赵匡胤砸来。赵匡胤不躲不闪,看方天画戟砸下,就要到他头顶的当口,他举起盘龙棍,对着姚凤也砸去。这招厉害,那是不要命的打法。

姚凤尽管已经疯了,但是,人都是有本能的,他看见赵匡胤完全不顾性命,一时间竟然愣了一下,抽手,本能地来抵挡赵匡胤。他整个身体都是前倾的,身体的重量都压到了方天画戟上,身体的惯性非常大。他意念一闪,手一缩,方天画戟转换了方向,但是惯性还在往前,身子就不由自主地被带着向前歪倒了。这时的赵匡胤看得分明,他那不要命的出击,其实并没有使出全力,本来就是为了逼出对手的本能,对手本能地收缩自保,这个时候,他就有机会了。他立即改变了盘龙棍的出击方向,只是稍稍一转,那姚凤就正好送上了门,姚凤的前胸扎扎实实地被盘龙棍击中,他一阵晕眩,嘴里感觉有一股甜甜的味道冲上来,他一张嘴,"噗"的一声,一股热血不由自主地喷了出来。姚凤一个倒栽葱,摔到了马下。

赵匡胤命人把姚凤捆起来,带下去救治,这时那些南唐军都呆住了。平时,姚凤在他们心目中就是神,他们见到姚凤怕得要死,但他竟然如此不堪一击。他们的心里一方面是害怕赵匡胤,另一方面是对赵匡胤有点崇拜,赵匡胤击败了旧的战神,那他就是新的战神了。

他们不顾颜面,都跪了下来,只要赵匡胤让他们活命,他们就

三、突袭风云

跟赵匡胤。

"赵将军,我们投降,我们想跟着您!""哗啦"一下子,跪下一大片。

赵匡胤举起盘龙棍,高声喊道:"降我者,不杀!"

四、望尽南唐

1. 滁州夜

赵匡胤看着博山炉里冉冉升起的香熏，一缕青烟飘飘忽忽盘旋而上。这种青铜的香炉，下半部分是半人高的铜脚，上面是一只炉子，炉盖子上镂空雕刻着西方极乐仙境，烟就从那仙境中袅袅飘出。

这玩意儿稀罕，赵匡胤从来没见过，那香味也是稀罕，轻忽，若有若无，但是却沁人心脾。"隔日，拿去送给皇上享用去！"他心里这样想。

楚昭辅进来，身后跟着两个江南人，给他端来一只大碗，是面片，还有一碟子醋，一盅醽醁，一碗清蒸的咸鱼。楚昭辅招呼那两个江南人一样一样地上菜，一边说："这是江南的醽醁，有点儿泛绿，您尝尝，看看习惯不。"

赵匡胤伸手端起酒盅，楚昭辅又把酒盅夺了去，交给那领头的江南人，道："你先尝尝酒菜！"

那人弯腰点头，一仰头，把一盅酒喝了，又拿起筷子，每样菜尝了一口。

四、望尽南唐

赵匡胤看看楚昭辅,楚昭辅是粗中有细,是怕江南人毒杀我赵匡胤?

赵匡胤是北方人,喜欢吃面,这个楚昭辅知道。赵匡胤一尝江南人做的面片,味道不正,朗声对那两个做菜的师傅道:"让你们做我们北方人的面片委屈你们了。"

那两人赶紧说:"不委屈,为将军做饭是我们的荣光!"

赵匡胤道:"这江淮一代,淮扬菜我早就听说过,听说你们做面,不是我们北方人的做法,是用鸡汤鱼汤放在锅里和着面,煨熟的,怎么没做你们江淮的面来?"

那两人立即跪下道:"将军饶命啊,我们听说将军您是北方人,才学着北方人的做法做给您吃的,是担心您吃不惯我们江南的面!非是小人不愿做啊。"

赵匡胤立即起身道:"唉,非是责怪你们,是我随口一问,我本没有那么讲究!"

赵匡胤喜欢吃肉,尤其喜欢羊肉,看看那咸鱼,实在没什么胃口,也不知道楚昭辅是怎么弄来的咸鱼。果然,楚昭辅看他盯着咸鱼看,就是不下筷子,道:"将军,听这两人说,这咸鱼是前任滁州知府特别爱吃的河豚鱼做的,河豚鱼剧毒,只有腌制之后,才能去毒。"说着,楚昭辅挠挠脑袋,"其实,我也不懂的,只是听这厮说起,且保证好吃,就让他做了。"他指指那个领头的,那领头的禀道:"将军,河豚鱼是千真万确的南方美食,多少人求之不得,我们知府王大人就喜欢这口,小人也特别擅长做这个,所以,就做了给您尝尝了。"

楚昭辅用拳头挥了一下那厮,问道:"什么知府王大人?他在哪儿?"

第一卷 高平飞雪

那厮立即缩肩,带着哭腔道:"小人错了,只有赵将军,哪里有王大人啊。"

赵匡胤并不知道河豚在南方人眼里的价值,他没吃过河豚鱼,他看看那鱼,黑黑的,闻着也没什么特别香的。倒是那鱼边上的几块肉,看起来不错。他用筷子夹了一块,放进嘴里,果然鲜香透骨,他的牙齿都打颤了。北方人没享用过这等美味,他点点头,向那厨子竖起大拇指。

正在这时,门外有一群人吵闹,是南方人的话音。赵匡胤听不懂,放下筷子,问那厨师:"敢问老丈,门外是何声音?"

厨子侧耳听听,回道:"将军,我不敢说,怕您发怒。"

赵匡胤摆摆手道:"有什么不敢说的?有我在此,没人伤得了你!"

厨子道:"外面的人好像是在吵,说是周军的一个将官,抢了他们家的闺女,他们是来要人的。"

赵匡胤站起来,走到门外,一群滁州本地人站在台阶下,王元功站在大门口挡着,不让他们进。为首的一老者,看见赵匡胤,跪了下来,后面的人看他跪了,也纷纷跪下。那老者道:"赵将军,您乃是当今神人,明断如山,请您做主!"

赵匡胤伸手扶起了老者,老者须发皆白,此刻他两眼噙着泪花,用衣襟不住地擦拭,赵匡胤心里不由得升起同情。老者道:"将军,你的一个手下抢了我的女儿,可我的女儿已经许配了人家,这就是我的亲家,我如何对他们交代啊?我只好来这里请将军做主!"

赵匡胤要扶起老者,老者不肯起来,嘴里说着:"请将军做主

四、望尽南唐

啊!"赵匡胤心里说:谁那么大胆子,光天化日之下,朗朗乾坤,敢强娶民女?他看看王元功,王元功摇摇手表示不知道情况。赵匡胤问:"你可知道是谁抢走了你的女儿?"

那老者道:"他是您的爱将王彦升。他说了,行不更名,坐不改姓,就叫王彦升,而且他还给了老儿二十两银子,说是聘礼。我不要这聘礼,我不卖女儿!求将军为我女儿做主,她已经许配给了人家,一女不能二嫁,咱这里的规矩,不能破!"

赵匡胤并不觉得一女二嫁有什么问题,当然他也听说过江南的风俗,女人将贞洁看得很重,女人不能二嫁,但是在大周,没这个道理,再嫁是常事。不过,赵匡胤还是生气,这个王彦升,到哪儿,强抢民女都是犯罪。他对王元功道:"去把王彦升叫来!"又转身对那老者道,"如果真是他干的,我一定给你们做主!"

说着,赵匡胤请那些人进帅府,给他们凳子坐,自己又回到屋里吃了两口。还没吃完,王彦升腾腾腾地大步走了进来。赵匡胤一看,心里一愣,这个王彦升,形销骨立,左手用一块白布条扎着,挂在脖子上,战袍下摆被烧焦了,露出了小裤,都不成体统了,一腔怒气不好发作。

这是跟着自己出生入死的兄弟啊,到底是一个民女重要,还是自己的兄弟重要呢?

但是,转念一想,要是我大周的名声就这样毁在王彦升手里,他赵匡胤的名声就这样毁在一个好色之徒的手里,岂不是更加冤枉,老百姓的民意,又岂能不管不顾?他厉声喝道:"王彦升,你可知罪?"

王彦升道:"知罪!"

赵匡胤叹气道:"王彦升啊王彦升,亏得我对你如此重视,你就不能成熟一点？大丈夫何患无妻，怎能临阵强抢民女？军法难道你真的不懂？"

王彦升也不躲藏，态度坚决地说："这女人我是要定了，大哥，你要是想杀我，就杀吧！"

赵匡胤一听就火了，道："你还有理了？我告诉你，你今天不把那女人送回去，我就杀了你！"

王彦升一听，也火了，回答道："你要是抢走我的女人，就不是我大哥，你要杀我，你现在就杀！"说着，王彦升一屁股坐在了餐桌旁，拿了桌上的剩菜剩饭，大吃起来。

王元功一看情况不妙，立即拉住王彦升说道："王将军，赵大哥的话你都不听了？且把那女子送回去，不就没事了？"

王彦升一边嚼着鱼肉，一边嚷嚷道："那女子是真心跟我，我不能负了她！"

赵匡胤听得更加气了，心里说，你用刀子逼着人家，人家一个女人，敢不跟你？"好，你说那女子是真心跟你，那你可敢当着我的面和她对质？如今，她的家人和夫家都在这里，只要她自己说要跟着，我就放了你！"

赵匡胤心里已经打定了主意，如果那女子有半点怨言，告他王彦升强抢民女，他定要严惩王彦升，给百姓一个交代。

没想到王彦升并不惧怕，对王元功道："你去，把你小嫂子叫来，问问她，她到底是不是愿意跟我，要是她有半个不字，我一定让她走！"

王元功有点儿犹豫，今天这个架势，如果那女子真来了，在这里状告王彦升，岂不是我大周要损失一员大将？

赵匡胤盯着王彦升，说道"兄弟，你只管吃，待会儿如果不是你

四、望尽南唐

说的这回事,就不要怪你哥哥翻脸无情!"

王元功低着头往外走,他不敢直接去找那女子,他先来到赵普的营帐,道:"赵先生,不好了,王彦升被抓起来了。他抢了个民女,还说是人家要跟他的!这会儿赵将军让我找那民女来对质!"

赵普道:"别急,我们先去找那女子问问,到底是怎么回事!"他和王元功一路走来,"王将军,如果这女子哭哭啼啼,说是王彦升强迫了她,你我当如何?"

王元功一握手中钢刀,道:"赵先生,我听您的!"

赵普知道,王元功的意思是杀了那女人,赵普看看他的刀,点点头,又摇摇头,叹了口气。

两人急急地走到王彦升的帐篷,一看,内里果然坐着一女子,看上去脸上并无悲戚,相反很平静。赵普过去深深一揖,道:"小嫂子,我是赵将军帐下赵普,听说我家兄弟王彦升喜欢你,要娶你为妻,不知你可愿意?"

赵普心里是想试探试探这女子的意愿,如果这女子说不愿意,就得想点儿法子劝劝她,他甚至想到,拿点儿金银细软来打动她。赵普心里知道,王彦升是个见了女人就马上没头没脑的人,这女人是被他抢来的,这一点应该是铁定的。可是,完全出乎赵普的意料,那女子轻轻地起身,和悦地道:"看你们这么尊重王将军,我也很感佩,小女子能容身王将军帐下,此生心满意足矣!"

赵普一听,有点儿不相信自己的耳朵,道:"小嫂子,这话可得当真,不然,王彦升将军就要脑袋落地了!"

那女子点点头,赵普看看那女子,不像说假话。虽然他心里犯嘀咕,但是情况紧急,还是先让她去会会赵匡胤,当面对质一下。

第一卷　高平飞雪

王元功立即拉来了马匹,让那女子骑上,三人急急忙忙地来到赵匡胤大帐,王彦升已被拉到帐外去了,赵匡胤正在等着他们,在坐的还有一些乡亲。赵匡胤看见他们带着那女子进来,起身对这女子一礼:"这位大嫂,听说我帐下有人强抢了你,不知可有此事?"

赵普正要上前,替那女子答话,没想到那女子见了乡亲父老,又见了赵匡胤,立即变脸,冷笑道:"听说你就是赵匡胤?你治军有方啊,你手下的人强抢民女,烧杀抢劫,无恶不作,你可知道?"

赵匡胤一听,倒吸一口凉气,说道:"哎呀,是我的责任,请你慢慢讲来,我一定为你做主!"

谁知,那女子痛骂起来:"我丈夫和弟弟,都被你们杀死了,我又遭如此侮辱,我能活么? 我就想让你给我偿命!"

说着,那女子向着赵匡胤扑来! 赵匡胤一躲,王元功顺势抓住了她,那些乡亲也上来劝。

老者说:"唉! 女儿,哪有打仗不死人的,赵匡胤将军做主,放你回去,我们爷俩还有相见之日,已经是感恩不尽了!"

赵匡胤心里恼恨,下令道:"来啊,把王彦升推出去,斩首示众!"

赵普知道,此刻他们处于南唐军势力范围,王彦升带着赵家军一半的人马,要是真有个闪失,他们有全军覆没的危险。他立即跟王元功使眼色,道:"王将军,你速速带这位小嫂子去认人,如果真是王彦升所为,必不姑息!"

王元功心里也明白,这个时候不能杀王彦升,他带的队伍是这次战役的主力,大敌当前,先杀自己的大将,如何是好? 他听赵普让他带那女子去认人,立即明白了,那就是让他偷梁换柱!

他带了那女子到了帐外,吩咐几个兵士都穿了王彦升的服装进来。果然,那女子认不得人了,胡乱认了一个又否定,最后自己也没了主意。

王元功就劝她说:"大姐,我们是对不住您,可是您也不能冤枉好人啊,您是好人,一定不愿看到有人冤死吧!"

没等王元功和那女子聊几句,赵普就来传令:"将王彦升处斩!"

王元功会意,把那女子交给赵普,自己去行刑。他心里也难受啊,对着那士兵道:"借你人头一用,将来,我给你父母养老送终,为你妻儿请功!"

2. 真州成名

滁州。夜刚至,天已黑!

夜近深沉,听不见一丝响动,经过一整天的激战,该睡的都睡了。似乎鸟儿也睡了,要么,就是它们不愿意待在这地方,它们也跑了。

空中,乌云遮月,没有一点亮光。

城头上,只有值更的士兵手里的火把,在夜中无声地燃烧着。

这是赵匡胤和他的军队不熟悉的地方。四处都是南唐人,滁水中是南唐的舰队,他们本来是来接战的,现在,发现滁州已经失守,便暂时驻扎在河中,岸边是南唐的步军,他们被赵匡胤吓坏了,暂时不敢发动进攻。

赵匡胤知道,他们这样不进不退,是在等待什么。

赵匡胤起身,到城墙上巡查。天上,一颗流星划过,在乌云密布的夜空,显得分外刺眼,这更加让他不安。

第一卷 高平飞雪

滁州其实无险可守,城墙年久失修,水势和山势,都不利于守城。

这时,前面有个人走来,后边跟着一名亲兵,他看出那是赵普。

赵普疾走几步,来到跟前,问道:"将军,你没睡?"

"睡不着啊!大敌环伺,我们不过是砧板上的牛羊!老百姓又不站在我们这边,很危险!"赵匡胤道。

突然,城下疾驰而来一队人马,有人对着城头高喊:"上面的士兵听着,我们是大周的军队,自己人,你们赵将军的父亲,马军副都指挥使赵老将军来了,快开城门!"

赵匡胤心里想:这装得也太大胆了吧?装谁不好?也不能装我老爷子啊!

他看看赵普,赵普也在看他,两个人的心思想到一块儿去了。

赵匡胤道:"爹,你我虽然是父子,可是我们更是大周的臣子,现在是夜里,我不能放你进来,这是我大周的法令,孩儿不能违法。"

赵匡胤侧耳听,想听听是不是他父亲。一会儿,果然有声音传来:"儿啊,你做得对!老父今夜就驻扎在城外,为你们守城,你们安心歇息吧!"

赵匡胤听了,真是他老父亲来了。赵普道:"可以让士兵放吊篮下去,吊你父亲一人上来。"

赵匡胤摇摇头道:"父亲不会同意,他一生戎马倥偬,没有哪一刻是愿意让自己离开军队一个人享受的!"

赵匡胤心里知道,即使是用吊篮,也很危险,如果吊篮在半空中,南唐军乘势发动进攻,他们无法还手,反而危险。

四、望尽南唐

果然,这边士兵喊道,放吊篮下去,请老爷子一个人上来叙话,那边,老爷子拒绝了。

赵匡胤道:"就让老爷子在城外住一晚上,明天天亮,我再向他老人家请罪吧!"

城墙上,有个伍长道:"四周都是敌人,老爷子在城外危险啊,再说,夜里南方湿气重,要是老爷子身体有个什么闪失,生病了,怎么办?将军,让我下去,背他老人家上来,我用性命担保,绝无闪失,有任何闪失,我愿受军法惩处!"

赵匡胤摇摇头道:"不行!不能让你们冒险,更不能让我大军冒险!"

那伍长身后的军士全部跪了下来,道:"将军,那是您父亲哪,让我们去吧!"

赵匡胤依然摇头,赵普听见黑暗中有人在哭泣。他也叹气道:"这是战争,一切以战事为重,大家不要感情用事!"

士兵们的啜泣声反而大了起来,赵匡胤知道,这是士兵们想家了,大家跟着他西征,如今又要征讨,和家人聚少离多,心里都不好受!

赵匡胤硬硬心肠,和赵普走下了城楼,外面有父亲在,他稍稍安心一点。

正在这时,王元功跑来,上气不接下气,一见到他就哭了,哭得说不出话来!

赵匡胤心里一阵烦恼,一个男人怎么这样小家子气,便问道:"你怎么了?大敌当前,哭哭啼啼,成什么样子?"

王元功道:"小姐,她,她,没命了!"

第一卷　高平飞雪

赵匡胤纳闷,王小姐下午不是还好好的吗?

王元功止了哭声,回答道:"将军,小姐今晨就受了重伤,只是怕你担心一直没有告诉你,这会儿人已经不行了,让我来喊你!"

赵普也急了,他知道王小姐在赵匡胤心中的地位。在军中,王小姐替赵匡胤分忧解难,是好帮手;在人后,王小姐从来没有架子,一心一意照顾赵匡胤,这要是有个三长两短,如何是好?那是赵匡胤真正的红颜知己。

他拦住王元功,道:"别急,带我去看看!"

三个人一路小跑,赵匡胤后背上都是汗,衣服贴着身子都湿了。到了王小姐帐前,赵匡胤就听里面一阵哭声,是王小姐的几个亲兵、丫头在哭。王小姐斜躺在床前,赵普侧身过去,抓住王小姐的手腕,给她把脉。王小姐摇摇头,对着赵匡胤道:"将军,我不能陪你左右了!"

赵匡胤眼睛立即就红了,大声质问她身边的人:"你们怎么照顾的小姐,她伤成这样为什么不早告诉我,为什么不治?"

王小姐轻轻摆手,让赵匡胤靠近她,轻声说道:"将军,不要怪他们,是我不让他们告诉你的!"

赵匡胤看看赵普赶忙说道:"你快给她把脉,快快给她治,怎么治都行,你快点!"

赵普摇摇头,赵匡胤傻了,怎么好好的一个人,说走就要走了呢?

照理说,赵匡胤是一员战将,哪种阵仗没有经历过?死人是常见的事,军中哪天不死人?可是,一想到王小姐要死,他却是悲从中来,不禁放声痛哭。

四、望尽南唐

"天负我,让我不能和你终老!"赵匡胤的眼泪从胡子上掉下来,掉到王小姐的脸上。

王小姐笑了,很疲倦,但很美丽,用虚弱的声音说道:"将军对我很好,我这一生知足了!"她拉过王燕儿的手,放在赵匡胤手上,"妹妹,将军就靠你照顾了!"

说完,王小姐闭上了眼睛。

赵匡胤抚尸痛哭,不能自已。

赵普拉住赵匡胤,道:"将军,这不是悲恸的时候,你还要考虑众将士的未来!"

赵匡胤不理赵普,赵普拿起剑,一剑砍掉了边上一名大夫的脑袋。赵匡胤止了悲声,正色问道:"赵普,你怎么能滥杀无辜?"

"这怎么能算无辜?他名为大夫,却无仁心仁术,不能医病救人,还活着干吗?"赵普厉声道,"你再这样哭下去,你也是滥杀无辜,你可知道,众将士的性命全系在你身上?"

赵普摊开地图,道:"将军,你看看,我们现在向西不靠寿州,向东不靠扬州。固守滁州,根本就不可能,你难道真的要在这里哭死不成?王小姐她要是知道你在这里为她殉葬,九泉之下一定不能安心啊!"

王元功带着哭腔禀告道:"将军,王小姐为什么不让你知道她受伤了,就是因为滁州危险,她怕分了您的神!"

赵匡胤冷冷地问道:"依你们之见,我们又当如何?"

"现在就把将士喊起来,饱餐战饭,即刻起程,往东!和李重进留在江北的韩令坤会合,听说韩令坤已经攻占扬州!"赵普道。

赵匡胤思量,如果往寿州方向退却,一来会把追兵带到寿州,

第一卷　高平飞雪

正好让南唐军援助了寿州,这个,皇上决不答应;往东,和李重进会合,沿线只有瓜洲渡有敌军,如果把这里的敌军也引向扬州,那就可以把南唐的援军引开,让皇上在寿州安心打仗。

他明白了赵普连夜起程的想法,如果等待天明,南唐的水军和步军醒过来,形成合围,那他们就出不去了。可是城外的父亲,怎么办呢?

赵普道:"老将军此刻前来,正是为了让您有机会立即进军,他看到您发兵六合、真州,必能做好断后。"

赵匡胤听着,心里一阵悲凉,赵普是要我不孝啊。老爷子刚刚到,还没歇息,不让我接他进城,也就罢了,现在要把老爷子一个人扔在这里,所谓断后,其实是把他交给南唐军队啊,早知如此,我们又为什么打下滁州?

"昨晚天黑前,我已经派潘美出城,此刻,他应该已经率军抵达六合、真州一线,明晨,大军从东门出城,只能委屈老将军断后了!"

赵匡胤心里骂赵普:"你把心思用到老爷子身上去了,他只有几百人,怎么断后?"不过,想来想去,也只有这一招了。

赵匡胤的军队是大周军队中机动性最好的,人人轻甲,平均一人有两匹马,每有胜仗,只要马匹,其他辎重一概不要。刚刚打下滁州,缴获了大批马匹,部队得到给养,如今,他们乘着天将明未明的时刻,突然悄悄起兵,等他们走出三十余里,后面的探马才来报,南唐军尾随而来。

赵匡胤忙说:"快去探查,赵老将军何在?"

赵匡胤派了王元功护送王小姐的灵柩,同时接应赵老将军。他相信王元功,此人虽出身寒微,但是打仗勇敢,做事靠谱,他应该

四、望尽南唐

能保老爷子安然脱险。

赵匡胤率军一路东来,这里的地理风貌他是熟悉的,毕竟在泗州屯兵已有半年。远处地平线上出现了大批杨树,左有一座高山,右也有一座高山,如果没有记错的话,左边的山,叫青山,右边的山,叫马山。

这里就是真州地界了。

赵匡胤心里想,南唐无人啊,要是在这里派驻一队人马,守住两座山,任他是神,也无法通过啊。正想着,前头的探马来报,说是遇到了自己人,两军要合在一处。

赵匡胤提马来到军前,一看是一队大周人马,大概有千把人。这队人马衣帽歪斜,军容不整。赵匡胤立马军前,大声喊道:"哪一路人马?你们的头领呢?"

这时,军中走出一匹马来,马上是一员瘦脸军校,赵匡胤不认识,却听那军校道:"赵将军,别来无恙!您不认识我,我认识您。我是侍卫都指挥使韩令坤帐下韩进是也,奉我家将军之命,往西,做开路先锋,欲往寿州和皇上会合!"

赵匡胤一听,不对啊,这是东线作战,怎么他们要往西去和皇上会合?便问:"怎么回事?皇上命我等开辟东线战场,让我们在东线牵制南唐军队,你们怎么要往西去?"

韩进愣了一下,道:"赵将军,末将有任务在身,请赵将军不要妨碍我们执行军令!"

正在这时,有探马来报,南唐主李璟派他的姑父李景达率军六万,在真州渡江,已经上岸,此刻正往真州而来。赵匡胤听了探报,又看看韩进,心里知道,这韩进哪里是要援助寿州,分明是想逃跑!

第一卷 高平飞雪

"我且问你,你家韩将军现在何处?因何只有你一人率军?"

韩进摇摇脑袋,说:"我家将军觉得扬州守不住,不如放弃扬州西进,和皇上合兵一处,我们要去助攻寿州!"

赵匡胤一听,这个韩令坤真是没有眼光,此时放弃扬州,就等于放弃了东线,让李景达可以毫无顾忌地杀向寿州。他眉毛一竖,厉声断喝:"我赵匡胤在此,有敢由此退却往西一步者,斩!"

那韩进,也不是好惹的,他一听赵匡胤这样说,不由分说,举起手中的方天画戟就冲了过来,道:"赵匡胤,你敢挡我等去路?"

赵匡胤看他催马过来,并不答话,一夹马肚子,迎头而上,一棍劈向韩进。韩进正举着方天画戟要往赵匡胤身上戳,还没戳到,自己先被赵匡胤给砸到了。

赵匡胤勒住马缰绳,道:"我乃大周御前马军都指挥使赵匡胤,你们听我号令,随我一起去战李景达。临阵脱逃,斩!奋力效死,赏!何去何从,你们选清楚了!"

韩进的部下都纷纷说:"我们听赵将军的!"

赵匡胤带着军队,来到青山脚下,这时潘美来请战:"将军,李景达刚刚上岸,我们不如趁他立足未稳,即刻出击,打他个措手不及!"

赵匡胤道:"不可!他带着六万人,如果此刻接战,他看出我们的虚实,那就不好办了!"

赵普也说:"这个李景达,有谋无勇,你看他上岸之后,不敢接战,而是在那里扎营,可见他是怕我们,不知道我们的虚实。我们不如布下埋伏,用疑兵诱他进入我们的伏击圈,然后灭他!"

赵匡胤和赵普想到一块儿去了。他们都想到了青山,赵匡胤命潘美带人到青山上布上疑兵,一旦这里接战,他们就在山上摇旗

四、望尽南唐

呐喊,驱马奔跑,让南唐军队以为山上都是大周军队,他们被包围了;又让曹彬、高怀德带一队人马,绕到李景达的背后去,一旦他们出营来战,就从背后偷袭他们的大营。

赵匡胤正布置着,突然又有来报,说韩令坤的第二支部队又过来了,要往西进。赵匡胤知道,兵败如山倒,如果这支队伍真的西去了,那这仗就彻底没戏了。

他看看身边,只有楚昭辅可用,便说:"楚昭辅,你去,有往西半步者,杀无赦!"他抽出自己的佩剑,交给楚昭辅。楚昭辅知道,那意思是说,就用这把剑,杀一儆百。

楚昭辅跟随赵匡胤多年,对赵匡胤深信不疑,忠心耿耿,这事是提着脑袋办,如果办不好,不是死在韩令坤的手下,就是死在皇上的大铡刀下,杀自己人,那不是闹着玩的。

但是,楚昭辅不怕,他只相信赵匡胤,对赵匡胤唯命是从。

果然,不一会儿,楚昭辅回来了,剑上鲜血淋淋,道:"杀了三百人,止住了,他们都回扬州去了!"

赵匡胤心稍稍定,知道韩令坤暂时不会逃了,有他在扬州,至少有个名分,他在这里收拾了李景达,就去扬州。

不出所料,李景达埋锅造饭之后,三通鼓响,数万人列队而来。他自己在阵中间,万人大阵,齐齐整整地围绕在他的周围,赵匡胤心里有底,这种人不堪一击。李景达坐在十六人大轿中,大轿子又在大军的正中间,这样的将军,不来送死,谁来送死?

他兵分四路,三路分别由罗彦环、曹彬、潘美带队,自己则率中军,正面阻击李景达。他知道,只要冲向李景达的中军,中军一旦动摇,这支队伍就是容易散乱,散乱中,如果潘美、曹彬等能齐出击

第一卷 高平飞雪

之,必能取胜。

这样的阵仗,只有自己出战,正面攻击才行。

曹彬知道这样打的危险性,赵匡胤只率两三千人,大概只有敌人十分之一的兵力,如果冲入敌阵,不能冲散敌人的队形,相反被敌人包围,那就麻烦了。他担忧地问道:"将军,我们在这里和李景达对阵,你说我们有援兵吗?"

赵匡胤摇摇头。

曹彬又问:"我们如果败了,有地方退么?"

赵匡胤又摇摇头。往哪里退?往西,是刚刚放弃的滁州,南唐正好合围他呢!往东,那里是正想逃跑的韩令坤,韩令坤不可能接应他。此战唯有胜利,才能保命,否则,哪里也去不了。

曹彬道:"既然如此,将军,就让末将替将军先死吧!"

赵匡胤听着,笑了,对曹彬和潘美道:"你们说,你们能让我死了吗?罗彦环刚刚走,他能让我死了吗?"

几个人正说着,赵普大汗淋漓地跑来,后面跟着一队人马。赵匡胤一看,那队人马赶着大车,车上装着炮,每个炮口有碗口粗,一共有三门。后面是一辆堆着书的车,车上是赵匡胤缴获的图书,那是他在滁州之战中缴获的姚凤的书。姚凤是个有文化修养的军人,府内竟然有千册图书。赵匡胤如饥似渴,他深知读书的重要性,于是下令把这些书统统打包,单独装车,让赵普带在军中。

赵普汗流浃背,衣裳都贴在膀子上了,手里端着一只木盆,盆里是黑火药。

赵匡胤认得这东西,他在兵书上看过,但在实战中没有用过。如果没有错的话,炮管应该是用竹子做的,内外都上了桐油,给竹子增加了韧性,更加结实,外面箍上了铜箍,这样炮管不怕火药爆

四、望尽南唐

炸。他心中大喜,有这等利器,对付南唐步军方阵,就更有把握了。

赵匡胤让自己的亲兵卫队也参加进来,众人一起把那三门炮推到了青山的山脊上,正对着远处的山口,那是李景达大军必经之地。赵普道:"将军,先派小股部队袭扰,假装不支,后撤,把李景达引入青山和马山之间,待他们进了我们的伏击圈,我们就在这里发炮,炮弹打完,再冲锋!"

"赵普,你真有两下子,你从哪里弄来这些炮?"潘美羡慕地问,看得出来,潘美对这些炮非常感兴趣。他摩挲着这些炮,反复端详,说:"这炮将来能左右战局,一门能顶十个骑兵!"

赵普道:"那就交给你,你来研究,将来我们自己造!这是姚凤的,昨天我们冲击太快,他们都没来得及用上!"

楚昭辅已经带军冲下山去,他们要做佯攻。

赵匡胤看着赵普竖起了一根木杆,杆子上刻上了刻度。他让一个士兵爬上木杆,在杆顶上挂上了一根绳子,绳子的一头系着一块石头,绳子中间有个活扣,赵普拿一根竹竿穿在那扣里,上下滑动。

赵普让大家按照他的竹竿的角度和方向来调节炮口的方向,大家一会儿抬起炮口,一会儿压下炮口,一会儿左转,一会儿右转,几名亲兵累得满头大汗。接着,赵普让士兵往炮口里填黑火药,然后安上卵石。

赵普抬起手,大家都盯着他的手,只要那手一挥,这里就可以点火发炮了。一下子,周遭都安静了下来,远处山脚下,是数万人的大阵,南唐大军还煞是整齐,阳光下只看见那些高举着的旗帜逶迤而来,烟尘越来越大,大到看不见人影,只见烟灰。《孙子兵法》

第一卷　高平飞雪

上说,用部队行军时的烟尘,就可以判断对方的兵力,而赵匡胤从军以来也经历过大小阵仗,可以说是数也数不清了。但是,他实在是没有看见过这样的军队,那烟尘如此大,大到了整个山口都笼罩在一片白色的云雾之中。

从山上望去,看不见人,只看见旗帜在烟尘上,而烟尘犹如晨雾,由近及远,遮住了整个南方的天空。

赵普的手就那样举着,一动不动。大家也凝神不动,没有人发出声响,连马也凝重了,仿佛知道这是多么紧张的时刻,不能有任何闪失,不能出声,它们不打响鼻,不抖动尾巴,更不动半步腿脚。

所有人的眼睛都聚焦在那只举在半空的手上。

接着,大家听到了整齐的步伐声,那声音地动山摇;再接着,步伐声停止了,停在了山口上,他们犹豫了,不再往山里进。赵匡胤知道,那是李景达在探查,看看山里有没有埋伏。赵匡胤想楚昭辅该出击了,要做得像样一点,让李景达吃点儿甜头,果然,那声音又响了起来,只是这次乱了,里面带着冲杀声。

赵匡胤手搭凉棚,往下望去,楚昭辅带着三百人,从山口冲出,对着李景达的中军直冲而去。楚昭辅直接用偷袭的方式,冲进对方的军阵,这简直就是拼命。赵匡胤点点头,那是赵家军的打法,赵家军一路走来,就是用这种打法,制造了许多以少胜多的战例。

果然,对方的军阵乱了,赵匡胤看到对方的先锋部队开始转向,这正是赵匡胤要的效果,一旦对方前锋向后转,而中军又来不及跟着转,形成人流交错,那一切就好办了。果然,对方前军转完,楚昭辅的人马又杀回来了,楚昭辅带着三百人往外杀,李景达的中军在后面猛追楚昭辅,正好和李景达的前军迎面碰头,楚昭辅的人马杀入前军,前军被打乱,中军来援前军,弄得中军也乱了。

四、望尽南唐

这时,赵普手一挥,就听地动山摇地三声炮响,裹了火药的石头飞向李景达的队伍,在李景达的大军中炸开。李景达的人马互相踩踏,士兵争相逃命,还没跑呢,第二波炮又来了。

赵匡胤一看时机到了,一挥手中令旗,让第一波队伍正面开始冲锋。赵家军个个是好男儿,个个都像离弦的箭一样。这第一波冲锋的队伍百里挑一,都是赵匡胤亲自训练的精兵强将。他们冲下去,接应到了楚昭辅的那三百人,两队合流,向着李景达的大队冲去。两军重新接阵的当口,赵匡胤又一挥令旗,第二支队伍从左翼包抄,也冲了出去。

李景达的大军并没有退却,而是改换了队形,中军阵形成了一个圆阵,外围用盾牌护住,里面用长枪架着,再里层是弓箭手。

不过,赵匡胤也看出了破绽,中军这样做,完全是为了保护李景达,把前后军不当自己人了。中军挡在大道上,让前军如何后撤?又让后军如何前来支援?只要让前后军大乱,让他们自相攻击,就能彻底瓦解他们。

赵匡胤让亲兵放火箭,那是信号,让罗彦环从后面对李景达发动进攻,让李景达以为自己被包围了。响箭吱吱响着,闪着赤色的火焰,在天空中划出了一道弧线,向着云端飞去。

罗彦环是赵匡胤非常信任的勇将。后晋时期,他随石崇贵征辽,作为石崇贵十勇士之一,大名府一战成名,二十岁就升任兴顺指挥使。后晋为辽所灭,罗彦环誓死不降,带一千匹战马投北汉,并为北汉收复了汴梁。郭威拥兵自立,建立大周,他成为都虞候,其职务在赵匡胤之上。但是,当时枢密使王浚骄横跋扈,企图挟制郭威,被郭威贬斥,罗彦环受到牵累,被贬为邓州教练使。罗彦环成名很早,军事才能不在赵匡胤之下,他却主动和赵匡胤结为兄

第一卷 高平飞雪

弟。赵匡胤识得此人,也认定此人将来一定是个大才。此前,征蜀国,罗彦环主动来投,和他同甘共苦,此次,罗彦环又身先士卒,和他共进退,来攻六合,赵匡胤把他放在最艰险的地方,是有道理的。赵匡胤手下的潘美、曹彬等人勇猛异常,但都还没有独当一面的经验,单独领军,孤军作战,军中还只有罗彦环可以依靠。

那是最凶险的地方。罗彦环绕道江边,从江边的南唐水军和步军的夹缝中开始攻击,后有水军的箭雨,前有溃退而来、争先恐后试图登船逃跑的李景达大军,罗彦环所率不过千人而已,此战九死一生。

赵匡胤知道,要想胜,此刻只有一条路,拼了。他看见冲下去的两路军马,已经杀入李景达的队伍,南唐军中掀起了一波又一波的声浪。他一挥令旗,最后一路赵家军从右路杀出,从右侧迂回包抄,冲向李景达中军。

这时,他也看见,有一部分的周军在后撤。

他知道,这已经是最后时刻,他是这场战役唯一的后备部队,只有他和他的三十个亲兵了。他举起盘龙棍,空中,盘龙棍画了个圈,胯下的马似乎早已知晓了主人的意思,前蹄举起,后蹄一用力,像一股涌泉,突然爆发而出。

赵普看见,赵匡胤的马向着山下飞驰而去,迎头碰上那些退却回来的周军,那些溃兵又都纷纷调转马头。赵匡胤抽出利剑,在那些士兵的铠甲上猛抽,那些士兵会意,知道赵匡胤一定会带领他们打胜仗,一个个像是又活了过来,纷纷调转马头,向着李景达的队伍冲锋而去。

李景达的队伍本来已经站住了脚跟,突然又被从后面冲杀而来的罗彦环给搞蒙了,就听队伍中有人喊:"水军被周军打败,水军

四、望尽南唐

跑啦!"这一喊不要紧,李景达的整个大队都慌了,正在这时,马山上的曹彬和潘美突然冲了出来,他们每个人的马后面都拖着一条长长的树枝,树枝挂在地上,扬起漫天尘土,看起来声势浩大,让人猜不透到底有多少兵马。

李景达的大队终于乱了,六万人开始互相踩踏,人人都想夺路而逃,人人都逃不掉。

李景达逃到江边的时候,身边只有三十余人,他看见他的水军真的扔下他逃到了江心,而他的身后,除了一小队残兵败将,什么人也没有,"大势已去,大势已去!我愧对皇上,愧对江南父老!"李景达捶胸顿足。他怎么也想不明白,六万人怎么就在半日之内,就没了。整整六万人哪,那是南唐的命根子和最后的希望,却被他在这里葬送了。

监军陈觉从后面赶了上来,道:"将军,不要悲伤了,赶快逃命吧!"

李景达看看陈觉,怒斥道:"你这个奸臣,如果不是你胡说八道,不是你进谗言,让皇上杀了我水军大将李丹宇,我又怎么会沦落到今天,让一个小人逼到如此地步?"

中军大帐,赵匡胤手里拿着酒杯,帐外,罗彦环率队围着一群士兵,大约有两百来人,那些士兵是昨日阵前踟蹰,让赵匡胤用剑打过的,他们的盔甲上都留下了赵匡胤的剑痕。此刻他们都被剥去了上衣,赤着身子,跪在赵匡胤的大帐前。太阳冉冉升起,先是照在他们的后背上,把他们的后背晒热了,接着是照在他们的头顶上,把他们的头顶也晒热了。

第一卷 高平飞雪

众将走出帐外,候着,这一候就是两个时辰。潘美有点儿受不住了,知道赵匡胤军令如山,这些人恐怕难逃死罪。但是,如果全杀了,又太可惜,里面不少是随他们西征归来的老兵,昨天也不知道是怎么了,这些人怎么就突然怯阵了?

他走进大帐,道:"将军,还是甄别一下,杀几个带头的,其他人放了吧?"

赵匡胤一边喝酒,沉默片刻,说:"不杀他们,我们怎么对得起昨天那些战死的将士?杀他们,又何如?你来得正好,给他们兵器,让他们一对一决斗,战场是勇敢者的游戏,既然他们不知道何为勇敢,那就让本帅重新教会他们!"

潘美震惊了,赵匡胤不是这样的人啊,怎么能让自己的士兵自相残杀?

"他们已经不是我们的士兵了,只有让他们死去一回,活过来,才能重新归入我们的队伍,否则,他们就是敌人!"赵匡胤厉声道。

潘美不说话了,躬身出来,大喝一声:"给他们武器,让他们自相决斗吧!"

那些士兵不敢相信自己的耳朵,要他们自相残杀,胜者活命?

赵匡胤抿了一口酒,对着帐门口的亲兵道:"拉弓搭箭,怯阵者乱箭射死!"

士卒突然迸发出兽性,纷纷上前取了战刀,拼杀起来。不一刻,死的死,伤的伤,只剩下百余人。

潘美掀开帐帘,走进来道:"将军,只剩一半人了。"

赵匡胤问:"这百余人都是能战敢战的死士吗?"

潘美沉默不语。

赵匡胤放下酒杯,冷冷说道:"让他们继续决斗。"

四、望尽南唐

潘美步履沉重地走出帐外。帐外一场血腥的决斗继续进行。有的人断了胳膊,躺在地上哀嚎,被边上的卫士上前补了一刀;有的人被刺中了胸膛,不能再战转而自刎而亡;有的人则像疯狂的野兽,扑向身边的人,见人就杀,见人就砍。这场决斗如此血腥,连边上看的将士们都感到惊心动魄,转眼间只剩下不到五十人了。

赵匡胤走了出来,沉声道:"可以停了。"这声音并不高亮,却极富穿透力。那些正在打斗的人似乎都听到了,几乎同时停下了刀剑。

赵匡胤道:"昨日你们怯阵,可知罪?"

兵卒们扔下刀剑,纷纷跪倒:"知罪!"

赵匡胤又问:"临阵怯逃置兄弟于不顾,就如你们今日自相残杀。你们可知晓这其中的道理?"

"将军,我们知罪了。请将军赐我们一死吧!"

赵匡胤喝道:"知耻而后能勇。你们可以活着,但永远不要忘了昨日之耻、今日之悲!"

"来啊!"他对着身边亲兵吩咐道,"每人颁发黑色战衣一套,编入亲兵队伍,令其戴罪立功!"

柴荣终于得到了他想要的辉煌。

经过六合一战,南唐可以动用的援兵已经被赵匡胤彻底消灭,寿州的刘仁赡再也没了盼头。显德四年(957)三月二十一日,南唐名将刘仁赡终于出降,寿州监军周廷构、副使孙羽抬着病重的刘仁赡出城,刘仁赡躺在担架上,此时已经口不能言,只是"以手指口",谁也猜不出这个南唐第一名将,此时想的是什么。他到底是真的愿意投降,还是被迫无奈,谁也没有机会猜测这位名将的最后时刻,他的内心到底有过什么样的波澜。

刘仁赡投降后,柴荣封其为天平节度使兼中书令,但是不出几日,一代名将刘仁赡就故去了。柴荣在给刘仁赡的诏书中如是写道:"尽忠所事,抗节无亏,前代名臣,几人堪比!朕之伐判,得尔为多!"柴荣乃是一代明君,他看到一个名将的内心,能理解和体谅一个名臣的苦衷。可以说,在乱世,能尽忠尽孝,从一而终的,实在是少数,大节不保,小节失序,这是多少人的一生写照。刘仁赡的命运又何尝不是一场悲剧?他的忠孝是有意义的吗?奇怪的是李璟,这个南唐皇帝,在刘仁赡死后,竟然也痛哭流涕,追赠刘仁赡为太师。一个降臣,他得到了敌对双方的尊重,这在历史上是罕见的。

3. 南唐尽割江淮

显德五年(958),南唐皇帝李璟终于意识到,长江以北的土地保不住了,这个以李氏后裔、大唐国祚继承者身份存在于世上的国家,它的存在只是一场空梦,这个世上并不需要什么大唐正统,他们的江山可能不保,而这个时候,人民并没有站出来,并没有站在他们一边。那么这个世界要什么呢?

这一年对于南唐李璟来说,是一个不好过的年份。寿州被攻克以后,接着是濠州。濠州的郭廷谓派人送来急件,向他求援,可是这个时候,李璟哪里派得出援兵呢?放眼金陵,留下的不过是老弱病残,南唐主力早已尽出,并在瓜州、寿州被打散,战死的战死,投降的投降,如今,整个南唐都笼罩在失去亲人和国土的悲哀中。

李璟没有惩罚那些投降和失踪士兵的家属,他累了。

李璟看着皇城下绵延无尽的金陵城,这里曾经歌舞笙箫,这里

四、望尽南唐

曾经人人都沉浸在欢乐之中,曾经多么富庶祥和的国家啊。然而,北方,却偏偏不让这里和平。濠州,已经没有能力解救了,他给郭廷谓写了一封信,表示要朝廷派兵是不可能了。

李璟累了,保护子民,让他们繁衍生息,过上好日子,他没这个能力了,就让能保护他们的人去做吧。

可是,他还是错了,柴荣要的不是寿州、濠州,而是整个江淮,甚至整个南唐,他为此不惜杀人放火。

二月,柴荣再克楚州。周军打楚州打得艰难,楚州防御使张彦卿把楚州的每一个人,不分男女老少,楚州的每一个家庭,不分贫富贵贱,全部变成了军人。楚州没有一个人投降,一个月、两个月、三个月,周军围着楚州,就是攻不下,直到六个月后,城里实在没吃的,所有人都饿得拿不起武器,城墙才被攻破。

就这样,楚州守军全部战死,但没有一个投降的,柴荣下令屠城,不管男女老幼,一律杀死,可怜楚州的数万乡民,就这样一个不留,全部人头落地。

柴荣小儿,你到底要如何?李璟的心抖了,他恨柴荣,但是,他更加怕柴荣。柴荣已经挖通了邗沟和淮水间的通道,周军已经直达长江口,柴荣数次达到长江口的迎銮镇,带领殿前都虞候赵匡胤、慕容延钊等直接攻击驻扎在江中沙洲上的南唐水军,一举烧毁南唐战舰三百余艘,直接威胁金陵。

大周会在金陵屠城吗?李璟想到了投降。

此刻,南唐在江北还有大周尚未攻克的四州土地,如果此刻投降,把这四州作为谈判筹码,也许还有机会让大周退兵。李璟这样想。

第一卷 高平飞雪

可是,需要一个机缘,一个缘由,谁来先提出这个想法呢?难道要李璟自己提出不成?

李璟不能这样做,相反,他要反其道而行之,他对跟在身后的冯延巳道:"先皇留下的基业,要葬送在我的手里,那是万万不能的。如今,内无强兵良将,外无友邦救兵,唯一能做的就是我亲征江淮,与柴荣小儿一决高下,如此,虽死而无憾也!"

冯延巳其人好高骛远,不懂战事,却常常轻言好战,当年就曾经怂恿李璟的父亲李昇,要他吞并大周。如今,南唐被大周打得遍体鳞伤,他更是觉得不服气,道:"皇上御驾亲征,一定能战无不胜,齐奏凯歌!"

李璟听了,气得不知说什么好,觉得冯延巳似乎已经老而昏聩,完全不谙世事。

冯延巳说得兴起,凑到李璟的正前方,对着李璟道:"臣请皇上打开府库,把金银全部拿出,分与将士,普天之下莫非皇家,这些金银分出去了,早晚还是皇上的。但是,如果土地被大周拿去,就再也要不回来了。"

李璟转过身,不看他。

冯延巳又说:"皇家所要的财物无非是国土和子民,金银乃是粪土,皇家强,交子可以随便印刷发行,人人抢着要;皇家不强,那这金银,也买不到人心和物品……"

李璟正望向金陵的大街,似乎在思考什么,脑袋"嗡嗡"地响,他听不清冯延巳到底在说什么。这时,他看见了陈觉,便问道:"你从前线回来,被李景达弹劾,我没杀你,你现在倒是说说,我们这个仗能不能打?"

陈觉打仗不行,心思却转得快。他走出队列,对李璟道:"皇

四、望尽南唐

上,柴荣不过是个后生,年轻气盛,来犯我朝,并没有什么远大的志向,我们和他缠斗,胜不能大利,败却一定失了颜面,和这样的国家交往,不如拿点儿甜头哄哄他,也就罢了!"

冯延巳瞪着眼睛,梗起脖子,高声道:"陈觉,没想到你贵为中书令,却是个软蛋,你想投降不成?想割地求和不成?"

李璟摆摆手让冯延巳住嘴,说道:"让陈爱卿把话说完!"

陈觉道:"北方周国,所求无非是我国之粮米、布帛,而他们又没有银钱可以来采买,这才导致了战争。臣请皇上赐给北方大周国主金银,让其有资本可以和我国贸易,鼓励他们通过贸易求得所需,也请皇上赐给他们布帛,让他们有衣服穿,如此一来,两国可以化干戈为玉帛,永保和平。"

冯延巳气得青筋暴跳,不知说什么好,这不是明显的卖国言论么?北方大周,那是虎狼之国,怎么会满足?今天给他们钱粮,让他们强大了,后天他们还会来要更多。什么贸易?他们就是懒,就是贼性,不事农桑,单想抢掠,你要是想和他们永保和平,那是做梦,虎狼之国不能成友好盟邦。

这时陈觉的属官刘承遇出列奏道:"皇上,北方人善农,而不善于桑蚕,觊觎我丝绸绢帛,这是事实。但是,他们生产的粮食,并不被我们需要,如此一来,他们和我们贸易,就只有输出金银的份儿,长此以往,他们则变得无力支撑贸易。当下之计,给他们金银,等于给了他们头寸,让他们来和我们贸易,培养他们的贸易精神,此不失为良谋。只是,我江北的子民要受苦了!"刘承遇说着,哽咽起来,眼睛也红了。

李璟本来觉得刘承遇说得不错,差不多要把局面给扭过来了,但是,听着听着这个刘承遇又把话说出去了,他在心里痛骂刘

第一卷 高平飞雪

承遇。

他担心的并不是江北的所谓子民,失掉几座城没什么关系,保住王位,能在江南偏安,也很不错,别让家底被大周一锅端了。他打断了刘承遇,对陈觉道:"柴荣新近即位,并不知道大国的礼乐典章,我们应该尽量帮助他渡过这个难关。我看,爱卿就由你去跑一趟,跟他说说治国安邦的道理,而我们可以给他一些帮助。"

陈觉听明白了,李璟明着是让他去教训一下柴荣,实际上那是要他去北方求和。求和的事,要说容易也容易,要说难,那是难于上青天。他对李璟道:"求和成,臣是罪人,求和不成,臣也是罪人,请皇上赐给我两项权力!"

李璟看看陈觉,手一摆说道:"你的权力还不够大?这个国还被你卖得不够快?"

陈觉一听,心里透心凉,心想:这个时候,连皇上都想推脱责任,还有谁敢承担责任?他本来想说,我要我家人不死的权力,我要有先做后奏的权力,现在也说不出口了。他下定了决心。他知道,留在朝内,恐怕也是死。第一次增援寿州,他做监军,失败,第二次增援寿州,他还是做监军,还是失败。这场江淮之战,那些在外的武将,刘仁赡、张彦卿等,要么战死,要么投降,战死的,自然是英雄,就是投降的,也是英雄,而他呢?他只是一个监军,不能死在沙场,已经是耻辱万端,如今,如果出使求和,又怎能不屈辱承死?死多少回都不算过分啊。

"臣,愿意为皇上分忧,别无他求!"

李璟终于听到了一句他要的,"就是你了,陈觉,你去吧,保你无罪!"李璟知道,陈觉就是要这个免死牌!

四、望尽南唐

陈觉来到镇江渡口,心里着实凄凉,上次他和李景达从这里渡江的时候,带了六万人,结果被赵匡胤打败。现在,他又带队渡江,此刻,他再也没有兵可带,带的是江南剩余的四州——黄州、舒州、庐州、蕲州的地图,这四州能满足柴荣的胃口吗?南唐帝国,虽然沃野千里,人口亿数,然而,此刻实在也拿不出其他了,再拿,难道要拿江南之地割让求和?那是南唐血亲之地,割让任何一块,都会让南唐无法存活。

如今,吴越和南汉,已经蠢蠢欲动,他们正想从东面和南面夹击南唐,如果真是这样,南唐就要亡国了。

江上没有一丝风,后面是金山,山上的寺庙传来阵阵钟声,前面是青山,在青山的山脚下,有一座镇子,列属真州管辖,叫作迎銮镇。陈觉心里有个不好的预感,感觉此去不是去议和,而是迎接柴荣南来的!为什么叫迎銮镇?难道,我南唐国运当灭?他柴荣,将来要成天下共主?

这时,一艘渔船驶了过来,好像要靠近他的官船,护卫大声喝止:"哪里来的船家?这里是御史的官船,不得靠近!"

船上闪出一老者,那老者道:"听说陈觉大人要渡江北去,和后周和谈?我等草民特来献上江鲜,希望陈大人不虚此行,和谈成功。"

陈觉看看那老者,招手示意护卫道:"让他上来,我想听听他的说法。"

侍卫搭了一条跳板,连通了两只船,两只船都有些摇晃,跳板不是很稳,更重要的是小船低,大船高,跳板的角度很陡。那老者显然是老练的船家,在跳板上很轻松地就走过来了,有一刻,他忽闪了一下,两手举起,停住脚,平衡了一会儿,又没事了。

第一卷 高平飞雪

老者上得船来,陈觉才看出,那老者须发皆白,至少已经是六十开外的年纪了,道:"老人家,陈觉真是不敢当啊,此去不过是苟且求和而已,哪里当得您这等厚望?"

"我等不过是草民,希望两国不要交兵,好能图个生活。如今,两边干戈不断,我们一家分成了两国,儿女在江北,父母在江南,叫我们有家难回,有亲难投,陈大人此去,有何羞辱?不过是讲和求存,打胜了是讲和,打输了是讲和,都是和字而已。"

陈觉心里想了想,他说得也对啊。胜败都是和,只是这个和字,却是难写啊。"老人家,您有何高见?"

"对于老百姓,和是纳粮当兵,战也是纳粮当兵,只是前者可以活着纳粮当兵,后者要生生死死,不得安宁。对于官家,战和,却不仅仅是利益的事,还是脸面的事,没有了颜面,官家在我们面前又如何名正言顺地要这要那呢?所以,先生此去不过是图个颜面!"

陈觉突然感觉茅塞顿开,道:"哎呀,老先生,您这是真知灼见啊!"

"我们皇上要的无非是保住江山和社稷,先生您何不在江山和社稷上多提要求,而在利益上多给对方呢?"

陈觉听明白了,那还是要他让利啊。可是,手上除了那四州的地图,还怎么让利呢?无利可让啊。他心里清楚,即使是在此刻,李璟也未必真了解大周的军力,他未必真心求和,也许还有其他打算。如果是让他来探听虚实,实则是在准备重新开战,那他就死定了。

上了北岸,陈觉拿着李璟的亲笔信,信中李璟表示,向柴荣道歉,请求划江为治,休战罢兵。李璟说得很细,献上江北四州,表示

四、望尽南唐

诚意,同时,愿意自降帝号,禅位于自己的儿子李弘冀,从此称臣,愿意岁岁纳贡、年年称臣。

上岸行了不多时,就到了迎銮镇。陈觉心里嘀咕,听说柴荣杀敌人不眨眼,楚州上万百姓,一夜杀光;杀自己人也不眨眼,当初高平之战,胜了,大家欢欢喜喜地回营,他却在大胜之日,杀七十余战将,就因为他们临阵脱逃?鬼才相信呢,那是杀威棒!胜利之后,不需要这些人了,就把这些人统统杀光。

来迎接陈觉的是魏仁浦,魏仁浦一脸寒冰,带着陈觉并不走直路,而是重新绕回去,从江边走了一段。这段路上陈觉见识了大周的水军,大小战舰有六百多艘,整齐排列,舰上水兵个个是彪形大汉,枪戟林立,旌旗招展。接着又绕道青山背后,他看见青山上摆着大炮,听说当初是姚凤所造,他恨自己当初没有发现姚凤这个人才,如今,姚凤的大炮尽为大周所有,不仅上次用来轰击他和李景达的大军,现在还装备在了大周的战舰上。人家离自己几十丈远,就能开炮轰击,自己根本不能还手,他当初听自己的水军将领回来的汇报,还不相信,现在看到这些大炮,相信了。

大周的军队真是厉害,人人都有马骑,让他更羡慕的是,一人两匹马,军队列阵,骑一匹,手里牵着一匹。

陈觉气馁了,唉,这还跟别人怎么打啊?看来,南唐失败也不是没道理的,并不是士卒不勇敢,实在是军备比不上人家啊。

越是靠近迎銮镇,陈觉越是害怕。陈觉第一次驰援寿州的时候,也曾经有过几场小的胜利,他是大周的敌人啊。柴荣会不会记恨他,让他偿命?要不要跪着觐见呢?来,就是递降表称臣的,就是李璟来,也得下跪。他想好了,见面就跪!

但是,到了柴荣大帐跟前,陈觉却突然感觉自己错了,这个大

第一卷 高平飞雪

周皇帝有两下子。柴荣等在帐门口,见他到了,紧走两步,靠近他。他正要下跪,柴荣却一把抓住了他,缓声说道:"陈爱卿,免礼,你来,是我们的客人,我们之间不需要那些俗礼!"

人就是这样,本来没想过得到善待,现在柴荣如此善待他,他就彻底崩溃了。陈觉虽然经历过的场面不少,但这次他几乎哽咽着道:"皇上,罪臣是来求和的,您不必如此善待!"

陈觉没有任何的迟疑,他把南唐皇帝李璟的最后底线全盘托出,只求周军不要进攻江南,不要攻打金陵。没想到,柴荣大笑起来,道:"我兴师来讨伐,只取江北,只要你们不和契丹媾和,愿意率国归附,我还有什么可以多求的呢?告诉你家皇上,他还是皇上,我们两国要永保和平,成为兄弟之邦!"

陈觉几乎感激涕零了,问:"真的只要江北四州,您就退兵了?"

柴荣点点头道:"是的。让你的国主放心,我可以直接写信给他。"

第二天,柴荣交给陈觉一封信,陈觉一看,果真如此,里面没有提到分外的要求,但开首语是"皇帝恭问江南国主"云云,陈觉知道,柴荣没有提出的事,在这句问候里提出了,那是为了给李璟一个面子,人家该要的还是要。

他不能擅自做主,便派刘承遇回江南禀告,李璟自然看懂了里面的潜台词。削去帝号,改称唐国主,原来的天子仪仗全部撤销,用大周年号、周历纪年,等等。

显德五年(958)四月,柴荣率领赵匡胤等凯旋回京,这是柴荣继位以后第二场胜利,第一场是高平之战,确认了他当之无愧的皇帝领导权,他战胜了北汉,此后,北汉再不敢来犯。第二场就是这场和南唐的大战,历时接近三年,终于尽享江淮之地,让南唐这个老大帝国俯首称臣,彻底解决了南方的威胁。

如果说,大周在他父亲手上是风雨飘摇的小国,如今的大周,已经稳稳地站住了脚跟。向北,他以少胜多,战胜了北汉;向西,他击败了蜀国;而向南,他则让南唐俯首称臣。更重要的是经过这几仗,大周新一代军人成长起来了,他有了更大的军事资本。凯旋归来的柴荣踌躇满志,但还有一个心病没有解决,那就是燕云十六州,这些地盘被契丹占据着,这让他寝食难安,大周的东方门户,犹如完全不设防的柴院,而门口就坐着一只饿狼。

4. 王朴与赵普

赵匡胤此时已经升任步军都指挥使,这个官不小,在禁军中排行第三,更重要的是他年轻,是禁军高级将领中最年轻的。

他知道自己有功,但是,也知道自己不能表功。他的父亲在这场战争中死去了,老人家是病死的,谁都在说那是因为滁州那夜,赵匡胤没有开门,太不近人情。他不仅没有开门让他父亲进城,相反,他带队连夜出城,没有接上父亲,把父亲扔在了滁州的郊野。老人家在回汴梁的路上就一病不起,三个月后,病死在并州。赵匡胤内心非常痛楚,那晚如果接了父亲进城,也许他老人家就不会死。同样让他痛心的是王小姐,王小姐西征路上陪着他,南征又陪着他,如今,胜利归来,玉人却已不在。

当然,也有高兴的地方,高兴的是自己的弟弟赵匡义和赵光美都长成了大小伙子,尤其是赵匡义,已经能在家里照顾母亲及家人,做事大方得体。该给他找门亲了,访来访去,赵普来了一个主

第一卷 高平飞雪

意,让他娶符皇后之妹。

这符皇后是柴荣的第一任皇后,宣懿符皇后,又称大符皇后。符氏原为北汉魏王符彦卿的女儿,名门闺秀,这女子是个明理而胸怀大志的女人。她为柴荣尽心尽力,还常常能给柴荣许多劝谏,可惜的是,符氏命短,显德二年(955),随柴荣亲征南唐,征南唐不利,回到京师路上病逝,终年只有二十八岁。符皇后过世前,不放心柴荣,亲自为他做媒,让他娶了自己的妹妹,即小符皇后。

如今,赵普建议赵匡义要娶的就是小符皇后的妹妹、大符皇后的三妹。这当然是一门好亲事,赵匡义能娶上皇后的妹妹,和皇上成了连襟,那就沾上了皇亲国戚的光。想当初,赵匡胤征西战功卓著,却不得封赏,原因就在于他是个外人,对于皇上来说,如果你是外人,功劳越大,反而威胁越大。这也是李重进、张永德等功劳不大而能居高位的原因,国是他家的国,官当然也要让他家的人来当。

赵匡胤找到张永德,请张永德说合。

张永德是赵匡胤的顶头上司,官拜都点检,而此时的赵匡胤是都指挥使,赵匡胤找张永德自然是名正而理顺的。更重要的是张永德打心眼里欣赏赵匡胤,不遗余力地举荐赵匡胤的同时,把赵匡胤当作兄弟。自从当年高平之战,他们结下生死之交后,他们的感情就没有变过。张永德位高权重,但是,在赵匡胤面前常常非常谦虚,有主意甚至让赵匡胤来拿。

张永德都点检府大门口,站着几个便装的小厮,张永德为人低调,大门口不站军士。拿张永德的话说,军人是出门打仗用的,不是给当官的站岗放哨、看家护院的。那些小厮都认识赵匡胤,知道

四、望尽南唐

赵匡胤和张永德要好,张永德吩咐过,赵匡胤来不用他们通报,可以直接进去。一小厮弓着腰,直接引着赵匡胤往里走,赵匡胤看那小厮虽是便装的打扮,身手却是异常的敏捷。他跨门槛,脚下轻点,整个身子几乎没有上下晃动,人已经闪过了他,跑到前面去了,那是轻功。

走到中院,张永德正打个赤膊,光着上身在练拳,边上也站着几个小厮,有拿棍子的,有拿刀斧的,看样子是在陪练。这会儿,这些小厮都站着在看,张永德手里没拿家伙,赤手空拳,他一个鹞子翻身,在地上立定,又一招大鹏展翅,人跳起来,独脚站在了荷花缸的缸沿上,大家鼓起掌来,赵匡胤也鼓掌。

张永德站在高处,看见是赵匡胤,立即跳了下来,有小厮递过一把大刀,他推了,没要,而是走到赵匡胤跟前,抓住他的手说:"来来来,来得正好,和我练几招!"

赵匡胤也是爱武术的人,也练拳脚,还专门研究了一种用来训练军士的长拳。当然赵匡胤的独家功夫是盘龙棍,他独创的盘龙棍法,那是天下独步的。

赵匡胤也不推脱,但也不想直接跟张永德动手,道:"我们两个不用直接比,我们就用这水缸!"

张永德不解道:"这水缸怎么个比法?难道要搬起来不成?"他沿着水缸兜了一圈,"好,你说,怎么个比法?"

赵匡胤看看水缸,又对着张永德比画道:"哎呀,这是你家的水缸,它认得你,不认得我,要是比,恐怕我是一定要输给都点检的。但是我敢比,就看都点检敢不敢比了!"赵匡胤来了个激将法。

张永德双手背在背后,看看水缸,他不相信赵匡胤的话,什么水缸认得人,但是说他不敢比,那是不可能的,天下的事,还没有张永德不敢做的。

那些小厮们都知道,这两位要是比武,那必定是有好戏看的。

赵匡胤道:"水缸里注满了水,那我就和都点检比试一下,用这水浇花,院子里的每棵花都浇到,但是水缸不能动,水不能洒,咱们就用这两只手,浇花!"

张永德感到奇怪,摸摸脑袋问:"用双手舀水?浇花?我这个院子可大,数十人练武都能摆得开,那些花都种在墙脚边的花坛里,你怎么浇?"

赵匡胤不肯说细节,撸起袖子道:"都点检,您就说吧,比不比?如果比的话,我们得有个条件,如果谁输了,得答应赢的一方一个要求。"

"比!那还用说!"张永德摸不着头脑,但不肯认输,再说他也不怕输,他输得起。

赵匡胤跟一小厮要了一条腰带扎在腰里,双脚并拢,取半蹲的架势,两手运气,在空中旋转,转着转着,那手势越来越快。大家开始看不清那手在何方,只觉得一轮圆圆的光环在转。接着,就见水缸里的水开始搅动,那水直直地竖了起来,成一条线,向上升腾。升起到一丈多高的时候,他一转身,那水柱像长了眼睛似的,对着墙脚的花洒去!就这样,赵匡胤用两只手卷起的水柱,把院子里的花浇了个遍。

张永德和那些小厮都看傻了。神人也,神人也!张永德在心里佩服。

怪不得赵匡胤能打仗,三千人对阵六万人,他也敢,原来有这等功夫!他以前怎么不知道?

这功夫,张永德没有,怎么比?张永德只好认输。不过张永德

四、望尽南唐

也是聪明人,一看赵匡胤主动来找他,又说打赌,就知道赵匡胤有事求他。他不等赵匡胤说话,领着赵匡胤往屋里去,小厮递上茶水,知道两人定有话说,就知趣地出去了。张永德道:"你找老哥是有事?直说呗,啥事?"

赵匡胤酝酿一下,想如何说好。

没等赵匡胤开口,张永德就说:"你是来说王朴的事?都不用说了,我知道啊,你得忍!"

张永德说的是什么事呢?原来大前天,赵匡胤去宫里见皇上,路上碰到了郑起。那郑起不过是个小文官,却敢挡住赵匡胤的道,要赵匡胤下马。郑起的人和赵匡胤的人就打了起来,结果郑起的人还打赢了,人家是皇城里的巡城文官,而赵匡胤是禁军武将,算是虎落平阳了。

赵匡胤看在眼里,心里很不是滋味,让那军士跟着郑起的人去评理,据说正好遇上了王朴。没承想,王朴正色对赵匡胤的人道:"你家将军乃是皇上股肱不假,但也是武将。武将遇文官该下马,这个礼节一直是本朝所有武将都要遵守的,他岂能不知?"

赵匡胤的人吃了一鼻子灰,回来抱怨。赵匡胤对王朴倒是没什么意见,安慰了几句手下,这事也就过去了。王朴说得也对,如果禁军的武将在汴梁人人都可以耀武扬威,那汴梁还怎么管?

不过,这事却让赵匡胤的手下不服气,他们在禁军中传来传去的,结果张永德也知道了。

赵匡胤摇摇头道:"都点检,王朴大人的处置,我是心服的,哪里有什么不服气的?都是那些小厮不懂道理,乱传话,传到您耳朵里还好,要是传到王朴耳朵里,恐怕要多出事来!"

张永德看看赵匡胤,觉得赵匡胤说得没错,倒是王朴有点小题

第一卷　高平飞雪

大做了。"要说的不是这个事,"他穿起衣服道,"那你是有其他事,你直说吧,我们俩还有什么不能说的?"

赵匡胤道:"听说符皇后有个妹妹,聪明贤淑,正好我二弟赵匡义尚未婚配,我想看看能否高攀,麻烦您提个亲!"

赵匡胤心里实在不好意思,但是事到临头,不好意思也得说。他心里没底,一边假装看墙上的一幅山水画,一边等着张永德的回话。

没想到张永德特别爽快,就像是早有预备一样。张永德拉他到椅子上坐,又把茶几上的茶杯向他的方向挪了挪,说:"你来找我,我没有不接受的道理,这个月老我一定要当啊。"张永德喝口茶,又说,"我是真心希望为皇上揽人才,如果借这场姻亲能让皇上和你更加亲密地走到一起,那是再好不过的事了。"

赵匡胤听张永德这样说,也就放胆直言了。他本不是那种扭捏的人,此刻就索性一口气说出来了:"都点检,这件事还有个难处!"

张永德大大咧咧地道:"有啥难处,你说,都包在我身上。匡义这孩子我了解,是个好孩子,这个忙我得帮!"

赵匡胤站起身,对张永德深深一躬,便说:"不情之请,这些年我在外连年征战,皇上有些赏赐都贴给部下了,单靠老父的俸禄养一大家子,家里什么积蓄也没有。要是真能娶符家小姐,我们也没钱啊!所以,彩礼还得烦劳您借给我们!"

张永德一听乐了,问道:"赵匡胤啊,你乃国家柱石,你拿钱训练新军,招募乡勇参战的事,我都听说了。有人说,你有野心,我说,你那是忠心,让那些人拿自家钱出来试试?"他站起身,看看赵匡胤,又沉下了脸道,"唉,那是国家愧对你啊,彩礼的事你就放心

四、望尽南唐

吧,要多少,都从我这里拿。"

枢密院书坊内,范质、魏仁浦、李榖、杨徽之、郑起等人或站,或坐,或者踱步,大家都在等着王朴。已经一个多时辰了,王朴还是没有出现。

郑起有点儿急了,低声问身边的王公公:"枢密使怎么还不来?"王公公弯着腰道:"这个,小的也不知,枢密使日理万机,刚才又说是要和皇上议事,恐怕是还忙着吧。"范质看看郑起,压低了嗓音道:"你急什么,枢密使忙完了自然会来!还不安心等着。"

范质和郑起等都有事找王朴请示。范质在主持编辑《大周刑统》,那是一部真正的刑事律法书,要总结唐律法的种种成果,汇编一部让国家走上法制轨道的基本法。郑起在重编礼乐,自安禄山起兵之后,中原一片混乱,礼崩乐坏,人心不古,国家政治没有了系统的规范和典章。武夫当道,致使社会一片混乱。郑起等人要为国家编制一部根本的政治大法。这两件事,都不小,都由王朴牵头。

每天,这些人都要来呈上进展,一条条让王朴过目。王朴性格比较直,见谁都是直来直去,也不顾及颜面。就是范质,历经数朝的老臣,王朴批评起来也是没头没脸的。所以,大家都怕王朴,但大家也不敢对王朴如何,王朴没私心,这是大家都公认的。再说了,王朴深得皇上的信赖,皇上把他当左膀右臂,别人还能怎么着呢?此刻的王朴,不仅仅是大周第一的文官,位列宰相之上,而且也是国家第一的武官,枢密使是国家最高军事长官。不但范质等这些宰相要听他的,而且李重进、张永德、赵匡胤等人,也都得听他的。

第一卷　高平飞雪

王朴忙,那是肯定的。但是,让这些枢密院的副使、宰相这样等着,也不符合礼数吧。

陶穀背着手在书房内踱步,兜着圈,踱步到王公公面前,斜眼看了一眼王公公,鼻子里"哼"了一声。王公公看在眼里,知道陶穀有才气,也有胆气,可惜王朴不欣赏他。王公公对陶穀恭恭敬敬,他犯不着得罪这人。陶穀表面上对王朴、范质等人都很客气,但是骨子里却不把他们放在眼里,实际上他和谁都没什么私交。

陶穀对着王公公道:"公公,麻烦您老通报一下,枢密使到底能不能接见咱们?"

王公公不紧不慢地也是一个弓腰,道:"老臣不敢,只是老臣出来的时候,看见王大人正在书房看折子,这会儿恐怕也是在处理急务吧。"

陶穀用鼻子又"哼"了一声,道:"看折子?那是给皇上的,怎么都由枢密使大人代劳了?难怪枢密使大人没时间见我们!"

王公公眼皮也不眨一下,用手上的拂尘掸了掸茶几,那样子有点像是驱赶陶穀,不阴不阳地回复道:"枢密使大人在忙什么,老臣无权过问,老臣只是心疼枢密使大人而已!"

枢密院门外,四个壮汉抬着一项四人大轿一路小跑,轿子上坐着王朴。他斜躺着身子,似睡非睡,脑袋跟着轿子微微摇晃着。那四个壮汉应该是知道主子在睡觉,走路飞快,但是轿子的运动轨迹却似一条直线,几乎没有任何颠簸。王朴脸色特别不好,在打着瞌睡。

王公公看见王朴时,几乎是"噌"地跳了出去,跪在轿子旁迎接王朴。王朴弯腰拉起王公公,嘴上说:"王公公,你这样折煞下

四、望尽南唐

官了!"

陶榖看看王朴,脸上流露出尴尬的神情。

王朴并没有直接走进书房,而是拐到了书房边上他独享的办公房去了。大家你看看我,我看看你,最后,范质上前,正欲说话,被王朴的身边人李密挡住了。李密道:"大家有折子,交给我,我来转呈。等大人看了,再叙话,各位还是在这里等着。"

王朴坐在椅子上,王公公立即给他后背部垫上垫子。他咳嗽了两下,半躺着,稍稍好些。"王公公,今天大家有些什么事要商量?"王朴问。

王公公一边给他调蜂蜜水,又给他研磨茶叶,烧上山泉水,一边道:"倒也没什么,范质、李榖都是来交差的,我看,他们是来听听您的话音。"

王朴嚅了一口蜂蜜水,喝不下又吐了出来。王公公似乎早预料他会吐,手边准备着痰盂。王朴吐完,王公公接着道:"范质的折子,我瞟了一眼,大概是说他已经老了,一个人弄《大周刑统》恐怕难以胜任,他提请让窦仪跟他一起干。"

王朴问道:"窦仪?"

王公公扶起王朴,在他耳边轻声道:"那窦仪是他的门生,他大概是想提携一下窦仪吧。"

"那就准奏,让他带上窦仪吧,改天让他带窦仪来,我和窦仪谈谈!"王朴闭上眼睛,自言自语道,"这个范质,就是这点儿小心眼,没出息!要广罗人才,他眼光如此狭小,能举荐什么能人?"

王公公给他捶着背,又道:"李榖倒是已经整理好了《大周正乐》九章,又编了《大周通礼》,我看弄得都有模有样!"

第一卷　高平飞雪

"哦？"王朴看看王公公，"此人手脚倒是快！"

"此人才气有余，而稳健不足，《大周通礼》如此浩大的工程，怎么可能他一个人弄到头呢？他的两封奏折，竟然都只用他一个人的名字，如何能过？我看要压一压！"王公公轻轻地说，那语气像是自言自语，又像是在亲密耳语，反正不像是在正式交流。

王朴看看王公公，道："李穀乃是当朝宰相，是历经数朝的老臣了，可是要说老辣，确实不如你！"

王公公脸上表情没有任何变化，继续道："他是您看重的，但是，他却不晓事，我也提醒过他，但他似乎并不领情。"

王朴眯上眼睛，点点头，像是在瞌睡，王公公又道："听说，赵匡胤在为他弟弟提亲！"

王朴没动，仿佛没听见。

王公公给他斟上茶，又道："是向符皇后家提亲，要娶符皇后的妹妹！"

王朴睁开了眼睛，一骨碌坐了起来，忙问道："什么？谁搭的桥？"

王公公不动声色地回答道："听说是张永德！"

王朴厉声道："张永德，吃里扒外，不晓事体！"

李重进府上，李重进和李筠、韩通三个人在喝酒。李重进主掌当朝禁军，李筠是外放大员，两人都伺候过几朝皇上，尤其都伺候过先帝，是先帝身边的重臣。如今柴荣上位，虽然重视他们，但权力开始渐渐地向赵匡胤、王审琦、石守信等年轻的将官身上转移。最近皇上连续提拔了赵匡胤、李继勋等，这些人纷纷做了都指挥使，有的还兼了地方节度使。

四、望尽南唐

李重进抿一口酒,对李筠道:"你就看吧,当初高平之战大胜,皇上是如何对待那些老臣的,除了张永德这小子升官发财的,有老臣吗?相反,冯道故去了,还有那么多老将军,不仅没得到善待,反而被杀了头!"

李筠摇摇头,一口干了酒,道:"杀七十余旧将,当初你不是也同意的吗?我倒是觉得赵匡胤这小子难缠。他不要钱,不要女人,只要人缘,凡是跟他打仗的,只要跟他走一遭,就成了他的人。你看看,那个罗彦环,有出息么?地位比他高,武功不见得比他低,现在呢?像是他赵匡胤的跟班!自己不要官,反而推荐赵匡胤!"

李重进拍拍手,里面走出一队美女来。那些美女,一个个袒胸露乳,穿得薄如蝉翼的。李筠的眼睛都看直了,道:"你哪里弄来这些尤物?"李重进微笑不语,李筠就站起来,搂上一个,灌上一杯酒。那女子被呛得直咳嗽,眼泪都流出来了,惊恐地看着李筠。李筠哈哈大笑,在那女子的脸上亲了一口,揶揄道:"还是你们这次南下有收获啊,我在北面挡着北汉的那老小儿,又挡着契丹,累死累活,还什么都没有!"他摸摸那女子的腰,感慨道,"哎呀,我说呢,还是江南女子细腻,你看这腰,这皮肤,哪是北方女子能有的?"说着,他举起酒杯,一小厮过来给他斟上酒,他喊道:"来,干一杯,干一杯,今宵酒醒何处?温柔乡中,有美景!嘿嘿,你李重进,哦,做人不能太小气不是?"

李重进心里有些不舍得,那是他在寿州大捷的时候,乘机找来的女子,一个个都是百里挑一的,只得道:"得,被你看中,我还能不答应?不过,我有个要求!"

"五百匹马!"李重进道。李筠看看身边没其他人,压低了嗓子问道:"你要马干吗?禁军的马不都是皇上让赵匡胤统一采买

第一卷　高平飞雪

的吗?"

李重进对着李筠摇摇手,道:"那些采购的马我能要？我要这五百匹马,是放在家里,家里才安全！"

李筠明白了,马是给家丁的,他李重进要建自己的小军队！"你还真是有远见哪！你做得对,哪天谁想得罪老子,老子就拿家丁跟他干！"李筠道。

李重进摇摇手,看看左右,谨慎地说:"你别乱说,我们是忠心耿耿的,一心只为国家,没有二心。"

李重进的贴身护卫李元看在眼里,不露声色地端上酒,给每人斟上。

韩通比他们年纪小,资历浅,平时不怎么插话,只是喝酒。李重进自说自话道:"李大人,您是国家柱石,有您挡在潞州,在潞州经营多年,潞州已经固若金汤,那北汉是不敢来犯的。现在,张永德张将军经营澶渊,我却感觉担心,那里根本没有险要关口可以据守,契丹人什么时候想来就来,如入无人之境！"

李筠听了,好像酒醒了一般,正色对韩通道:"韩通,你也该外放一下了,去北方吧？现在南方刚刚平定,皇上暂时没什么担忧的了。我感觉,下一步皇上就是针对契丹,打燕云十六州的主意。你想想啊,有什么比一个年轻的皇上拿下祖上好几辈都拿不回来的燕云十六州更有成就感？你去了升官发财,将来样样随你挑！也好顺便打点儿草谷回来,将来可以过上好日子。"李重进看看自己家,金碧辉煌,又指指外面的院子道,"你也该有座大院子了,大丈夫活在世上一辈子,如同草木一秋,图个什么呢？不就是好日子么？"

韩通不明白李重进和李筠今天找他喝酒到底是什么意思？怎

四、望尽南唐

么突然说到他身上来了,让他去濮州?

李重进点点头,道:"对!你去。濮州那是皇上待过的地方,正对着契丹,皇上对那里非常重视。你去,对内,能挡住赵匡胤的官路;对外,可以施展拳脚,筑一道真正的防线!"

韩通不解,只是喝酒。李重进见他没有作声,又解释道:"你这半年,疏通汴河,让淮河船只能直接靠泊汴梁,皇上很欣赏。你有没有想过,去濮州帮张永德也挖一条河,用一条河挡住契丹?"

李筠道:"潞州,有老夫在,防守上肯定无忧,但是进攻就难说了。濮州,如果你能去,建一道壕沟,用于防御可以挡住契丹,用于进攻,将来可以将我大周的粮草、军马用舟舰直接运送到契丹境内,你一定能在皇上面前立一件奇功!"

韩通放下酒杯站起来,深深一礼,道:"两位大哥的提点,小弟永志不忘,此去一定尽责尽力,建好防线,挖沟开渠,两位大哥放心。"

韩通小声问李筠:"您要我真的帮张永德?"

李筠大笑起来,反问道:"你啊,这还不懂吗?你去,看着张永德,看他怎么和赵匡胤来往!"

韩通摇摇晃晃地往外走,李重进在韩通耳边道:"皇上在濮州做过刺史,主政濮州多年,你去了,要有头脑,那是皇上的血亲之地,发家之处,你要去经营好!"

赵匡胤坐在堂前,看着堂前的燕子,燕子飞来飞去,一会儿衔着一根枝条回来,一会儿衔着一根羽毛回来,那是在做窝。他身边站着马弁赵六,赵六拿根竹竿,要捅燕子窝,被赵匡胤挡住了。赵匡胤想着赵匡义的事,这时,赵普带着一队人进来,那些人抬的抬,

第一卷 高平飞雪

扛的扛,弄来许多的东西。为首的是张永德的管家,赵匡胤认得。那管家走上前来,递上帖子,赵匡胤一看,是三千两的银票。他知道张永德也是个清官,做武将的没什么分外的收入,这三千两给得不容易。他又看看那些东西,道:"老管家,有了这银子,怎么还拿那么多东西?那多过意不去啊!"赵匡胤知道,将来还银子已经不容易,猴年马月能还真说不上,那些东西,都是绫罗绸缎、珠宝玉器,那就更加还不上了。那管家道:"是我家主公吩咐的,说银子得有,礼也得有,让我都给您配齐了送来,这是按照王公贵族的礼仪准备的。您放心,我打探了好几家,大约都是这个规制,拿出去不寒碜!"

赵匡胤心里热乎乎的,有张永德这样的上司,他为大周卖命也值得了。他拿出一锭银子,打赏了管家和那一行人,把赵普让到屋里。赵普也掏出一张银票来,赵匡胤一看,有一千两,忙问:"你哪来银子?"赵普跟着他没弄到什么钱,都没拿过俸禄,好在现在他升了副都指挥使、忠武军节度使,可以开幕招人和发薪饷了。但是,吏部办事慢,到现在也没个信儿,便又说:"赵普,你可不能贪污啊,这钱哪儿来的?你还回去!"

赵普道:"是王彦升给您的!"

赵匡胤一听,心里一震,道:"王彦升,不是在军前被我斩首示众了吗?他怎么还活着?"

"当时,王元功放了王彦升,让他跑了。如今王彦升在北方经商,有点儿钱了,派人给您送来一点!"

赵匡胤哪里听不出来,王彦升一介武夫,怎么会经商?肯定是在干占山为王、打家劫舍的活儿。如今到处是战火,良家不能安生,做贼寇却反而过得不错,大众不事农桑,只想着发战争财!赵

四、望尽南唐

匡胤鼻里"哼"了一声,便道:"这钱,我是万万不要的。"

赵普看赵匡胤这个脸色,知道事情不好,立即转了语调说:"王彦升不知好歹,重罪脱逃,还敢来贿赂将军,那是罪加一等啊,这钱,我们能要吗?"说着,他扔了银票,掸掸手,仿佛嫌那银票脏了他的手似的。赵匡胤看看赵普,道:"王彦升的事,先放放,眼下着急的是,王朴一伙反对匡义和符小姐的婚事,而且拿这说事,要把我外放到甘州去!听说,王朴已经拟好了折子,就等皇上御览亲复了。"

赵普踱着步,不住地点头、摇头道:"将军,您任用我为长书记,是失策。当今天下,夺国之才有两个人,一个是他王朴,一个就是我赵普,现在一个为皇上所用,而另一个为您所用,您要用一个安邦定国的人才有什么用呢?难道你要当皇上不成?将军的失策之二是,您听了我的建议,试图和皇上攀亲,皇上的亲,哪是您好攀的,您那叫攀龙附凤,这就又显露了您的野心,您是有深藏不露的野心的!"赵普说着,坐了下来,端起茶几上赵匡胤的茶杯,喝了一口。然后不说话,闭上了眼睛,仿佛是在想事情,又仿佛是在等赵匡胤回复。

赵普看赵匡胤不说话,弯腰悄悄地把银票捡起来,放在了桌上。他在等赵匡胤说出一些宽慰他的话。但是,赵匡胤什么也没说,此刻他的内心很乱。

赵匡胤在沉思,上次王朴当着众将的面斥责他,说他不懂道理,在文官面前不下马,是越礼。他已经感到王朴等对他的敌意,但想不透他到底是在什么地方得罪了王朴,让王朴对他如此嫉恨?现在,他想通了,无论如何,王朴等都不会放过他,只要王朴在一天,他就不会有好日子过,王朴就是他的天敌。西征归来,王朴不

第一卷　高平飞雪

让皇上提拔他,南征归来,皇上给了他一个副都指挥使,却不给他任何实权,现在还要把他外放到甘州去,那是什么地方?外放那里,等于流放!

他站起身,看看横梁上的燕子,那些燕子亲昵地互相啄着羽毛,它们多幸福啊,只要有个窝,就能一家过。而人呢?赵匡胤将如何自处?他想到南征中死去的王小姐,想到父亲,不禁悲从中来。

如今他在朝廷里,没有一个真正的朋友,没有一个真正的同党。他要被外放,要不是王燕儿回来说,他还真不知道,没有任何人给他通报。他自己倒是不要紧,想想楚昭辅、曹彬、潘美等这些人,这些人跟着他出生入死,如今他一下子没了音信,这些人如何自处呢?

这时杜老夫人从内屋走了出来,举起拐杖,对着赵普捶地,捶了三下后,道:"赵普啊,这是打你的,本该打在你身上,当然我儿也该打!"杜老夫人又对着赵匡胤用拐杖捶地三下道,"匡胤,你也该打!这点儿小事就害你们兄弟互相怀疑,不能相互扶持和信任?你们有出息吗?"

赵匡胤立即起身,对着他娘道:"娘,我哪里怪他了,我只是在想事!"

杜老夫人不依不饶,道:"你给我跪下!"

赵匡胤是个孝子,听娘这么说,不得不跪,不敢不跪。杜老夫人又对赵普道:"你也姓赵,也算是我儿,今天你们两个,就结拜兄弟,以后永不反悔,永不背叛!"

赵普也跪了,两人同时发誓。杜老夫人道:"有什么大不了的,能比当初流离失所,没饭吃还难过吗?你们俩好好商量,我就不相

四、望尽南唐

信,两个大活人找不出路子来!"

赵普道:"去了甘州,要想再回来就难了。未来大周的战略重点肯定在燕云十六州,在对付契丹上。将军不如主动请缨,跟随张永德去濮州,在那里进可以袭扰契丹,建功立业;退,将来总有一天,那里要全面开战,一定能一展抱负,为国建功!"

赵匡胤听了,觉得有道理,二话不说,拉了赵普,两人骑马一路到了张永德府上。

张永德正好在家,两人把想法一说,没承想张永德却说:"你们来晚了,刚刚王朴已经来过,派韩通随我去濮州,充当防御使,在那里建堤坝。"张永德拿出地图展开,地图上深(今河北深县)、冀(今河北冀县)两州间的葫芦河,被重重地画上了红线,有的地方被拉直,有的地方又画弯了。赵匡胤仔细观看,不由得暗暗佩服,如果按着这条线挖深河道,加高堤坝,不仅可以疏浚河流,用于灌溉、交通,还可以作为抵御契丹的天然防线。在这防线之上,又画着一系列堡垒,那些堡垒错落有致,都能利用地势。赵匡胤数了数,一共有李晏口、束鹿、鼓城、祁州、博野、安平、武强等七座堡垒,赵普也是军事家,善于军事地理,当然也看得懂这张图。张永德不等他们问便说:"这张图是韩通所献,他已经获得皇上批准,这次跟我去濮州准备专门负责葫芦河防线的建设!"

赵匡胤心里说,我们来晚了一步。但是,他嘴上没有说出来,"恭喜将军得一员猛将,能有这样的见识,将来必能助将军镇守边关,保国安民!"

张永德并没有注意赵匡胤的态度,而是点点头道:"看了这张地图,我想早点儿动身,立即筹备去,早一天建成,早一天安心啊!否则,我在哪里都觉得不安生。"

第一卷 高平飞雪

枢密院内,更夫缓缓地走着,一边敲着棒子,"笃笃笃"的更声显得特别响。王朴的屋里还亮着灯,屋外几个太监站着,王朴不走,他们就不能休息。几个年轻的太监,交头接耳,王公公出来送人,听见几个太监在闲话什么,对他们"嘘"了一声,让他们安静。

几个太监顿时绷紧了身体,不再说话。送走了一个,接着院外又走进来一个。就这样,一个一个地接,一个一个地送,已经是第七拨人了。那些太监实在不理解,王朴今天到底在干什么。

来人跟着王公公走进里屋,王朴坐在桌子后,正在看一张密折,听见来人,并不客气,头也不抬地说道:"来了?看你的折子,没有什么新内容,是不是你年纪老了,该休息了?"

来人低头道:"老臣无能,听不着什么重要的话语,只是老臣敢以性命担保,赵匡胤没有二心,他让其弟攀龙附凤,不过是赵普的一念之想而已,这个赵普野心不小,应当除之!"

"赵普能有什么风浪?这个人才情有余,但是德不配位,够不上他的才情,我看不会有什么大动静的!"王朴道。

"赵匡胤和赵普,两人结拜兄弟,赵匡胤不愿意去甘州,找张永德想去濮州,都是赵普的主意。"

王朴点点头道:"这些我都知道了,对我们很有用!"

来人不再言语。王朴推了一下桌上的一包金银,道:"这是你的,拿去吧!"来人悄悄地收了那包金银,缓缓退向门口,到了门口,正要转身离去,王朴又喊住他,说:"王金川,你儿子已经是禁军校尉了,你不再适合做卧底了,过一两个月,你就退了吧,回家好生将养,颐享天年!"王金川紧走两步,到了王朴跟前,"扑通"一声跪下,道:"王大人,我一家老小都蒙大人恩典,为大人,我们万死不辞!"王朴摆摆手,让王金川出去。

四、望尽南唐

王金川哭着走了出去,到了门口时又抓住王公公的手道:"王公公,谢谢你了。"

王公公挥挥拂尘,道:"那是你的造化!"王金川从袋子里摸出一锭银子,塞在王公公的手里,王公公顺势接了。二人无话,挥手别过。

王金川出去后,郑起从屏风后走出,道:"王大人高明,幸亏我们早有所料,提防得早,否则还真是挡不住他!"郑起说的是如果赵匡胤去找皇上,要求去濮州,可能皇上立即就会答应。他们都知道皇上这些日子,天天看燕云十六州的地图,一门心思想夺回燕云十六州。自从石敬瑭把这片土地拱手让给契丹,之后多少君王想过要把它收回,却眼见着它在家门口而不可得。如今,柴荣要是能收回这地盘,岂不是正好树立了中原王朝的大国威信,如果能顺势让契丹彻底臣服,更是能解决东北边关的百年威胁!

赵匡胤是冉冉升起的青年将星,柴荣肯定乐意让他去濮州。当初,王章等人西征,数月没有进展,最后,赵匡胤主动要求去,而且只带三千人,就拿下了秦、凤、成、阶四州,让蜀国俯首称臣。如今,柴荣又为什么不依样再来一次?就如同复制对南唐的大胜一样,让契丹也彻底投降,这是柴荣作为一个青年皇帝的最大梦想。

王朴站起身道:"赵匡胤在布一个大局,他想通过联姻和皇上建立联盟,又主动请求去濮州,想在那里挑起战端,拥兵自重,要挟朝廷。他自以为聪明,却不知道人算又怎能比得上天算?"

郑起不明白,问道:"大人,天算是何意啊?"

王朴道:"昨日接到报文,党项族犯我领土,袭扰甘州,甘州知府请求朝廷派兵增援,赵匡胤没有理由不去,他应该立即动身!让

第一卷　高平飞雪

他去那里和王章合作吧。"

郑起弯腰给王朴斟上茶,恭敬地说:"大人,他哪里有大人的聪明才智。不过一介武夫,有勇无谋而已。"

王朴摇摇头说:"非也!赵匡胤有勇有谋,胆略超人。更何况,他还恬不知耻,一个能抛弃父亲的人,一个人让自己的兵士互相残杀的人,一个能利用女人往上爬的人,厉害啊,厉害得让人害怕!我担心的是,他会故意挑起我们和契丹之间的矛盾,让我们过早和契丹开战,置我大周于危险之境,坏我先南后北的大局!"

郑起沉默了,看看王朴桌上堆积如山的折子,说道:"大人,卑职能体会大人此刻的心境,大周连年开战,国库空虚,需要劝农奖桑,与民休养。国家更要确立法制、建立政制,现在是百废待兴,又有多少人真能明白大人您的雄才大略呢!"郑起说着,叹了一口气。他实在有点担心王朴的身体,这样劳累,就是像牛一样健壮,也不见得能支撑多久。

王朴咳嗽了两下,用手抹了一下嘴唇,有一丝血迹。他偷偷地擦在了手巾上,没让郑起知道,说:"是啊,中原乱局已经百年,法统和纲常俱乱,平均十年换一个皇帝,不到二十年换一个朝代。大周要打破这循环律,就必须从依法治国和教化人心、恢复政治上入手,恢复上古尧舜的礼仪,制定大周的正乐,制定文武官制,建立以文官为核心的国家政制体系,均田法、联保法都要实施。这些都是急务,否则大周就无以立国,我们凭什么打败契丹和南唐?光凭武力是不行的,重要的是文化和经济,文化能够开民,经济能够富民,我们才能让万民来归,万国来朝,兵不血刃而能独霸寰宇。"

郑起点头道:"大人放心,我们都坚决支持大人的见解,皇上也一定能理解大人的思路。"

四、望尽南唐

王朴摇摇头,道:"皇上要的好像不是文治,而是武功,他要的是立马见效的开疆拓土,而我要的却是长治久安。皇上和那些将军们走得太近了,已经被那些武夫们左右,好战好杀,我担心啊!"

郑起道:"是啊,楚州屠城,让我也大吃一惊,大符皇后在,还有人劝皇上,如今大符皇后薨了,小符皇后还年轻,我恐怕皇上他更是会好强斗狠,对外用兵不断了。"

王朴起身,身后的太监过来,一个个灭灯,在最后的灯光中,王朴脸色一会儿明一会儿暗,飘忽不定,忽而说道:"郑大人,你真愿意和我一道?你不怕别人骂你是求和派?是懦夫、卖国贼?"

"卖国贼?我单知这国是您王大人帮着建起来的,但不知王大人您也会卖国,我单知这千疮百孔之国,让大人您操碎了心,我们只是急着修补它,也不知能卖给谁!"

"查赵匡胤在滁州之战中,搜刮民脂民膏,战利品不上缴!"王朴对郑起吩咐道,"查南征中,赵匡胤与十员大将结义,私自结党,图谋不轨!"

义成军节度使府邸门前,两棵千年胡杨一夜枯死。一大早,管家来报的时候,石守信正在吃早饭。夫人亲手做的小油饼香飘四溢,半杯温热的羊奶掺了酒,石守信一口一口地抿着,享受着这悠闲的早晨。

他不相信管家絮絮叨叨的汇报,两棵胡杨壮实得不能再壮实了,像两个二十出头的壮汉,它们站在那里的时间比这宅邸还要长,怎么说死就死了呢?他放下小油饼,端着杯子和管家往外走。"难道是有人使坏,毒死了两棵胡杨?"

管家跟在他身后,心里七上八下。

第一卷　高平飞雪

"大人,咱这宅子,风水全靠这两棵胡杨。胡杨死了,咱会不会遭什么灾啊?"

石守信可不相信这些,他是从死人堆里爬出来的武将,只相信自己的力量、意志,相信人定胜天。可是他走到门口看见两棵胡杨的时候,还是惊呆了——昨晚还茂密苍翠的两棵大树,如今是一地枯叶加上两根枯枝。他脸色阴沉地在树下踱步,想看看其中的蹊跷。

正在这时,沿街四匹快马飞驰而来。到了近前,发现四人皆是御林军装束,一人高声叫道:"圣旨到!"

石守信连忙上前跪地接旨。

来人念道:"石守信居功自傲,结党营私,两军阵前拉帮结派,着即削去军职,拿下查处!"

街拐角,匆匆赶来的楚昭辅正好看到这一幕,上前悄悄问那御林军士:"这是怎么回事?"

那军士看了看楚昭辅,道:"小人怎知? 小人们只是执行公务而已。"

楚昭辅掏出银两塞在军士手中。

那军士道:"你以为我们御林军都是贪腐宵小? 出门前,韩通将军吩咐过,左手拿,斩左手,右手拿,斩右手。"但这军士并不移步,而是盯着脚下。

楚昭辅蹲下身,把银两塞进军士的靴筒,说道:"还请您多透露些个,让我等有个期盼。"

那军士小声道:"恐怕你家大人得罪了王朴枢密使吧。有人告你家大人结党谋反、虚报军工、勾结外患、拥兵自重。"

楚昭辅一想,是不是赵匡胤、石守信十兄弟结义的事惹祸了?

四、望尽南唐

其中有王审琦、罗彦环等,均是手握重兵的大将,更重要的是,他们分别掌握了御林禁军和厢军的命脉,内外交织,纵横交错,一旦被告谋反,真是百口莫辩。

楚昭辅感觉自己来晚了。

京城赵匡胤府内,赵匡义匆匆走进书房,在赵匡胤耳边悄悄道:"石守信被捕了。"

赵匡胤一惊,放下手中的书,走到门口左右一盼,见四下无人,关上房门,问:"是不是楚昭辅回来了?"

赵匡义焦急地摇头,道:"楚昭辅没有音信,是张永德派人来报。"

赵匡胤道:"那帮文官奸臣也,害我大周柱梁!大周要亡,就亡在这帮文蠹手上!"

王燕儿隔墙侧耳听着,听不清楚这兄弟俩在说些什么,于是抬了抬手中的托盘。她走到书房门口,伸手要敲房门,却又停住,此时屋内什么声音也没有。少顷,她直接推开了房门,迈步走了进去,却见赵匡胤兄弟俩各端坐在书桌一侧,二人正下着围棋。

赵匡义笑嘻嘻地说:"有您煮茶,我哥是越战越勇,我怕是赢不了了。"

王燕儿笑道:"我不也是在给你添茶么?隔日,我还要给你说亲呢。不知你看上了哪家的姑娘呢?"

赵匡义正要回答,赵匡胤接口道:"匡义还小,婚姻之事暂不急,况且母亲已有设想,我们兄弟只听母亲吩咐便是。"

王燕儿收了托盘,心里觉得好笑:你赵匡胤那点心思谁人不知?外面已经沸沸扬扬,都说你在请人为他说媒,想娶皇上的妻

第一卷　高平飞雪

妹,攀龙附凤,这等大事怎能瞒得了我?如果你们求我,说不定我能帮得上忙。如今你们拿我当外人,那也就休怪我没提醒你们。"原来王燕儿已经从宫内得到消息,皇上接到数位大臣的密奏,要查处这些军官们,其中最重要的对象就是赵匡胤。"赵匡胤啊赵匡胤,你居功自傲,看不起人,心里只有你那从定军山上下来的女贼,命该当绝竟不自知,而唯一能救你的人就在眼前,你却有眼无珠。"王燕儿想着,端着空茶盘迈出书房,连书房的门也懒得替他们关上,快走几步来到院中,狠狠地把茶盘摔在地上。

摔完了,王燕儿又立即恨起自己来,想想自己也是太自私了。王小姐拿出全部身家来资助赵匡胤,不离不弃,甚至丢了性命,自己却小肚鸡肠,怎么就没做一点儿积极的事呢?既然认定了赵匡胤就是自己的终身所托,又为何不能无私地奉献于他,助他一臂之力,让他成功呢?男人都是要哄、要宠的啊。她恨恨地对自己嘱咐道:"以后,要好好对待他。我要做几件事,让他相信我!"

看着王燕儿走远了,赵匡胤对赵匡义说:"山雨欲来啊!他们利用滁州遇父不纳,坏我名声,这不是道德家的迂腐议论,相反是在有计划地制造舆论打击我。目下查我等私下结党,还查我在滁州私吞查没敌产的事,那是想收网捞鱼啊,人家结网,我为水中鱼,奈何?"赵匡胤叹道。

"哥,你到底有没有侵吞滁州查没的敌产?"

"二弟,连你也不信任我?信那些胡扯?我要是真侵吞了那些财产,你成婚我会不拿出来?"赵匡胤道,"说白了,二弟,你哥对几个小钱根本不看在眼里,你哥要的是万民安泰、国家富强!"

"哥,你不要财富,不要光宗耀祖,难道要的是整个国家?"赵匡

四、望尽南唐

义的声音不由自主地高了起来。赵匡胤拿起镇纸,敲了他一下,四下看看,道:"不得乱说,你哥没这个想法,你哥的想法是当今皇上非常圣明,我们应该忠心辅佐他,安邦定国。"

"哥,说的是这个理,可是皇上认你这个兄弟吗?"赵匡义忧心忡忡地问。

"哥不懂政治,只懂打仗,吃亏就在这里,有时候胜仗打多了,反而是缺点,不容于人!"赵匡胤叹口气道,"当今的情势,哥是得罪了一帮人,和我们作对的有皇亲国戚,也有前朝老臣,他们什么也没做,享受着荣华富贵,却不知足,时刻想着要得更多,害怕别人跟他们分享。"

"将军,你说得有道理,可还没说全,改革势力,你也得罪了!"赵普从内屋走出来,这几日,他就宿在赵匡胤家里,也是焦急上火,各方传来的消息对赵匡胤不利,但是,大家又理不清头绪,不知道为什么一下子像坠入了无底深渊,敌人却永远躲在暗处。"我感觉,我们可能也得罪了王朴,他的思路是先南后北,先和后战,是主和派,而他把我们当成了主战派!"

赵匡胤拿起手中的书,那是黄石公的《三略》,赵普瞟了一眼,正好看见这样一段文字:"得而勿有,居而勿守,拔而勿久,立而勿取。为者则己,有者则士。焉知利之所在?彼为诸侯,己在天子,使城自保,令士自处。"赵普心中一愣,暗想:难道我眼前的赵匡胤将来的确要居有其国?难道皇上真的在忌惮赵匡胤?难道这背后的始作俑者正是皇上本人?他拿过书,又看到:"使义士不以财。故义者,不为不仁者死;智者,不为暗主谋。"赵普不由自主地读了出来。

赵匡胤听了赵普的诵读,有些不自然起来,夺过赵普手里的

第一卷　高平飞雪

书,道:"不要读了,读出来,不知道我们的人还以为我们在想什么呢!其实,我只是随便翻翻而已。"

赵普把书还给赵匡胤,闭上眼睛,背诵起《三略》来:"夫能扶天下之危者,则据天下之安;能除天下之忧者,则享天下之乐;能救天下之祸者,则获天下之福。故泽及于民,则贤人归之;泽及昆虫,则圣人归之。贤人所归,则其国强;圣人所归,则六合同。求贤以德,致圣以道。贤去,则国微;圣去,则国乖。微者危之阶,乖者亡之征。贤人之政,降人以体;圣人之政,降人以心。体降可以图始,心降可以保终。降体以礼,降心以乐。所谓乐者,非金石丝竹也;谓人乐其家,谓人乐其族,谓人乐其业,谓人乐其都邑,谓人乐其政令,谓人乐其道德。如此,君人者乃作乐以节之,使不失其和。故有德之君,以乐乐人;无德之君,以乐乐身。乐人者,久而长;乐身者,不久而亡。"

赵普曾经隐居数十载,研究经略,这一点赵匡胤知道,但是今天听他随口大段背诵,还是很惊讶。

奇才也,国之重器!

可惜,柴荣不用他。

他打断赵普的朗诵,说道:"王朴的做法是对的,是长远之策,而东征西伐,劳民之政,非在长远。"

赵普拱手道:"将军治军有方,而治政则不如王朴,王朴对付将军您的,是治政之方。他布下一张大网,随时可以收网,而将军你在网中,则不知哪里可以突围,这张网越来越紧,你却找不到纽结在哪里,无法打开绳网!"

赵匡胤点点头,赵普说得对,政治,不是他的强项,他不会玩,只能被别人玩。赵普道:"政治的玩法,是结盟,明抢使不得,得在

四、望尽南唐

台面底下使劲儿。为今之计,我们一是要分化对手,二是要找人结盟!"

赵匡义年轻,处事性急,问:"找人结盟?能找什么人呢?"

赵普不紧不慢地道:"符皇后!我们只要能让符皇后认可,让匡义和符小姐的婚姻能成,就一切都迎刃而解了。和皇上做了一家人,外人再怎么说也没用。江山是咱们自己的江山,自家人的江山,谁还能置喙?"

赵匡胤听了不免有些失望,赵普啊赵普,我们眼下处境困难,被人当出头的椽子来打,不就是因为我们想这门亲事,结果是好事不成,反而变成了坏事。现在,石守信和王全斌都在被审查,其他人也人人自危,我们还去谈婚事?

赵普知道赵匡胤有疑虑,补充道:"有一个人,将军可以用。"

"何人?"

"远在天边,近在眼前!"赵普卖关子道。

"你快说,只要能办,咱们快快办,要是石守信等在监狱里受不住,被诱供,说不定会弄出更大的乱子来,这事得快!"赵匡胤催促道。

"王燕儿!王燕儿深得皇上信赖,我看她是真心喜欢将军。王小姐故去的时候,拉着你们的手,要她照顾你,王小姐没看错人。王燕儿经过这些事之后,为人成熟了,她能去斡旋,去和符皇后直接沟通,甚至和皇上直接沟通。如果她愿意出马,那就有希望!"赵普盯着赵匡胤,"将军,就看你的了!"

赵匡胤沉吟良久,王燕儿跟他南征北战,一路照顾得尽心尽力,自己对她不冷不热,实在是因为她忌妒心太强,小肚鸡肠不成大器,也或者是因为王小姐的出现,把她比下去了。其实,王燕儿

第一卷　高平飞雪

长相不错,会照顾人,若说她是皇上按在他身边的探报,那是莫须有的。赵匡胤背着手,心里拿不定主意,王燕儿这些日子对他也是不冷不热的,回来后,一直没有提结婚的事,倒是提过要给王小姐做法事,超度亡灵,赵匡胤一直不信这些,也没答应。

"赵普,你说说,我们如何行得?"

"只要你开口,让王燕儿去一趟宫中,和符皇后说说体己话,一切都能迎刃而解。如果她探得的口风不好,我们再寻思其他法子不迟。"赵普道。

赵匡义在边上听着,心里没有什么想法。他也不认识什么符皇后的妹妹,结婚这档子事对他来说,仿佛还很遥远。但是,现在哥哥的事业需要他和符家小姐成婚,那他是无法拒绝的,兄弟同心,其利断金,他责无旁贷。

王燕儿回到屋里,坐在床沿边上,思来想去,不禁垂泪。想想自己在高平之战中失了家人,后来被王彦升抬举,献给赵匡胤,因为喜欢赵匡胤,才跟着他,却不承想赵匡胤对她不冷不热。本来有个王彦升,算是异姓哥哥,还有个念想,如今,王彦升已经被赵匡胤杀了,她连个念想的人也没了。她该恨赵匡胤,可是,她又恨不起来。王小姐故去的时候,抓着她的手,让她照顾赵匡胤。她心肠竟然软了,觉得照顾赵匡胤就是她的宿命。本来王小姐出现,她的心已经死了,她只想照顾王小姐,看着她和赵匡胤生活就满足了,如今王小姐的嘱托让她又燃起了希望。

可是,赵匡胤这人,就是不知冷热,甚至怀疑她。

她从枕头底下拿出一双鞋来,那鞋显得特别大,一看就知道,赵家大院里的人,只有赵匡胤有这样的大脚。可是,鞋子做了好久

四、望尽南唐

了,她就是没法送出手,怕赵匡胤不要,她就没脸再在赵家待着了。

她也想过离开赵家,可是去哪里呢?

王彦升死了,她的故家也已经没有人,她哪里都去不了。她不知道王彦升还活着。

这时,她听到门口有响动,凭着直觉,她知道那是一个男人,而这个男人,又有如此强大的气场,让她心跳。

只能是赵匡胤。

她不敢相信自己的直觉,定下身子,侧耳听着,门外,那人也似乎停着,在听里面的动静。

赵匡胤是粗中有细的汉子,那是在让她有个心理准备。果然,赵匡胤咳了一声,问道:"燕儿?在吗?"

她颤声答道:"在的。将军,您找奴家有什么事么?"

她听得自己的声音中有股子媚态,恨自己不争气,刚才还在骂这个男人负心,现在一听这男人呼唤,就又轻浮了。她坐着没动,轻声问道:"将军,您有事,让下人通知我一声就行了,何必……"她止住了声音,不知道自己到底要说什么。她希望这个男人推门进来,一下子就把她揽在怀里。她有很多话要说,她是夜夜思、日日想,真有很多话要说啊。

赵匡胤果然推门进来了,环视四周,这是一间下房,屋里的确寒酸了一点,不过却清洁整齐,一尘不染。他转了转,看到梳妆台前有一只圆凳,就坐了下来,说道:"燕儿,你在我们家,委屈了!"

"跟着将军是奴家的福分,不委屈!"王燕儿这话倒是真心的,要不是赵匡胤,她还不知流落在什么地方呢。

赵匡胤细看王燕儿,粗布衣裳,身上什么装饰也没有,心里不禁有些愧疚,道:"燕儿,你跟着我有五年了吧?你在我家,上下照顾,什么活儿都干,我却没有好好地待你。"

王燕儿几乎有些感动了,这个在战场上叱咤风云的军人,什么时候考虑过这些儿女情长? 便说:"将军,您别这么说,您军务繁忙,给将军分忧,那是我们该做的,只是没有做好。"

"你做得很好,很好!"说着,赵匡胤从腰中解下一枚玉佩,"这玉佩,我戴在身上也久了,给你吧,做个信物。"

王燕儿心里欣喜异常,但嘴上却说:"将军,这玉佩珍贵,还是将军戴着好。我们妇道人家戴着,反而不美!"她心想:赵匡胤,你要是真心想把这玉佩给我,你一定会把它直接戴在我的身上。

赵匡胤没想到王燕儿会这样说,拿着玉佩的手,停在了半空中。王燕儿看着他的手,心里着急,她挪挪身子,把腰肢对着赵匡胤,可赵匡胤把玉佩放在了梳妆台上。"燕儿,我来是有一桩事情要你帮忙。你看看,匡义年岁也到了,该物色一门婚事了,我和母亲商议,符皇后的三妹就很好,要是能娶符皇后的妹妹,那我们家就算烧着高香了!"

王燕儿心里酸楚起来,原来是来说赵匡义的婚事,不是真来找她!

她侧过身去,背对着赵匡胤,落泪起来。赵匡胤看了,不假思索地卷起袖子来给她擦泪,哄道:"你看看你,怎么哭了呢? 这是好事啊,这两年,你对匡义好,他是知道的呢。"

她点点头问:"你是要我跟符皇后说去?"

赵匡胤点头道:"对。你们女人家先说说,要是符家也有意,咱们就去提亲,要是符家没有意,你带个话回来,我们也就不动这心思了,免得两家尴尬!"

王燕儿心里说,恐怕没这么简单吧。但她知道,不该捅破这层

四、望尽南唐

窗户纸,赵匡胤是个好面子的汉子,要是不给他面子,他是死活不会来求人的。当初,皇上认了她这个妹妹,要他们完婚,可赵匡胤就是不肯答应。

王燕儿站起身,款款施礼道:"将军,您放心,我明天就去宫里,跟符皇后讲,我觉着这事有希望。匡义年轻英俊,将来一定是国家栋梁,符家小姐,我也听说了,长相那是没说的,又是大家闺秀,知书达理,他们是天作之合,焉有不成之理?"

听王燕儿这样说,赵匡胤也乐观起来,接着,两个人又商量了进宫的细节,赵匡胤把赵普教的一些话都说给王燕儿听了,结果,都被王燕儿推翻了。赵匡胤有些焦急,王燕儿道:"你这个呆子,符皇后是个女人,她怎么会像你们这样考虑问题?她只是会想,她这个唯一的妹妹,将来能不能过得快活,而她能不能得着一个知心的人,那些什么才能、才干一类的话,她听了不仅不会上心,反而会担心呢,匡义能知疼知热,让她妹妹一生无忧吗?我得说这个!"

赵匡胤听了,觉得有理,点点头道:"那就按你说的法子去和符皇后说吧!"

王燕儿回到家时,已经是张灯时分,赵匡胤也不点灯,一个人枯坐在书房里。他实在是担心石守信等人,这几人年龄都比赵匡胤大,要说资历也比赵匡胤高,他们之所以和赵匡胤结义,是真心觉得英雄之间应该惺惺相惜。如今,他们被莫须有的罪名牵绊,个人安危事小,国家危亡事大,如果他们都因为自己而受牵连,那整个国家不就倒了?这些人可以说是大周军队的栋梁。

他一听到王燕儿进门的声音,就站起来迎了出去,看王燕儿的脸色,看不出来什么有效的信息。他陪着王燕儿到了饭厅,下人端

第一卷　高平飞雪

上饭菜来,王燕儿倒是不好意思了,往常只有她等赵匡胤的份儿,甚至陪饭也轮不上她,更不用说赵匡胤专门等着她,陪她吃饭了。

她不端碗,不拿筷子,而是离席,款款施礼道:"将军,您不用如此,奴家有今日全仗将军的福,奴家能做的,万死不辞!"

赵匡胤也起身道:"哪里的话,这几年,多亏你照应家里,只是我忙于军务,没能好好陪你,今天我俩可以这样叙叙。说来,我也人近中年,应该多照应家里一些,老实说,我身体也不如从前……"王燕儿把手放在赵匡胤的手上,止住他,不让他说下去,忙说道:"将军,你在奴家的心目中永远年轻,您真的还年轻,将来大有作为,您是要改变历史的大人物,不用在我们这些庸人身上花时间,我们能跟您亲近,照顾您就是我们的福分呢!"

赵匡胤听着,觉得王燕儿真是懂事了,仅仅几年的工夫,说话做事就全不一样了。几年前,她得着个皇帝义妹的虚名,就骄傲得不得了,要逼婚,而今却是低调得让人难以置信。看来,人是会变的,尤其是聪明的女人,这几年真是怠慢她了,没有好好了解她。

"你真这么想?"赵匡胤两手抱住王燕儿的手,看着她道,"其实,我只是个凡人,成不了什么大事,能做点事都是你们帮衬的结果,我太自以为是了,让你们吃了那么多苦!"

王燕儿靠着赵匡胤坐下,道:"将军,您的担忧可以放下了,符皇后非常明理,她听了奴家的话,甚是高兴,觉得这是天作之合的好事。当时,皇上也在,皇上让我带几句话给你。一是,要你把攻下滁州后私拿的银两财物送回去,有人说您整整拿了一大车东西;二是所谓的十兄弟结义的话茬不要再提了,你们都是皇上的股肱,结义也该和皇上结义,私下结义不妥!"

赵匡胤听了王燕儿的话,释然了,皇上原来的确是对他有误解

四、望尽南唐

啊,能说白了,就是好事。赵匡胤道:"这是谁诬陷我?我怎么会贪污财货?"他左思右想,想不出自己怎么在滁州就贪污银钱了?

突然,他想到攻进姚凤的官宅之后,他发现姚凤的书房里有数千册书,爱不释手,就让人把那些书单独装车,运回汴梁,看来是这车书惹的祸。

王燕儿道:"奴家和了解将军的人都相信将军拿的是一车书,但是那些不了解将军的人就不这么想了。将军的确当时没注意这个小细节,没避嫌。依奴家看,已经有人在诋毁将军的孝心了,说将军滁州遇父不纳是不孝,私纳钱货是不忠,这两件事,将军得有个万全之法,扭转局面!"

赵匡胤左思右想,如何破局呢?

王燕儿见赵匡胤不语,轻声说:"将军,不如把这些书献给太庙。您攻下滁州,缴获了南唐大将的书,献给太庙,让先帝和祖宗们高兴,这等战利品着实就有了象征价值,谁也说不得您了!您可以请皇上主持敬献仪式,约请一些将军,请皇上带队,一起在太庙盟誓,作为武将要遵守法统,多读书,学文化,永志不搞武人干政,遵从文官政治!"

赵匡胤一听,大喜道:"燕儿,没想到你有这么好的主意,解了我的困局。"

"将军,您那么聪明,怎么会想不到呢。其实,你们都能想到,只是不愿意想而已。"

赵匡胤听了深以为然。王燕儿又说:"我曾经听你说过魏仁浦这个人,说这个人可以交,你为什么不去找找他,和他商量商量呢?"

赵匡胤这回是完全服气了,是啊,可以找找同盟,像魏仁浦这样的人,他们不会主动来结交武将,但是,武将可以找他们聊聊啊。他想着,觉得自己的思路已经打通了,竟觉得畅快起来。他又掏出那块玉佩,想给王燕儿戴上,王燕儿却真的不要了,并说:"将军,您真想送我礼物?"王燕儿眼珠子转转,想了想,"将军,您要是想给我礼物,我倒是要的。"赵匡胤认真地点头,王燕儿在他的心里,现在真是自己人了,要什么不能给呢?"那我要你的剑!"赵匡胤有点儿惊讶,问道:"我的剑,有什么用?"王燕儿回道:"我要像王小姐一样,将来陪你打仗,你教我骑马练剑!"赵匡胤点点头,把她揽在怀里。

五、争斗升级

1. 战与和

汴梁鹿野苑,是皇帝打猎的地方。赵匡胤和柴荣骑马在前,王燕儿和符皇后并肩骑马在后。突然,猎狗狂叫,赵匡胤看见一只鹿从身边的草丛飞奔而出,赵匡胤拉弓搭箭,闭一只眼睛,箭头指着鹿的心脏部位,但是他并不松弦,而是等着。身边,柴荣也搭箭,柴荣的箭已经射出,凭着军人的直觉,赵匡胤知道,皇上的箭非常准,应该能射中,他用不着放箭了。可是,太奇怪了,皇上的箭像是病了,摇摇晃晃,速度明显缓慢,追不上鹿。赵匡胤一松手,一支重箭飞出,百步之外,鹿应声倒地。

然而,不待他们近前,鹿却挣扎着又起身,落荒而逃,猎狗们纷纷兴奋起来,向着鹿追去。

柴荣看看手里的弓,停下马,有点儿惶惑,对着赵匡胤说道:"匡胤,最近不知怎么了,朕总是感到没力气,拉弓放箭,竟然放不远!"说着,皇上轻咳了一下,并不觉察是在咳嗽,可能是已经习惯了,但赵匡胤隐隐地为皇上的身体担忧起来。听符皇后说,皇上每天只睡两三个时辰,其余时间都在办公,阅读奏章,皇上是一个事

第一卷　高平飞雪

必躬亲的人,可是,国家那么多事务,他样样都管,管得过来吗?

赵匡胤突然觉得自己不该放箭,应该让那鹿逃去,皇上射不中,他却能射中,岂不是太不给皇上面子了?

皇上是太累了,皇上也是人,精力也是有限的,便回道:"皇上,您可能是累了!"

"皇上,皇后,燕儿去追那鹿!"王燕儿拔剑在手,一提马缰绳,她的马前蹄立起来,嘶叫一声,飞奔而去,后面几个禁军跟着。柴荣看在眼里,由衷地说:"朕这妹妹,是个妙人啊。如今在你的帐下,又成长为一位女将了。你们完婚时,朕要封她为一品诰命夫人,哈哈,让她的官儿比你的大,看你还敢不敢欺负她!"符皇后也跟上说:"是啊,匡胤,你可得给燕儿一个交代,她伺候你这么多年了,也不容易!女人家就这样几年,耽误不得的,不像你们男人!你们男人有事业,可以上战场,女人呢?男人就是她们的战场,男人不要,她们就失败了。"

赵匡胤笑了笑,拉着马缰绳,让了一个位置给符皇后,三人一起站住。赵匡胤回答道:"我哪里敢欺负她,她欺负我还差不多!"赵匡胤说的也是实话。

这时,远处一匹马飞奔而来,到了近前,原来是一名军士,是张永德派来的八百里急报。柴荣给了各地战将急报的权力,无论在什么地方,各地急报都可以随时交给皇上,由他亲自处置。

柴荣展开张永德的文书,当即看了起来。柴荣的确是一位勤勉的皇上,一年到头,没有休息,没有娱乐,更重要的是,他继承了郭威的传统,生活非常简朴,每顿饭一菜一汤,数十年来,都是如此。赵匡胤想劝劝皇上,让他保重龙体,全国臣民的希望和重托都在皇上身上呢。

五、争斗升级

柴荣坐在马上,看完奏章,把奏章交给赵匡胤说:"你看看,朕想听听你的意见!"

赵匡胤接过一看,原来,契丹南京留守萧思温发兵来犯,张永德率兵抵御,两军在冯母镇对垒,八百里急报,是来要粮饷的。信中言辞恳切:"吾皇,臣等兵将无时无刻不西望汴梁……"赵匡胤看了,鼻子一酸,他不知道大周第一的大将,官拜天雄军节度使、都点检的张永德在濮州过的是这种日子。

"有人要朕和契丹谋和,说我们连年征战,需要几年的和平,让百姓休养生息,你说呢?"

赵匡胤想起王公公的交代,当今朝廷,以范质、魏仁浦等为代表的文官,正力劝皇上休兵罢战,他们用所谓儒家的仁义话语,说服皇上,行仁义王道,以王道而为霸业。他们这一路真正的想法是反对武人干政,试图建立以文官为核心的政治体系。另一路是王朴的思路,王朴觉得,真正急迫的威胁是北汉,北汉一直是大周的心腹大患,尽管高平之战挫了其锐气,然它是僵而不死,时刻准备复活。北汉刘崇不接受高平之战的教训,到处宣称自己才是汉人统治的正朔,一会儿给南唐写信,一会儿给蜀国写信,与这个交结,与那个结盟,更是与契丹沆瀣一气,时刻准备着要来夺大周的政权。总之,王朴觉得不先拔掉北汉刘崇,征契丹就没有胜算。这两派人物都不主张攻打契丹,都主张要与契丹议和。

但是,王公公对赵匡胤透露:"当今皇上,要的是一场跟异族的战争,一场和契丹战而能胜、能从异族手中收复国土的战争!"王公公叮嘱赵匡胤,千万不要说先征北汉,更不要说与契丹议和。

赵匡胤思来想去,皇上约自己出来打猎,又在打猎的时候接张永德的急报,是不是皇上自己导演的一场戏,意在试探自己对征讨

第一卷 高平飞雪

契丹的想法？赵匡胤在是否征契丹这点上与皇上的意见是一致的，北汉不足为虑，刘崇根本就没有重新问鼎中原的雄才大略，他只是个历史小丑而已，姑存之无患，主动攻之，反而会得其咎，先取契丹，拔幽蓟之地为中原之屏障，同时可隔断契丹、北汉的联系，孤立北汉。北汉僵而不死的根本原因是和契丹结盟，目前，契丹国内，耶律璟号称是睡王，晚上饮酒，白天睡觉，根本不理朝政。耶律璟非常残暴，喜欢生吃人肉，杀自己的皇亲国戚来吃着玩，弄得人心惶惶，众叛亲离，他还怎么打仗？所以，要收复燕云十六州，要攻契丹，一是非常必要，二是正处于适当时机。

赵匡胤一边思考一边缓缓地道："征契丹，一举收复燕云十六州，可让我北方得到坚守之门户，不至于时刻都是门户洞开，让北汉和契丹年年都来讨便宜。"

柴荣点点头道："匡胤，你的想法跟朕的一致，征伐契丹不是说一定要灭其国，现在，契丹内乱愈演愈烈，耶律璟无力窥探中原，他们南京留守萧思温也不是能攻善战的武将，而是一个文官。这个时候，我们为什么不乘机拿回燕云十六州，重新关上我们的东方门户呢？更何况，萧思温这个家伙，天天袭扰我们，他这是想拖垮我们！"

赵匡胤理解了皇上的想法，道："皇上，如果进攻契丹，臣愿意为先锋，为皇上开路！"

柴荣终于笑了，点点头，一鞭子抽在赵匡胤的马屁股上，然后自己也提缰催马，两个人并肩飞驰。后面是侍卫亲军和禁军，分成两路跟随着，再后面是一溜烟尘。

正值三月，汴河边上，柳树已经泛绿，魏仁浦手里掂着鱼竿，鱼

五、争斗升级

钩扔在水里,可是鱼钩上的鱼饵早已经被鱼吃光了。他没有装钓饵,就那么握着鱼竿,枯坐着,显然是没有心思钓鱼了。

王朴拿了一只小马扎坐在他身边,问:"魏大人,听说您和刘崇有私信往来,你可知道刘崇最近的想法?他是不是要来攻我大周啊?"

魏仁浦手一抖,差点儿把鱼竿给扔了,和刘崇有私信往来,那可不是随便说的,那是私通敌国啊。

"王朴啊王朴,你这是把我往死里整啊。"魏仁浦心里想。

魏仁浦坐着一动不动,在等王朴继续说下去。王朴追到汴河边上来和他谈话,应该不是来问他和刘崇通信的事吧。

王朴却突然不说话了,似乎陷入了沉思。一会儿,他又轻轻地咳。魏仁浦发现王朴的咳嗽和皇上的咳嗽非常相似,都是轻轻的,若隐若现,他有一种不祥的预感。

一会儿,王朴从怀里掏出一封信,递给魏仁浦。魏仁浦一看,正是刘崇写来给他的,这个刘崇,做事如此不谨慎,他心里恨恨的。

"枢密使,我跟刘崇所有往来都可以公开,这信您也可以拆开看。"他反戈一击。

王朴并不在意,回答道:"魏大人,这样的信,在你府上应该还有十数封吧?"

魏仁浦愣了,王朴把手里的信张开,一松手,那信随着风飘入了汴河。

"这事算过去了。记住,你没有跟刘崇有过任何通信。"王朴道。

魏仁浦点点头,有点儿感激王朴。王朴本可以把这信交出去,要说这事可以比天大,够他魏仁浦满门抄斩了。王朴为什么要保他？他不怕他真的是刘崇的内应，是一个奸细、叛徒？

"我观天象，北汉刘崇当灭，而契丹却气数还旺，至少还要旺百年！"王朴用手挡着自己的嘴巴，仿佛是要止住咳嗽，"而观我自己的气数，却只有几十天了！"

魏仁浦痛苦地闭上了眼睛，颤抖着说："枢密使大人，您何故如此说自己啊？不吉利啊。您想先灭北汉，臣无二话！"

魏仁浦说的都是心里话，对于刘崇，他没有什么可以留恋的了。刘崇每年派人偷偷给他送来些银两，让他在这里斡旋，魏仁浦大致知道刘崇在这里还有哪些旧好，这些人年年收到刘崇的密信和银两，这事只有皇上不知道。这些人拿了刘崇的银两，并没有真的为刘崇做事，都只是把刘崇当个傻瓜来看待，当然这种往来也的确隐隐约约地影响了大家对北汉的态度。对于北汉，就放着吧，何乐而不为呢？就像是大周的一个行省，年年来进贡，岁岁来纳粮，而且是纳给大臣，有什么不好？太原，放在他刘崇手里，比放在皇帝手里还好。不过，要说为刘崇这点儿银子卖国，大臣们却是不愿意的。刘崇哪里值得辅佐？让他在那里待着，随时都可以收拾，放放又何妨？这是众臣们普遍的想法。

现在，王朴把这事挑出来，那是要魏仁浦表态，要不要打刘崇？魏仁浦当然只能表态了，打！魏仁浦一旦表态，那一帮文官大臣恐怕也得表态，尤其是那些跟刘崇有过来往的，更要积极表态。

"那就请魏大人给皇上上一道奏章，祈请讨伐北汉！"王朴拍拍魏仁浦的肩膀，站起身来，摇晃了一下，几乎站立不稳。魏仁浦有一种强烈的预感，觉得王朴可能不久于人世了。他是在安排后事？王朴道："魏大人，你知道如果我有不测，我最担心、最放不下的是什么事吗？"

五、争斗升级

"大周的统一大业?"

"错!"王朴站起来,甩甩手,整整衣冠,"我想的是,我活着能不能区分清楚,众大臣中谁是忠良,谁是奸臣。死了到阴曹地府,又能不能盯着,让奸臣不敢当道,让忠臣能够为皇上效忠!"

魏仁浦知道王朴的话已经说完了,他要走了。魏仁浦起身,弓着腰送王朴,又低声道:"王大人,您放心,我一定做忠臣!"

"张永德鼓动皇上先打契丹,那是祸国殃民,那是不得人心的,李重进根本就不支持他,这个你要知道。"王朴一边咳嗽,一边往外走,上了轿子。轿夫抬起轿子,他又让轿夫等等,对着魏仁浦道,"我等你的奏折!"

魏仁浦回到河边,唉声叹气,他的跟班刘京问道:"大人,何故这样哀叹?"魏仁浦道:"唉,你没看出来?皇上是想讨伐契丹,这些年,契丹年年来打草谷,抢我们的金银粮草,更可恨的是抢我们的人去做奴隶!把我们的汉族女子当生育机器,可恨可恨!"

"那大人,您怎么办?总不能跟皇上作对吧?"刘京问道。

魏仁浦叹气,有苦说不出。

2. 大婚

赵府张灯结彩,上下都很高兴,贺氏过世好几年了,杜老夫人觉着赵匡胤早该续弦了,可是赵匡胤就是没动静。赵匡胤是有主见的人,而且也有出息,这些年连年升官,也是一代人物了,杜老夫人也不好多说什么。当初王燕儿来赵家的时候,贺金婵还在,如果赵匡胤想纳个小,杜老夫人倒是不反对定军山的王小姐,本来以为赵匡胤会纳王小姐的,可惜,王小姐却命薄。赵匡胤心痛了很久,也不知道是为了贺氏,还是为了王小姐,反正是身边冷清了几年。

第一卷　高平飞雪

这是显德五年(958)初,赵匡胤为殿前检点校,迎娶王氏为夫人,皇上赐婚。

天大的好事。

杜老夫人乐得合不拢嘴,不住地给下人们发红包,赵德昭、赵德芳等几个孩子也高兴地跑前跑后帮着置办。最高兴的是看家护院的下人们,大家其实也都盼着赵匡胤有个人照顾,王燕儿和大家熟,大家知根知底,她没架子,大家愿意她做女主人。

门前门后,甚至院里的树上,大家都挂上了红色的彩头,窗上都贴上了窗花。大红的灯笼,一连串都挂到街上去了。

可是,开饭的时辰到了,就是没人来。魏仁浦那一批的,没一个人来;王朴那一批的,也没人来。赵匡胤这边,军队里的兄弟,他没请,也不能请,都是军人在这里聚会,是犯忌的。

赵匡胤预料到了这种冷场,可是皇上赐婚,让他和王燕儿成亲,他不能抗旨。他找赵普商量,赵普说,得办,乘着这机会和朝中的大臣们交往,有个人情往来。再说了,就是没皇上交代,为了王燕儿,不也得办?至于担心的事,那就让皇上去担心吧,来不来是那些大臣自己的事,是给不给皇上面子的事,他只管请。不请,就是他的不对了。

赵匡胤听着也觉得有道理,那就办吧。

然而,他担心的事还是发生了。那些大臣们都不认这场婚事。王燕儿不过是在高平战场上缴获来的"战利品",一个女奴,赵匡胤却娶为正室夫人,还要他们来道贺?那以后,他们家里的女奴还不都要登堂入室、明媒正娶?再说了,赵匡胤平时也没对他们有过什么恩惠,不就是一个武夫,皇上赐婚,他们也不去。

众臣们像是商量好的一样,没一个人来。

五、争斗升级

赵匡胤心里凉了半截,这官场真是比战场厉害,说不给面子,就是不给面子,人情凉薄如斯!或者,他这武官在那些文官们的眼里,根本就不算什么官,根本就不配与他们来往。

符皇后宫内,上好的海南沉香用铜炉子烘热了,点上,香气从博山炉里袅袅地飘出;茶温得不热不凉,沿口的青沫有一点小小的气泡,中间是大大的福字,那是上好的徽州抹茶,又用了扬州的泉水煮出来的。符皇后看看天,看看地,心情很好。

这时,王公公气喘吁吁地从外面进来,仿佛是有事,但看符皇后在品茶,又不好直说。

符皇后放下茶杯,道:"王公公,有事啊?你就说吧。"

王公公一弯腰,道:"娘娘,赵匡胤今日结婚,大喜的日子呢!"

符皇后想起来了,今天的确是赵匡胤和王燕儿的良辰吉日,"前几日,叫你送了我挑的丝绸去,燕儿喜欢吗?"

王公公道:"喜欢。只是,今日大喜的日子,赵府上却没什么人。"

符皇后站起来,走到金鱼缸边,给鱼儿喂食,问道:"怎么,赵匡胤是不是排场闹大了,冷场了?魏仁浦呢?王朴呢?"

王公公小心翼翼地说:"娘娘,魏仁浦没去,魏仁浦的学生们当然也没去。王朴没去,王朴的弟子们也没去。那些大臣都没去,有点儿冷场。您看,这婚是您赐的,这王燕儿是您的妹妹,大家都不去,是不是有点儿不给您和皇上面子?"

杜老夫人脸上也有点儿挂不住了,她问赵匡胤:"这是怎么回事?不会是你的人缘不好,大家都不来吧?"赵匡胤说不出,这不是

第一卷 高平飞雪

一句话两句话能说清楚的。杜老夫人道:"也好,那咱们就自个儿乐呵乐呵!"她让所有的下人们都上桌,"自个儿乐呵,还不行?"下人们都不相信老夫人的话,都不敢上桌。下人们上桌吃饭,这成什么体统?正僵持着,王公公来了,门房一看,王公公身后跟着十几个太监,再往后,还有绫罗伞盖。没见过这等阵势,管家不敢耽搁,三步并作两步跑进来禀告,赵匡胤见到那是皇后娘娘的步辇,心想:皇后娘娘怎么来了?

没等他出迎,符皇后自己进来了,符皇后问道:"我妹妹王燕儿呢?"王燕儿出来迎着,符皇后让人给王燕儿送上礼品,那是一品诰命用的凤冠霞帔,"赐王氏凤冠霞帔,琅琊郡夫人!"符皇后道。

王燕儿感动得就要哭了,"皇后!"她哽咽着说不出话来。

符皇后挽着王燕儿的手,两人一起坐定。符皇后不待喝茶,高声对众人道:"燕儿是彰德军节度使王尧义女,谁说她是什么胡人之后、胡人之妻,这些都是污蔑之词,如今她更是皇上的干妹妹,本宫当然要来祝贺啦!一会儿啊,皇上也要到呢!"

众太监鱼贯而入,皇上的贺礼真是不少,而且都扎上了红花,包上了红布,一样样地摆放在大厅里面,大厅里更加显得喜气了。

这时,那些朝廷重臣们也一个个相继赶来了,这个说:"哎呀,您看看,我们紧赶慢赶,还是落在了皇后娘娘的后头。"那个又说:"皇上的干妹妹成亲,我们当然要赶来讨一杯喜酒喝了。不管请不请,我们都是要来的!"

不过,赵匡胤最看重的那个人——王朴,直到开宴还是没有出现。皇上的面子在他的眼里也是可以不给的,赵匡胤心里暗暗地担忧起来。

上次那场给太庙敬献书籍的大戏,还有今天这场大婚,都不能

五、争斗升级

让王朴对赵匡胤放下哪怕一点点的警惕,给一点点面子,王朴对赵匡胤的成见太深了。

"王朴没来!"柴荣看着窗外点点头说,"王朴跟朕说,将来如果谁会夺走朕的江山,那这个人一定是你!"

赵匡胤吓得一身冷汗,跪了下来急忙说:"末将从来没有这种想法,相反谁有这种大逆不道的想法,末将拼了死命也要将他捉拿归案,末将只忠于皇上一人,没有任何异心!"

柴荣弯腰扶起赵匡胤,道:"大喜的日子,今天你最大,不用动不动就下跪,朕看你绝不会背叛朕。从朕在蓟州任上时你就跟着朕,我们是兄弟,你不会背叛朕,朕知道!"

夜已深,更漏点点。金銮大殿上,汽灯点得晃眼,柴荣正在主持夜朝。柴荣是个勤勉的皇帝,不仅开早朝,而且还在逢十日开夜朝,利用晚上的时间,讨论重大决策。

显然,今日的朝会已经进入尾声,这时,王朴道:"魏大人,听说你有本奏?今天怎么没有拿出来,让大家讨论?"

魏仁浦听王朴这样提醒,从袖子里取出奏折,递给皇上,道:"皇上,北汉刘崇虽在高平一战败给我朝,但是他觊觎中原、中伤我朝的心思和行动却一刻也没有消停过,臣请皇上发兵征讨,一举荡平北汉,以解我北方之忧!"

柴荣听了,皱皱眉,伸手接了奏折。一般来说,大臣的奏折,如果不是密奏,在这种场合,他是会让当班的太监,或者递交人自己念一遍,然后大家讨论,但是今天例外。魏仁浦的这个奏折,柴荣没有让别人念,而是自己看了起来。

大家默默地等着,王朴也等着。柴荣看完,站起来,兜了一圈,然后看着魏仁浦道:"爱卿,你这个折子和你平时的观点可不一致,请你谈谈吧。"

魏仁浦道:"微臣建议尽快发兵,径直取燕云十六州,恢复我中原国土!契丹乃蛮夷,茹毛饮血之辈,落后愚蠢之民,妄想与我中原大国、文明之邦平起平坐,还想得到我们的承认……"

王朴在一边,没听完魏仁浦的发言,就气得用手指着魏仁浦说:"你,见风使舵的无耻小人,吾皇必丧命在你们手上!"王朴气喘起来,喘了几口之后,一口鲜血喷吐而出,"嗵"的一声,他倒在了地上,昏迷过去。

3. 宫斗

这是三月的早晨,京城四处杨花,处处飞絮,到处暖洋洋的。上巳节,魏仁浦约了张永德、赵匡胤、王审琦、石守信等踏春,起先大家都怕魏仁浦来什么吟诗作赋,都推托不来。接着,魏仁浦告诉众人,家姬排了新的歌舞请他们来听,又说酿了好酒,将以曲水流觞行风月美事。

大家都来了兴致,又纷纷报名,结果人反而多了出来。一干文臣,加上一伙儿武将,弄出二三十个人来,家属们也吵吵着要来。本来么,上巳节,就是踏青,就是让憋了一个冬天的人出来散散心,探探春,开开心。这一天,老少可以没大没小,男女可以没有性别大防,长幼可以没有尊卑,大家都可以胡闹一把。

魏仁浦到底是个文人,会选地方,选的是京郊一方水最清、树最美的林中空地。奇巧的是,这林中空地,正有一条小溪潺潺流过,溪流映着春天的阳光,似乎里面的水草也活泼了。魏仁浦让家臣沿着溪流,布上了坐垫,大家是席地而坐。他在上游,斟上酒杯,

五、争斗升级

就放入溪流，一只只酒杯从上游漂来，上游是赵匡胤等，中游是王溥、杨徽之、陶榖、赵普等一干文臣。魏仁浦拿出好酒，微微地用炭炉热了，然后用上好的鸡骨白瓷杯盛了，放在水上，任由水带到各个人的面前。石守信、王审琦这些人都是海量，张永德更是号称千杯不醉，而赵匡胤甚至可说是从来就没醉过，只有王元功是一喝酒就脸红，一脸红就要睡觉。也奇了怪了，王元功在其他场合喝酒是一杯就醉，但是只要赵匡胤在，就能喝上百杯不倒，今天王元功就坐在赵匡胤身边，他的身后是赵匡胤的儿子赵德昭和赵德芳，两个人也是千杯不醉的量。魏仁浦开始放酒了，那酒香阵阵扑鼻而来，那些武将们只要看见有酒杯从眼前漂过，就立即截住喝了，这下到了中下游，那些文人们看到的就只是空酒杯了。溪流的末尾，魏仁浦的家臣们拿了酒杯，一溜小跑地送到上游去，可还是来不及啊，武将们太能喝了。

文臣们不干了，要求对诗，首先是王溥站起来，来了一首：

枣花至小能成实，桑叶虽柔解吐丝。
堪笑牡丹如斗大，不成一事又空枝。

文人们都说好，魏仁浦更是放弃了置酒的职位，跑过去张罗了纸和笔，喊道："把诗写下来！"他把纸铺在路边的石凳上，又让一个丫鬟研墨，大家一看，那丫鬟研墨时手上的动作犹如舞蝶翩跹，王溥站在边上看，眼神就呆滞了。魏仁浦碰碰他，把笔递给他，他才醒过来，提着笔，厚颜道："魏相，您这丫鬟，这个腰身，这个手势，我喜欢得紧，心下非常急迫，您就把她赠我得了！"

大家正觉得这个王溥开口要人太不厚道，没承想魏仁浦想都

第一卷 高平飞雪

没想,就对那丫鬟吩咐道:"你看看,你的福分,被王相看中了。回头我给你一份大礼,你带着去王相家中,要好好伺候王相!"

大家这才知道,今天来参与曲水流觞,还有美女可得。王溥埋头写诗的当口,赵普站了起来,吟哦道:"春至也!多谢京城人,弱柳从风疑举袂,丛兰裛露似沾巾,独坐亦含颦!"大家鼓起掌来,都说好。赵普得意扬扬道:"我这个词如何?"楚昭辅大声叫道:"赵先生这词听起来比王相的要香艳些,听着也觉得舒服。"楚昭辅拿了酒,给赵普,道:"王相的诗,好是好,但是,就是不说好话,只是说,牡丹是花架子,没有用,不如枣花。我看这丫头,长相甜美,觉得是牡丹,而不是枣花啊,而且'独坐亦含颦',就像是说的她哦。你看看,她坐在这里,一点儿也没高兴的样子!"他这样一喊,弄得王溥一个大红脸。王溥是当今一等一的才子,状元及第,诗才是赫赫有名的。听楚昭辅这样说,就不好意思,他放了笔,交给赵普,要赵普写。赵普更是一等一的聪明人,立即道:"我这词,是改写了刘禹锡的,不是我创作的,只是觉得这一刻改过来,吟诵给你和这小姑娘听,是恰到好处,你们是才子碰上了佳人,真是羡煞我也!"说完,他深深一揖。这时,魏仁浦出来做和事佬,便说:"别急,别急,你们都喜欢小红,却不知道小红有二十来个姐妹,而且,今天都来了,赵普先生,你看看吧,挑一个!"

大家哄笑起来,有人说南唐有个大臣叫韩熙载,天天在林中夜宴,招待朋友,招待完毕,就把女孩子全部送给宾客,魏相是不是也要学韩熙载啊。魏仁浦道:"当年,我和韩熙载相熟,两人于乱世之中都觉得应该帮一英雄成就大业,他选择南去,而我选择北来,如今我逢上了明君圣主,是我的幸运啊,而韩熙载,可惜了,明珠暗投!"王元功听了,大声道:"魏相,您别担心,如果韩熙载是您的朋

五、争斗升级

友,将来我们去金陵,破了南唐,一定把他给接来,让你们老友团聚。"魏仁浦点点头道:"好好好,国家强大,少不得你们这样的武将,其实,都得靠你们!"

赵匡胤在这种场合,是当然的主力。他劝酒有个法子,叫作抢着喝。每个人面前三杯酒,然后每个人发一支箭,最后是比箭的长短,最短的人喝一杯。那箭是插在泥里的,实在不容易看出长短,这个时候,有个法子避免喝三杯,那就是自认喝一杯,然后,再要一支箭。这种场合,往往豪气的可以一口气要求喝三杯,拿三支箭,而酒量不好的,往往左思右想,喝一杯,然后拿一支箭,等着和别人比试,当然,也有一杯不喝,就和人比试的。

这个游戏,常常让人抢着喝,从都想喝一杯,换得别人喝三杯。

赵匡胤说:"写诗的写诗,不写诗的来玩游戏。"那些文人,也有不好写诗的,都来问如何玩。赵匡胤一说,大家都觉得好,就都来玩了,一时大家欢声笑语。

这时,树林的另一头,响起了歌声,大家才发现,女眷们也是热闹非凡,都在唱歌了。魏仁浦听了女眷们唱歌,一拍手,道:"哎呀,怎么就忘记了呢?今天喝多了,其实今天请大家来,是看我新排的曲目的!"说着,他拍拍手,喊来了一个完整的戏班子。

演戏了。

大家边喝边聊,一边听戏唱曲,好不快活。正在这时,树林外面来了两个小孩,长得虎头虎脑,甚是可爱。可是,这两个孩子到了林中,看到他们在这里看戏,却是口气极大,其中一个道:"这林子,我们要了,你们可以走了!"这么多人,这么大场面,一个小孩敢这样说话,可见是王公贵族之后了,但是大家都不认得他俩。这时,那孩子的弟弟冲上来,对着大家的坐垫和酒器,一顿乱踢,大声

第一卷　高平飞雪

说:"你们还不走开？让你们让,你们就得让!"

魏仁浦的家人们看不过去了,上来逮住两个小孩,魏仁浦摆摆手,示意把他们送到林子外面,交给他们的父母领走吧。可是,未等魏仁浦说完话,外面就来了一队人马,穿着侍卫司马军的军服,为首的是一校尉,赵匡胤不认识。虽然都是中央军,归皇上直接统辖,但赵匡胤统辖的是殿前司马步军,殿前司的多数守在皇城,同时也负责皇宫的防卫,而侍卫司常常要派出野战。目下,侍卫司都指挥使是李重进,他是先皇郭威的外甥,而赵匡胤的顶头上司是张永德,他是先皇郭威的女婿,两个人来往不多,甚至有互相攻讦的地方。张永德非常不喜欢李重进,今日看见侍卫司一个小校尉这样大胆,就气不打一处来,他断喝道:"哪里来的小兵,敢在这里撒野？"那小校看起来不是善类,平时肯定是娇横惯了,一看众人都穿着便服,虽然其中也有举止气质高雅非凡的,但是,看起来也不像是有什么大背景的,因此对张永德的吆喝根本就不搭理,而是对着魏仁浦喝道:"老东西,你要是不听少爷的劝,有你好果子吃,听着,乖乖地滚！这里我们要了。"

张永德气得说不出话来。赵匡胤看不下去了,正要上前理论,就听林子那一头,家眷们惊叫起来,原来那些侍卫司的将校们从那边开始赶人了。楚昭辅和王元功哪里受得了这个气？他们的上司们在场,尤其是张永德和赵匡胤在场,他们胆子也大,取了随身的朴刀,冲上前去,道:"光天化日之下,你们想怎么着？这里是我们先占下的,我们就是不让,要滚,你们滚!"那校尉却并不退后,而是一腿踢在楚昭辅的肚子上。楚昭辅没有防备,本来他也没想要和这种人动手,一骨碌仰倒在地,连翻了几个滚,跌入了水里。那些将校们都笑起来,里面多是嘲笑的意思。

五、争斗升级

王元功看不下去了,举刀对着那校尉的肩膀就砍了下去,那校尉不躲不藏,等着王元功的刀到了他的肩膀上,稍稍一偏身,让过刀锋,用左手一推刀背,右手顺势就来抓王元功的手腕。王元功一惊,战将的本能就激发出来了,这种本能一旦激发出来,就没法收回,那是要出刀见血才能罢休的。王元功这时一个下蹲,让过了那校尉的手,刀背一转,对着那校尉的腰部就来了,这回那校尉是躲不开了,只听得"噗嗤"一声,刀锋进了那校尉的身体。

王元功大概是手下留了情,刀进去一寸,透过衣服,进了皮肉,顿时鲜血迸溅了出来。

对方那些人吓了一跳,他们可能真没想过会有人动手,而且是动手杀人。他们一下子拉开了距离,抽刀上手,一场血战眼看就要上演。赵匡胤从地上起来,张永德也起来。赵匡胤想喝止王元功,可是已经来不及了。

正在这时,林子外面一声咳嗽,走进来一人,大家一看,那不是李重进吗?他被皇上派到扬州去了,做了扬州刺史,在那里监视南唐呢,怎么就回来了呢?赵匡胤起身迎上去,那李重进见是赵匡胤,一脸笑,又一看,张永德也在,又笑着和张永德打招呼。

赵匡胤立即道:"李将军,卑职对部属管教不严,发生了这种事情!"

"这个李重进是皇亲国戚,又有战功,恐怕今天这事要有麻烦。"赵匡胤心里想。

没想到,李重进并没有发作,而是回头看看躺在地上的校尉,对着他踢了一脚,道:"自己无能,还在这里装死?滚一边去!"那些士兵上来,抬了那校尉走开去。李重进转身对着张永德拱手施礼,道:"张将军,是我们失礼了,请多多海涵!"又对着赵匡胤道,"赵将

第一卷　高平飞雪

军,是我治军不严,让你笑话了!"

说着,也不待张永德和赵匡胤还礼,径自走了。

众人被这李重进弄得莫名其妙,李重进怎么突然出现在这里?赵匡胤脑子里闪过一个念头:皇上是让李重进在监视我们?皇上真的不信任自己和张永德?也许自己和张永德走得太近,也许自己和殿前司的下级将官们结义这事,在皇上心里还没有释怀?又或者,皇上有什么特别大的动作要做,召李重进回来商量?赵匡胤想想,又笑自己多虑。应该是有战事了,而且可能是在北面开战,所以,李重进才会回来的吧。

王朴突然过世了。这让大家怎么都不敢相信,朝中多少人怕他,多少人敬他,多少人把他当神,又有多少人把他当鬼。无论是恨他的,还是敬他的,都在内心里觉得他是不会死的,谁会想到,一个朋友或者一个敌人,就会这样突然消失。

然而,王朴却是有自知的。当魏仁浦带着柴荣的皇命,来为王朴办丧事的时候,他的夫人已经整理好了全部家当,要离京了。

她拿出了王朴的遗嘱,王朴在遗嘱中要求,不得办丧事,只准在家里停灵一天,然后由妻儿护送回家乡。妻儿不得接受皇上的封赏,特别是儿子不能做官,家人都不得居京!

柴荣听了魏仁浦的汇报,非常震惊,这怎么可能?王朴难道知道自己不久于人世?他为什么不跟他说?他这里有的是太医,完全能为他治疗啊。

"魏仁浦,他有给朕的留言吗?"

柴荣不相信王朴会没有留言给他,更不相信,王朴会让他不要照顾妻儿,王朴这样绝情?

五、争斗升级

他喊赵匡胤:"立即准备车驾,朕要去王朴府上,吊唁他!"

魏仁浦"嗵"的一声跪下了,道:"皇上,去不得啊,王朴的死,原因蹊跷,臣怀疑,可能是传染病。皇上万金贵体,怎么能去?万一染上了疾病,叫我们这些臣子怎么办?"

"魏大人,王朴乃朕的股肱之臣,一生忠心耿耿,如今走了,朕却连送他一程也不去?这说得过去吗?命所有大臣都去,现在就去!"

赵匡胤来不及通知汴梁的巡防司,只能亲率殿前司的军马,直接护驾出发了。

一路来到王朴家,赵匡胤一看,心里也凄凉。王府门头矮小,门口竟然没有拴马桩,进得门里,一进的院落,正屋三间,两边厢房各三间,就是九间房。赵匡胤以为这只是王家的第一进,进去之后一看,才知道王家就只有这一进,皇上来了,就只能在灵堂待着了。

柴荣走上前去,扶住王朴的夫人。王夫人显然是已经哭过无数回了,不过人却很精神,对皇上的问候应对如流,不失礼节。皇上道:"你放心,你和孩子的生活,朝廷会永世照料,朕封你为一品诰命夫人,永享大周富贵。"说完,又问,"朕的王朴兄弟,可有什么遗言留下?"

王夫人摇摇头,道:"原来有一封信给您,他说,如果您来看他,就交给您,如果不是您,就烧了那封信!"

柴荣急了,忙说:"朕这不是来了吗?你快快把信给朕!"

"已经烧了,皇上!恕臣妾不能遵旨。"王夫人禀道,"我们母子已经收拾好了行李,准备归乡!"

"没有朕的准许,你怎么能烧了王朴给朕的信?没有朕的准许,你怎么能回乡?难道朕照顾不好你们母子吗?朕堂堂皇上,不

第一卷　高平飞雪

能照顾你们？天大的笑话！"皇上正说着，没想到王夫人侧身挡住众人的视线，偷偷把一卷纸塞在皇上的手里。王夫人想来是已经看过王朴的遗书，知道这遗书要得罪人，所以假意说已经烧了，掩人耳目，然后偷偷交给皇上。

灵堂前，柴荣眼泪不住地流，开始还能抑止自己，但是经大家一劝，他竟然嚎啕起来，众人不禁都落了泪。赵匡胤看看四周，除了桌椅，什么贵重的家具都没有，这个王朴真是个贤臣啊，可惜，天不假年，英年早逝！赵匡胤也落起泪来。

王朴是他的死对头，说不出什么原因，就是处处提防，时时抵制他，可是王朴的为官品格让赵匡胤不由得不敬佩。赵匡胤此时一方面为自己的政治对手的死亡感到了一阵轻松；另一方面也为大周失去了一位能臣而感到悲伤。

王朴性格刚直，智略过人，有他在的场合，没有人敢信口开河，但是，也没有人敢高谈阔论，发表真知灼见。他的个性太刚直了，容不得不同意见，对谁都直来直去，以至于无人敢触其锋芒，也因此，他没有真正的朋友和盟友，有时甚至他的门生都会因为怕他而离他远远的。但是，赵匡胤是佩服他的。有一次赵匡胤的导从和一个文官冲撞了，赵匡胤的官阶高，那个文官的官阶低，那导从就不乐意了，鼓动赵匡胤去诘难那人。这事到了王朴那里，王朴当面一阵训斥道："你赵匡胤是个武官，你就是再大，也不过是在庭前伺候皇上，而人家是个文官，就是再小，也是和你同殿称臣的同僚。你不能因为导从受到冲撞而弹劾人家！"

赵匡胤被硬生生地顶了回去，但是自那次之后，赵匡胤对王朴反而多了一份敬畏，王朴做事有原则，不会因为对方是谁就破坏了

五、争斗升级

他的原则,这样的人值得敬畏。

赵匡胤苦劝,皇上就是哭,哭哭停停,弄得都要入夜了,还不走。王朴家里是办丧事,皇上在这里,都得陪着,什么事也做不了啊。还是王公公有办法,把符皇后给请过来了,符皇后劝道:"王相生前您对他不薄,身后,您当也尽人主之责,给他料理好。您这样痛哭,不照顾自己的身体,也不是王相在九泉之下愿意看到的啊。听说王相遗愿是安葬故里,由妻儿扶灵回乡,您该安排沿线地方官接送,再说,他们孤儿寡母一路颠簸,也要盘缠,您得赏赐,这些您都得安排啊!"

柴荣这才醒过来:"他的妻儿朕当照顾,不能让他们回乡啊!"

王公公道:"妻儿回乡是王相生前的遗愿,皇上还是尊重为好。可以封他夫人为一品诰命夫人,在他家乡为王相树碑立传,建祠堂。要么,还可以赐丹书铁券,让他家永不交税服劳役,有罪可免死。"

柴荣有些糊涂了,大概是伤心过度吧,一个劲儿地想词,怎么封赏王夫人。王公公一看,这事还得等皇上心情平复了,再慢慢商议,便说:"皇上,奴才还是建议,由范质范丞相拟一道御旨,回头由您审阅,之后颁布!"

接着,众人不由分说,把皇上扶进了御辇,王公公喊道:"皇上起驾啦!"然后,手中的拂尘一挥,对着那些抬辇的道,"快快,快快快,快走!"

柴荣又叫停,招手喊赵匡胤:"匡胤,你来,和我一起,我有话说。"声音中都带着哭音,赵匡胤只好上去陪他。

御辇的帘子一放下,柴荣就突然止住了悲声,捏住赵匡胤的手

第一卷 高平飞雪

问:"你说说,王朴给朕的留言是什么?"

赵匡胤摇摇头,真想不出来,也许是一篇和《平边策》一样的鸿篇大论?

柴荣摇摇头道:"你什么都猜不到?可能和你有关啊!"

赵匡胤更奇怪了,王朴的遗言中会有跟他有关的内容?

"王朴的遗言,是一份忠奸图,里面详细列举了本朝内廷官和外放官员的关系,谁和谁是一派的,谁是忠臣,谁是奸臣,图中都做了标注!"

赵匡胤惊呆了,真有这回事?用人不疑,疑人不用,这份遗言要是真的落在别有用心的人手里,那是个大祸害啊。

赵匡胤有点胆战心惊,缩回了手。

柴荣在他的肩膀上拍了拍,说道:"你说说,王朴会把哪几个人归为忠臣?"

赵匡胤道:"末将不敢乱猜!"

柴荣又问:"那么,你在这份名单中,是忠臣还是奸臣呢?"

赵匡胤说不出,按照平时对王朴的观察,此人一定会秉公论断,但是以王朴对他的态度来看,王朴又一定会说他是奸臣。一是私结党羽,试图作乱;二是私藏敌产,侵吞公物,单凭这两条,就该当成奸臣了。要不是王朴过世,说不定一定会追究到底,让他没好日子过。

"那么,你到底是奸臣,还是忠臣呢?"柴荣追问。他盯着赵匡胤的眼睛,不放过赵匡胤的神色变化,眼睛里分明在说,立即回答,否则你就是奸臣!

赵匡胤心里犯难起来,要说打仗,他是义无反顾的,论忠于皇上,那也是义无反顾的,关键是有的时候,他也有一点点私心,尤其是感觉到皇上对他和他的部属不公平的时候,他多么希望自己能当家做主,能给大家公平待遇。也有的时候,他会对皇上的做法感到不满,比如攻占楚州之后,皇上下令屠城,楚州的人民没有什么罪过,他们只是在南唐的统治下被迫参与了楚州保卫战,因为这点就进行屠城,难道这是王道?这样做,和契丹打草谷,在大周烧杀抢掠有什么区别?

"末将是否是忠臣,请皇上圣断!"赵匡胤回答道。

没想到,柴荣反而拍了拍他的肩膀,用温和的语调说:"你是忠臣,应该是忠臣,永远也不要反对我,你一定要做忠臣,答应我!"

赵匡胤点点头道:"末将永远忠于皇上!"

4. 出兵契丹

公元907年,耶律阿保机统一契丹各部,称"天皇帝",国号"契丹"。契丹原是北方草原民族,逐水而居,各个部族之间联系非常松散,唐太宗时在契丹人住地设置松漠都督府,酋长任都督并赐李姓。但是,唐末内地大乱,迭刺部的首领耶律阿保机征服了其他各个部落,用一整套中原制度,把契丹部族统一起来,成立了契丹国。契丹拥有北方丰美的水草地和盐湖,盛产战马和食盐,资源丰富,因而逐渐强大。公元916年,耶律阿保机定都临潢府,帮助石敬瑭立国,得到了燕云十六州,之后又征服了渤海国。

耶律阿保机是一个有雄才大略的人,效仿中原体制在南部建立各种城郭,收留从内地逃难而来的民众,又设立南北院双重体制,游牧族和农耕族分治,渐渐地国力强大起来,创造了契丹文字,以保存自己的文化。

公元947年,耶律德光南征,十二月,攻占汴梁,俘出帝石重

第一卷　高平飞雪

贵。次年,改元"大同"。当然,契丹在文化和政治上,并没有能力统治中原,因而占领汴梁后不久就放弃了,耶律德光也在放弃汴梁后撤的途中病故。不过,契丹已经非常强大,是不得不正视的北方第一强敌,这在大周已是全民共识。契丹设立南院,任用汉人官僚,统治燕云十六州,积极发展经济,从没有放弃对中原的觊觎。

柴荣特别痛恨契丹,不仅仅因为契丹是异族,更重要的是因为其和北汉结盟,又偷偷联系南唐和蜀国,试图建立一个以自己为统领的反周联盟,这个是柴荣不能忍受的。

显德五年(958)三月十五日,王朴过世之后的第二天。金銮大殿内,天色微明,大殿内所有的灯盏都点亮了,文武群臣都到了,大家在殿内站着,各人都怀着心思。不过,大家都预感到皇上召集众臣,尤其是召集了那么多外地刺史回来,一定是有大事商量。

皇上高高地端坐在龙椅上,张永德催促皇上,小声道:"大家都到了,该开始了。"张永德很焦急,带着韩通从前线赶回来,是来讨要兵马的。

皇上不讲话,看看下面的群臣,有一个人还没有到,他在等这个人。张永德能征善战,但是,他此时的身份是殿前都点检,指挥殿前司下辖部队。尽管皇上一路增拨人马给殿前司,但殿前司终究是内卫部队,而大周军队的都指挥使是李重进,真正出征还得李重进出马。

王公公看看时辰,心里也很焦急,李重进要是迟到,会犯大忌。过了一会儿,李重进带着几个人进来,后面跟着几个人抬着一面木屏风。抬进大殿之上,李重进让那些人把那面木屏风安置在皇上的左手边,皇上和大家都能看到的地方。大家一看,很是吃惊,屏风上是燕云十六州地图。这回,大家有点明白过来了,王朴过世,

五、争斗升级

皇上对于攻打契丹已经迫不及待。

柴荣清清嗓门,对众大臣说:"各位,请大家来,是商议如何对付契丹。契丹占我领土不说,还年年南侵,烧杀抢掠,这些年掠我大周子民数万人,朕对这些子民负有责任,更重要的是,边关子民,不堪其扰。当年,朕在澶渊领刺史之职,就曾经暗下决心,有朝一日,一定要收复三关和幽州,夺回我北方门户。如今,我们已经平定了南唐,打败了后蜀,解决了北汉,唯一威胁我们的只有契丹了,我们要不要打?如何打?何时打?请大家谈谈。"

范质一听皇上这样讲,急了,清清嗓子,道:"契丹的确要打,但是,时机非常重要。如今我大周刚刚稳定一年,农地十有九荒,人口十有九失,再战契丹,必须好好准备,一战而胜,切切不可操之过急。王相遗愿,唯愿皇上谨慎征讨,应该韬光养晦,以待时机!"

王公公咳了一嗓子,赵匡胤知道,那是要他表态,他得抢在李重进前面表态:"皇上,我大周的头号敌人是契丹。一是契丹亡我之心不死,当年它灭后晋而代之,本不想撤退,只是因为中原军民强烈反抗才勉强退兵;二是我大周敌人中,最大最强者是契丹,击败它,其他国家可以传檄而定,如今北汉、后蜀、南唐,如果说还有勇气反抗我们,就是因为背后有其在支撑和怂恿;三是今日辽朝皇帝昏聩无能,嗜酒如命,杀人如麻,听说他常常晚上通宵宴饮,喝醉酒后,见人不顺眼,就杀。据臣所知,他的地位极其不稳,六年前,他即位不足一年,担任政事令的国舅肖眉古得和宣政殿学士李瀚就曾经商议来投奔我朝。当时,我朝刚刚建立,先皇未能乘机收复之,之后耶律娄国、耶律宛等又相继试图夺位。依臣的探马报告,其四弟耶律敌烈对这个皇帝哥哥很不服气,另外,政事令耶律寿远和太保肖阿等,都已经受不了这个睡帝的昏聩和嗜杀。要说攻辽,

第一卷 高平飞雪

末将以为,此时正是好时机。一来,我朝刚刚平定南唐,南唐不敢和其联盟,从背后攻击我们,目前我们绝无腹背受敌之忧;二来,我们可以联系耶律敌烈,分化他们,让他们自相怀疑和残杀;三来,燕云十六州的子民虽常年生活在辽朝统治之下,但是却心向我朝,均翘首以盼王师。"

赵匡胤这番话是有备而来,是和赵普商量好的,这一通话,让皇上听了非常满意。不待赵匡胤说完,皇上迫不及待地问道:"赵将军,具体进兵的方略,你可有考虑?"

赵匡胤知道,他的话被皇上听进去了,微微一躬,道:"禀皇上,都点检大人就如何攻辽,已经和我们做过多次讨论,他有详细的方略!"

一旁李重进听了,有点儿按捺不住,脸色阴沉着,冷冷地道:"既然你们已有方略,为何不拿出来让我们一起学习学习呢?"

张永德出班奏道:"皇上,如果以夺回燕云十六州为目标,我们战可胜。首先充分利用我有水军,而契丹无水军的优势,我们可水陆并进,水军直接进攻瀛州、莫州,先行占领之。再有发动奇袭,利用偏道奔袭出击,充分利用燕云十六州离辽朝大本营远,其主力来救耗时长的时机,而各关守将多为汉人,不会为其卖命,只要做好工作,他们必然投降。"

李重进听不下去了,他敲敲木屏风,道:"水军?人家在旱地上,筑起城郭,经营多年,这些城郭都坚固耐久,我们水军如何攻克?攻契丹需要步骑兵,而不是水军!"

赵匡胤知道水军是张永德在攻寿州时建起来的,是张永德的势力,这次出征,一定要带上。"皇上,经过历年修整,尤其是去年韩通将军的修整,我水军已经可以直达瀛州、莫州,臣愿意为先锋,

五、争斗升级

率领水军,先行出发。臣愿立军令状,如果不能攻克瀛州、莫州,以迎王师,臣愿受军法处置!"

张永德听了非常满意,赵匡胤敢于在这个时候挺身而出,愿意立军令状,这个先锋,应该是他的了。先锋官,如果赵匡胤算一个,韩通再算一个,那就齐活了。赵匡胤是他的人,韩通是李重进的人,两边平衡。

柴荣点点头道:"赵将军的话有理,此番出击,水军应该积极出战,为国效忠!"柴荣这边鼓励了一下赵匡胤,那边也不忘激励李重进,"李将军,你们侍卫司有何高见?"

李重进没法高谈阔论了,再谈下去,就没他的份儿了,他一拱手道:"侍卫司愿意打头阵,臣愿领军出征,不攻下燕云十六州誓不还朝。"李重进本来做了充分的准备,想来朝中显摆一下,让担心失败的文臣们看看他侍卫司军队的厉害,给大家打打气,同时领命出征。现在,被赵匡胤抢在前头先说了一通,大家也不愿意再听他高谈阔论了,他索性什么也不说,直接表示愿意领命出征。

他心里想的是,只要他挂帅出征,赵匡胤做先锋,就是为他出力,那是来一个欢迎一个,来一双欢迎一双。

王公公暗暗点头,觉得赵匡胤反应快,有想法。王公公早就知道,这场战争是一定要打的,而且皇上要亲自出征。他暗示过赵匡胤,应该申请做先锋官,这个张永德也知道,所以,他们两个这是在皇上面前唱了一出双簧,李重进不知道自己掉进了陷阱。

柴荣走下龙椅,清清嗓子,道:"北鄙未收复,将亲至沧州!四日后出征。"

赵匡胤的卧室里,王燕儿拿出一只盒子,偷偷打开,看着。赵

第一卷　高平飞雪

匡胤进来,王燕儿似乎受了惊吓,一下子合上了盒盖,赵匡胤没有在意,从后面抱住王燕儿,道:"后天就要出征了!"

王燕儿一手遮住盒子,一手环过来,抚着赵匡胤的手柔声说道:"将军,我陪您出征!"

赵匡胤坐下来,说:"这次啊,你不去,你哪儿也不去,也该让你休息休息了,不能再这样跟着打仗了,太危险。"

"将军身经百战,都不说危险,我一个妇道人家,只要能陪着将军就不怕什么危险!"王燕儿深情地说,"不能为将军抵挡刀剑,但愿能为将军抵挡风雨!"

"不用!你在家里照顾母亲和几个孩子,另外还要筹备匡义的婚礼,事不少啊,家里如果只有母亲,我还是不放心,母亲老了,需要人照顾!"王燕儿点点头,把盒子抱起来,端到赵匡胤眼前。

赵匡胤感到奇怪,问:"什么东西?"

王燕儿道:"你猜猜看?"

赵匡胤实在想不出盒子里是什么,王燕儿打开盒子,里面竟然都是银子。赵匡胤问:"哪来这么多银子?你可不能受贿啊,谁来送钱,谁就是跟我赵匡胤过不去!"

王燕儿道:"将军,你也该想想咱们一家了,匡义结婚要多少钱,你知道吗?孩子大了,也要准备钱。再说,万一你有个三长两短,这个家怎么办呢?"

赵匡胤叹口气,想想也对,每次出征都是出生入死,这次更是如此。契丹乃天下第一强国,战契丹,胜算不高,也正因为如此,王朴在世的时候,一力阻止攻契丹,就是怕一战而败,国将不国。

可是这钱,是万万要搞清楚的,到底来路正不正。王燕儿道:"是王彦升的,他真的做贩马的生意,挣了钱!他说,他从北面的胡

五、争斗升级

人那里买马,贩卖到内地,一次往返有三倍的利润。就是太危险,两边不开边贸,中间又夹了一个北汉,弄不好就要被没收,遭劫!"

赵匡胤不说话,王燕儿推推他,道:"他只是想回来,回来跟着你效力。他说,他就是个军人,做个马贩子,虽然生活不错,但是没意思,你就让他回来吧。"

赵匡胤点点头,应道:"让他回来吧,军中正是用人之际,让他戴罪立功!"

两人正说着,管家从门外进来,说是赵普来了,在书房等着呢。赵普是来商量出征的,赵匡胤立即就跟着管家往书房里来。到了书房一看,王彦升站在赵普身后,一见赵匡胤进来,王彦升立即跪下说:"将军,想死你了。"说着,王彦升哭了起来,"将军!"赵匡胤眼睛也红了,一晃一年多了,王彦升瘦了许多,鬓角竟然有了白发。他近前,搀起王彦升说:"兄弟,回来就好!正好和我们一起出征!来来,听听赵先生怎么说。"

赵普摊开地图,道:"将军,我们和契丹之战,我方有人数优势、兵器优势、战法优势。但我们也有劣势,一是机动性不足,我们多是步军,无法快速机动;二是远途进攻,粮草接济不足;三是后方空虚需要处处分兵防守,以备敌人骑兵机动袭扰。我方应该发动闪电战,采取奇袭策略,在半个月内,拿下益津关、瓦桥关、淤口关,然后合围幽州,在一个月内拿下幽州。不待契丹北院聚集人马来援,我们已经结束战斗!"

赵匡胤点点头,道:"不过,这次皇上御驾亲征,动静大,要达到奇袭的目的不容易!"

"所以,我建议,我们率领水军提前出发,首先攻占乾宁军,然后直奔益津关,夺取益津关之后,不等皇上到达,直奔瓦桥关。"

第一卷　高平飞雪

"按你这种打法,实际是把皇上当成了疑兵,皇上是佯攻,而我们变成了真正主攻部队。打下三关,彻底扫除夺取幽州的障碍,这个我有信心,可是我们这样做,会不会让皇上不高兴?"赵匡胤沉吟着,这样做的风险是必须先行出击,自主开战,如果胜还好,败则很容易成为替罪羊,甚至被皇上削夺军权。

王彦升道:"我有个两全其美的方法,我们可以先行进攻乾宁军,拿下之后,立即进发,做好攻占益津关的充分准备,在关下等待皇上大军到达,皇上大军一到,立即攻击,让这个大胜仗变成皇上的胜仗,之后邀请皇上登舟,直奔瓦桥关!"

赵匡胤点点头:"王彦升啊,你这是粗中有细,不错,就这样办!"

显德五年(958)三月十八日,柴荣以赵匡胤、韩通为前锋,以李重进、张永德为主将,亲率二十万大军,举国出动,发动了大周第一次与契丹的大战。那一天,汴水河边、码头上人头攒动,多是妻儿来送别丈夫和父亲的。王燕儿带着德昭、德芳也来送行,赵匡胤远远地看着三人,心里一阵酸楚。其实,自己出去打仗危险,而在家里等着征战归来的亲人们,又何尝不是生活在另一种危险之中呢?

柴荣带着李重进和张永德来给赵匡胤、韩通送行,第一拨是赵匡胤和韩通,他们率领水军,由水道进军,第二拨是李重进和张永德,他们率各自的部队分头出发,抵达沧州后集结。柴荣延后十天出发,待他到达沧州,全军彻底集结完毕,开始进攻。

柴荣站在高高的将台正中央,把先锋官大旗和虎符交给赵匡胤说:"赵将军,此去责任重大,你带的不仅仅是水军,是整个大周子民的希望和寄托,切切不可轻敌。望你带领我大周健儿,奋勇杀敌,一血我大周立国以来对辽之耻!"

五、争斗升级

赵匡胤撩开战袍,单腿跪地,接过虎符,道:"末将绝不辜负皇上的厚望!"他身后是王审琦、石守信、杨光义、王彦升、李继勋、王全斌、曹彬、潘美、崔彦进、史延德、刘廷让、刘守忠、刘庆义、韩重赟、楚昭辅、赵普等人。大家齐声呼喊:"皇上放心,我等一定奋勇杀敌,为国尽忠!"柴荣听了非常高兴,他的身后,范质却皱着眉头。赵匡胤的一举一动都被他看在眼里,他身后的这些文武校官更被他看在眼里。这些人都是他赵匡胤的将官,是他赵匡胤的死士,哪里是大周的将官,哪里是当今皇上的死士?在赵匡胤的下属中,范质尤其重视赵普,这个人当初是王朴最忌讳的。赵普有经世治国之才、夺国之志,这样的人,赵匡胤用在身边,为了什么呢?难道真的是忠心耿耿为了大周的天下?还是为了赵匡胤他自己的天下?

接着,柴荣又把副先锋的虎符授给韩通,范质看到韩通手下大都是歪瓜裂枣,没几个像样的人才。韩通道:"末将是个粗人,不会说好听的,末将只想说,愿意用脑袋担保,一定打胜仗,让皇上放心。"他拿了虎符,磕了头,又补充道,"皇上,往北去打仗,实在辛劳,您何必亲自出马,让我们这些小的去就行了,您不如就在京城等我们的消息!"

柴荣笑了,他知道韩通是个粗人,性子直,他说的话倒是由衷的。因为韩通这几年一直在疏浚汴河,打通宁州水道的工作也是他做的,他了解那一带的地理,知道那一带不比江淮,实在是凶险莫测,气候也寒冷多了。如今汴梁虽然已经春暖花开,而幽州还结着冰,寒风刺骨,风沙漫漫。

柴荣一扬手,令旗官一挥旗帜,就听岸上"砰砰砰"的三声炮响,一艘艘战舰,起锚、扬帆、开桨,起航了。两百艘战舰,绵延三十

第一卷　高平飞雪

余里,柴荣愣是立在春风中一个时辰有余,看着一艘艘战舰在他的脚下驶过。那些将校们都在舰船上列队行礼,大家都想看看皇上的真容,每个人心里都很激动,那将是一雪前耻的战争,今天他们出征,皇上在这里为他们壮行,将士们个个热血沸腾。